KB071701

한국어 어문 규정 편람

머리말

한국 사람이라고 해서 한국어를 올바르고 정확하게 구사하는 사람이 과연 몇이나 될까? 사실 우리가 알고 있는 한국어 수준은 학교에서 배운 한국어 지식이 전부라고 해도 지나친 말이 아니다. 그 한국어 지식으로 평생 동안 쓰고 산다. 세대마다 배운 어법이 다르고, 새로 바뀐 어법을 배울 기회를 갖지 못한 대다수는 정확히 뭐가 옳은지 제대로 알지 못한 채 말글살이를 한다.

공직자라고 해서 수준이 크게 다르지 않다. 사회를 선도하는 이는 공직자가 으뜸이라고 할 때, 공공기관에서 만들어 내는 각종 문서와 안내판들은 공공언어로서 말글살이에 매우 큰 영향을 끼친다. 때문에 모든 공직자가 표준어법을 바르게 알고 써야 함에도 불구하고 현실은 그렇지 못하다 보니 공공언어가 표현하는 어법이 표준어법에 다 맞는다고 할 수 없다. 문서작성에서는 컴퓨터를 의지하고 어느 정도 자동으로 어법을 가려 내 준다고 하지만, 컴퓨터가 모든 것을 다 해결해 주지는 못한다.

배울 기회도 없고 배운 것도 다르고 고칠 방법도 없다면 참으로 난감하다. 다행스럽게도 국립국어원에서는 2019년 초 누리집을 개편하면서 어문규정들과 사전류를 누구나 알기 쉽게 찾아볼 수 있도록 정비하였다. 하지만 누리망이 구축되어 있지 않은 컴퓨터에서 문서작업을 하거나 관심을 가지고 직접 일일이 찾아보지 않으면 이 또한 무용지물이다.

이러한 문제를 해결해 줄 무언가가 필요하다는 생각에 이 책을 편집하는 작업을 하게 되었다. 문서작성을 할 때 옆에 두고 찾아보거나 또는 평소 짬짬이 한글공부를 하는데 도움이 되는 책 한권쯤 가까이에 둔다면 말글살이가 한결 든든해지리라는 생각에서다. 물론 이제껏 이런 부류의 책이 전혀 나오지 않은 것은 아니다. 하지만 가장 최근에 바뀐 어문규정과 한국어 관련 법규를 뭉뚱그려 한데 모아 놓은 책은 찾아보기 쉽지 않다.

또한, 모름지기 책이란 보기 편해야 한다. 아무리 좋은 내용을 담고 있다할지라도 읽는 사람이 빨리 이해하기 어렵다면 곤란하다. 이 책은 이해도를 높이기 위해 모든 내용을 도표화했다. 장황하게 설명을 붙이기보다는 간단하게 도표화해서 한눈에 알아보기 쉽도록 만들었다. 그리고 원문에서 설명이 빠진 부분이나 원문만으로 이해가 부족한 부분은 다른 책을 참고하여 내용을 덧붙이기도 했다. 한편 부록으로 '구별해서 사용해야할 우리말, 표기에 유의해야 하는 어휘, 행정용어 개선 순화자료' 부분을 자세히 실어 글을 쓸 때 실제적으로 도움이 되도록 했다.

필자도 공무원이고 이미 한국어 관련 책을 두 권이나 펴냈지만, 깊이 파고들수록 한국어를 더 체계적으로 바로 알아야겠다는 벽에 부딪혔다. 알면 알수록 헷갈리고 어려운 게 우리말이다. 자주 보고 익히지 않으면 금방 잊어버리고 틀리기 쉽다.

어문 규정을 다 안다고 해서 한국어를 이해하는데 완벽하다고 볼 수는 없다. 하지만 어문규정은 최소한 한국어를 쓰고 말하는데 필요한 가장 중요한 부분을 다루고 있고, 국가가 정한 사회적 약속이므로 한국어를 배우고 쓰려는 사람이라면 누구나 한번쯤은 반드시 살펴볼 필요가 있다.

모쪼록 이 책이 공직자들뿐만 아니라 한국어로 말글살이를 하는 모든 분들에게 작으나마 도움이 되기를 바라며 겸손히 내어놓는다.

2019년 5월 중순
편저자 최돈우 씀

차례

부가 자료

국어기본법

 국어기본법은 국어의 사용을 촉진하고 국어의 발전과 보전의 기반을 마련하여 국민의 창조적 사고력의 증진을 도모함으로써 국민의 문화적 삶의 질을 향상하고 민족문화의 발전에 이바지하기 위해 제정된 국어 관련 법률이다. 2005년 1월 27일 법률 제7368호로 공포되어 2005년 7월 28일부터 시행되고 있다.

 국어 발전을 위한 계획 수립, 국어 사용의 촉진 및 보급, 국어 능력의 향상 등을 위한 각종 국어 정책 수행의 법률적 기반이 되며, 현행 국어기본법은 모두 7차례에 걸쳐 개정되어 오늘에 이르고 있다.

 국어기본법은 총 5장 27조 및 부칙으로 구성되어 있는데, 제1장 총칙, 제2장 국어 발전 기본계획 수립 등(제6조~제10조), 제3장 국어 사용의 촉진 및 보급(제11조~21조), 제4장 국어 능력의 향상(제22조~제24조), 제5장 보칙 등 국어의 발전과 보전을 위한 제도적 기반과 관련된 규정을 담고 있다.

연혁

[시행 2005. 7. 28.] [법률 제7368호, 2005. 1. 27., 제정]
[시행 2008. 2. 29.] [법률 제8852호, 2008. 2. 29., 타법개정]
[시행 2008. 3. 28.] [법률 제9003호, 2008. 3. 28., 일부개정]
[시행 2009. 3. 18.] [법률 제9491호, 2009. 3. 18., 일부개정]
[시행 2011. 4. 14.] [법률 제10584호, 2011. 4. 14., 일부개정]
[시행 2012. 8. 24.] [법률 제11424호, 2012. 5. 23., 일부개정]
[시행 2013. 3. 23.] [법률 제11690호, 2013. 3. 23., 타법개정]
[시행 2017. 9. 22.] [법률 제14625호, 2017. 3. 21., 일부개정]

전문 목차

국어기본법

제1장 총칙

제1조(목적)
이 법은 국어 사용을 촉진하고 국어의 발전과 보전의 기반을 마련하여 국민의 창조적 사고력의 증진을 도모함으로써 국민의 문화적 삶의 질을 향상하고 민족문화의 발전에 이바지함을 목적으로 한다. [전문개정 2011. 4. 14.]

제2조(기본 이념)
국가와 국민은 국어가 민족 제일의 문화유산이며 문화 창조의 원동력임을 깊이 인식하여 국어 발전에 적극적으로 힘씀으로써 민족문화의 정체성을 확립하고 국어를 잘 보전하여 후손에게 계승할 수 있도록 하여야 한다. [전문개정 2011. 4. 14.]

제3조(정의)
이 법에서 사용하는 용어의 뜻은 다음과 같다.
1. "국어"란 대한민국의 공용어로서 한국어를 말한다.
2. "한글"이란 국어를 표기하는 우리의 고유문자를 말한다.
3. "어문규범"이란 제13조에 따른 국어심의회의 심의를 거쳐 제정한 한글 맞춤법, 표준어 규정, 표준 발음법, 외래어 표기법, 국어의 로마자 표기법 등 국어 사용에 필요한 규범을 말한다.
4. "국어능력"이란 국어를 통하여 생각이나 느낌 등을 정확하게 표현하고 이해하는 데에 필요한 듣기·말하기·읽기·쓰기 등의 능력을 말한다. [전문개정 2011. 4. 14.]

제4조(국가와 지방자치단체의 책무)
① 국가와 지방자치단체는 변화하는 언어 사용 환경에 능동적으로 대응하고, 국민의 국어능력 향상과 지역어 보전 등 국어의 발전과 보전을 위하여 노력하여야 한다.
② 국가와 지방자치단체는 정신상·신체상의 장애로 언어 사용에 어려움을 겪고 있는 국민이 불편 없이 국어를 사용할 수 있도록 필요한 정책을 수립하여 시행하여야 한다. [전문개정 2011. 4. 14.]

제5조(다른 법률과의 관계)

국어의 사용과 보급 등에 관하여 다른 법률에 특별한 규정이 있는 경우를 제외하고는 이 법에서 정하는 바에 따른다. [전문개정 2011. 4. 14.]

제2장 국어 발전 기본계획의 수립 등[개정 2011. 4. 14.]

제6조(국어 발전 기본계획의 수립)

① 문화체육관광부장관은 국어의 발전과 보전을 위하여 5년마다 국어 발전 기본계획(이하 "기본계획"이라 한다)을 수립·시행하여야 한다.

② 문화체육관광부장관은 기본계획을 수립하려는 경우에는 제13조에 따른 국어심의회의 심의를 거쳐야 한다.

③ 기본계획에는 다음 각 호의 사항이 포함되어야 한다. [개정 2017. 3. 21.] [[시행일 2017. 9. 22.]]

1. 국어 정책의 기본 방향과 추진 목표에 관한 사항

2. 어문규범의 제정과 개정 방향에 관한 사항

3. 국민의 국어능력 증진과 국어 사용 환경의 개선에 관한 사항

4. 국어 정책과 국어 교육의 연계에 관한 사항

5. 국어의 가치를 널리 알리고 국어문화유산을 보전하는 일에 관한 사항

6. 국어의 국외 보급에 관한 사항

7. 국어의 정보화에 관한 사항

8. 남북한 언어 통일 방안에 관한 사항

9. 정신상·신체상의 장애로 언어 사용에 어려움을 겪고 있는 국민과 국내 거주 외국인의 국어 사용상의 불편 해소에 관한 사항

10. 국어 순화와 전문용어의 표준화·체계화에 관한 사항

11. 국어 발전을 위한 민간 부문의 활동 촉진에 관한 사항

12. 그 밖에 국어의 사용과 발전 및 보전에 관한 사항 [전문개정 2011. 4. 14.]

제7조(시행계획의 수립 등)

① 문화체육관광부장관은 기본계획을 실천하기 위한 세부계획(이하 "시행계획"이라 한다)을 수립·시행하여야 한다.

② 문화체육관광부장관은 시행계획의 수립·시행과 관련하여 필요한 경우 국가기관, 지방자치단체, 「공공기관의 운영에 관한 법률」에 따른 공공기관, 그 밖의 법률에 따라 설립된 특

수법인(이하 "공공기관등"이라 한다) 중 관련 기관의 장에게 협조를 요청할 수 있다. [전문개정 2011. 4. 14.]

제8조(보고)

정부는 매년 국어의 발전과 보전에 관한 시책과 그 시행 결과에 관한 보고서를 정기회가 열리기 전까지 국회에 제출하여야 한다. [개정 2017. 3. 21.] [[시행일 2017. 9. 22.]]

제9조(실태 조사 등)

① 문화체육관광부장관은 국어 정책의 수립에 필요한 국민의 국어능력, 국어 의식, 국어 사용 환경 등에 관한 자료를 수집하거나 실태를 조사할 수 있다.

② 문화체육관광부장관은 제1항에 따른 자료 수집이나 실태 조사를 위하여 필요한 경우에는 국가기관 및 국어 관련 법인·단체 등에 자료 제출이나 의견 진술 등을 요구할 수 있다.

③ 국어능력, 국어 의식, 국어 사용 환경 등에 관한 실태 조사에 필요한 사항은 대통령령으로 정한다. [전문개정 2011. 4. 14.]

제10조(국어책임관의 지정)

① 국가기관과 지방자치단체의 장은 국어의 발전 및 보전을 위한 업무를 총괄하는 국어책임관을 소속 공무원 중에서 지정하여야 한다. [개정 2017. 3. 21.] [[시행일 2017. 9. 22.]]

② 제1항에 따른 국어책임관의 지정 및 임무 등에 관하여 필요한 사항은 대통령령으로 정한다. [전문개정 2011. 4. 14.]

제3장 국어 사용의 촉진 및 보급[개정 2011. 4. 14.]

제11조(어문규범의 제정 등)

문화체육관광부장관은 제13조에 따른 국어심의회의 심의를 거쳐 어문규범을 제정하고, 그 내용을 관보에 고시하여야 한다. 이를 개정하는 경우에도 또한 같다. [전문개정 2011. 4. 14.]

제12조(어문규범의 영향평가)

① 문화체육관광부장관은 어문규범이 국민의 국어 사용에 미치는 영향과 어문규범의 현실

성 및 합리성 등을 평가하여 정책에 반영하여야 한다.

② 제1항에 따른 평가의 항목·방법 및 시기에 관한 사항은 대통령령으로 정한다. [전문개정 2011. 4. 14.]

제13조(국어심의회)

① 국어의 발전과 보전을 위한 중요사항을 심의하기 위하여 문화체육관광부에 국어심의회 (이하 "국어심의회"라 한다)를 둔다.

② 국어심의회는 다음 각 호의 사항을 심의한다.

  1. 기본계획의 수립에 관한 사항

  2. 어문규범의 제정 및 개정에 관한 사항

  3. 그 밖에 국어의 발전과 보전에 관하여 문화체육관광부장관이 회의에 부치는 사항

③ 국어심의회는 위원장 1명과 부위원장 1명을 포함한 60명 이내의 위원으로 구성한다.

④ 위원장과 부위원장은 위원 중에서 호선(互選)하고, 위원은 국어학·언어학 또는 이와 관련된 분야의 전문지식이 있는 사람 중에서 문화체육관광부장관이 위촉한다.

⑤ 제2항 각 호의 사항을 심의하기 위하여 국어심의회에 분과위원회를 둘 수 있다.

⑥ 제1항에 따른 국어심의회의 구성과 운영 등에 필요한 사항은 대통령령으로 정한다. [전문개정 2011. 4. 14.]

제14조(공문서의 작성)

① 공공기관 등은 공문서를 일반 국민이 알기 쉬운 용어와 문장으로 써야 하며, 어문규범에 맞추어 한글로 작성하여야 한다. 다만, 대통령령으로 정하는 경우에는 괄호 안에 한자 또는 다른 외국 글자를 쓸 수 있다. [개정 2017. 3. 21.] [[시행일 2017. 9. 22.]]

② 공공기관 등이 작성하는 공문서의 한글 사용에 관하여 그 밖에 필요한 사항은 대통령령으로 정한다. [전문개정 2011. 4. 14.]

제15조(국어문화의 확산)

① 문화체육관광부장관은 바람직한 국어문화가 확산될 수 있도록 신문·방송·잡지·인터넷 또는 전광판 등을 활용한 홍보와 교육을 적극적으로 시행하여야 한다.

② 신문·방송·잡지·인터넷 등의 대중매체는 국민의 올바른 국어 사용에 이바지하도록 노력하여야 한다. [전문개정 2011. 4. 14.]

제16조(국어 정보화의 촉진)

① 문화체육관광부장관은 국어를 통하여 지식과 정보를 생산하고 활용하여 새로운 문화를 창조할 수 있도록 국어 정보화를 위한 각종 사업을 적극적으로 시행하여야 한다.

② 국가는 인터넷 및 원격정보통신서비스망 등 정보통신망을 활용하는 국민이 국어를 편리하게 사용할 수 있도록 필요한 정책을 시행하여야 한다.

③ 「정보통신망 이용촉진 및 정보보호 등에 관한 법률」 제2조제3호에 따른 정보통신서비스 제공자는 국민이 국어를 편리하게 사용할 수 있도록 필요한 조치를 하여야 한다. [전문개정 2011. 4. 14.]

제17조(전문용어의 표준화 등)

① 국가는 국민이 각 분야의 전문용어를 쉽고 편리하게 사용할 수 있도록 표준화하고 체계화하여 보급하여야 한다. [개정 2017. 3. 21.] [[시행일 2017. 9. 22.]]

② 제1항에 따른 전문용어의 표준화 및 체계화를 위하여 중앙행정기관에 전문용어 표준화협의회를 둔다. [신설 2017. 3. 21.] [[시행일 2017. 9. 22.]]

③ 전문용어의 표준화 및 체계화 절차, 전문용어 표준화협의회 구성 및 운영 등에 필요한 사항은 대통령령으로 정한다. [신설 2017. 3. 21.] [[시행일 2017. 9. 22.]]

제18조(교과용 도서의 어문규범 준수)

교육부장관은 「초·중등교육법」 제29조에 따른 교과용 도서를 편찬하거나 검정 또는 인정하는 경우에는 어문규범을 준수하여야 하며, 이를 위하여 필요한 경우 문화체육관광부장관과 협의할 수 있다. [개정 2013. 3. 23. 제11690호(정부조직법)] [전문개정 2011. 4. 14.]

제19조(국어의 보급 등)

① 국가는 국어를 배우려는 외국인과 「재외동포의 출입국과 법적 지위에 관한 법률」에 따른 재외동포(이하 "재외동포"라 한다)를 위하여 교육과정과 교재를 개발하고 전문가를 양성하는 등 국어의 보급에 필요한 사업을 시행하여야 한다.

② 문화체육관광부장관은 재외동포나 외국인을 대상으로 국어를 가르치려는 사람에게 자격을 부여할 수 있다.

③ 제2항에 따른 자격 요건 및 자격 부여의 방법 등에 관하여 필요한 사항은 대통령령으로 정한다. [전문개정 2011. 4. 14.]

제19조의2(세종학당재단 설립 등)

① 국가는 외국어 또는 제2언어로서의 국어 보급을 효율적으로 수행하기 위하여 세종학당재단(이하 "재단"이라 한다)을 설립한다.

② 재단은 법인으로 한다.

③ 재단에는 임원으로서 이사장, 이사 및 감사를 두고, 임원의 정원, 임기 및 선출방법 등은 정관으로 정하되, 임원은 교육부장관과의 협의를 거쳐 문화체육관광부장관이 임면한다. [개정 2013. 3. 23., 제11690호(정부조직법)]

④ 재단에는 정관으로 정하는 바에 따라 필요한 직원을 둔다.

⑤ 재단은 다음 각 호의 사업을 한다.

　1. 외국어 또는 제2언어로서의 국어와 한국문화를 교육하는 기관이나 강좌를 대상으로 세종학당 지정 및 지원

　2. 온라인으로 외국어 또는 제2언어로서의 국어와 한국문화를 교육하는 누리집(누리 세종학당) 개발·운영

　3. 세종학당의 한국어 표준 교육과정 및 교재 보급

　4. 세종학당의 한국어 교원 양성, 교육 및 파견 지원

　5. 세종학당을 통한 문화교육 및 홍보 사업

　6. 그 밖에 외국어 또는 제2언어로서의 국어보급을 위하여 필요한 사업

⑥ 국가는 재단이 수행하는 제5항의 사업 추진을 위하여 필요하다고 인정하는 때에는 대통령령으로 정하는 바에 따라 관계 중앙행정기관 소속 공무원과 관련 단체 전문가 등으로 구성되는 세종학당정책협의회를 구성하여 운영할 수 있다.

⑦ 국가는 재단의 설립, 시설 및 운영 등에 필요한 경비를 예산의 범위에서 지원할 수 있다.

⑧ 재단은 제5항에 따른 사업 목적의 달성에 필요한 경비를 마련하기 위하여 대통령령으로 정하는 바에 따라 수익사업을 할 수 있다.

⑨ 법인·개인 또는 단체는 재단의 운영 및 사업 등을 지원하기 위하여 금전, 그 밖의 재산을 출연 또는 기부할 수 있다.

⑩ 재단에 관하여 이 법과 「공공기관의 운영에 관한 법률」에서 규정한 것 외에는 「민법」 중 재단법인에 관한 규정을 준용한다. [본조신설 2012. 5. 23.] [[시행일 2012. 8. 24.]]

제20조(한글날)

① 정부는 한글의 독창성과 과학성을 국내외에 널리 알리고 범국민적 한글 사랑 의식을 높이기 위하여 매년 10월 9일을 한글날로 정하고, 기념행사를 한다.

② 제1항에 따른 기념행사에 관하여 필요한 사항은 대통령령으로 정한다. [전문개정 2011. 4. 14.]

제21조(민간단체 등의 활동 지원)

국가와 지방자치단체는 국어의 발전과 보급을 목적으로 활동하는 법인·단체 등에 예산의 범위에서 필요한 지원을 할 수 있다. [전문개정 2011. 4. 14.]

제4장 국어능력의 향상

제22조(국어능력 향상을 위한 정책 등)

① 국가와 지방자치단체는 국민의 국어능력 향상을 위한 기회를 균등하게 제공하는 데에 힘써야 하며, 국어능력 향상에 필요한 정책을 수립하여 시행하여야 한다.

② 제1항에 따른 정책을 효율적으로 추진하기 위하여 관계 중앙행정기관 간의 협의기구를 구성·운영할 수 있다.

③ 제2항에 따른 협의기구의 구성과 운영에 필요한 사항은 대통령령으로 정한다. [전문개정 2011. 4. 14.]

제23조(국어능력의 검정)

① 문화체육관광부장관은 국민의 국어능력 향상과 창조적인 언어생활의 정착을 위하여 국어능력을 검정할 수 있다.

② 제1항에 따른 국어능력의 검정 방법·절차·내용 및 시기에 관하여 필요한 사항은 대통령령으로 정한다. [전문개정 2011. 4. 14.]

제24조(국어문화원의 지정 등)

① 문화체육관광부장관은 국민들의 국어능력을 높이고 국어와 관련된 상담을 할 수 있도록 대통령령으로 정하는 전문인력과 시설을 갖춘 국어 관련 전문기관·단체 또는 「고등교육법」 제2조에 따른 학교의 부설기관 등을 국어문화원으로 지정할 수 있다.

② 국가는 제1항에 따라 지정된 국어문화원의 운영에 필요한 경비의 일부를 예산의 범위에서 보조할 수 있다.

③ 문화체육관광부장관은 지정된 국어문화원이 전문인력과 시설을 유지하지 못하여 국어문화원으로서의 기능을 계속 수행하기 어렵다고 인정할 때에는 지정을 취소할 수 있다.

④ 제1항에 따른 국어문화원의 지정 방법 등에 관하여 필요한 사항은 대통령령으로 정한다. [전문개정 2011. 4. 14.]

제5장 보칙[개정 2011. 4. 14.]

제25조(협의)
중앙행정기관의 장은 국어의 사용에 관한 내용이 포함된 법령을 제정하거나 개정하려는 경우에는 미리 문화체육관광부장관과 협의하여야 한다. [전문개정 2011. 4. 14.]

제26조(청문)
문화체육관광부장관은 제24조제3항에 따라 국어문화원의 지정을 취소하려면 청문을 하여야 한다. [전문개정 2011. 4. 14.]

제27조(권한의 위임 · 위탁)
① 이 법에 따른 문화체육관광부장관의 권한은 대통령령으로 정하는 바에 따라 그 일부를 특별시장·광역시장·도지사 또는 특별자치도지사에게 위임할 수 있다.
② 문화체육관광부장관은 이 법에 따른 업무의 일부를 대통령령으로 정하는 바에 따라 관련 기관·단체 등에 위탁할 수 있다. [전문개정 2011. 4. 14.]

부칙[2005. 1. 27., 제7368호]
제1조 (시행일) 이 법은 공포 후 6월이 경과한 날부터 시행한다.
제2조 (다른 법률의 폐지) 한글전용에관한법률은 폐지한다.
제3조 (공문서의 작성에 관한 적용례) 제14조의 규정은 이 법 시행 후 최초로 작성하는 공문서부터 적용한다.
제4조 (어문규범에 관한 경과조치) 이 법 시행 당시 종전의 문화예술진흥법 제7조의 규정에 의한 어문규범은 제11조의 규정에 의한 어문규범으로 본다.
제5조 (국어심의회에 관한 경과조치) 이 법 시행 당시 종전의 문화예술진흥법 제6조의 규정에 따라 설치된 국어심의회는 제13조의 규정에 따라 설치된 국어심의회로 본다.
제6조 (다른 법률의 개정) 문화예술진흥법 중 다음과 같이 개정한다.
제2장(제5조 내지 제8조)을 삭제한다.

부칙[2008. 2. 29., 제8852호(정부조직법)]

제1조 (시행일) 이 법은 공포한 날부터 시행한다. 단서 생략

제2조부터 제5조까지 생략

제6조 (다른 법률의 개정) ①부터 <248>까지 생략

<249> 국어기본법 일부를 다음과 같이 개정한다.

제6조제1항·제2항, 제7조제1항·제2항, 제9조제1항·제2항, 제11조, 제12조제1항, 제13조제2항 제3호·같은 조 제4항, 제15조제1항, 제16조제1항, 제18조, 제19조제2항, 제23조제1항, 제24조제1항·제3항, 제25조, 제26조 및 제27조제1항·제2항 중 "문화관광부장관"을 각각 "문화체육관광부장관"으로 한다.

제13조제1항 중 "문화관광부"를 "문화체육관광부" 로 한다.

제18조 중 "교육인적자원부장관"을 "교육과학기술부장관"으로 한다.

<250>부터 <760>까지 생략

제7조 생략

부칙[2008. 3. 28., 제9003호]

① (시행일) 이 법은 공포한 날부터 시행한다.

② (경과조치) 이 법 시행 당시 이미 지정된 국어상담소는 제24조의 개정규정에 따라 국어문화원으로 지정된 것으로 본다.

부칙[2009. 3. 18., 제9491호]

이 법은 공포한 날부터 시행한다.

부칙[2011. 4. 14., 제10584호]

이 법은 공포한 날부터 시행한다.

부칙[2012. 5. 23., 제11424호]

제1조 (시행일) 이 법은 공포 후 3개월이 경과한 날부터 시행한다.

제2조 (한국어세계화재단에 대한 경과조치)

① 이 법 시행 당시 「민법」제32조에 따라 문화체육관광부장관의 허가를 받아 설립된 재단법인 한국어세계화재단은 이 법 시행 후 2개월 이내에 이 법에 따른 정관을 작성하여 문화체육관광부장관의 인가를 받고 이 법에 따른 재단의 설립등기를 하여야 한다.

② 재단법인 한국어세계화재단은 제1항에 따라 설립등기를 마친 경우에는 「민법」중 법인의

해산 및 청산에 관한 규정에도 불구하고 해산된 것으로 본다.

③ 이 법에 따른 재단은 설립등기일에 재단법인 한국어세계화재단의 모든 권리·의무와 재산관계를 승계한다.

부칙[2013. 3. 23., 제11690호(정부조직법)]

제1조(시행일)

① 이 법은 공포한 날부터 시행한다.

② 생략

제2조부터 제5조까지 생략

제6조 (다른 법률의 개정)

①부터 <253>까지 생략

<254> 국어기본법 일부를 다음과 같이 개정한다.

제18조 및 제19조의2제3항 중 "교육과학기술부장관"을 각각 "교육부장관"으로 한다.

<255>부터 <710>까지 생략

제7조 생략

부칙[2017. 3. 21., 제14625호]

이 법은 공포 후 6개월이 경과한 날부터 시행한다.

국어기본법 시행령

 이 영은 「국어기본법」에서 위임된 사항과 그 시행에 관하여 필요한 사항을 규정함을 목적으로 한다. 2005년 7월 27일 공포[대통령령 제18973호]되어 2005년 7월 28일부터 시행되고 있다.

 국어기본법이 제정되어 국어의 발전 및 보전을 위한 업무를 총괄하는 국어책임관을 지정할 수 있도록 함에 따라 동 지정절차 및 국어책임관의 임무에 관하여 정하는 한편, 국어심의회의 분과위원회의 구성 및 운영과 한국어교원 자격부여의 방법 및 등급에 관한 사항을 정하는 등 동법에서 위임된 사항과 그 시행에 필요한 사항을 정하기 위해 제정되었으며, 오늘까지 모두 15차례에 걸쳐 개정되었다.

연혁

[시행 2005. 7. 28.] [대통령령 제18973호, 2005. 7. 27., 제정]
[시행 2008. 2. 29.] [대통령령 제20676호, 2008. 2. 29., 타법개정]
[시행 2008. 10. 20.] [대통령령 제21087호, 2008. 10. 20., 타법개정]
[시행 2010. 12. 14.] [대통령령 제22529호, 2010. 12. 14., 일부개정]
[시행 2011. 6. 15.] [대통령령 제22529호, 2010. 12. 14., 일부개정]
[시행 2012. 5. 1.] [대통령령 제23759호, 2012. 5. 1., 타법개정]
[시행 2012. 8. 22.] [대통령령 제24053호, 2012. 8. 22., 일부개정]
[시행 2012. 8. 24.] [대통령령 제24053호, 2012. 8. 22., 일부개정]
[시행 2013. 1. 16.] [대통령령 제24314호, 2013. 1. 16., 타법개정]
[시행 2013. 3. 23.] [대통령령 제24453호, 2013. 3. 23., 타법개정]
[시행 2014. 7. 16.] [대통령령 제25472호, 2014. 7. 16., 일부개정]
[시행 2014. 12. 23.] [대통령령 제25872호, 2014. 12. 23., 일부개정]
[시행 2015. 11. 30.] [대통령령 제26680호, 2015. 11. 30., 일부개정]
[시행 2015. 12. 31.] [대통령령 제26839호, 2015. 12. 31., 타법개정]
[시행 2017. 9. 22.] [대통령령 제28306호, 2017. 9. 19., 일부개정]
[시행 2019. 1. 1.] [대통령령 제29421호, 2018. 12. 24., 타법개정]

전문 목차

국어기본법 시행령

제1조(목적)

이 영은 「국어기본법」에서 위임된 사항과 그 시행에 필요한 사항을 규정함을 목적으로 한다. [전문개정 2012. 8. 22.]

제2조(실태 조사의 세부 사항 등)

① 「국어기본법」(이하 "법"이라 한다) 제9조에 따라 하는 실태 조사는 다음 각 호의 사항을 대상으로 한다.

1. 듣기·말하기·읽기 및 쓰기 능력 등 국민의 국어능력에 관한 사항

2. 경어(敬語)·외래어·외국어·표준어 및 지역어 사용 의식 등 국민의 국어 의식에 관한 사항

3. 국어 사용 환경에 관한 다음 각 목의 사항

　가. 국민의 듣기·말하기·읽기 및 쓰기 등의 실태

　나. 국민의 경어·외래어·외국어·표준어 및 지역어 등의 사용 실태

　다. 신문·방송·잡지 및 인터넷 등 대중매체의 언어 사용 실태

　라. 가요·영화·광고·상호 및 상표 등의 언어 사용 실태

② 문화체육관광부장관은 제1항에 따른 실태 조사를 하였을 때에는 그 결과를 공표하여야 하고, 법 제6조에 따른 국어 발전 기본계획(이하 "기본계획"이라 한다)을 수립할 때에 실태 조사 결과를 반영하여야 한다.

③ 문화체육관광부장관은 제1항에 따른 실태 조사 업무의 일부를 국어 관련 전문기관이나 단체로 하여금 수행하게 할 수 있다. [전문개정 2012. 8. 22.]

제3조(국어책임관의 지정 및 임무)

① 법 제10조제1항에 따라 중앙행정기관과 그 소속 기관의 장 및 지방자치단체의 장은 해당 기관의 홍보나 국어 담당 부서장 또는 이에 준하는 직위의 공무원을 국어책임관으로 지정하고, 그 사실을 문화체육관광부장관에게 통보하여야 한다. [개정 2017. 9. 19.]

② 국어책임관의 임무는 다음과 같다.

1. 해당 기관이 수행하는 정책을 효과적으로 국민에게 알리기 위한 알기 쉬운 용어의 개발과 보급 및 정확한 문장의 사용 장려

2. 해당 기관의 정책 대상이 되는 사람들의 국어 사용 환경 개선 시책의 수립과 추진

3. 해당 기관 직원의 국어능력 향상을 위한 시책의 수립과 추진

4. 기관 간 국어와 관련된 업무의 협조

③ 중앙행정기관 및 그 소속 기관의 장과 특별시장·특별자치시장·광역시장·도지사·특별자치도지사(이하 "시·도지사"라 한다)는 문화체육관광부장관에게, 시장·군수·구청장(자치구의 구청장을 말한다. 이하 같다)은 시·도지사에게 소속 국어책임관이 추진한 국어의 발전 및 보전을 위한 업무의 실적과 이에 대한 자체평가 결과를 매년 1회 보고하여야 한다. [전문개정 2012. 8. 22.]

제4조(어문규범의 영향평가)
① 법 제12조제2항에 따른 어문규범에 관한 영향평가는 다음 각 호의 사항을 대상으로 한다.
 1. 어문규범이 국민의 국어 사용에 미치는 영향
  가. 어문규범의 필요성 및 중요성 등에 대한 국민의 인식
  나. 어문규범으로 인한 국민의 국어 사용의 변화 정도
 2. 어문규범의 현실성 및 합리성
  가. 어문규범에 대한 국민의 인지도 및 수용도
  나. 어문규범에 대한 국민의 만족도
② 문화체육관광부장관은 어문규범에 관한 영향평가의 조사대상자를 선정할 때에는 지역·나이·성(性)·직업 및 학력 등이 균형있게 분포되도록 하여야 한다.
③ 문화체육관광부장관은 어문규범을 제정하거나 개정하려는 경우에는 미리 어문규범에 관한 영향평가를 하여야 한다.
④ 문화체육관광부장관은 어문규범에 관한 영향평가 업무의 일부를 학술단체, 여론조사기관 또는 「고등교육법」 제2조에 따른 대학(이하 "대학"이라 한다)으로 하여금 수행하게 할 수 있다. [전문개정 2012. 8. 22.]

제5조(국어심의회 위원의 임기 등)
① 법 제13조제1항에 따른 국어심의회(이하 "국어심의회"라 한다)의 위원의 임기는 2년으로 한다. [개정 2017. 9. 19.]
② 국어심의회 위원은 다음 각 호의 어느 하나에 해당하는 사람 중에서 문화체육관광부장관이 성별을 고려하여 임명하거나 위촉한다. [신설 2017. 9. 19.]
 1. 문화체육관광부의 국어 관련 부서 소속 공무원
 2. 국어·언어·국어교육 또는 한국어교육 분야 등의 관련 기관이나 단체의 장
 3. 국어학·언어학·국어교육 또는 한국어교육 분야 등에서 박사학위를 취득한 후 같은 분야에서 3년 이상 연구하거나 실무 경험이 있는 사람
 4. 언론·방송·출판 및 정보화 등 국어와 관련된 분야의 전문지식과 경험이 풍부한 사람 [전문개정 2012. 8. 22.] [본조제목개정 2017. 9. 19.]

제5조의2(국어심의회 위원의 해촉)
문화체육관광부장관은 국어심의회의 위원이 다음 각 호의 어느 하나에 해당하는 경우에는
해당 위원을 해촉(解囑)할 수 있다.
 1. 심신장애로 인하여 직무를 수행할 수 없게 된 경우
 2. 직무와 관련된 비위 사실이 있는 경우
 3. 직무태만, 품위손상이나 그 밖의 사유로 인하여 위원으로 적합하지 아니하다고 인정되는
   경우
 4. 위원 스스로 직무를 수행하는 것이 곤란하다고 의사를 밝히는 경우 [본조신설 2015. 11. 30.]

제6조(국어심의회의 회의)
① 국어심의회는 문화체육관광부장관 또는 국어심의회 위원장이 필요하다고 인정하는 경
우에 소집하며, 재적 위원 과반수의 출석으로 개의(開議)하고, 출석 위원 과반수의 찬성으로
의결한다.
② 제1항에 따른 국어심의회의 운영 등에 필요한 사항은 문화체육관광부장관이 정한다. [전
문개정 2012. 8. 22.]

제7조(관계기관 등에 대한 협조 요청)
국어심의회는 직무수행에 필요하다고 인정하는 경우에는 관계기관, 단체 또는 해당 분야의
전문가 등에 대하여 자료나 의견의 제출, 회의 출석 등의 협조를 요청할 수 있다.

제8조(분과위원회)
① 법 제13조제5항에 따른 분과위원회의 종류 및 심의사항은 다음 각 호와 같다.
 1. 언어정책분과위원회
  가. 기본계획에 관한 사항
  나. 국민의 국어능력 향상과 국어 사용 환경 개선에 관한 사항
  다. 국어의 국외 보급에 관한 사항
  라. 국어의 정보화에 관한 사항
  마. 그 밖에 다른 분과위원회의 소관에 속하지 아니하는 사항
 2. 어문규범분과위원회
  가. 한글 맞춤법에 관한 사항
  나. 표준어 규정 및 표준 발음법에 관한 사항
  다. 외래어 및 외국어의 한글 표기에 관한 사항

라. 로마자 표기법 등 국어를 외국 글자로 표기하는 방법에 관한 사항

마. 한자의 자형(字形)·독음(讀音) 및 의미에 관한 사항

바. 어문규범에 관한 영향평가에 대한 사항

3. 국어순화분과위원회

가. 국어순화에 관한 사항

나. 전문 분야 용어의 표준화에 관한 사항

② 제1항 각 호에 따른 분과위원회는 위원장 1명을 포함한 15명 이상 30명 이하의 위원으로 구성한다.

③ 국어심의회의 위원은 1개 분과위원회의 위원이 되는 것을 원칙으로 하되, 필요한 경우에는 2개 이상의 분과위원회의 위원이 될 수 있다.

④ 분과위원회의 위원장은 분과위원회의 위원 중에서 호선(互選)한다.

⑤ 분과위원회의 회의는 문화체육관광부장관이나 분과위원회의 위원장이 필요하다고 인정하는 경우에 소집하며, 재적 위원 과반수의 출석으로 개의하고, 출석 위원 과반수의 찬성으로 의결한다. [전문개정 2012. 8. 22.]

제9조(간사 및 서기)

① 국어심의회와 각 분과위원회에 간사와 서기 각 1명을 둔다.

② 간사와 서기는 문화체육관광부 소속 공무원 중에서 문화체육관광부장관이 임명한다. [전문개정 2012. 8. 22.]

제10조(수당 등)

국어심의회와 분과위원회에 출석하는 위원 및 관계 전문가에게는 예산의 범위에서 수당과 여비를 지급할 수 있다. [전문개정 2012. 8. 22.]

제11조(공문서의 작성과 한글 사용)

법 제14조제1항 단서에 따라 공공기관의 공문서를 작성할 때 괄호 안에 한자나 외국 글자를 쓸 수 있는 경우는 다음 각 호와 같다.

1. 뜻을 정확하게 전달하기 위하여 필요한 경우

2. 어렵거나 낯선 전문어 또는 신조어(新造語)를 사용하는 경우 [전문개정 2012. 8. 22.]

제12조(표준화협의회의 구성 및 운영)

① 법 제17조제2항에 따라 중앙행정기관에 두는 전문용어 표준화협의회(이하 "표준화협의회"라 한다)는 위원장 1명을 포함하여 5명 이상 20명 이하의 위원으로 구성한다.

② 표준화협의회 위원장은 해당 중앙행정기관의 국어책임관이 되고, 위원은 다음 각 호의 사람 중에서 해당 중앙행정기관의 장이 성별을 고려하여 임명하거나 위촉한다.

　1. 해당 중앙행정기관의 전문용어 관련 부서 소속 공무원

　2. 국어 및 전문용어와 관련된 분야의 전문지식과 경험이 풍부한 사람

③ 표준화협의회는 다음 각 호의 사항을 심의한다.

　1. 소관 분야 전문용어의 순화 및 표준화에 관한 사항

　2. 소관 분야의 학술단체·사회단체 등 민간 부문에서 심의를 요청한 전문용어의 순화 및 표준화에 관한 사항

　3. 그 밖에 전문용어의 순화 및 표준화를 위하여 필요한 사항

④ 제1항부터 제3항까지에서 규정한 사항 외에 표준화협의회의 구성 및 운영에 필요한 사항은 해당 중앙행정기관의 장이 정한다. [전문개정 2017. 9. 19.]

제12조의2(전문용어의 표준화 및 체계화 절차)

① 중앙행정기관의 장은 소관 분야의 전문용어를 표준화하려는 경우에는 표준화협의회의 심의를 거쳐 문화체육관광부장관에게 심의를 요청하여야 한다. 이 경우 별지 제1호서식의 심의 요청서에 다음 각 호의 서류를 첨부하여 제출하여야 한다.

　1. 별지 제2호서식의 전문용어 표준안 심의 요청 목록

　2. 소관 분야의 전문용어 표준안 심의 관련 서류

　3. 소관 분야의 학술단체·사회단체 등 민간 부문에서 요청한 전문용어 표준안 심의 관련 서류

② 문화체육관광부장관은 제1항에 따라 심의 요청된 전문용어 표준안을 국어심의회의 심의를 거쳐 확정한 후 그 결과를 해당 중앙행정기관의 장에게 회신하고, 해당 중앙행정기관의 장은 이를 고시하여야 한다.

③ 중앙행정기관의 장은 제2항에 따라 확정·고시된 전문용어를 소관 법령의 제정·개정, 교과용 도서 제작, 공문서 작성 및 국가가 주관하는 시험 출제 등에 적극 활용하여야 한다.

④ 문화체육관광부장관은 중앙행정기관의 장에게 표준화협의회의 운영 실적 등 전문용어의 표준화 및 체계화에 필요한 자료의 제출을 요청할 수 있다. [본조신설 2017. 9. 19.]

제13조(한국어교원 자격 부여 등)

① 법 제19조제2항에 따라 재외동포나 외국인을 대상으로 국어를 가르치는 사람 (이하 "한국어교원"이라 한다)의 자격은 다음 각 호와 같다.

1. 한국어교원 1급

　제2호 각 목의 어느 하나에 해당하여 한국어교원 2급 자격을 취득한 후에 제2항에 따른 기관 또는 단체 등에서 5년 이상 근무하면서 총 2천시간 이상 외국어로서의 한국어를 가르친 경력(이하 "한국어교육경력"이라 한다)이 있는 사람

2. 한국어교원 2급

　가. 외국어로서의 한국어교육 분야를 주전공 또는 복수전공으로 하여 별표 1에서 정한 영역별 필수이수학점을 취득한 후 학사 이상의 학위를 취득한 사람. 이 경우 외국 국적을 가진 사람은 문화체육관광부장관이 시험 종류, 시험의 유효기간 및 급수 등을 정하여 고시하는 시험에 합격한 사람일 것

　나. 2005년 7월 28일 전에 대학에 입학한 사람으로서 외국어로서의 한국어교육 분야를 주전공 또는 복수전공으로 하여 별표 1 제3호에 따른 영역에 속한 과목과 같은 표 제5호에 따른 영역에 속한 과목을 합산하여 18학점 이상을 이수하되, 같은 표 제3호에 따른 영역에 속한 과목을 2학점 이상 이수한 후 학사 학위를 취득한 사람

　다. 2005년 7월 28일 전에 「고등교육법」 제29조에 따른 대학원(이하 "대학원"이라 한다)에 입학한 사람으로서 외국어로서의 한국어교육 분야를 전공으로 하여 별표 1 제3호에 따른 영역에 속한 과목과 같은 표 제5호에 따른 영역에 속한 과목을 합산하여 8학점 이상을 이수하되, 같은 표 제3호에 따른 영역에 속한 과목을 2학점 이상 이수한 후 석사 이상의 학위를 취득한 사람

　라. 제3호가목 및 다목부터 마목까지의 어느 하나에 해당하여 한국어교원 3급 자격을 취득한 후에 제2항에 따른 기관 또는 단체 등에서 3년 이상 근무한 사람으로서 총 1천 200시간 이상의 한국어교육경력이 있는 사람

　마. 제3호나목, 바목 및 사목의 어느 하나에 해당하여 한국어교원 3급 자격을 취득한 후에 제2항에 따른 기관 또는 단체 등에서 5년 이상 근무한 사람으로서 총 2천 시간 이상의 한국어교육경력이 있는 사람

3. 한국어교원 3급

　가. 외국어로서의 한국어교육 분야를 부전공으로 하여 별표 1에서 정한 영역별 필수 이수학점을 취득한 후 학사 학위를 취득한 사람. 이 경우 외국 국적을 가진 사람은 문화 체육관광부장관이 시험 종류, 시험의 유효기간 및 급수 등을 정하여 고시하는 시험에 합격한 사람일 것

　나. 별표 1에서 정한 영역별 필수이수시간을 충족하는 한국어교원 양성과정을 이수한 후 제14조에 따른 한국어교육능력 검정시험에 응시하여 합격한 사람

　다. 2005년 7월 28일 전에 대학에 입학한 사람으로서 외국어로서의 한국어교육 분야를 주전공 또는 복수전공으로 하여 별표 1 제3호에 따른 영역에 속한 과목과 같은 표 제5호에 따른 영역에 속한 과목을 합산하여 10학점 이상 17학점 이하를 이수하되, 같은 표 제3호에 따른 영역에 속한 과목을 2학점 이상 이수한 후 학사 학위를 취득한 사람

라. 2005년 7월 28일 전에 대학원에 입학한 사람으로서 외국어로서의 한국어교육 분야를 전공으로 하여 별표 1 제3호에 따른 영역에 속한 과목과 같은 표 제5호에 따른 영역에 속한 과목을 합산하여 6학점 이상 7학점 이하를 이수하되, 같은 표 제3호에 따른 영역에 속한 과목을 2학점 이상 이수한 후 석사 이상의 학위를 취득한 사람

마. 2005년 7월 28일 전에 대학에 입학한 사람으로서 외국어로서의 한국어교육 분야를 부전공으로 하여 별표 1 제3호에 따른 영역에 속한 과목과 같은 표 제5호에 따른 영역에 속한 과목을 합산하여 10학점 이상 이수하되, 같은 표 제3호에 따른 영역에 속한 과목을 2학점 이상 이수한 후 학사 학위를 취득한 사람

바. 2005년 7월 28일 전에 제2항제1호부터 제3호까지의 규정에 따른 기관 또는 단체 등에서 800시간 이상의 한국어교육경력이 있거나 2005년 7월 28일 전에 「민법」 제32조에 따라 문화체육관광부장관의 허가를 받아 설립된 한국어세계화재단에서 실시한 한국어교육 능력을 인증하는 시험에 합격한 사람

사. 2005년 7월 28일 전에 한국어교사를 양성하는 과정을 이수하였거나 2005년 7월 28일 전에 그 과정에 등록하여 2005년 7월 28일 이후에 그 과정을 이수한 사람으로서 2005년 7월 28일 이후에 제14조에 따른 한국어교육능력 검정시험에 합격한 사람

② 제1항에 따른 한국어교원의 자격 취득에 필요한 한국어교육경력이 인정되는 기관 또는 단체 등은 다음 각 호와 같다. [개정 2013. 3. 23. 제24453호(문화체육관광부와 그 소속기관 직제), 2015. 11. 30.]

1. 외국어로서의 한국어 강의가 개설된 국내 대학 및 대학 부설기관, 국내 대학에 준하는 외국의 대학 및 대학 부설기관

2. 외국어로서의 한국어 수업이 개설된 국내외 초·중·고등학교

3. 외국어로서의 한국어를 가르치는 국가, 지방자치단체 또는 외국 정부기관

4. 「재한외국인 처우 기본법」 제21조에 따라 외국인정책에 관한 사업을 위탁받은 비영리법인 또는 비영리단체

5. 「외교부와 그 소속기관 직제」 제55조에 따른 문화원 및 「재외국민의 교육지원 등에 관한 법률」 제28조에 따른 한국교육원

6. 그 밖에 문화체육관광부장관이 문화체육관광부령으로 정하는 바에 따라 한국어 교육경력이 인정되는 기관 등으로 정하여 고시하는 기관 등

③ 문화체육관광부장관은 제1항에 따른 한국어교원 자격을 취득하려는 사람에 대하여 그 신청에 따라 자격 충족 여부를 심사하여 그 자격이 있는지를 결정하여야 한다. [개정 2015. 11. 30.]

④ 문화체육관광부장관은 제3항에 따라 해당 자격을 갖춘 것으로 결정된 사람에게 별지 제3호서식(전자문서를 포함한다)의 한국어교원 자격증을 문화체육관광부령으로 정하는 바에 따라 발급한다. [개정 2015. 11. 30., 2017. 9. 19.]

⑤ 제1항부터 제4항까지의 규정에 따른 한국어교원 자격의 심사 횟수, 절차, 방법, 그 밖에

필요한 사항은 문화체육관광부령으로 정한다. [개정 2015. 11. 30.] [전문개정 2012. 8. 22.]

제13조의2(대학 등의 교육과정 및 교과목 확인)
① 한국어교육 분야를 학위과정으로 운영하거나 운영하려는 대학 또는 대학원과 한국어교원 양성과정을 운영하거나 운영하려는 기관(이하 "대학 등"이라 한다)은 별표 1에 따른 영역별 과목, 필수이수학점 및 필수이수시간에 대한 적합 여부의 확인을 문화체육관광부장관에게 신청할 수 있다.
② 문화체육관광부장관은 대학 등으로부터 제1항에 따른 확인을 신청받았을 때에는 그 적합 여부를 확인하여야 한다. 이 경우 문화체육관광부장관은 그 과정의 과목 등이 적합한 것으로 확인된 대학 등의 동의가 있으면 확인 결과를 공개할 수 있다.
③ 제1항에 따른 확인 절차 등에 관한 세부 사항은 문화체육관광부령으로 정한다. [전문개정 2012. 8. 22.]

제14조(한국어교육능력 검정시험 실시)
① 문화체육관광부장관은 외국어로서의 한국어교육의 질을 높이기 위하여 매년 1회 이상 한국어교육능력 검정시험을 실시하여야 한다.
② 문화체육관광부장관은 제1항에 따른 한국어교육능력 검정시험(이하 "한국어교육능력 검정시험"이라 한다)을 실시할 때에는 한국어교육능력 검정시험의 시행 일시 및 장소를 시험 시행일 90일 전까지 공고하여야 한다.
③ 한국어교육능력 검정시험의 영역 및 검정 방법은 별표 2와 같다.
④ 한국어교육능력 검정시험의 합격자는 필기시험에서 각 영역의 40퍼센트 이상, 전 영역 총점의 60퍼센트 이상 득점하고 면접시험에 합격한 사람으로 한다.
⑤ 문화체육관광부장관은 한국어교육능력 검정시험의 출제·시행·채점 및 관리에 관한 업무를 다음 각 호의 요건을 갖춘 관련 전문기관이나 단체로 하여금 수행하게 할 수 있다.
  1. 비영리법인일 것
  2. 한국어교육능력 검정시험을 실시할 수 있는 인력과 시설을 갖출 것
  3. 한국어교육능력 검정시험에 관한 전문성을 갖출 것
⑥ 부정한 방법으로 시험에 응시한 사람 또는 시험에서 부정한 행위를 한 사람에 대해서는 해당 시험을 정지하거나 무효로 하고, 그 처분이 있었던 날부터 3년간 시험의 응시자격을 정지한다.
⑦ 필기시험에 합격한 사람에 대해서는 합격한 해의 다음 회 시험에 대해서만 필기시험을 면제한다.
⑧ 한국어교육능력 검정시험에 응시하려는 사람은 문화체육관광부장관이 정하는 응시 수

수료를 내야 한다.

⑨ 한국어교육능력 검정시험의 응시 수수료, 환불, 그 밖에 한국어교육능력 검정시험의 운영에 필요한 사항은 문화체육관광부장관이 정하여 고시한다. [전문개정 2012. 8. 22.]

제14조의2(세종학당정책협의회의 구성)

① 법 제19조의2제6항에 따른 세종학당정책협의회(이하 "협의회"라 한다)는 위원장 1명을 포함한 12명 이내의 위원으로 구성한다.

② 협의회의 위원장(이하 "위원장"이라 한다)은 문화체육관광부 제1차관이 되며, 위원은 다음 각 호의 사람이 된다. [개정 2013. 3. 23. 제24453호(문화체육관광부와 그 소속기관 직제), 2014. 12. 23.]

  1. 교육부 국제협력관, 외교부 문화외교국장 및 문화체육관광부 문화정책관

  2. 한국어 교육 관련 단체의 임원·직원 중에서 위원장이 성별을 고려하여 위촉한 사람

  3. 삭제 [2014. 12. 23.]

③ 제2항제2호에 따른 위촉위원의 임기는 2년으로 한다. [개정 2014. 12. 23.]

④ 협의회 사무를 처리하기 위하여 협의회에 간사 1명을 두며, 간사는 문화체육관광부 국어정책과장이 된다. [본조신설 2012. 8. 22.] [[시행일 2012. 8. 24.]]

제14조의3(협의회의 운영)

① 위원장은 회의에 부칠 안건을 선정하여 회의를 소집하고, 그 회의를 주관한다.

② 위원장은 필요하다고 인정하는 경우에는 관계 전문가를 출석하게 하여 의견을 듣거나 의견 제출을 요청할 수 있다. [신설 2014. 12. 23.]

③ 제1항 및 제2항에서 규정한 사항 외에 협의회 운영에 필요한 사항은 문화체육관광부장관이 정한다. [개정 2014. 12. 23.] [본조신설 2012. 8. 22] [[시행일 2012. 8. 24.]]

제14조의4(세종학당재단의 수익사업)

법 제19조의2제1항에 따른 세종학당재단이 법 제19조의2제8항에 따라 수익사업을 할 때에는 미리 수익사업계획서를 문화체육관광부장관에게 제출하여 사업마다 승인을 받아야 한다. 승인을 받은 수익사업을 변경할 때에도 또한 같다.

[본조신설 2012. 8. 22.] [[시행일 2012. 8. 24.]]

제15조(한글날 기념행사)

① 정부는 법 제20조제1항에 따른 한글날 기념행사를 할 때에 한글과 국어 발전에 이바지한 공이 매우 큰 개인이나 단체를 한글발전유공자로 포상하고, 한국 문화 창달에 이바지한 공적이 뚜렷한 개인이나 단체에 대하여 세종문화상을 수여할 수 있다.

② 제1항에 따른 한글발전유공자의 포상은 「상훈법」에서 정하는 바에 따르고, 세종문화상의 수여는 「정부 표창 규정」에서 정하는 바에 따르며, 시상 분야, 수상 인원과 그 밖에 필요한 사항은 문화체육관광부장관이 정한다. [개정 2013. 1. 16., 제24314호(정부 표창 규정)] [전문개정 2012. 8. 22.]

제16조 삭제
[2008. 10. 20., 제21087호(행정기관 소속 위원회의 정비를 위한 평생교육법 시행령 등)]

제17조 삭제
[2008. 10. 20., 제21087호(행정기관 소속 위원회의 정비를 위한 평생교육법 시행령 등)]

제18조(국어능력의 검정방법)
① 법 제23조제1항에 따른 국어능력의 검정은 다음 각 호의 모든 분야에 대하여 시험을 실시하는 것으로 한다.
  1. 듣기
  2. 말하기
  3. 읽기
  4. 쓰기
  5. 그 밖에 국어 사용에 필요한 사항
② 문화체육관광부장관은 필요하다고 인정하는 경우에 국어능력 검정시험의 출제·시행·채점 및 관리에 관한 업무를 다음 각 호의 요건을 갖춘 전문기관이나 단체로 하여금 수행하게 할 수 있다.
  1. 비영리법인일 것
  2. 국어능력 검정시험을 실시할 수 있는 인력과 시설을 갖출 것
  3. 국어능력 검정시험에 관한 전문성을 갖출 것
③ 문화체육관광부장관 또는 제2항에 따라 국어능력 검정시험 업무를 수행하는 기관이나 단체는 국어능력 검정을 실시하였을 때에는 그 검정 결과를 응시자에게 통지하거나 응시자가 열람할 수 있게 하여야 한다. [전문개정 2012. 8. 22.]

제19조(국어문화원의 지정 등)

① 법 제24조제1항에 따라 국어문화원으로 지정받으려는 기관은 다음 각 호의 요건을 모두 갖추어야 한다.

1. 다음 각 목에 해당하는 상담 전문인력을 갖출 것

가. 상근 책임자 1명: 국어국문학·국어교육학 또는 언어학 등의 분야에서 박사과정을 수료하거나 박사 학위를 취득한 사람 또는 대학의 국어 관련 학과와 그 부설연구소·상담소, 국어 관련 단체나 학회에서 8년 이상 강의하거나 연구하거나 상담하거나 근무한 경력이 있는 사람일 것

나. 상근 상담원 2명 이상: 국어국문학·국어교육학 또는 언어학 등의 분야에서 석사 학위를 취득하거나, 대학의 국어 관련 학과와 그 부설 연구소·상담소, 국어 관련 단체나 학회에서 6년 이상 강의하거나 연구하거나 상담하거나 근무한 경력이 있는 사람일 것

2. 상담실 및 행정실과 통신 장비를 이용하여 상담할 수 있는 시설을 갖출 것

② 국어문화원으로 지정받으려는 기관은 별지 제4호서식의 국어문화원 지정신청서에 다음 각 호의 서류를 첨부하여 문화체육관광부장관에게 제출하여야 한다. [개정 2017. 9. 19.]

1. 국어문화원 운영계획서

2. 최근 3년간 관련 사업의 추진 실적을 적은 서류

③ 국어문화원으로 지정된 기관은 전년도의 사업 실적을 매년 1월 31일까지 문화체육관광부장관에게 통보하여야 한다. [개정 2017. 9. 19.] [전문개정 2012. 8. 22.]

제20조(고유식별정보의 처리)

문화체육관광부장관(제14조제5항에 따라 한국어교육능력 검정시험의 출제·시행·채점 및 관리에 관한 업무를 수행하는 전문기관이나 단체를 포함한다)은 다음 각 호의 사무를 수행하기 위하여 불가피한 경우 「개인정보 보호법 시행령」 제19조제1호·제2호 또는 제4호에 따른 주민등록번호, 여권번호 또는 외국인등록번호가 포함된 자료를 처리할 수 있다.

1. 법 제19조제2항 및 이 영 제13조에 따른 한국어교원 자격 부여에 관한 사무

2. 제14조에 따른 한국어교육능력 검정시험에 관한 사무 [본조신설 2014. 7. 16.]

제21조 삭제 [2018. 12. 24., 제29421호(규제 재검토기한 설정 등을 위한 57개 법령의 일부개정에 관한 대통령령)] [[시행일 2019. 1. 1.]]

부칙[2005. 7. 27., 대통령령 제18973호]

제1조 (시행일) 이 영은 2005년 7월 28일부터 시행한다.

제2조 삭제 [2010. 12. 14.]

제3조 (국어심의회의 위원의 임기에 관한 경과조치) 이 영 시행 당시 종전의 「문화예술진흥법 시행령」 제15조의 규정에 의하여 국어심의회의 위원으로 위촉받은 자는 이 영에 의하여 위촉받은 자로 보되, 그 임기는 종전의 「문화예술진흥법 시행령」에 의하여 위촉된 기간으로 한다.

제4조 (다른 법령의 개정) 문화예술진흥법 시행령 일부를 다음과 같이 개정한다.

　제3장(제11조 내지 제13조) 및 제4장(제14조 내지 제22조)을 각각 삭제한다.

부칙[2008. 2. 29., 제20676호(문화체육관광부와 그 소속기관 직제)]

제1조 (시행일) 이 영은 공포한 날부터 시행한다.

제2조부터 제4조까지 생략

제5조 (다른 법령의 개정)

①부터 ⑥까지 생략

⑦ 국어기본법 시행령 일부를 다음과 같이 개정한다.

　제2조제2항·제3항, 제3조제1항·제3항, 제4조제2항부터 제4항까지, 제6조, 제8조제5항, 제9조제2항, 제12조제2항·제3항·제5항, 제13조제2항·제3항, 제14조제1항·제4항 각 호 외의 부분, 제15조제2항, 제16조제1항·제2항제2호, 제18조제2항 각 호 외의 부분·제3항, 제19조제2항 각 호 외의 부분·제3항 중 "문화관광부장관"을 각각 "문화체육관광부장관"으로 한다.

　제13조제2항 및 제16조제1항 중 "문화관광부"를 각각 "문화체육관광부"로 한다.

　제16조제2항제1호 중 "교육인적자원부·과학기술부·통일부·외교통상부·법무부·국방부·행정자치부·문화관광부·산업자원부·정보통신부·보건복지부·노동부·여성가족부 및 법제처"를 "교육과학기술부·통일부·외교통상부·법무부·국방부·행정안전부·문화체육관광부·지식경제부·보건복지가족부·노동부·여성부 및 법제처"로 한다.

　별지 제1호서식 중 "문화관광부장관"을 "문화체육관광부장관"으로 한다.

　별지 제2호서식 앞쪽 중 "문화관광부장관"을 "문화체육관광부장관"으로 하고, 같은 서식 뒤쪽 중 "문화관광부"를 "문화체육관광부"로 한다.

⑧부터 <37>까지 생략

부칙[2008. 10. 20., 제21087호(행정기관 소속 위원회의 정비를 위한 평생교육법 시행령 등 일부개정령)]

제1조 (시행일) 이 영은 공포한 날부터 시행한다. 다만, 제10조는 2008년 11월 1일부터 시행하고, 제24조부터 제 26조까지는 2010년 1월 1일부터 시행하며, 제29조는 2009년 7월 1일부터 시행하고, 제48조는 2013년 1월 1일부터 시행한다.

제2조 (「공무원징계령」 개정에 따른 경과조치)

① 이 영 시행 당시 개정 전의 「공무원징계령」에 따른 제1중앙 징계위원회 및 제2중앙징계위원회는 이 영에 따른 중앙징계위원회로 본다.

② 이 영 시행 당시 개정 전의 「공무원징계령」에 따라 제1중앙징계위원회 및 제2중앙징계위원회에 접수된 징계 의결요구서는 이 영에 따라 중앙징계위원회에 접수된 것으로 본다.

③ 이 영 시행 당시 개정 전의 「공무원징계령」에 따른 제1중앙징계위원회 및 제2중앙징계위원회의 의결은 이 영에 따른 중앙징계위원회의 의결로 본다.

④ 이 영 시행 당시 개정 전의 「공무원징계령」에 따른 제2중앙징계위원회 위원은 이 영에 따라 중앙징계위원회 위원으로 임명 또는 위촉된 것으로 본다.

제3조 (「물류정책기본법 시행령」 개정에 따른 경과조치) 이 영 시행 당시 개정 전의 「물류정책기본법 시행령 」에 따라 국토해양부장관이 물류관리사시험위원회의 심의·의결을 거쳐 행한 사항은 이 영에 따라 국토해양부 장관이 행한 것으로 본다.

제4조 (다른 법령의 개정)

① 모범공무원규정 일부를 다음과 같이 개정한다.

제4조 중 "「정부표창규정」 제12조의 규정에 의한 중앙공적심사위원회의 심사"를 "행정안전부장관과의 협 의"로 한다.

② 법무부와 그 소속기관 직제 일부를 다음과 같이 개정한다.

제13조제3항제57호를 삭제한다.

③ 보건복지가족부와 그 소속기관 직제 일부를 다음과 같이 개정한다.

제14조제3항제37호마목을 삭제한다.

④ 행정안전부와 그 소속기관 직제 일부를 다음과 같이 개정한다.

제9조제2항제17호를 삭제한다.

⑤ 행정중심복합도시건설청과 그 소속기관 직제 일부를 다음과 같이 개정한다.

제10조제3항제4호를 삭제한다.

부칙[2010. 12. 14., 제22529호]

제1조 (시행일) 이 영은 공포한 날부터 시행한다. 다만, 제13조제1항제2호가목 후단 및 제3호가목 후단의 개정규정은 공포 후 6개월이 경과한 날부터 시행한다.

제2조 (외국 국적을 가진 사람의 한국어교원 자격에 관한 적용례) 제13조제1항제2호가목 후단 및 제3호가목 후단의 개정규정은 부칙 제1조 단서에 따른 시행일 이후에 최초로 한국어교원 자격을 신청하는 사람부터 적용한다.

제3조 (한국어교육능력검정시험의 부정행위에 관한 적용례) 제14조제5항의 개정규정은 이 영 시행 후 실시하는 시험부터 적용한다.

부칙[2012. 5. 1., 제23759호(수험생 편의제공 및 충분한 수험준비기간 부여 등을 위한 경비업법 시행령 등)]

제1조 (시행일) 이 영은 공포한 날부터 시행한다. <단서 생략>

제2조 (시험의 공고에 관한 적용례) 이 영 가운데 시험 등의 공고 기한을 개정하는 사항은 2013년 1월 1일 이후에 시행하는 시험부터 적용한다.

부칙[2012. 8. 22., 제24053호]

이 영은 공포한 날부터 시행한다. 다만, 제14조의2부터 제14조의4까지의 개정규정은 2012년 8월 24일부터 시행한다.

부칙[2013. 1. 16., 제24314호(정부 표창 규정)]

제1조 (시행일) 이 영은 공포한 날부터 시행한다.

제2조 (다른 법령의 개정) ①부터 ④까지 생략

⑤ 국어기본법 시행령 일부를 다음과 같이 개정한다.

　　제15조제2항 중 "「정부표창규정」"을 "「정부 표창 규정」"으로 한다.

⑥부터 ⑫까지 생략

부칙[2013. 3. 23., 제24453호(문화체육관광부와 그 소속기관 직제)]

제1조 (시행일) 이 영은 공포한 날부터 시행한다.

제2조부터 제4조까지 생략

제5조 (다른 법령의 개정) ①부터 ⑥까지 생략

⑦ 국어기본법 시행령 일부를 다음과 같이 개정한다.

　　제13조제2항제5호 중 "「외교통상부와 그 소속기관 직제」 제57조"를 "「외교부와 그 소속기관 직제」 제55조"로 한다.

　　제14조의2제2항제1호 중 "교육과학기술부"를 "교육부"로, "외교통상부"를 "외교부"로, "문화예술국장"을 "문화정책국장"으로 한다.

⑧부터 <16>까지 생략

부칙[2014. 7. 16., 제25472호]

이 영은 공포한 날부터 시행한다.

부칙[2014. 12. 23., 제25872호]
이 영은 공포한 날부터 시행한다.

부칙[2015. 11. 30., 제26680호]
이 영은 공포한 날부터 시행한다.

부칙[2015. 12. 31., 제26839호(법령서식 개선 등을 위한 10·27법난 피해자의 명예회복 등에 관한 법률 시행령 등)]
제1조 (시행일) 이 영은 공포한 날부터 시행한다.
제2조 (서식 개정에 관한 경과조치) 이 영 시행 당시 종전의 규정에 따른 서식은 이 영 시행 이후 3개월 간 이 영에 따른 서식과 함께 사용할 수 있다.

부칙[2017. 9. 19., 제28306호]
제1조 (시행일) 이 영은 2017년 9월 22일부터 시행한다.
제2조 (전문용어의 표준화 및 체계화 절차에 관한 적용례) 제12조의2의 개정규정은 이 영 시행 이후 문화체육관광부장관에게 심의를 요청하는 경우부터 적용한다.
제3조 (국어심의회 위원에 관한 경과조치) 이 영 시행 당시 종전의 규정에 따라 임명 또는 위촉된 국어심의회 위원은 제5조제2항의 개정규정에 따라 국어심의회 위원으로 임명되거나 위촉된 것으로 보며, 위촉된 위원의 임기는 그 남은 기간으로 한다.
제4조 (표준화협의회에 관한 경과조치) 이 영 시행 당시 종전의 규정에 따른 표준화협의회는 제12조의 개정규정에 따른 표준화협의회로 본다.
제5조 (표준화협의회 위원에 관한 경과조치) 이 영 시행 당시 종전의 규정에 따라 임명 또는 위촉된 표준화협의회의 위원은 제12조제2항의 개정규정에 따라 표준화협의회의 위원으로 임명되거나 위촉된 것으로 보며, 위촉된 위원의 임기는 그 남은 기간으로 한다.
제6조 (표준화협의회의 심의에 관한 경과조치) 이 영 시행 전에 종전의 제12조제5항에 따라 학술단체 및 사회단체 등 민간 부문에서 심의 요청한 관련 분야의 전문용어 표준안은 제12조제3항의 개정규정에도 불구하고 종전의 규정에 따른다.

부칙[2018. 12. 24., 제29421호(규제 재검토기한 설정 등을 위한 57개 법령의 일부개정에 관한 대통령령)]
이 영은 2019년 1월 1일부터 시행한다.

국어기본법 시행규칙

이 규칙은 국어기본법 및 같은 법 시행령에서 위임된 사항과 그 시행에 필요한 사항을 규정함을 목적으로 하며, 2010년 12월 29일 제정[문화체육관광부령 제73호]되어 2010년 12월 29일부터 시행되고 있다.

한국어기본법 시행령 제13조제1항 관련 별표 1에 따른 한국어교원 자격 취득에 필요한 영역별 과목의 적합 여부, 필수이수학점 및 필수이수시간에 대한 세부 심사기준 등을 규정하고 있으며, 오늘까지 모두 4차례에 걸쳐 개정되었다.

연혁

[시행 2010. 12. 29.] [문화체육관광부령 제73호, 2010. 12. 29., 제정]
[시행 2011. 6. 30.] [문화체육관광부령 제73호, 2010. 12. 29., 제정]
[시행 2015. 11. 30.] [문화체육관광부령 제231호, 2015. 11. 30., 일부개정]
[시행 2015. 12. 31.] [문화체육관광부령 제241호, 2015. 12. 31., 타법개정]
[시행 2017. 12. 12.] [문화체육관광부령 제312호, 2017. 12. 12., 일부개정]

전문 목차

국어기본법 시행규칙

제1조(목적)
이 규칙은 「국어기본법」및 같은 법 시행령에서 위임된 사항과 그 시행에 필요한 사항을 규정함을 목적으로 한다.

제2조(한국어교원 자격 세부 심사기준)
「국어기본법 시행령」(이하 "영"이라 한다) 제13조제1항 관련 별표 1에 따른 한국어교원 자격 취득에 필요한 영역별 과목의 적합 여부, 필수이수학점 및 필수이수시간에 대한 세부 심사기준은 별표와 같다.

제2조의2(한국어교육경력이 인정되는 기관 등의 고시)
문화체육관광부장관은 영 제13조제2항제6호에 따라 한국어교육경력이 인정되는 기관 등을 정하여 고시하려는 경우에는 제4조제1항에 따른 한국어교원 자격 심사위원회의 심의를 거쳐야 한다. [본조신설 2015. 11. 30.]

제3조(한국어교원 자격의 심사 횟수 및 공고)
① 영 제13조제3항 및 제4항에 따른 한국어교원 자격의 심사는 연 2회 시행하는 것을 원칙으로 하되, 문화체육관광부장관이 한국어교원의 수급(需給) 상황 등을 고려하여 필요하다고 인정하는 경우에는 그 심사 횟수를 늘리거나 줄일 수 있다.
② 문화체육관광부장관은 제1항에 따른 한국어교원 자격의 심사를 시행하기 30일 전까지 문화체육관광부 홈페이지 등에 한국어교원 자격의 신청절차에 관한 사항을 공고하여야 한다.

제4조(한국어교원 자격 심사위원회의 구성·운영)
① 문화체육관광부장관은 다음 각 호의 사항을 심의하기 위하여 문화체육관광부에 한국어교원 자격 심사위원회(이하 "위원회"라 한다)를 둔다. [개정 2015. 11. 30.]
  1. 영 제13조제1항에 따른 영역별 과목의 적합 여부, 영역별 필수이수학점 및 필수이수시간에 관한 사항

2. 영 제13조제2항제6호에 따른 한국어교육경력이 인정되는 기관 등의 인정에 관한 사항

3. 영 제13조제3항에 따른 한국어교원 자격 충족 여부에 관한 사항

4. 그 밖에 한국어교원 자격의 부여와 관련하여 문화체육관광부장관이 위원회의 심의가 필요하다고 인정하는 사항

② 위원회는 위원장 1명을 포함하여 11명 이내의 위원으로 구성한다. [신설 2015. 11. 30.]

③ 위원회의 위원장은 위원회의 위원 중에서 호선(互選)하고, 위원회의 위원은 다음 각 호의 어느 하나에 해당하는 사람 중에서 문화체육관광부장관이 성별을 고려하여 임명하거나 위촉한다. [개정 2017. 12. 12.]

1. 문화체육관광부의 국어 관련 부서 소속 공무원

2. 국어학·언어학·국어교육·외국어교육 또는 한국어교육 분야 등에서 박사학위를 취득한 후 한국어교육 분야에서 3년 이상 연구하거나 실무 경험이 있는 사람

3. 그 밖에 한국어교육과 관련된 분야의 전문지식과 경험이 풍부한 사람

④ 제3항에 따라 위촉된 위원의 임기는 2년으로 하고, 한 차례만 연임할 수 있다. 이 경우 위원의 사임 등으로 새로 위촉된 위원의 임기는 전임위원 임기의 남은 기간으로 한다. [개정 2015. 11. 30.]

⑤ 문화체육관광부장관은 위원회의 위원이 다음 각 호의 어느 하나에 해당하는 경우에는 해당 위원을 해촉(解囑)하거나 해임할 수 있다. [신설 2015. 11. 30.]

1. 심신장애로 인하여 직무를 수행할 수 없게 된 경우

2. 직무와 관련된 비위 사실이 있는 경우

3. 직무태만, 품위손상이나 그 밖의 사유로 인하여 위원으로 적합하지 아니하다고 인정되는 경우

4. 위원 스스로 직무를 수행하는 것이 곤란하다고 의사를 밝히는 경우

⑥ 위원회의 회의는 재적위원 과반수의 출석으로 개의(開議)하고 출석위원 과반수의 찬성으로 의결한다. [개정 2015. 11. 30.]

⑦ 제1항부터 제6항까지에서 규정한 사항 외에 위원회의 운영에 필요한 사항은 위원회의 의결을 거쳐 위원장이 정한다. [개정 2015. 11. 30.] [본조제목개정 2017. 12. 12.]

제4조의2(위원의 제척·기피·회피)

① 위원회의 위원(이하 "위원"이라 한다)이 다음 각 호의 어느 하나에 해당하는 경우에는 위원회의 심의·의결에서 제척(除斥)된다.

1. 위원 또는 그 배우자나 배우자이었던 사람이 해당 안건의 당사자가 되거나 그 안건의 당사자와 공동권리자 또는 공동의무자인 경우

2. 위원이 해당 안건의 당사자와 친족이거나 친족이었던 경우

3. 위원이 해당 안건에 대하여 증언, 진술, 자문, 연구, 용역 또는 감정을 한 경우

4. 위원이나 위원이 속한 법인·단체 등이 해당 안건의 당사자의 대리인이거나 대리인이었던 경우
5. 그 밖에 위원이 해당 안건의 직접적인 이해관계인이 되는 등 한국어교원 자격 심사의 공정성을 해칠 만한 상당한 사유가 있는 경우

② 해당 안건의 당사자는 위원에게 공정한 심의·의결을 기대하기 어려운 사정이 있는 경우에는 위원회에 기피 신청을 할 수 있고, 위원회는 의결로 기피 여부를 결정한다. 이 경우 기피 신청의 대상인 위원은 그 의결에 참여할 수 없다.

③ 위원이 제1항 각 호에 따른 제척사유에 해당하는 경우에는 스스로 해당 안건의 심의·의결에서 회피(回避)하여야 한다. [본조신설 2017. 12. 12.]

제5조(한국어교원 자격의 심사 신청 등)
① 영 제13조에 따라 한국어교원 자격을 취득하려는 다음 각 호의 사람은 별지 제1호서식의 한국어교원 자격 심사신청서(전자문서로 된 신청서를 포함한다)에 다음 각 호의 구분에 따른 서류(전자문서를 포함한다)를 첨부하여 문화체육관광부장관에게 제출하여야 한다. 이 경우 한국어교원 양성과정 이수증명서는 별지 제2호서식에 따르고, 한국어교육 경력증명서는 별지 제3호서식에 따른다. [개정 2015. 11. 30.]

1. 영 제13조제1항제1호에 따른 자격 요건을 충족하는 사람: 한국어교육 경력증명서
2. 영 제13조제1항제2호가목에 따른 자격 요건을 충족하는 사람: 졸업증명서(학위증명서로 대신할 수 있다) 및 성적증명서. 이 경우 외국 국적을 가진 사람은 영 제13조제1항제2호가목 후단에 따른 시험의 성적증명서를 추가로 제출하여야 한다. [[시행일 2011. 6. 30.: 2호 후단]]
3. 영 제13조제1항제2호나목 및 다목에 따른 자격 요건을 충족하는 사람: 졸업증명서(학위증명서로 대신할 수 있다) 및 성적증명서
4. 영 제13조제1항제2호라목 및 마목에 따른 자격 요건을 충족하는 사람: 한국어교육 경력증명서
5. 영 제13조제1항제3호가목에 따른 자격 요건을 충족하는 사람: 졸업증명서(학위증명서로 대신할 수 있다) 및 성적증명서. 이 경우 외국 국적을 가진 사람은 영 제13조제1항제3호가목 후단에 따른 시험의 성적증명서를 추가로 제출하여야 한다. [[시행일 2011. 6. 30.: 5호 후단]]
6. 영 제13조제1항제3호나목에 따른 자격 요건을 충족하는 사람: 한국어교원 양성과정 이수증명서 및 영 제14조에 따른 한국어교육능력검정시험 합격확인서
7. 영 제13조제1항제3호다목·라목 및 마목에 따른 자격 요건을 충족하는 사람: 졸업증명서(학위증명서로 대신할 수 있다) 및 성적증명서
8. 영 제13조제1항제3호바목에 따른 자격 요건을 충족하는 사람: 한국어교육 경력증명서(한

국어교육경력으로 자격 요건을 인정받는 사람만 해당한다) 또는 한국어교육능력인증시험 합격증명서(한국어세계화재단의 한국어교육능력을 인증하는 시험에 합격한 사람만 해당한다)

9. 영 제13조제1항제3호사목에 따른 자격 요건을 충족하는 사람: 한국어교원 양성과정 이수 증명서 및 영 제14조에 따른 한국어교육능력검정시험 합격확인서

② 문화체육관광부장관은 제1항에 따른 신청을 받으면 위원회의 심의를 거쳐 한국어교원의 자격이 있는지 여부를 결정하여야 한다. [신설 2015. 11. 30.]

③ 영 제13조제4항에 따라 한국어교원 자격증을 발급받은 사람이 그 자격증을 분실하거나 훼손하여 재발급 받으려는 경우에는 별지 제4호서식의 한국어교원 자격증 재발급신청서(전자문서로 된 신청서를 포함한다)를 문화체육관광부장관에게 제출하여야 한다. [개정 2015. 11. 30.]

제6조(대학 등의 교육과정 및 교과목 확인)

① 한국어교육 분야를 학위과정으로 운영하거나 운영하려는 대학 또는 대학원이 영 제13조의2제1항 및 별표 1에 따른 영역별 과목의 적합 여부 확인을 신청하려는 경우에는 별지 제5호서식의 한국어교육 과목 확인신청서(전자문서로 된 신청서를 포함한다)에 과목별 강의계획서(전자문서를 포함한다)를 첨부하여 문화체육관광부장관에게 제출하여야 한다. [개정 2017. 12. 12.]

② 한국어교육 분야를 학위과정으로 운영하거나 운영하려는 대학 또는 대학원이 영 제13조의2제1항 및 별표 1에 따른 영역별 필수이수학점의 적합 여부 확인을 신청하려는 경우에는 별지 제6호서식의 한국어 교육과정 확인신청서(전자문서로 된 신청서를 포함한다)를 문화체육관광부장관에게 제출하여야 한다. [신설 2017. 12. 12.]

③ 한국어교원 양성과정을 운영하거나 운영하려는 기관이 영 제13조의2제1항 및 별표 1에 따른 영역별 필수이수시간의 적합 여부 확인을 신청하려는 경우에는 별지 제7호서식의 한국어교원 양성과정 확인신청서(전자문서로 된 신청서를 포함한다)에 다음 각 호의 서류(전자문서를 포함한다)를 첨부하여 문화체육관광부장관에게 제출하여야 한다. [개정 2017. 12. 12.]

1. 과목별 강의계획서
2. 한국어교원 양성과정의 운영 개요

부칙[2010. 12. 29., 제73호]

이 규칙은 공포한 날부터 시행한다. 다만, 제5조제1항제2호 후단 및 제5호 후단과 별지 제1호서식 뒤쪽 구비 서류란 제2호 후단 및 같은 난 제5호 후단의 규정은 공포 후 6개월이 경과한

날부터 시행한다.

부칙[2015. 11. 30., 제231호]
이 규칙은 공포한 날부터 시행한다.

부칙[2015. 12. 31., 제241호(법령서식 개선 등을 위한 게임산업진흥에 관한 법률 시행규칙 등)]
제1조 (시행일) 이 규칙은 공포한 날부터 시행한다.
제2조 생략

부칙[2017. 12. 12., 제312호]
제1조 (시행일) 이 규칙은 공포한 날부터 시행한다.
제2조 (위원에 관한 경과조치) 이 규칙 시행 당시 종전의 규정에 따라 임명 또는 위촉된 위원은 제4조제3항의 개정규정에 따라 위원으로 임명되거나 위촉된 것으로 보며, 그 임기는 종전의 규정에 따른 임기의 남은 기간으로 한다.

행정 효율과 협업 촉진에 관한 규정

이 영은 행정기관의 행정업무 운영에 관한 사항을 규정함으로써 행정업무의 간소화 · 표준화 · 과학화 및 정보화를 도모하고 행정기관 간 협업을 촉진하여 행정의 효율을 높이는 것을 목적으로 한다.

'사무관리규정'이란 이름으로 1991년 6월 19일 처음 제정[대통령령 제13390호, 시행 1991. 10. 1.]]되었으며, 2012년 1월 20일 '행정업무의 효율적 운영에 관한 규정'으로 명칭을 개정[대통령령 제23521호, 시행 2012년 1월 22일]하였고, 다시 2016년 4월 26일 '행정 효율과 협업 촉진에 관한 규정'으로 개정[대통령령 제27103호, 시행 2016. 4. 26.]하는 등, 모두 42차례에 걸쳐 개정되어 오늘에 이르렀다.

여기서는 제2장 공문서 관리 등 행정업무의 처리, 제1절 공문서의 작성 및 처리제4조(공문서의 종류), 제7조(문서 작성의 일반원칙) 부분만 실었다.

주요 연혁

[시행 1991. 10. 1.] [대통령령 제13390호, 1991. 6. 19., 제정] 사무관리규정
[시행 2011. 12. 21.] [대통령령 제23383호, 2011. 12. 21., 전부개정]
행정업무의 효율적 운영에 관한 규정
[시행 2018. 11. 27.] [대통령령 제29305호, 2018. 11. 27., 일부개정]
행정 효율과 협업 촉진에 관한 규정

행정 효율과 협업 촉진에 관한 규정

제2장 공문서 관리 등 행정업무의 처리

제1절 공문서의 작성 및 처리

제4조(공문서의 종류)
공문서(이하 "문서"라 한다)의 종류는 다음 각 호의 구분에 따른다.
 1. 법규문서: 헌법 · 법률 · 대통령령 · 총리령 · 부령 · 조례 · 규칙(이하 "법령"이라 한다)
      등에 관한 문서
 2. 지시문서: 훈령 · 지시 · 예규 · 일일명령 등 행정기관이 그 하급기관이나 소속 공무원에
      대하여 일정한 사항을 지시하는 문서
 3. 공고문서: 고시 · 공고 등 행정기관이 일정한 사항을 일반에게 알리는 문서
 4. 비치문서: 행정기관이 일정한 사항을 기록하여 행정기관 내부에 비치하면서 업무에
      활용하는 대장, 카드 등의 문서
 5. 민원문서: 민원인이 행정기관에 허가, 인가, 그 밖의 처분 등 특정한 행위를 요구하는
      문서와 그에 대한 처리문서
 6. 일반문서: 제1호부터 제5호까지의 문서에 속하지 아니하는 모든 문서

제7조(문서 작성의 일반원칙)
① 문서는 「국어기본법」 제3조제3호에 따른 어문규범에 맞게 한글로 작성하되, 뜻을 정확
하게 전달하기 위하여 필요한 경우에는 괄호 안에 한자나 그 밖의 외국어를 함께 적을 수 있
으며, 특별한 사유가 없으면 가로로 쓴다.

바른 표기	틀린 표기
질의 응답/묻고 답하기	Q&A
경제협력개발기구(OECD)	OECD
적격 심사(適格 審査)	適格審査
세계20개국금융정상회의(G20)	G20 정상회의
기반 자료(D/B) 구축	D/B구축
1층	1F

② 문서의 내용은 간결하고 명확하게 표현하고 일반화되지 않은 약어와 전문용어 등의 사용을 피하여 이해하기 쉽게 작성하여야 한다.

▶ 특히 국립국어원 등에서 선정한 행정용어 순화어를 활용하여 쉬운 우리말을 사용할 수 있도록 노력하여야 한다.(행정업무운영편람 제2장 제1절 3. 문서 작성의 일반 원칙)

○「행정용어 순화어 검색 및 변환」
· 개념: 업무관리시스템 또는 전자문서시스템에서 문서 기안 후 결재를 올릴 때
　　　　어려운 행정용어를 자동으로 검색하여 순화어로 변환하는 기능
· 처리절차
　→ 문서 작성 후 결재를 올릴 때 자동으로 순화대상 행정용어 검색

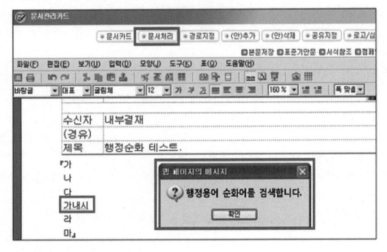

　→ 순화어 선택

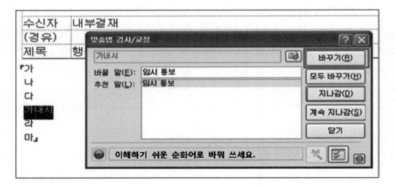

　→ 순화어로 변환 완료

③ 문서에는 음성정보나 영상정보 등이 수록되거나 연계된 바코드 등을 표기할 수 있다.

④ 문서에 쓰는 숫자는 특별한 사유가 없으면 아라비아 숫자를 쓴다.

⑤ 문서에 쓰는 날짜는 숫자로 표기하되, 연·월·일의 글자는 생략하고 그 자리에 온점을 찍어 표시하며, 시·분은 24시각제에 따라 숫자로 표기하되, 시·분의 글자는 생략하고 그 사이에 쌍점을 찍어 구분한다. 다만, 특별한 사유가 있으면 다른 방법으로 표시할 수 있다.

▶ 연월일의 표기
- 연월일은 아라비아 숫자로 표기하는 것이 원칙임
- 연월일의 띄어쓰기는 숫자 사이를 한 칸(한 타)만 띄어 씀
- '일' 다음에 반드시 마침표(.)를 찍음
- 연도표기에는 쉼표(,)를 사용하지 않음
- 연도만 쓸 경우에 연도 다음에 한글로 '년'을 씀

바른 표기	틀린 표기
2019. 10. 9./2019. 6. 27.(목)	2019. 10. 9/2019. 6. 27(목)
2019년	2,019년/2019
2019. 3. 말/2019년 3월 말	'19.3월 말/'19년 3월 말
'19. 1.	'19. 1

▶ 기간
- 기간은 물결표(~) 또는 붙임표(-)를 함
- 물결표 대신에 '부터'와 '까지'를 사용할 수 있음
- 연도가 겹치면 뒤에서 생략할 수 있음

바른 표기	틀린 표기
2019. 4. 15.~209. 4. 18.	2019. 4. 15(18).
2019. 4. 15.-2019. 4. 18.	2,019. 4. 15. / 2019. 4. 18.

2019. 4. 15.부터 4. 18.까지	2019. 4. 15. 부터 4. 18. 까지
2019. 4. 15.~4.18.	2019. 4. 15.~4. 18.까지

▶ 시간
- 시간은 24 시각제에 따라 아라비아 숫자로 표기함
- 오전, 오후, AM, PM 표기는 하지 않음
- 십 미만의 시, 분, 초의 표기 시에는 0을 넣음
- 분 없이 시만 표기할 때는 숫자 다음에 '시'를 씀
- 시와 분의 경계는 쌍점(:)으로 표시하며, 쌍점 양쪽을 띄우지 않음

바른 표기	틀린 표기
09:00	오전 9시, AM 09:00
10:05	10:5
13시	오후 13:00시, PM 13:00
13:20	13 : 20

⑥ 문서 작성에 사용하는 용지는 특별한 사유가 없으면 가로 210밀리미터, 세로 297밀리미터의 직사각형 용지로 한다.
⑦ 제1항부터 제6항까지에서 규정한 사항 외에 문서 작성에 필요한 사항은 행정안전부령으로 정한다. <개정 2013. 3. 23., 2014. 11. 19., 2017. 7. 26.>

▶ 기관명
- 공식 명칭으로 하되, 띄어 쓰지 않음

바른 표기	틀린 표기
서울특별시/인천광역시	서울시/인천시
세종특별자치시/제주특별자치도	세종시/제주도
툭산업협동조합/대한축구협회	축협/축구협회

행정 효율과 협업 촉진에 관한 규정 시행규칙

 이 규칙은 사무관리규정(1991. 6. 19., 대통령령 제13390호)에서 위임된 사항과 그 시행에 관하여 필요한 사항을 규정하기 위해 제정되었으며, 모두 24차례에 걸쳐 개정되어 오늘에 이르고 있다.

 여기서는 제2장 공문서 관리 등 행정업무의 처리, 제1절 공문서의 작성 및 처리, 제2조 공문서 작성 일반원칙, 제4조 기안문의 구성 부분을 수록하였으며, 바뀐 행정업무운영편람 내용도 함께 실었다.

연혁

[시행 1991. 10. 1.] [총리령 제395호, 1991. 9. 30., 제정]
[시행 2017. 10. 17.] [행정안전부령 제12호, 2017. 10. 17., 일부개정]

행정 효율과 협업 촉진에 관한 규정 시행규칙

제2장 공문서 관리 등 행정업무의 처리

제1절 공문서의 작성 및 처리

제2조(공문서 작성의 일반원칙)
① 공문서(이하 "문서"라 한다)의 내용을 둘 이상의 항목으로 구분할 필요가 있으면 그 항목을 순서(항목 구분이 숫자인 경우에는 오름차순, 한글인 경우에는 가나다순을 말한다)대로 표시하되, 상위 항목부터 하위 항목까지 1., 가., 1), 가), (1), (가), ①, ㉮의 형태로 표시한다. 다만, 필요한 경우에는 □, ○, -, · 등과 같은 특수한 기호로 표시할 수 있다.

구분	항목기호	비고
첫째 항목	1., 2., 3., 4., …	
둘째 항목	가., 나., 다., 라., …	둘째, 넷째, 여섯째, 여덟째
셋째 항목	1), 2), 3), 4), …	항목의 경우, 하., 하), (하),
넷째 항목	가), 나), 다), 라), …	㉲ 이상 계속되는 때에는
다섯째 항목	(1), (2), (3), (4), …	거., 거), (거), ㉱,
여섯째 항목	(가), (나), (다), (라), …	너., 너), (너), ㉬…
일곱째 항목	①, ②, ③, ④, …	로 표시
여덟째 항목	㉮, ㉯, ㉰, ㉱, …	

▶ 공문서 기안문 작성법 개정 <개정시행 17. 11. 1.>
   신속한 문서작성으로 인한 업무효율 증대 및 종이낭비 방지로 예산 절감을 위해
   문서 작성을 왼쪽 처음부터 시작하도록 행정업무운영편람 개정·시행

이전	개선
수신ⅴⅴ행정안전부장관 제목ⅴⅴ○○○○○○ ⅴⅴⅴⅴ1.ⅴ○○○○○○○○○○○○○○ ○○○○○○○○○○○○○○○○○ ⅴⅴⅴⅴⅴ가.ⅴ○○○○○○○○○○○○ ○○○○○○○○○○○○○○○○○ ⅴⅴⅴⅴⅴⅴ1)ⅴ○○○○○○○○○○○ ⅴⅴⅴⅴ2.ⅴ○○○○○○○○○○○○○ ○○○○○○○○○○○○○○○○○	수신ⅴⅴ행정안전부장관(○○과장) 제목ⅴ○○○○○○ 1.ⅴ○○○○○○○○○○○○○○○○○○ ○○○○○○○○○○○○○○○○○ ⅴ가.ⅴ○○○○○○○○○○○○○○○ ⅴⅴⅴ1)ⅴ○○○○○○○○○○○○○ ⅴⅴⅴⅴ가.ⅴ○○○○○○○○○○○○○○ ○○○○○○○○○○○○ 2.ⅴ○○○○○○○○○○○○○○○○○○

1. 첫째 항목기호는 왼쪽 처음부터 띄어쓰기 없이 바로 시작한다.
2. 둘째 항목부터는 상위 항목 위치에서 오른쪽으로 2타씩 옮겨 시작한다.
3. 항목이 한줄 이상인 경우에는 항목 내용의 첫 글자에 맞추어 정렬한다.
   (예시: Shift+Tab 키 사용)
4. 항목기호와 그 항목의 내용 사이에는 1타를 띄운다.
5. 하나의 항목만 있는 경우에는 항목기호를 부여하지 아니한다.
   ※2타(vv 표시)는 한글 1자, 영문·숫자 2자에 해당함

② 문서에 금액을 표시할 때에는 「행정 효율과 협업 촉진에 관한 규정」(이하 "영"이라 한다) 제7조제4항에 따라 아라비아 숫자로 쓰되, 숫자 다음에 괄호를 하고 다음과 같이 한글로 적어야 한다. 〈개정 2016. 7. 11.〉

> 금113,560원(금일십일만삼천오백육십원)

▶ 금액은 위조나 변조 방지를 위해 다음과 같이 표기한다.

바른 표기	틀린 표기
금 113,560원/금 113,560 원	금113560원/금 113560 원 금113,560원/금113,560 원 ₩ 113.560/₩ 113.560 원
금13,500원(금일만삼천오백원)	금일만삼천오백원(금13,500원)

▶ '천 원' 단위는 일반인이 이해하기 어려우므로 일반적인 숫자 표현(만 단위)으로 쓴다.

바른 표기	틀린 표기
2,134만 5천 원	21,345천원

제4조(기안문의 구성)
① 제3조제1항에 따라 기안문을 별지 제1호서식으로 작성하는 경우 기안문은 두문, 본문 및 결문으로 구성한다.

▶ 항목 구분 및 띄어쓰기(행정업무운영편람 제2장 4.문서의 작성 기준)
   가) 첫째 항목은 1., 2., 3., ... 등부터 시작한다. (둘째 항목: 가., 나....)
   나) 첫째 항목은 왼쪽 기본선부터 시작한다.
    * 공문서 여백: 위(3cm)·왼쪽(2cm) 기본선, 아래·오른쪽(1.5cm) 한계선

```
수신ᐧ○○○장관(○○○과장)
제목ᐧ○○○○○
문서관리교육을 다음과 같이 실시하오니 참석하여 주시기 바랍니다.
1.∨일시:∨○○○○○
2.∨장소:∨○○○○○○○○○
3.∨참석대상:∨○○○○○○○○○○.ᐧᐧ끝.
```

② 제1항에 따른 두문(이하 "두문"이라 한다)은 행정기관명과 수신란으로 구성하되, 다음 각 호의 구분에 따라 표시한다. 이 경우 두문의 여백에는 행정기관의 로고 · 상징 · 마크 · 홍보 문구 또는 바코드 등을 표시할 수 있다.

1. 행정기관명에는 그 문서를 기안한 부서가 속하는 행정기관명을 표시하되, 다른 행정기관명과 동일한 경우에는 바로 위 상급기관명을 함께 표시할 수 있다.

2. 수신란에는 다음 각 목과 같이 표시한다.

가. 수신자가 없는 내부결재문서인 경우에는 "내부결재"로 표시한다.

나. 수신자가 있는 경우에는 수신자명을 표시하고, 그 다음에 이어서 괄호 안에 업무를 처리할 보조기관이나 보좌기관을 표시하되, 보조기관이나 보좌기관이 분명하지 아니한 경우에는 ○○업무담당과장 등으로 쓸 수 있다. 다만, 수신자가 여럿인 경우에는 두문의 수신란에 "수신자 참조"라고 표시하고 제1항에 따른 결문(이하 "결문"이라 한다)의 발신명의 다음 줄에 수신자란을 따로 설치하여 수신자명을 표시할 수 있다.

③ 제1항에 따른 본문(이하 "본문"이라 한다)은 제목, 내용 및 붙임(문서에 다른 서식 등이 첨부되는 경우에만 해당한다)으로 구성한다.

④ 문서에 다른 서식 등이 첨부되는 경우에는 본문의 내용이 끝난 줄 다음에 "붙임" 표시를 하고 첨부물의 명칭과 수량을 적되, 첨부물이 두 가지 이상인 경우에는 제2조제1항에 따라 항목을 구분하여 표시하여야 한다.

⑤ 본문의 마지막에는 다음과 같이 "끝" 표시 등을 한다.

1. 본문의 내용(본문에 붙임이 있는 경우에는 붙임을 말한다)의 마지막 글자에서 한 글자(2 타) 띄우고 "끝" 표시를 한다. 다만, 본문의 내용이나 붙임에 적은 사항이 오른쪽 한계선에 닿은 경우에는 다음 줄의 왼쪽 한계선에서 한 글자(2타) 띄우고 "끝" 표시를 한다.

본문 마지막	————(본문내용)————주시기 바랍니다.∨∨끝.
본문에 붙임이 있는 경우	붙임ᐧᐧ1.∨서식 승인 목록∨1부. 　　　2.∨승인 서식∨2부.ᐧᐧ끝.
오른쪽 한계선에 닿은 경우	————(본문내용)————주시기 바랍니다. ∨∨끝.

2. 제1호에도 불구하고, 본문의 내용이 표 형식으로 끝나는 경우에는 표의 마지막 칸까지 작

성되면 표 아래 왼쪽 한계선에서 한 글자를 띄운 후 "끝" 표시를 하고, 표의 중간까지만 작성된 경우에는 "끝" 표시를 하지 않고 마지막으로 작성된 칸의 다음 칸에 "이하 빈칸"으로 표시한다.

번호	성명	직렬	비고
1	홍길동	행정	합격
2	이순신	전산	합격

ⅤⅤ끝.

번호	성명	직렬	비고
1	홍길동	행정	합격
2	이순신	전산	합격
이하 빈칸			

옥외광고물 등의 관리와 옥외광고산업 진흥에 관한 법률 시행령

 이 영은 '옥외광고물 등의 관리와 옥외광고산업 진흥에 관한 법률'에서 위임된 사항과 그 시행에 관하여 필요한 사항을 규정함을 목적으로 하며, 1991년 1월 8일 '옥외광고물 등 관리법 시행령'으로 제정[대통령령 제13242호]되었다가, 2016년 6월 30일 '옥외광고물 등의 관리와 옥외광고산업 진흥에 관한 법률 시행령'으로 명칭을 개정[대통령령 제27299호]하여 지금까지 모두 62차례에 걸쳐 개정되어 오늘에 이르고 있다.

 여기에는 2018년 12월 18일 개정[대통령령 제29395호]된 전문 내용 가운데, 제3장 광고물의 표시방법, 제12조 일반적 표시방법 조항을 실었으며, 총 제13장 55개 조항으로 구성되어 있다.

연혁

[시행 1991. 2. 2.] [대통령령 제13242호, 1991. 1. 8., 제정] 옥외광고물 등 관리법 시행령
[시행 2016. 7. 7.] [대통령령 제27299호, 2016. 6. 30., 타법개정]
옥외광고물 등의 관리와 옥외광고산업 진흥에 관한 법률 시행령
[시행 2015. 12. 31.] [대통령령 제26852호, 2015. 12. 31., 일부개정]

옥외광고물 등의 관리와
옥외광고산업 진흥에 관한 법률 시행령

제3장 광고물 등의 표시방법 〈신설 2011. 10. 10.〉

제12조(일반적 표시방법)
① 법 제3조제3항에 따른 광고물 등의 표시방법은 이 장에서 정하는 바에 따른다.
② 광고물의 문자는 원칙적으로 한글맞춤법, 국어의 로마자표기법 및 외래어표기법 등에 맞추어 한글로 표시하여야 하며, 외국문자로 표시할 경우에는 특별한 사유가 없으면 한글과 병기(倂記)하여야 한다.
③ 광고물 등은 상품·업소 등을 상징하는 도형 등으로 표시할 수 있다.
④ 광고물 등의 모양은 아름다운 경관과 안전에 지장이 없는 범위에서 삼각형·사각형·원형 또는 그 밖의 모형 등으로 표시할 수 있다.
⑤ 광고물 등은 보행자 및 차량의 통행 등에 지장이 없도록 표시하여야 하며, 바람이나 충격 등으로 인하여 떨어지거나 넘어지지 않도록 하여야 한다.
⑥ 광고물 등에는 형광도료 또는 야광도료(도료를 바른 테이프를 포함한다)를 사용해서는 아니 된다.
⑦ 지면이나 건물, 그 밖의 인공구조물 등에 고정되어야 하며, 이동할 수 있는 간판을 설치해서는 아니 된다. 다만, 제3조제6호의2에 따른 입간판의 경우에는 공중에게 위해를 끼치지 아니하는 범위에서 시·도 조례로 정하는 바에 따라 설치할 수 있다. 〈개정 2014. 12. 9.〉
⑧ 한 업소에서 표시할 수 있는 간판의 총수량은 3개(도로의 굽은 지점에 접한 업소이거나 건물의 앞면과 뒷면에 도로를 접한 업소는 4개) 이내의 범위에서 시·도 조례로 정한다. 다만, 제3조제6호의2에 따른 입간판의 경우 1개를 추가로 설치할 수 있다. 〈개정 2014. 12. 9.〉
⑨ 제1항부터 제8항까지에서 규정한 방법 외에 추가적인 표시방법은 시·도 조례로 정할 수 있다. [전문개정 2011. 10. 10.] [제13조에서 이동, 종전 제12조는 제25조로 이동 〈2011. 10. 10〉]

서울특별시 국어 사용 조례

 서울시는 공무원들의 올바른 국어사용을 통해 서울시민의 삶의 질을 향상하고 문화발전에 이바지하고자 2014년 7월 17일 '서울특별시 국어 사용 조례'[서울특별시조례 제5724호]를 제정해 2014년 7월 17일 공포·시행하였다.

 국어사용 조례는 본문 22개조, 부칙 3개조로 구성됐으며, 주요내용은 △5년마다 서울시 국어 발전 기본계획 수립 △국어바르게쓰기위원회 구성·운영 △공문서 등의 언어 사용 △주요 정책 사업에 관한 명칭 사용 △실태조사 및 평가 △국어책임관, 분임책임관 지정 등이다.

 이 밖에도, 서울시 몇몇 구청과 일부 지방자치단체에서도 국어사용에 관한 조례를 만들어 시행한 사례가 더러 있다.

[시행 2014. 7. 17.] [서울특별시조례 제5724호, 2014. 7. 17., 제정]

전문 목차

서울특별시 국어 사용 조례

제1조(목적)
이 조례는 서울특별시와 그 산하 공공기관 구성원들의 올바른 국어 사용을 촉진함으로써
서울 시민의 삶의 질을 향상하고 문화 발전에 이바지함을 목적으로 한다.

제2조(정의)
이 조례에서 사용하는 용어의 뜻은 다음과 같다.
1. "국어"란 대한민국의 공용어로서 한국어를 말한다.
2. "한글"이란 국어를 표기하는 대한민국의 고유문자를 말한다.
3. "어문규범"이란 「국어기본법」 제13조에 따른 국어심의회의 심의를 거쳐 제정한 한글맞춤
   법, 표준어 규정, 외래어 표기법, 국어의 로마자 표기법 등 국어 사용에 필요한 규범을 말
   한다.
4. "공공기관"이란 서울특별시(이하 "시"라 한다) 본청, 직속기관, 사업소, 투자·출연 기관을
   말한다.
5. "공문서 등"이란 공공기관에서 공식적으로 작성하거나 제작한 문구, 명칭, 표시판, 서류
   (공문·공보), 책자, 음향 자료, 영상 자료, 누리집(홈페이지) 및 인터넷 정보 등을 말한다.

제3조(시의 책무)
서울특별시장(이하 "시장"이라 한다)은 공문서 등을 어문규범에 맞게 쉬운 우리 말투를 사
용함으로써 서울특별시민(이하 "시민"이라 한다)에게 국어 사용의 바른 본보기를 보이며 국
어를 지키고 빛내고자 힘써야 한다.

제4조(다른 조례와의 관계)
국어 사용 등에 관하여는 다른 조례에 우선하여 이 조례가 정하는 바를 따른다.

제5조(국어 발전 기본계획의 수립)
① 시장은 국어 발전과 보전을 위하여 5년마다 국어 발전 기본계획(이하 "기본계획"이라 한
다)을 수립하고, 시행하여야 한다.
② 기본계획에는 다음 각 호의 사항을 포함한다.

1. 국어 사용 시책의 기본 방향과 추진 목표에 관한 사항
2. 시와 시민의 국어 능력 증진과 국어 사용 환경 개선에 관한 사항
3. 국어의 가치를 널리 알리고 국어 문화유산을 보전하는 일에 관한 사항
4. 정신과 신체상의 장애로 언어 사용에 어려움을 겪는 시민과 시에 거주하는 외국인이 국어 사용에 불편을 겪지 않도록 돕는 사항
5. 시 공무원과 시민에게 국어 바르게 쓰기 교육을 실시하는 사항
6. 국어 발전을 위한 민간 부문의 활동 촉진에 관한 사항
7. 그 밖에 국어 발전과 보전에 관한 사항
③ 시장은 기본계획을 수립·시행하기 위하여 국어·한글 관련 법인·단체에 자문하거나 협조를 요청할 수 있다.

제6조(국어바르게쓰기위원회)
① 시장은 국어 발전과 보전에 관한 다음 각 호의 사항을 자문하거나 심의하기 위하여 국어바르게쓰기위원회(이하 "위원회"라 한다)를 둔다.
1. 기본계획 수립에 관한 사항
2. 공공기관에서 사용하는 행정용어 순화에 관한 사항
3. 시 주요 정책사업 명칭에 관한 사항
4. 그 밖에 국어발전과 보전에 관한 사항
② 위원회는 필요하면 제1항 각 호와 관련하여 시장에게 개선을 권고할 수 있다.

제7조(위원회의 구성)
① 위원회는 위원장 및 부위원장 각 1명을 포함한 15명 이내의 위원으로 구성하되, 「서울특별시 성평등 기본조례」 제14조에 따른 여성위원 비율을 고려하여야 한다.
② 위원회의 위원장 및 부위원장은 위원 중에서 호선하고, 위원은 다음 각 호의 사람 중에서 시장이 위촉 또는 임명한다.
1. 국어·한글 관련 시민단체(「비영리민간단체 지원법」 제2조에 따른 비영리민간 단체를 말한다) 대표 또는 시민단체에서 1년 이상 업무를 수행하고, 시민단체의 추천을 받은 사람
2. 대학에서 국어·한글 관련 학과의 전임교원 이상으로 재직한 사람
3. 국어·한글 관련 연구기관(「정부출연연구기관 등의 설립·운영 및 육성에 관한 법률」 제2조 및 「지방자치단체출연 연구원의 설립 및 운영에 관한 법률」 제2조에 따른 연구원을 말한다)에서 연구위원 이상으로 재직한 사람
4. 국어를 사용해 창작 집필 활동을 하는 사람
5. 홍보 업무 담당 부서의 국장

6. 그 밖에 시장이 필요하다고 인정하는 사람으로 국어와 관련한 전문 지식과 경험이 풍부한 사람

제8조(위원의 임기)
시장이 위촉하는 위원의 임기는 2년으로 하고, 위원 사임 등으로 새로 위촉된 위원의 임기는 전임위원 임기의 남은 기간으로 한다.

제9조(위원장의 직무)
① 위원장은 위원회를 대표하고, 위원회 업무를 총괄한다.
② 부위원장은 위원장을 보좌하며, 위원장이 부득이한 사유로 직무를 수행할 수 없는 때에는 그 직무를 대행한다.

제10조(위원회의 운영)
① 위원회 운영 사항은 다음 각 호와 같다.
  1. 정기회의는 분기마다 1회 개최하며, 위원장이 필요하다고 인정하거나 시장이 요청하는 때에는 임시회의를 소집할 수 있다.
  2. 부득이한 경우에는 서면 회의로 대체할 수 있다.
  3. 회의는 위원장이 소집하며, 재적위원 반수 이상의 출석으로 개의하고, 출석위원 반수 이상의 찬성으로 의결한다.
② 위원회 운영의 효율을 높이기 위해 소위원회를 구성하여 운영할 수 있다.

제11조(수당 등)
위원회 회의에 참석한 위원에게는 예산의 범위에서 「서울특별시 위원회 수당 및 여비 지급 조례」에 따라 참석 수당과 여비를 지급할 수 있다.

제12조(위원회의 사무처리)
시장은 제6조제1항제2호에 따른 행정용어 순화 심의 사항을 서울특별시보에 고시하여야 한다.

제13조(공문서 등의 언어 사용)

① 공공기관의 공문서 등은 「국어기본법」 제14조와 「국어기본법 시행령」 제11조에 따라서 어문규범에 맞추어 한글로 작성하여야 한다. 다만, 의미 파악이 어렵거나 낯선 낱말의 경우는 괄호 안에 한자나 다른 외국 문자를 쓸 수 있다.
② 공공기관의 공문서 등은 다음 각 호의 원칙에 따라서 작성한다.
 1. 시민이 일상생활에서 널리 쓰이는 국어를 사용한다.
 2. 저속하거나 차별적인 언어를 사용하지 않는다.
 3. 무분별한 외래어 및 외국어, 신조어 사용을 피한다.
③ 시장은 제1항과 제2항을 실현하는 데 필요한 지침을 마련하고 시행하도록 노력하여야 한다.

제14조(주요 정책 사업에 관한 명칭 등)
시 본청, 직속기관, 사업소의 주요 정책사업 명칭을 정할 때는 제13조 규정을 준수하여야 하며, 국어책임관과 사전에 협의하여야 한다.

제15조(광고물 등의 한글 표기)
① 「옥외광고물 등 관리법 시행령」 제12조제2항에 따라 옥외광고물 또는 게시 시설(이하 "광고물 등"이라 한다)의 문안은 한글맞춤법, 외래어 표기법 등에 맞추어 한글로 표시하여야 한다. 다만, 외국 문자로 표시할 경우에는 특별한 사유가 없으면 한글도 함께 표시하여야 한다.
② 시장은 제1항을 실현하는 데 필요한 지침을 마련하고 시행하도록 노력하여야 한다.

제16조(실태 조사 및 평가)
① 시장은 제13조에 따른 공문서 등의 국어·한글 사용 실태 조사와 평가를 해마다 실시하며, 대상기관은 시 본청, 직속기관, 사업소로 한다.
② 제15조에 따른 광고물 등의 한글 표기 실태 조사를 5년마다 실시한다.
③ 시장은 제1항 및 제2항에 따른 실태 조사와 평가 업무를 전문기관에 위탁하여 수행할 수 있다.

제17조(국어책임관의 지정 및 임무)
① 시장은 시 본청 홍보 담당 부서 장 또는 이에 준하는 직위의 공무원을 국어책임관으로 지정하고, 직속기관, 사업소, 투자·출연기관에는 홍보 담당 부서장 또는 이에 준하는 직위의 직원을 분임국어책임관으로 둔다.
② 국어책임관의 임무는 다음 각 호와 같다.

1. 국어의 발전과 보전을 위한 업무 총괄
2. 시에서 수행하는 정책을 효과적으로 시민에게 알리기 위한 알기 쉬운 용어의 개발과 보급 및 정확한 문장의 사용 장려
3. 시 소속 공무원 등과 시민의 국어 능력 증진 방안 수립과 추진
4. 제16조에 따른 실태 조사와 평가
5. 그 밖에 「국어기본법 시행령」 제3조에 따른 임무와 시장이 국어 발전과 보전을 위하여 필요하다고 인정한 사항
③ 국어책임관은 제14조 준수 여부를 확인하여 처리하고 필요하면 위원회에 자문할 수 있다.
④ 분임국어책임관의 임무는 다음 각 호와 같다.
1. 해당 기관의 국어 발전과 보전을 위한 업무 총괄
2. 해당 기관에서 수행하는 정책을 효과적으로 시민에게 알리기 위한 알기 쉬운 용어의 개발과 보급 및 정확한 문장의 사용 장려
3. 해당 공무원 등의 국어 능력 향상을 위한 계획 수립과 추진
4. 그 밖에 국어책임관의 임무를 보조하는 해당 기관의 국어 관련 업무

제18조(서울 토박이말과 한글꼴 보존)
① 시장은 「국어기본법」 제4조제1항에 따라서 서울의 역사성과 문화성을 상징하는 서울 토박이말을 보존하고 발전시키기 위해 힘써야 한다.
② 시장은 서울 토박이말 실태를 파악하고 그 결과를 공표할 수 있다.
③ 시장은 한글꼴을 보존하고 발전시키기 위해 힘써야 한다.

제19조(의견 청취)
시장은 국어 발전과 보전에 필요한 사항에 대하여 시민의 의견을 청취할 수 있는 방안을 강구하여 시행하여야 한다.

제20조(교육)
① 시장은 시 소속 공무원 또는 시민 등의 올바른 국어·한글 사용 촉진과 국어 능력 향상을 위하여 적정한 교육을 하여야 한다.
② 시장은 정신이나 신체에 장애가 있어 언어 사용에 어려움을 겪고 있는 시민과 시에 거주하는 외국인에 대하여 원활한 의사소통을 위한 국어 교육 방안을 강구하여야 한다.
③ 시장은 제1항 및 제2항에 따른 교육을 전문기관에 위탁하여 실시할 수 있으며, 필요한 경비를 예산의 범위에서 지원할 수 있다.

제21조(표창)

① 시장은 제13조 및 제16조의 공문서 등 언어 사용과 관련되거나 국어 발전과 보전에 이바지한 공공기관과 공무원을 표창할 수 있다.

② 시장은 국어와 한글 발전에 이바지한 시민과 단체를 표창할 수 있다.

③ 제1항 및 제2항에 따른 표창은 「서울특별시 표창조례」에서 정하는 바에 따르며, 표창 분야 및 인원과 그 밖에 필요한 사항은 시장이 정한다.

제22조(규칙)

이 조례의 시행에 필요한 사항은 규칙으로 정한다.

부칙 〈제5724호, 2014. 7. 17.〉

제1조 (시행일) 이 조례는 공포한 날부터 시행한다.

제2조 (공공기관의 표시판에 대한 경과조치) 이 조례 시행당시 이미 설치·사용 중인 공공기관의 표시판에 대하여는 이 조례 시행 후 5년 이내에 제15조의 규정에 적합하도록 하여야 한다.

제3조 (위원회의 존속기한) 제6조에 따라 설치된 위원회의 존속기한은 2년으로 한다.

한글 맞춤법

1933년 10월 29일 조선어학회에서 《한글 맞춤법 통일안》을 만들면서 말의 원형을 밝혀 쓰는 방식이 표준으로 정해졌다.

1980년 한글학회에서 《한글맞춤법》을 내었고, 1988년 1월 19일 문교부가 새로 개정 고시(문교부 고시 제88-1호)하여 1989년 3월 1일부터 시행하도록 한 우리나라 현행 어문 규정으로, 현재는 개정된 문화체육관광부고시 제2017-12호를 따른다.

한글 맞춤법의 역사

신정국문(1905) - 지석영이 고종에게 건의하여 의정부 관보에 공표된 표기법
국문연구의정안(1909) - 대한제국 학부소속 국문연구소 의결안
보통학교용 언문 철자법(1912) - 서울 방언을 기준으로 삼음
언문 철자법(1930)
한글 맞춤법 통일안(1933) - 조선어학회 발표 통일안
<북한> 조선어 신 철자법(1948) - 김두봉이 주도
<남한> 한글 간소화안(1953) - 이승만 담화 발표
<북한> 조선어 철자법(1954)
<북한> 조선말 규범집(1966) - 1987년, 2010년 개정
<남한> 한글 맞춤법(1980) - 한글학회
표준어 규정(1988) 공포 - 문교부 고시 제88-1호
한글 맞춤법 개정안(2014) - 문화체육관광부 고시 제2014-39호
한글 맞춤법 일부 개정안 - 문화체육관광부 고시 제2017-12호

전문 목차

한글 맞춤법

제1장 총칙

제1항 한글 맞춤법은 표준어를 소리대로 적되, 어법에 맞도록 함을 원칙으로 한다.

표음주의 (소리)	집웅→지붕, 묻엄→무덤, 굴음→구름, 놀음→노름, 콧길이→코끼리, 묻어→물어, 묻으니→물으니, 묻어서→물어서
표의주의 (어법)	갑또→값도, 갑만→값만, 갑시→값이, 갑슬→값을, 꼬치→꽃이, 익따→읽다, 일끼→읽기, 잉는→읽는, 일글→읽을, 늑찌→늙지

제2항 문장의 각 단어는 띄어 씀을 원칙으로 한다.

제3항 외래어는 '외래어 표기법'에 따라 적는다.

제2장 자모

제4항 한글 자모의 수는 스물넉 자로 하고, 그 순서와 이름은 다음과 같이 정한다.

자음(14)	ㄱ(기역)	ㄴ(니은)	ㄷ(디귿)	ㄹ(리을)	ㅁ(미음)
	ㅂ(비읍)	ㅅ(시옷)	ㅇ(이응)	ㅈ(지읒)	ㅊ(치읓)
	ㅋ(키읔)	ㅌ(티읕)	ㅍ(피읖)	ㅎ(히읗)	
모음(10)	ㅏ(아)	ㅑ(야)	ㅓ(어)	ㅕ(여)	ㅗ(오)
	ㅛ(요)	ㅜ(우)	ㅠ(유)	ㅡ(으)	ㅣ(이)

▶ '기역, 디귿, 시옷'은 작명 규칙에서 벗어난 이름이다. 이는 당시 한자음을 빌려 자모 이름을 표시하다보니 [윽, 읃, 읏]음을 가진 한자가 없었기 때문이다.

[붙임 1] 위의 자모로써 적을 수 없는 소리는 두 개 이상의 자모를 어울러서 적되,

겹침 자음(5)	ㄲ (쌍기역)	ㄸ (쌍디귿)	ㅃ (쌍비읍)	ㅆ (쌍시옷)	ㅉ (쌍지읒)	
겹침 모음(11)	ㅐ(애)	ㅒ(얘)	ㅔ(에)	ㅖ(예)	ㅘ(와)	ㅙ(왜)
	ㅚ(외)	ㅝ(워)	ㅞ(웨)	ㅟ(위)	ㅢ(의)	

[붙임 2] 사전에 올릴 적의 자모 순서는 다음과 같이 정한다.

자음 (19)	ㄱ	ㄲ	ㄴ	ㄷ	ㄸ	ㄹ	ㅁ	ㅂ
	ㅃ	ㅅ	ㅆ	ㅇ	ㅈ	ㅉ	ㅊ	ㅋ
	ㅌ	ㅍ	ㅎ					
모음 (21)	ㅏ	ㅐ	ㅑ	ㅒ	ㅓ	ㅔ	ㅕ	ㅖ
	ㅗ	ㅘ	ㅙ	ㅚ	ㅛ	ㅜ	ㅝ	ㅞ
	ㅟ	ㅠ	ㅡ	ㅢ	ㅣ			

▶ 받침이 사전에 올라가는 순서

ㄱ	ㄲ	ㄳ	ㄴ	ㄵ	ㄶ	ㄷ	ㄸ	ㄹ	ㄺ
ㄻ	ㄼ	ㄽ	ㄾ	ㄿ	ㅀ	ㅁ	ㅂ	ㅃ	ㅄ
ㅅ	ㅆ	ㅇ	ㅈ	ㅉ	ㅊ	ㅋ	ㅌ	ㅍ	ㅎ

제3장 소리에 관한 것

제1절 된소리

제5항 한 단어 안에서 뚜렷한 까닭 없이 나는 된소리는 다음 음절의 첫소리를 된소리로 적는다.

1. 두 모음 사이에서 나는 된소리

2음절	부쩍, 어깨, 오빠, 으뜸, 가끔, 어찌, 고깔, 새끼, 배꼽, 퍼뜩, 토끼
3음절	기쁘다, 소쩍새, 아끼다, 이따금, 거꾸로, 가까이, 꾀꼬리, 애꿎은
4음절	깨끗하다, 어떠하다, 해쓱하다, 쩨쩨하다, 귀뚜라미

2. 'ㄴ, ㄹ, ㅁ, ㅇ' 받침 뒤에서 나는 된소리

ㄴㄹ받침	산뜻하다, 잔뜩, 단짝, 안쓰럽다, 살짝, 훨씬, 물씬, 절뚝거리다
ㅁㅇ받침	담뿍, 섬뜩, 움쩍, 움찔, 흠씬, 함빡, 몽땅, 엉뚱하다, 뭉뚱그리다

▶ 하나의 형태소 내부에 같거나 비슷한 음절이 거듭될 때에는 같은 글자로 적는다.

똑똑하다, 쓱싹쓱싹, 쌉쌀하다

▶ 두 소리사이에 형태소 경계(합성어)가 있을 때에는 된소리로 나더라도 원형을 밝혀 적는다.

눈곱, 눈살, 눈금, 눈구멍, 눈덩이, 산불, 치과

▶ 어감의 차이와 발음에 따라 구별해서 적어야 하는 말

깜박/깜빡, 꼼작/꼼짝, 끈덕끈덕/끈떡끈떡, 다사롭다/따사롭다, 따듯하다/따뜻하다, 문득/문뜩, 방긋/방끗, 번득/번뜩, 번듯/번뜻, 번적/번쩍, 생긋/생끗, 싱긋/싱끗, 흘긋/흘끗, 흘깃/흘낏

다만, 'ㄱ, ㅂ' 받침 뒤에서 나는 된소리는, 같은 음절이나 비슷한 음절이 겹쳐 나는 경우가 아니면 된소리로 적지 아니한다.

ㄱ받침	국수, 깍두기, 낙지, 늑대, 딱지, 떡갈나무, 뚝배기, 색시, 싹둑, 싹둑싹둑, 학배기
ㅂ받침	법석, 갑자기, 몹시, 넙죽, 접시, 납작하다, 업신여기다, 덥석, 허섭스레기

제2절 구개음화

제6항 'ㄷ, ㅌ' 받침 뒤에 종속적 관계를 가진 '-이(-)'나 '-히-'가 올 적에는 그 'ㄷ, ㅌ'이 'ㅈ, ㅊ'으로 소리 나더라도 'ㄷ, ㅌ'으로 적는다.

	O	X
ㄷ받침	곧이	고지
	굳이	구지
	맏이	마지
	해돋이	해도지
	걷히다	거치다
	닫히다	다치다
	묻히다	무치다
ㅌ받침	같이	가치
	끝이	끄치
	핥이다	할치다

제3절 'ㄷ' 소리 받침

제7항 'ㄷ' 소리로 나는 받침 중에서 'ㄷ'으로 적을 근거가 없는 것은 'ㅅ'으로 적는다.

66

홑 음절	옛, 첫, 헛, 뭇[衆], 낫, 빗
첫 음절	덧저고리, 돗자리, 엇셈, 웃어른, 핫옷, 젓가락, 첫사랑, 갓스물, 덧셈, 빗장, 삿대, 짓밟다, 풋고추, 놋그릇, 햇곡식
두번 째 음절	무릇, 사뭇, 얼핏, 자칫하면, 그까짓, 기껏, 걸핏하면

▶ 'ㄷ' 소리로 나는 받침 중에서 'ㄷ'으로 적을 근거가 있는 것은 'ㄷ'을 밝혀 적는다.

숟가락, 반짇고리, 사흗날, 이튿날, 곧장, 낟알, 낟가리, 맏아들, 맏이, 곧이, 딛다, 얻다, 돋보다, 섣부르다, 걷잡다

• 'ㄷ' 소리로 나는 받침들(ㅅ, ㅆ, ㅈ, ㅊ, ㅌ, ㅎ)

형태소가 뒤에 오지 않을 때	밭, 빚, 꽃
자음으로 시작하는 형태소가 뒤에 올 때	밭과, 젖다, 꽃병, 있다
모음으로 시작하는 실질 형태소가 뒤에 올 때	젖어미

제4절 모음

제8항 '계, 례, 몌, 폐, 혜'의 'ㅖ'는 'ㅔ'로 소리 나는 경우가 있더라도 'ㅖ'로 적는다.

O	X	O	X
계집	게집	계시(啓示)	게시
핑계	핑게	사례(謝禮)	사레
계시다	게시다	연몌(連袂)	연메
개폐(開閉)	개페	폐품(廢品)	페품
계수(桂樹)	게수	혜택(惠澤)	헤택

다만, 다음 말은 본음대로 적는다.

게송(偈頌), 게시판(揭示板), 휴게실(休憩室), 게양(揭揚), 게재(揭載), 게류(憩流), 게구(偈句), 게제(揭諦), 게기(揭記), 게방(揭榜), 게판(揭板), 게식(憩息), 게휴(憩休)

제9항 '의'나, 자음을 첫소리로 가지고 있는 음절의 'ㅢ'는 'ㅣ'로 소리 나는 경우가 있더라도 'ㅢ'로 적는다.

	O	X
모음 'ㅡ, ㅣ'가 줄어든 형태	씌어(←쓰이어)	씨어
	틔어(←트이어)	티어

	유희(遊戲)	유히
	본의(本義)	본이
한자어	주의(注意)	주이
	의의(意義)	의이
	희망(希望)	히망
	희다	히다
	띄어쓰기	띠어쓰기
발음과 표기 전통에 따름	닁큼	닝큼
	늴리리	닐리리
	무늬[紋]	무니
	하늬바람	하니바람

제5절 두음 법칙

제10항 한자음 '녀, 뇨, 뉴, 니'가 단어 첫머리에 올 적에는, 두음 법칙에 따라 '여, 요, 유, 이'로 적는다.

O	X	O	X
여자(女子)	녀자	열반(涅槃)	녈반
연세(年歲)	년세	이공(泥工)	니공
요소(尿素)	뇨소	요도(尿道)	뇨도
유대(紐帶)	뉴대	이승(尼僧)	니승
익명(匿名)	닉명	익사(溺死)	닉사

다만, 다음과 같은 의존 명사에서는 '냐, 녀' 음을 인정한다.

냥(兩)	말 한마디로 천 냥 빚을 갚는다.
냥쭝(兩-)	예물로 팔찌 한 냥쭝을 해 주었다.
년(年)	몇 년 몇 월 며칠이지?

▶ '연도(年度)'는 한자어이므로 일반적으로 두음법칙이 적용되지만, 의존 명사로 쓰일 때에는 두음법칙이 적용되지 않는다.

한자어	의존 명사로 쓰일 때
연도별 생산 실적	2000 년도(2000년도)
회계연도 / 사업연도 / 졸업연도 / 생산연도	2000 년대(2000년대)
연리 / 연이율	금년도 / 내년도 / 전년도 / 작년도 / 일 년

연 3회 / 연 강수량 / 연 12% 이율	안식년 / 회귀년 / 수십 년간

[붙임 1] 단어의 첫머리 이외의 경우에는 본음대로 적는다.

남녀(男女), 당뇨(糖尿), 결뉴(結紐), 은닉(隱匿), 소녀(少女), 만년(晩年), 배뇨(排尿), 비구니(比丘尼), 운니(雲泥), 탐닉(耽溺)

[붙임 2] 접두사처럼 쓰이는 한자가 붙어서 된 말이나 합성어에서, 뒷말의 첫소리가 'ㄴ' 소리로 나더라도 두음 법칙에 따라 적는다.

신여성(新女性), 공염불(空念佛), 남존여비(男尊女卑)

[붙임 3] 둘 이상의 단어로 이루어진 고유 명사를 붙여 쓰는 경우에도 붙임 2에 준하여 적는다.

한국여자대학, 대한요소비료회사, 신흥이발관, 노인대학, 한국여자농구연맹

제11항 한자음 '랴, 려, 례, 료, 류, 리'가 단어의 첫머리에 올 적에는, 두음 법칙에 따라 '야, 여, 예, 요, 유, 이'로 적는다.

O	X	O	X
양심(良心)	량심	이발(理髮)	리발
역사(歷史)	력사	양질(良質)	량질
예의(禮儀)	례의	역량(力量)	력량
용궁(龍宮)	룡궁	유랑(流浪)	류랑
유행(流行)	류행	이치(理致)	리치

다만, 다음과 같은 의존 명사는 본음대로 적는다.

리(里)	몇 리냐?
리(理)	그럴 리가 없다.
리(厘)	2푼 5리(厘)
량(輛)	객차(客車) 오십 량(輛)

[붙임 1] 단어의 첫머리 이외의 경우에는 본음대로 적는다.

개량(改良), 선량(善良), 수력(水力), 협력(協力), 사례(謝禮), 혼례(婚禮), 와룡(臥龍), 쌍룡(雙龍), 하류(下流), 급류(急流), 도리(道理), 진리(眞理)

다만, 모음이나 'ㄴ' 받침 뒤에 이어지는 '렬, 률'은 '열, 율'로 적는다.
 • '율/률'(모음이나, 'ㄴ'받침 뒤에서는 두음법칙이 적용된다. 외래어도 마찬가지)

모음 뒤	비율, 이율, 실패율, 조율, 자율, 감소율, 증가율, 규율, 서비스율
ㄴ 받침 뒤	선율, 운율, 전율, 백분율, 배분율, 환율, 흡연율, 시엔(CN)율
그 외	법률, 능률, 출석률, 합격률, 성공률, 숫(shoot)률

• '열/렬'(모음이나, 'ㄴ'받침 뒤에서는 두음법칙이 적용된다.)

모음 뒤	치열, 우열, 계열, 대열, 나열, 비열, 서열, 의열, 사분오열
ㄴ 받침 뒤	선열, 균열, 분열, 반열, 진열, 전열
그 외	격렬, 극렬, 열렬, 결렬, 멸렬, 장렬, 졸렬, 용렬, 행렬, 정렬, 병렬

• '량/양'(고유어나 외래어 다음에는 두음법칙이 적용된다.)

한자어 뒤	노동량, 작업량, 생산량, 수출량, 증가량, 감소량, 강수량, 배기량
고유어 뒤	구름양, 기름양, 일양, 먹이양, 허파숨양, 이슬양
외래어 뒤	칼슘양, 알칼리양, 이온양, 에너지양, 가스양, 벡터양

• '란/난'(고유어나 외래어 다음에는 두음법칙이 적용된다.)

한자어 뒤	부고란, 독자란, 학습란, 답란, 투고란
고유어 뒤	어린이난, 어머니난
외래어 뒤	가십난, 펜팔난, 오피니언난

[붙임 2] 외자로 된 이름을 성에 붙여 쓸 경우에도 본음대로 적을 수 있다.

신립(申砬), 최린(崔麟), 채륜(蔡倫), 하륜(河崙), 김립(金笠)

[붙임 3] 준말에서 본음으로 소리 나는 것은 본음대로 적는다.

국련(국제 연합), 한시련(한국 시각 장애인 연합회), 대한교련(대한교육연합회)

[붙임 4] 접두사처럼 쓰이는 한자가 붙어서 된 말이나 합성어에서, 뒷말의 첫소리가 'ㄴ' 또는 'ㄹ'소리로 나더라도 두음 법칙에 따라 적는다.

접두사	역이용(逆利用), 연이율(年利率), 열역학(熱力學), 몰이해(沒理解), 불이행(不履行), 선이자(先利子), 가영수(假領收)
합성어	해외여행(海外旅行), 등용문(登龍門), 사육신(死六臣), 청요리(淸料理), 낙화유수(落花流水), 무실역행(務實力行)

▶ 발음 습관이 본음의 형태로 굳어진 것은 예외 형식을 인정한다.

미립자/소립자, 수류탄/총유탄, 파렴치/몰염치

[붙임 5] 둘 이상의 단어로 이루어진 고유 명사를 붙여 쓰는 경우나, 십진법에 따라 쓰는 수(數)도 붙임 4에 준하여 적는다.

서울여관, 신흥이발관, 국제수영연맹, 육천육백육십육(六千六百六十六)

▶ 독립적인 단어로 나누어지는 구조가 아닐 경우에는 본음대로 적는다.

오륙도(五六島), 사륙판(四六判)

제12항 한자음 '라, 래, 로, 뢰, 루, 르'가 단어의 첫머리에 올 적에는, 두음 법칙에 따라 '나, 내, 노, 뇌, 누, 느'로 적는다.

O	X	O	X
낙원(樂園)	락원	늠름(凜凜)	름름
내일(來日)	래일	낙관(樂觀)	락관
노인(老人)	로인	내년(來年)	래년
뇌성(雷聲)	뢰성	누수(漏水)	루수
누각(樓閣)	루각	능사(綾紗)	릉사
능묘(陵墓)	릉묘		

[붙임 1] 단어의 첫머리 이외의 경우에는 본음대로 적는다.

쾌락(快樂), 극락(極樂), 오락(娛樂), 거래(去來), 미래(未來), 왕래(往來), 부로(父老),
연로(年老), 지뢰(地雷), 낙뢰(落雷), 망루(望樓), 고루(高樓), 광한루(廣寒樓),
가정란(家庭欄), 공란(空欄), 답란(答欄), 투고란(投稿欄), 동구릉(東九陵), 태릉(泰陵),
서오릉(西五陵), 강릉(江陵)

[붙임 2] 접두사처럼 쓰이는 한자가 붙어서 된 단어는 뒷말을 두음 법칙에 따라 적는다.

내내월(來來月), 상노인(上老人), 중노동(重勞動), 비논리적(非論理的),
사상누각(沙上樓閣), 실낙원(失樂園), 중노인(中老人), 부화뇌동(附和雷同),
반나체(半裸體)

제6절 겹쳐 나는 소리

제13항 한 단어 안에서 같은 음절이나 비슷한 음절이 겹쳐 나는 부분은 같은 글자로 적는다.

	O	X
같은 음절	딱딱	딱닥
	씩씩	씩식

71

	누누이(屢屢-)	누루이
	놀놀하다	놀롤하다
	꼿꼿하다	꼿곳하다
같은 음절	눅눅하다	눙눅하다
	밋밋하다	민밋하다
	유유상종(類類相從)	유류상종
	싹싹하다	싹삭하다
	똑딱똑딱	똑닥똑닥
	쓱싹쓱싹	쓱삭쓱삭
비슷한 음절	쌉쌀하다	쌉살하다
	씁쓸하다	씁슬하다
	짭짤하다	짭잘하다

▶ 같은 음절이나 비슷한 음절이 겹쳐 나더라도 본음대로 적는 경우

낭랑(朗朗)하다, 냉랭(冷冷)하다, 녹록(碌碌)하다, 늠름(凜凜)하다, 연년(年年)생,
염념(念念)불망, 역력(歷歷)하다, 인린(燐燐)하다, 적나라(赤裸裸)하다

제4장 형태에 관한 것

제1절 체언과 조사

제14항 체언은 조사와 구별하여 적는다.

떡이	떡을	떡에	떡도	떡만
손이	손을	손에	손도	손만
팔이	팔을	팔에	팔도	팔만
밤이	밤을	밤에	밤도	밤만
집이	집을	집에	집도	집만
옷이	옷을	옷에	옷도	옷만
콩이	콩을	콩에	콩도	콩만
낮이	낮을	낮에	낮도	낮만
꽃이	꽃을	꽃에	꽃도	꽃만
앞이	앞을	앞에	앞도	앞만
밖이	밖을	밖에	밖도	밖만
넋이	넋을	넋에	넋도	넋만
흙이	흙을	흙에	흙도	흙만

삶이	삶을	삶에	삶도	삶만
여덟이	여덟을	여덟에	여덟도	여덟만
값이	값을	값에	값도	값만

제2절 어간과 어미

제15항 용언의 어간과 어미는 구별하여 적는다.

같다	같고	같아	같으니	없다	없고	없어	없으니
깎다	깎고	깎아	깎으니	옳다	옳고	옳아	옳으니
꺾다	꺾고	꺾어	꺾으니	울다	울고	울어	(우니)
넓다	넓고	넓어	넓으니	웃다	웃고	웃어	웃으니
넘다	넘고	넘어	넘으니	읽다	읽고	읽어	읽으니
높다	높고	높아	높으니	입다	입고	입어	입으니
늙다	늙고	늙어	늙으니	있다	있고	있어	있으니
많다	많고	많아	많으니	잊다	잊고	잊어	잊으니
먹다	먹고	먹어	먹으니	젊다	젊고	젊어	젊으니
믿다	믿고	믿어	믿으니	좇다	좇고	좇아	좇으니
신다	신고	신어	신으니	좋다	좋고	좋아	좋으니
앉다	앉고	앉아	앉으니	찾다	찾고	찾아	찾으니

[붙임 1] 두 개의 용언이 어울려 한 개의 용언이 될 적에, 앞말의 본뜻이 유지되고 있는 것은 그 원형을 밝히어 적고, 그 본뜻에서 멀어진 것은 밝히어 적지 아니한다.

(1) 앞말의 본뜻이 유지되고 있는 것

넘어지다(넘다), 늘어나다(늘다), 늘어지다(늘다), 돌아가다(돌다), 되짚어가다(되짚다),
틀어지다(틀다), 들어가다(들다), 떨어지다(떨다), 벌어지다(벌다), 엎어지다(엎다),
접어들다(접다), 흩어지다(흩다)

(2) 본뜻에서 멀어진 것

드러나다, 사라지다, 쓰러지다, 나타나다, 바라보다, 바라지다, 배라먹다, 부서지다, 불거지다,
부러지다, 자빠지다, 토라지다

[붙임 2] 종결형에서 사용되는 어미 '-오'는 '요'로 소리 나는 경우가 있더라도 그 원형을 밝혀 '오'로 적는다.

O	X
이것은 책이오.	이것은 책이요.
이리로 오시오.	이리로 오시요.
이것은 책이 아니오.	이것은 책이 아니요.

[붙임 3] 연결형에서 사용되는 '이요'는 '이요'로 적는다.

O	X
이것은 책이요, 저것은 붓이요, 또 저것은 먹이다.	이것은 책이오, 저것은 붓이오, 또 저것은 먹이다.

제16항 어간의 끝음절 모음이 'ㅏ, ㅗ'일 때에는 어미를 '-아'로 적고, 그 밖의 모음일 때에는 '-어'로 적는다.

1. '-아'로 적는 경우

나아	나아도	나아서	돌아	돌아도	돌아서
막아	막아도	막아서	보아	보아도	보아서
얇아	얇아도	얇아서	빼앗아	빼앗아도	빼앗아서

2. '-어'로 적는 경우

겪어	겪어도	겪어서	저어	저어도	저어서
되어	되어도	되어서	주어	주어도	주어서
베어	베어도	베어서	피어	피어도	피어서
쉬어	쉬어도	쉬어서	뺏어	뺏어도	뺏어서

▶ 어간 끝 음절의 모음이 어떤 형태냐에 따른 '-아, -어'의 쓰임

	어간 끝 음절의 모음	어미의 형태
양성 모음	ㅏ, ㅗ (ㅑ, ㅛ, ㅘ)	-아, -아라, -아서, -아도, -아야, -았, -았었
음성 모음	ㅓ, ㅜ, ㅣ, ㅐ, ㅚ, ㅟ (ㅕ, ㅠ, ㅖ, ㅙ, ㅝ, ㅞ, ㅢ)	-어, -어라, -어서, -어도, -어야, -었, -었었

제17항 어미 뒤에 덧붙는 조사 '요'는 '요'로 적는다.(조사를 생략해도 말이 되는 경우)

읽어	읽어요	참아	참아요
참으리	참으리요	가	가요

74

좋지	좋지요	가리	가리요
봐	봐요	지키리	지키리요

• 생략하면 말이 안 되는 경우에는 '오'를 쓴다.(어미는 생략될 수 없다)

이리 오시오.	그것이 인생이오.	어서오십시오.

제18항 다음과 같은 용언들은 어미가 바뀔 경우, 그 어간이나 어미가 원칙에 벗어나면 벗어나는 대로 적는다.

1. 어간의 끝 'ㄹ'이 줄어질 적에는 'ㄹ'을 적지 않는다.

갈다	가니	간	갑니다	가시다	가오
놀다	노니	논	놉니다	노시다	노오
불다	부니	분	붑니다	부시다	부오
둥글다	둥그니	둥근	둥급니다	둥그시다	둥그오
어질다	어지니	어진	어집니다	어지시다	어지오

• 관형사형 어미 'ㄴ'이 붙어 [ㄹ]소리와 [ㄴ]소리가 충돌할 때에는 어간의 'ㄹ'이 탈락한 형태로 활용한다.('ㄹ' 탈락)

기본형	준말	틀린 표현	잘못 사용된 예
거칠다	거친	거칠은	거칠은 들판으로
날다	나는	날으는	날으는 원더우먼
낯설다	낯선	낯설은	낯설은 얼굴
녹슬다	녹슨	녹슬은	녹슬은 기찻길
헐다	헌	헐은	헐은 피부
물들다	물든	물들은	물들은 산하
찌들다	찌든	찌들은	찌들은 모습
내밀다	내민	내밀은	내밀은 모가지
부풀다	부푼	부풀은	부풀은 가슴
시들다	시든	시들은	시들은 꽃잎

[붙임] 다음과 같은 말에서도 'ㄹ'이 준 대로 적는다.

'ㄹ'탈락	사용 례
마지못하다 ← 말지못하다	사정하는 바람에 마지못해서 들어주었다.
(하)다마다 ← (하)다말다	암, 네 말이 맞다마다.
마지않다 ← 말지않다	참석해 주시길 바라 마지않습니다.
(하)자마자 ← (하)자말자	집에 도착하자마자 비가 쏟아지기 시작했다.

(하)지 마라 ← (하)지말라	비가 올듯하니 가지 마라.
(하)지 마(아) ← (하)지말(아)	나를 잡지 마.

2. 어간의 끝 'ㅅ'이 줄어질 적

긋다	그어	그으니	그었다	잇다	이어	이으니	이었다
낫다	나아	나으니	나았다	젓다	저어	저으니	저었다
붓다	부어	부으니	부었다	짓다	지어	지으니	지었다

- '붓다, 묻다, 불다'의 활용형

붓다	붓고	붓는	붓네	붓습니다	부은	부으면	부어	부어서	부었다
묻다	묻고	묻는	묻네	묻습니다	묻은	묻으면	묻어	묻어서	묻었다
불다	불고	부는	부네	붑니다	분	불면	불어	불어서	불었다

3. 어간의 끝 'ㅎ'이 줄어질 적

그렇다	그러니	그럴	그러면	그러오	그런	그래
저렇다	저러니	저럴	저러면	저러오	저런	저래
이렇다	이러니	이럴	이러면	이러오	이런	이래
동그랗다	동그라니	동그랄	동그라면	동그라오	동그란	동그래
까맣다	까마니	까말	까마면	까마오	까만	까매
노랗다	노라니	노랄	노라면	노라오	노란	노래
누렇다	누러니	누럴	누러면	누러오	누런	누레
파랗다	파라니	파랄	파라면	파라오	파란	파래
퍼렇다	퍼러니	퍼럴	퍼러면	퍼러오	퍼런	퍼레
하얗다	하야니	하얄	하야면	하야오	하얀	하얘
허옇다	허여니	허열	허여면	허여오	허연	허예

4. 어간의 끝 'ㅜ, ㅡ'가 줄어질 적

푸다	퍼	펐다	뜨다	떠	떴다
끄다	꺼	껐다	크다	커	컸다
치르다	치러	치렀다	고프다	고파	고팠다
담그다	담가	담갔다	바쁘다	바빠	바빴다
잠그다	잠가	잠갔다	아프다	아파	아팠다
따르다	따라	따랐다	나쁘다	나빠	나빴다

5. 어간의 끝 'ㄷ'이 'ㄹ'로 바뀔 적

걷다[步]	걸어	걸으니	걸었다
듣다[聽]	들어	들으니	들었다
묻다[問]	물어	물으니	물었다
싣다[載]	실어	실으니	실었다

6. 어간의 끝 'ㅂ'이 'ㅜ'로 바뀔 적

굽다[炙]	구워	구우니	구웠다
가깝다	가까워	가까우니	가까웠다
괴롭다	괴로워	괴로우니	괴로웠다
맵다	매워	매우니	매웠다
무겁다	무거워	무거우니	무거웠다
밉다	미워	미우니	미웠다
사납다	사나워	사나우니	사나웠다
쉽다	쉬워	쉬우니	쉬웠다
슬기롭다	슬기로워	슬기로우니	슬기로웠다
아니꼽다	아니꼬워	아니꼬우니	아니꼬웠다
아름답다	아름다워	아름다우니	아름다웠다
역겹다	역겨워	역겨우니	역겨웠다
차갑다	차가워	차가우니	차가웠다
춥다	추워	추우니	추웠다

다만, '돕-', '곱-'과 같은 단음절 어간에 어미 '-아'가 결합되어 '와'로 소리 나는 것은 '-와'로 적는다.

돕다[助]	도와	도와서	도와도	도왔다
곱다[麗]	고와	고와서	고와도	고왔다

7. '하다'의 활용에서 어미 '-아'가 '-여'로 바뀔 적

하다	하여	하여서	하여도	하여라	하였다

8. 어간의 끝음절 '르' 뒤에 오는 어미 '-어'가 '-러'로 바뀔 적

이르다[至]	이르러	이르렀다	누르다	누르러	누르렀다
노르다	노르러	노르렀다	푸르다	푸르러	푸르렀다

9. 어간의 끝음절 '르'의 'ㅡ'가 줄고, 그 뒤에 오는 어미 '-아/-어'가 '-라/-러'로 바뀔 적

가르다	갈라	갈랐다	부르다	불러	불렀다
거르다	걸러	걸렀다	오르다	올라	올랐다
구르다	굴러	굴렀다	이르다	일러	일렀다
벼르다	별러	별렀다	지르다	질러	질렀다

▶ 불규칙 활용형 정리

갈래		조건	예
어간	'ㅅ'불규칙	모음 어미 앞에서 'ㅅ'탈락	잇다: 잇+어>이어, 이으니
	'ㄷ'불규칙	모음 어미 앞에서 'ㄷ'이 'ㄹ'로 변함	묻다: 묻+어>물어, 물으니 걷다: 걷+어>걸어, 걸으니
	'ㅂ'불규칙	모음 어미 앞에서 'ㅂ'이 '오/우'로 변함	줍다: 줍+어>주워, 주우니 덥다: 덥+어>더워, 더우니
	'르'불규칙	어간 말음으로 '르'를 가진 말이 모음 어미와 만나 '르'의 'ㅡ'가 탈락 되면서 어간에 'ㄹ'이 덧 생김	흐르다: 흐르+어>흘러 부르다: 부르+어>불러 지르다: 지르+어>질러
	'우'불규칙	어간의 '우'탈락	푸다: 푸+어>퍼
어미	'여'불규칙	'하-'뒤의 어미 '-아/어'가 '-여'로 변함	일하다: 일하+어>일하여
	'러'불규칙	어간이 '르'로 끝나는 일부 용언에서 어미 '-어, -었'이 '러, 렀'으로 변함	이르다: 이르+어>이르러 푸르다: 푸르+어>푸르러
어간+ 어미	'ㅎ'불규칙	어간의 'ㅎ'이 탈락한 경우	파랗다: 파랑+ㄴ>파란
	'ㅎ'불규칙	어간탈락 및 어미가 변하는 경우	노랗다: 노랑+아서>파래서

제3절 접미사가 붙어서 된 말

제19항 어간에 '-이'나 '-음/-ㅁ'이 붙어서 명사로 된 것과 '-이'나 '-히'가 붙어서 부사로 된 것은 그 어간의 원형을 밝히어 적는다.

1. '-이'가 붙어서 명사로 된 것

> 굽이, 귀걸이, 귀밝이, 길이, 깊이, 넓이, 놀음놀이, 높이, 다듬이, 더듬이, 땀받이, 달맞이, 먹이, 목걸이, 물받이, 미닫이, 배앓이, 뱃놀이, 벌이, 벼훑이, 살림살이, 손님맞이, 손잡이, 쇠붙이, 여닫이, 옷걸이, 점박이, 하루살이, 해돋이

2. '-음/-ㅁ'이 붙어서 명사로 된 것

갈음, 걸음, 고기볶음, 그을음, 놀음, 만듦, 모질음, 묶음, 믿음, 삶(살음), 수줍음, 앎(알음), 앙갚음, 얼음, 엮음, 용솟음, 울음, 웃음, 일컬음, 졸음, 죽음, 판막음

3. '-이'가 붙어서 부사로 된 것

같이, 굳이, 길이, 높이, 많이, 실없이, 좋이, 짓궂이, 두둑이

4. '-히'가 붙어서 부사로 된 것

극히, 급히, 딱히, 밝히, 속히, 익히, 작히, 족히, 특히, 엄격히, 간곡히, 까마득히, 머쓱히, 막막히, 똑똑히

다만, 어간에 '-이'나 '-음'이 붙어서 명사로 바뀐 것이라도 그 어간의 뜻과 멀어진 것은 원형을 밝히어 적지 아니한다.

굽도리, 다리[髢], 목거리(목이 아픈 병), 무녀리, 코끼리, 거름(비료), 고름[膿], 노름(도박), 너비, 도리깨, 두루마리, 목도리, 빈털터리, 턱거리

[붙임] 어간에 '-이'나 '-음' 이외의 모음으로 시작된 접미사가 붙어서 다른 품사로 바뀐 것은 그 어간의 원형을 밝히어 적지 아니한다.

(1) 명사로 바뀐 것

귀머거리, 까마귀, 너머, 뜨더귀, 마감, 마개, 마중, 무덤, 비렁뱅이, 쓰레기, 올가미, 주검, 동그라미, 늘그막, 나머지, 도르래, 누룽지, 지팡이, 꾸중, 도랑

(2) 부사로 바뀐 것

거뭇거뭇, 너무, 도로, 뜨덤뜨덤, 바투, 불긋불긋, 비로소, 오긋오긋, 자주, 차마, 마주, 주섬주섬, 미처

(3) 조사로 바뀌어 뜻이 달라진 것

나마, 부터, 조차, 마저

제20항 명사 뒤에 '-이'가 붙어서 된 말은 그 명사의 원형을 밝히어 적는다.

1. 부사로 된 것(첩어 명사 뒤)

곳곳이, 낱낱이, 몫몫이, 샅샅이, 앞앞이, 집집이, 번번이, 겹겹이, 일일이, 틈틈이, 간간이, 길길이, 땀땀이, 줄줄이, 첩첩이, 구구절절이, 사사건건이, 나날이, 다달이

2. 명사로 된 것

고리눈이, 맹문이, 안달이, 얌전이, 억척이, 점잔이, 퉁방울이, 우걱뿔이, 곰배팔이, 바둑이,
삼발이, 애꾸눈이, 육손이, 절뚝발이/절름발이

[붙임] '-이' 이외의 모음으로 시작된 접미사가 붙어서 된 말은 그 명사의 원형을 밝히어 적지
아니한다.

꼬락서니, 끄트머리, 모가치(몫으로 돌아오는 물건), 모가지, 바가지, 바깥, 사타구니, 싸라기,
이파리, 지붕, 터럭, 지푸라기, 짜개, 고랑, 소가지, 오라기

제21항 명사나 혹은 용언의 어간 뒤에 자음으로 시작된 접미사가 붙어서 된 말은 그 명사나
어간의 원형을 밝히어 적는다.

1. 명사 뒤에 자음으로 시작된 접미사가 붙어서 된 것

값지다, 홑지다, 넋두리, 빛깔, 옆댕이, 잎사귀, 끝내, 멋지다, 부엌데기, 빚쟁이, 앞장, 옆구리,
옷매, 높다랗다, 늙다리, 읊조리다

2. 어간 뒤에 자음으로 시작된 접미사가 붙어서 된 것

낚시, 늙정이, 덮개, 뜯게질, 갉작갉작하다, 갉작거리다, 뜯적거리다, 뜯적뜯적하다, 굵다랗다,
굵직하다, 깊숙하다, 넓적하다, 높다랗다, 늙수그레하다, 얽죽얽죽하다

다만, 다음과 같은 말은 소리대로 적는다.
(1) 겹받침의 끝소리가 드러나지 아니하는 것

할짝거리다, 널따랗다, 널찍하다, 말끔하다, 말쑥하다, 말짱하다, 실쭉하다, 실큼하다, 얄따랗다,
얄팍하다, 짤따랗다, 짤막하다, 실컷

▶겹받침의 끝소리가 드러나는 것

굵다랗다, 굵적거리다, 늙수그레하다, 넓적다리, 넓죽넓죽

(2) 어원이 분명하지 아니하거나 본뜻에서 멀어진 것

넙치, 올무, 골막하다, 납작하다

제22항 용언의 어간에 다음과 같은 접미사들이 붙어서 이루어진 말들은 그 어간을 밝히어
적는다.

1. '-기-, -리-, -이-, -히-, -구-, -우-, -추-, -으키-, -이키-, -애-'가 붙는 것

맡기다, 옮기다, 웃기다, 쫓기다, 뚫리다, 울리다, 낚이다, 쌓이다, 핥이다, 굳히다, 굽히다, 넓히다, 앉히다, 얽히다, 잡히다, 돋구다, 솟구다, 돋우다, 갖추다, 곧추다, 맞추다, 일으키다, 돌이키다, 없애다, 먹이다, 먹히다

다만, '-이-, -히-, -우-'가 붙어서 된 말이라도 본뜻에서 멀어진 것은 소리대로 적는다.

도리다(칼로 도리다), 드리다(용돈을 드리다), 고치다, 바치다(세금을 바치다), 부치다(편지를 부치다), 거두다, 미루다, 이루다

2. '-치-, -뜨리-, -트리-'가 붙는 것

깨치다, 놓치다, 덮치다, 떠받치다, 받치다, 부딪치다, 뻗치다, 엎치다, 밭치다, 쏟뜨리다/쏟트리다, 젖뜨리다/젖트리다, 찢뜨리다/찢트리다, 깨뜨리다/깨트리다, 부딪뜨리다/부딪트리다, 흩뜨리다/흩트리다, 떨어뜨리다/떨어트리다

[붙임] '-업-, -읍-, -브-'가 붙어서 된 말은 소리대로 적는다.

미덥다, 우습다, 미쁘다

제23항 '-하다'나 '-거리다'가 붙는 어근에 '-이'가 붙어서 명사가 된 것은 그 원형을 밝히어 적는다.

원형	O	X
깔쭉(거리다)	깔쭉이	깔쭈기
꿀꿀(거리다)	꿀꿀이	꿀꾸리
삐죽(거리다)	삐죽이	삐주기
살살(거리다)	살살이	살사리
쌕쌕(거리다)	쌕쌕이	쌕쌔기
눈깜짝(하다)	눈깜짝이	눈깜짜기
배불뚝(하다)	배불뚝이	배불뚜기
오뚝(하다)	오뚝이	오뚜기
코납작(하다)	코납작이	코납자기
푸석(하다)	푸석이	푸서기
홀쭉(하다)	홀쭉이	홀쭈기

[붙임] '-하다'나 '-거리다'가 붙을 수 없는 어근에 '-이'나 또는 다른 모음으로 시작되는 접미사가 붙어서 명사가 된 것은 그 원형을 밝히어 적지 아니한다.

개구리, 귀뚜라미, 기러기, 깍두기, 꽹과리, 날라리, 누더기, 동그라미, 두드러기, 딱따구리, 매미, 부스러기, 뻐꾸기, 얼루기, 칼싹두기

제24항 '-거리다'가 붙을 수 있는 시늉말 어근에 '-이다'가 붙어서 된 용언은 그 어근을 밝히어 적는다.

O	X	O	X
깜짝이다	깜짜기다	속삭이다	속사기다
꾸벅이다	꾸버기다	숙덕이다	숙더기다
끄덕이다	끄더기다	울먹이다	울머기다
뒤척이다	뒤처기다	움직이다	움지기다
들먹이다	들머기다	지껄이다	지꺼리다
망설이다	망서리다	퍼덕이다	퍼더기다
번득이다	번드기다	허덕이다	허더기다
번쩍이다	번쩌기다	헐떡이다	헐떠기다
깐족이다	깐조기다	들썩이다	들써기다

제25항 '-하다'가 붙는 어근에 '-히'나 '-이'가 붙어서 부사가 되거나, 부사에 '-이'가 붙어서 뜻을 더하는 경우에는 그 어근이나 부사의 원형을 밝히어 적는다.

1. '-하다'가 붙는 어근에 '-히'나 '-이'가 붙는 경우

> 급히, 꾸준히, 도저히, 딱히, 엄격히, 고요히, 정확히, 간편히, 공평히, 어렴풋이, 깨끗이, 지긋이(나이가 많아 듬직하게), 반듯이(생김새가 아담하고 말끔히)

[붙임] '-하다'가 붙지 않는 경우에는 소리대로 적는다.

> 갑자기, 반드시(꼭), 슬며시, 지그시(누르다)

2. 부사에 '-이'가 붙어서 역시 부사가 되는 경우

> 곰곰이, 더욱이, 생긋이, 오뚝이, 일찍이, 해죽이

제26항 '-하다'나 '-없다'가 붙어서 된 용언은 그 '-하다'나 '-없다'를 밝히어 적는다.

1. '-하다'가 붙어서 용언(형용사)이 된 것

> 딱하다, 숱하다, 착하다, 텁텁하다, 푹하다, 눅눅하다, 단단하다, 멍하다, 성하다, 찜찜하다, 칠칠하다, 털털하다, 거북하다, 깨끗하다, 섭섭하다, 솔깃하다

2. '-없다'가 붙어서 용언이 된 것

> 부질없다, 상없다, 시름없다, 열없다, 하염없다

제4절 합성어 및 접두사가 붙은 말

제27항 둘 이상의 단어가 어울리거나 접두사가 붙어서 이루어진 말은 각각 그 원형을 밝히어 적는다.

합성어	국말이, 꺾꽂이, 꽃잎, 끝장, 물난리, 밑천, 부엌일, 싫증, 옷안, 젖몸살, 첫아들, 칼날, 팥알, 흙내, 값없다, 겉늙다, 굶주리다, 낮잡다, 받내다, 벋놓다, 빛나다, 엎누르다, 옻오르다
접두 파생어	웃옷, 홑몸, 헛웃음, 홀아비, 맞먹다, 빗나가다, 엇나가다, 엿듣다, 짓이기다, 헛되다, 새파랗다/시퍼렇다, 샛노랗다/싯누렇다, 새까맣다/시꺼멓다, 새하얗다/시허옇다,

• '새/시/샛/싯' 구분

　색채어 앞에 붙는 '새/시/샛/싯'은 첫소리의 자음이 된소리/거센소리이냐(새/시) 울림소리이냐(샛/싯), 첫소리의 모음이 양성모음이냐(새/샛) 음성모음이냐(시/싯)에 따라 구분된다.

구분	양성 모음	음성 모음
된소리/거센소리	새빨갛다, 새파랗다	시뻘겋다, 시퍼렇다
울림소리(ㄴ, ㅁ)	샛노랗다, 샛말갛다	싯누렇다, 싯멀겋다

[붙임 1] 어원은 분명하나 소리만 특이하게 변한 것은 변한 대로 적는다.

할아버지, 할아범

[붙임 2] 어원이 분명하지 아니한 것은 원형을 밝히어 적지 아니한다.

골병, 골탕, 끌탕, 며칠, 아재비, 오라비, 업신여기다, 부리나케

[붙임 3] '이[齒, 虱]'가 합성어나 이에 준하는 말에서 '니' 또는 '리'로 소리 날 때에는 '니'로 적는다.

간니, 덧니, 사랑니, 송곳니, 앞니, 어금니, 윗니, 젖니, 톱니, 틀니, 가랑니, 머릿니

제28항 끝소리가 'ㄹ'인 말과 딴 말이 어울릴 적에 'ㄹ' 소리가 나지 아니하는 것은 아니 나는 대로 적는다.

다달이(달달이), 나날이(날날이), 마되(말되), 마소(말소), 무논(물논), 무쇠(물쇠), 무자위(물자위), 바느질(바늘질), 부삽(불삽), 부손(불손), 소나무(솔나무), 싸전(쌀전), 아드님(아들님), 따님(딸님), 하느님(하늘님), 여닫이(열닫이), 우짖다(울짖다), 화살(활살)

▶ 한자 '불(不)'이 첫소리 'ㄷ, ㅈ'앞에서 [부]로 읽히는 경우

부단(不斷), 부당(不當), 부동(不動, 不同), 부득이(不得已), 부적(不適), 부등(不等),
부정(不正, 不定, 不貞), 부조리(不條理), 부주의(不注意)

제29항 끝소리가 'ㄹ'인 말과 딴 말이 어울릴 적에 'ㄹ' 소리가 'ㄷ' 소리로 나는 것은 'ㄷ'으로
적는다.

반짇고리(바느질고리), 사흗날(사흘날), 삼짇날(삼질날), 섣달(설달), 숟가락(술가락),
이튿날(이틀날), 잗주름(잘주름), 푿소(풀소), 섣부르다(설부르다), 잗다듬다(잘다듬다),
잗다랗다(잘다랗다)

제30항 사이시옷은 다음과 같은 경우에 받치어 적는다.

1. 순우리말로 된 합성어로서 앞말이 모음으로 끝난 경우
(1) 뒷말의 첫소리가 된소리로 나는 것

갯값, 고갯길, 고깃국, 고랫재, 국숫집, 귀갓길, 귓밥, 기댓값, 깃대, 꼭짓점, 나룻배, 나뭇가지,
나잇살, 낚싯줄, 냇가, 단춧구멍, 대갓집, 대폿집, 대푯값, 댓속, 덩칫값, 뒷갈망, 등굣길, 만둣국,
맥줏집, 맷돌, 머릿기름, 머릿돌, 며느릿감, 모깃불, 못자리, 못국, 미숫가루, 바닷가, 뱃가죽,
뱃길, 볏가리, 보랏빛, 부싯돌, 부잣집, 빨랫줄, 상갓집, 샛강, 샛길, 선짓국, 성묫길, 셋돈, 쇳조각,
순댓국, 시냇가, 아랫집, 외갓집, 우렁잇속, 잇자국, 자릿세, 자전거길, 잔칫집, 장밋빛, 장삿속,
전깃불, 전셋집, 절댓값, 잿더미, 조갯살, 종갓집, 죗값, 찻집, 처갓집, 촛불, 최솟값, 최젓값, 콧병,
킷값, 탯줄, 핏기, 핏대, 햇볕, 햇수, 혓바늘, 혼삿길, 홧김, 횟가루, 횟집, 후춧가루

▶ 뒤에 오는 단어가 된소리(ㄲ, ㄸ, ㅃ, ㅆ, ㅉ)나 거센소리(ㅋ, ㅌ, ㅍ, ㅊ)로 시작하는 경우에
도 소리의 변화가 없는 경우에는 'ㅅ'을 표기하지 않는다.

코뼈, 코딱지, 뒤뜰, 위쪽, 아래쪽, 코피, 위층, 아래층, 낚시터, 뒤풀이, 개펄, 허리춤, 개똥,
보리쌀, 허리띠, 개펄, 배탈

▶ 두 단어가 결합했을 때 소리의 변화가 없으면 'ㅅ'을 표기하지 않는다.

머리말, 인사말, 머리글, 나무다리, 코감기, 개구멍, 배다리, 새집, 농사일

▶ 일반 명사로 쓰일 경우를 제외하고, 길 이름에는 사이시옷이 들어갈 상황이라도 적지 않
는다.

* 일반 명사일 경우	고갯길, 등굣길, 귀갓길, 자전것길, 샛길, 성묫길
고유 명사일 경우	배호길, 강나루길
숫자 포함의 경우	배호 1길, 배호 2길

(2) 뒷말의 첫소리 'ㄴ, ㅁ' 앞에서 'ㄴ' 소리가 덧나는 것

멧나물, 아랫니, 텃마당, 아랫마을, 뒷머리, 잇몸, 깻묵, 냇물, 빗물, 존댓말, 진딧물, 초하룻날, 콧날, 시쳇말, 혼잣말, 노랫말, 제삿날, 훗날, 양칫물

(3) 뒷말의 첫소리 모음 앞에서 'ㄴㄴ' 소리가 덧나는 것

예삿일, 도리깻열, 뒷윷, 두렛일, 뒷일, 뒷입맛, 베갯잇, 욧잇, 깻잎, 나뭇잎, 댓잎, 나랏일, 가욋일, 훗일

2. 순우리말과 한자어로 된 합성어로서 앞말이 모음으로 끝난 경우
(1) 뒷말의 첫소리가 된소리로 나는 것

귓병, 머릿방, 뱃병, 봇둑, 사잣밥, 샛강, 아랫방, 자릿세, 전셋집, 찻잔, 찻종, 찻주전자, 촛국, 콧병, 탯줄, 핏기, 햇수, 횟가루, 횟배

(2) 뒷말의 첫소리 'ㄴ, ㅁ' 앞에서 'ㄴ' 소리가 덧나는 것

곗날, 제삿날, 훗날, 툇마루, 양칫물

(3) 뒷말의 첫소리 모음 앞에서 'ㄴㄴ' 소리가 덧나는 것

가욋일, 사삿일, 예삿일, 훗일

3. 두 음절로 된 다음 한자어(사이시옷을 적는 예외 단어 6가지)

곳간(庫間), 셋방(貰房), 숫자(數字), 찻간(車間), 툇간(退間), 횟수(回數)

▶ 한자어로만 구성된 합성어에는 사이시옷을 적지 않아야 한다.(원칙)

초점(焦點), 대가(代價), 체증(滯症), 전세방(傳貰房), 개수(個數), 대구법(對句法), 화병(火病), 시구(詩句), 외과(外科), 치과(齒科), 소주잔(燒酒盞), 기차간(汽車間)

▶ 외래어가 포함된 말에는 'ㅅ'을 적지 않는다.

핑크빛, 피자집

제31항 두 말이 어울릴 적에 'ㅂ' 소리나 'ㅎ' 소리가 덧나는 것은 소리대로 적는다.

1. 'ㅂ' 소리가 덧나는 것

댑싸리(대ㅂ싸리), 멥쌀(메ㅂ쌀), 볍씨(벼ㅂ씨), 입때(이ㅂ때), 입쌀(이ㅂ쌀), 접때(저ㅂ때), 좁쌀(조ㅂ쌀), 햅쌀(해ㅂ쌀)

2. 'ㅎ' 소리가 덧나는 것

머리카락(머리ㅎ가락), 살코기(살ㅎ고기), 수캐(수ㅎ개), 수컷(수ㅎ것), 수탉(수ㅎ닭), 안팎(안ㅎ밖), 암캐(암ㅎ개), 암컷(암ㅎ것), 암탉(암ㅎ닭)

제5절 준말

제32항 단어의 끝모음이 줄어지고 자음만 남은 것은 그 앞의 음절에 받침으로 적는다.

(본말)	(준말)
기러기야	기럭아
어제그저께	엊그저께
어제저녁	엊저녁

▶ '가지다/디디다'의 경우에는 자음으로 시작하는 어미는 연결될 수 있으나, 모음으로 시작하는 어미는 연결되지 못한다.('*'는 쓸 수 없는 잘못된 표기임)

기본형	-고	-지	-니?	-어/아	-으니	-(으)며	-은(ㄴ)
가지다	가지고	가지지	가지니?	가(져)	가지니	가지며	가진
갖다	갖고	갖지	갖니?	*갖어/아	*갖으니	*갖으며	*갖은
디디다	디디고	디디지	디디니?	디(뎌)	디디니	디디며	디딘
딛다	딛고	딛지	딛니?	*딛어/아	*딛으니	*딛으며	*딛은

▶ '머무르다/머물다', '서두르다/서툴다', '서두르다/서둘다' 등도 모두 표준어다. 다만, 준말인 '머물다, 서툴다, 서둘다'의 어간에는 모음으로 시작하는 어미 중에서 '-어'가 연결되지 못한다.('*'는 쓸 수 없는 잘못된 표기임)

기본형	-고	-지	-니?	-어/아	-으니	-(으)며	-은(ㄴ)
머무르다	머무르고	머무르지	머무르니?	머물러	머무르니	머무르며	머무른
머물다	머물고	갖지	머무니?	*머물어	머무니	머물며	머문
서투르다	서투르고	서투르지	서투르니?	서툴러	서투르니	서투르며	서투른
서툴다	서툴고	서툴지	서투니?	*서툴어	서투니	서툴며	서툰
서두르다	서두르고	서두르지	서두르니?	서둘러	서두르니	서두르며	서두른
서둘다	서둘고	서둘지	서두니?	*서둘어	서두니	서두며	서둔

제33항 체언과 조사가 어울려 줄어지는 경우에는 준 대로 적는다.

(본말)	(준말)	(본말)	(준말)
나는	난	너는	넌
나를	날	너를	널

그것으로	그걸로	이것으로	이걸로
그것은	그건	무엇을	뭣을/무얼/뭘
그것이	그게	무엇이	뭣이/무에

제34항 모음 'ㅏ, ㅓ'로 끝난 어간에 '-아/-어, -았-/-었-'이 어울릴 적에는 준 대로 적는다.

기본형	(본말)	(준말)	(본말)	(준말)
가다	가아	가	가았다	갔다
나다	나아	나	나았다	났다
타다	타아	타	타았다	탔다
서다	서어	서	서었다	섰다
켜다	켜어	켜	켜었다	켰다
펴다	펴어	펴	펴었다	폈다

▶ 'ㅅ'불규칙 용언의 어간에서 'ㅅ'이 줄어진 경우에는 '아/어'가 줄지 않는다.

(본말)	(준말)				
낫다	나아	나아서	나아도	나아야	나았다
젓다	저어	저어서	저어도	저어야	저었다

[붙임 1] 'ㅐ, ㅔ' 뒤에 '-어, -었-'이 어울려 줄 적에는 준 대로 적는다.

기본형	(본말)	(준말)	(본말)	(준말)
개다	개어	개	개었다	갰다
내다	내어	내	내었다	냈다
매다	매어	매	매었다	맸다
베다	베어	베	베었다	벴다
세다	세어	세	세었다	셌다
떼다	떼어	떼	떼었다	뗐다

[붙임 2] '하여'가 한 음절로 줄어서 '해'로 될 적에는 준 대로 적는다.

기본형	(본말)	(준말)	(본말)	(준말)
하다	하여	해	하였다	했다
더하다	더하여	더해	더하였다	더했다
흔하다	흔하여	흔해	흔하였다	흔했다

제35항 모음 'ㅗ, ㅜ'로 끝난 어간에 '-아/-어, -았-/-었-'이 어울려 'ㅘ/ㅝ, ㅘㅆ/ㅝㅆ'으로 될 적에는 준 대로 적는다.

[붙임 1] '놓아'가 '놔'로 줄 적에는 준 대로 적는다.

기본형	(본말)	(준말)	(본말)	(준말)
놓다	놓아	놔	놓았다	놨다
꼬다	꼬아	꽈	꼬았다	꽜다
보다	보아	봐	보았다	봤다
쏘다	쏘아	쏴	쏘았다	쐈다
두다	두어	둬	두었다	뒀다
쑤다	쑤어	쒀	쑤었다	쒔다
주다	주어	줘	주었다	줬다
추다	추어	춰	추었다	췄다

[붙임 2] 'ㅚ' 뒤에 '-어, -었-'이 어울려 'ㅙ, ㅙㅆ'으로 될 적에도 준 대로 적는다.

기본형	(본말)	(준말)	(본말)	(준말)	(본말)	(준말)
괴다	괴어	괘	괴었다	괬다	괴어라	괘라
되다	되어	돼	되었다	됐다	되어라	돼라
뵈다	뵈어	봬	뵈었다	뵀다	뵈어라	봬라
쇠다	쇠어	쇄	쇠었다	쇘다	쇠어라	쇄라
쐬다	쐬어	쐐	쐬었다	쐤다	쐬어라	쐐라
죄다	죄어	좨	죄었다	좼다	죄어라	좨라

▶ '돼라/되라'의 표기

'되다'의 어간에 '어'로 시작하는 어미가 연결되어 줄어들면 '돼'가 된다. '되다'의 어간에 명령형 어미 '-어라'가 결합된 '되어라', 역시 '돼라'로 줄 수 있다. 그러나 간접 인용문의 명령형 어미는 '-이라고'가 아니라 '-(으)라고'이다. '되다'의 어간에 '-(으)라고'가 결합하면 '되라고'가 된다.

어미의 종류	연결형태	활용형		
어미	되다 + 어	되었다	됐다	돼서
명령형 어미	되다 + 어라	되어라	돼라	
간접 인용문의 명령형 어미	되다 + -(으)라고	되라고		

제36항 'ㅣ' 뒤에 '-어'가 와서 'ㅕ'로 줄 적에는 준 대로 적는다.

기본형	(본말)	(준말)	(본말)	(준말)
가지다	가지어	가져	가지었다	가졌다
견디다	견디어	견뎌	견디었다	견뎠다
다니다	다니어	다녀	다니었다	다녔다

막히다	막히어	막혀	막히었다	막혔다
버티다	버티어	버텨	버티었다	버텼다
치이다	치이어	치여	치이었다	치였다
녹이다	녹이어	녹여	녹이었다	녹였다
먹이다	먹이어	먹여	먹이었다	먹였다
숙이다	숙이어	숙여	숙이었다	숙였다
굴리다	굴리어	굴려	굴리었다	굴렸다
굶기다	굶기어	굶겨	굶기었다	굶겼다
돌리다	돌리어	돌려	돌리었다	돌렸다
남기다	남기어	남겨	남기었다	남겼다
날리다	날리어	날려	날리었다	날렸다
가지다	가지어	가져	가지었다	가졌다
다치다	다치어	다쳐	다치었다	다쳤다

제37항 'ㅏ, ㅕ, ㅗ, ㅜ, ㅡ'로 끝난 어간에 '-이-'가 와서 각각 'ㅐ, ㅖ, ㅚ, ㅟ, ㅢ'로 줄 적에는 준 대로 적는다.

(본말)	(준말)	(본말)	(준말)
싸이다	쌔다	누이다	뉘다
펴이다	폐다	뜨이다	띄다
보이다	뵈다	쓰이다	씌다

제38항 'ㅏ, ㅑ, ㅜ, ㅡ' 뒤에 '-이어'가 어울려 줄어질 적에는 준 대로 적는다.

기본형	(본말)	(준말)	
까이다	까이어	깨어	까여
싸이다	싸이어	쌔어	싸여
보이다	보이어	뵈어	보여
쏘이다	쏘이어	쐬어	쏘여
누이다	누이어	뉘어	누여
뜨이다	뜨이어	띄어	–
쓰이다	쓰이어	씌어	쓰여
트이다	트이어	틔어	트여

제39항 어미 '-지' 뒤에 '않-'이 어울려 '-잖-'이 될 적과 '-하지' 뒤에 '않-'이 어울려 '-찮-'이 될 적에는 준 대로 적는다.

	(본말)	(준말)
지 + 않 = 잖	그렇지 않은	그렇잖은
	적지 않은	적잖은
	두렵지 않은	두렵잖은
	남부럽지 않다	남부럽잖다
	달갑지 않다	달갑잖다
	시답지 않다	시답잖다
	올곧지 않다	올곧잖다
하지 + 않 = 찮	만만하지 않다	만만찮다
	변변하지 않다	변변찮다
	성실하지 않다	성실찮다
	대단하지 않다	대단찮다
	시원하지 않다	시원찮다
	편하지 않다	편찮다
	허술하지 않다	허술찮다

제40항 어간의 끝음절 '하'의 'ㅏ'가 줄고 'ㅎ'이 다음 음절의 첫소리와 어울려 거센소리로 될 적에는 거센소리로 적는다.

(본말)	(준말)	(본말)	(준말)
간편하게	간편케	가하다	가타
감탄하게	감탄케	다정하다	다정타
달성하게	달성케	정결하다	정결타
간단하지	간단치	아니하다	아니타
당하지	당치	흔하다	흔타
무심하지	무심치	부지런하다	부지런타
연구하도록	연구토록	결근하고자	결근코자
제출하도록	제출토록	달성하고자	달성코자
분발하도록	분발토록	청하건대	청컨대
추진하도록	추진토록	회상하건대	회상컨대

• '-지/치, -건대/컨대, -잖다/찮다, -게/케, -도록/토록' 등을 구분하는 방법

앞말 어간의 받침이 (ㄱ,ㄷ,ㅂ,ㅅ,ㅈ 등) 안울림소리일 경우	-지	-건대	-잖다	-게	-도록	-다
	넉넉지, 추측건대, 깨끗잖다, 생각다 못해					
앞말 어간의 받침이 없거나 (ㄴ,ㄹ,ㅁ,ㅇ) 울림소리일 경우	-치	-컨대	-찮다	-케	-토록	-타
	무심치, 청컨대, 시원찮다, 폐지케, 연구토록, 간편타					

'-하다'를 쓸 수 없는 경우	-지	-건대	-잖다	-게	-도록	-다
	서슴지, 서슴잖다, 삼가도록, 삼가다					

[붙임 1] 'ㅎ'이 어간의 끝소리로 굳어진 것은 받침으로 적는다.

않다(아니하다)	않고	않지	않든지
그렇다(그러하다)	그렇고	그렇지	그렇든지
아무렇다(아무러하다)	아무렇고	아무렇지	아무렇든지
어떻다(어떠하다)	어떻고	어떻지	어떻든지
이렇다(이러하다)	이렇고	이렇지	이렇든지
저렇다(저러하다)	저렇고	저렇지	저렇든지

[붙임 2] 어간의 끝음절 '하'가 아주 줄 적에는 준 대로 적는다.

(본말)	(준말)	
거북하지 않다	거북지 않다	거북잖다
넉넉하지 않다	넉넉지 않다	넉넉잖다
생각하건대	생각건대	–
생각하다 못해	생각다 못해	–
깨끗하지 않다	깨끗지 않다	깨끗잖다
넉넉하지 않다	넉넉지 않다	넉넉잖다
못하지 않다	못지않다	못잖다
섭섭하지 않다	섭섭지 않다	섭섭잖다
익숙하지 않다	익숙지 않다	익숙잖다

[붙임 3] 다음과 같은 부사는 소리대로 적는다.

결단코, 결코, 기필코, 무심코, 아무튼, 요컨대, 정녕코, 필연코, 하마터면, 하여튼, 한사코

제5장 띄어쓰기

제1절 조사

제41항 조사는 그 앞말에 붙여 쓴다.

꽃이, 꽃마저, 꽃밖에, 꽃뿐만 아니라, 꽃에서부터, 꽃으로만, 꽃이나마, 꽃이다, 꽃입니다, 꽃처럼, 어디까지나, 거기도, 멀리는, 웃고만, 철수같이, 노래는커녕, 말하기조차, 회사보다, 칭찬은커녕, 좋습니다그려, 여기서부터가, 5시부터

・혼동하기 쉬운 조사

같이, 그려, 깨나, ㄴ즉슨, ㄴ커녕, 더러, 마는, 마따나, 마저, 만큼, 말고, 라고, 밖에, 보고, 부터, 서부터, 씩, 야말로, 에게다, 에다가, 에서부터, 으로부터, 이시여, 이야말로, 치고, 하고, 하며, 한데

▶ '밖에'

'한정'의 뜻(붙여 쓴다) – 조사	가진 돈이 천 원밖에 없다.
'안'과 대응되는 뜻(띄어 쓴다) – 명사	학교 밖에 사람들이 많이 서 있다.

▶ 조사가 둘 이상 겹치거나 어미 뒤에 붙는 경우라도 붙여 쓴다.

조사의 연속	학교에서처럼만, 집에서만이라도, 언제인지부터는, 아이까지도,
어미 뒤 조사	말하면서까지도, 사과하기는커녕, 놀라기보다는, 먹을게요, 맑군그래, 오는군요.

▶ 조사 목록

호격조사	야, 여, 아, 이여, 시여	부르는 말, 호칭을 만드는 조사
주격조사	이, 가, 께서, 에서(단체)	문장에서 주어를 만드는 조사
관형격 조사	의	꾸미는 말, 관형어를 만드는 조사
목적격 조사	을, 를	목적어를 만드는 조사
부사격 조사	에, 에서, 에게, 으(로), 와(과), 보다, 처럼, 만큼	부사어를 만드는 조사
서술격 조사	이다	명사에 붙어서 서술어를 만드는 조사
보조사	은/는, 도, 만/뿐, 까지, 마저, 조차, 부터, 마다, (이)나, 이나마, (이)야, 든지, 야말로	특별한 뜻을 더해주는 조사
접속조사	와/과, 에(다), (이)며, (이)랑, 하고	단어나 문장을 대등하게 잇는 조사

제2절 의존 명사, 단위를 나타내는 명사 및 열거하는 말 등

제42항 의존 명사는 띄어 쓴다.

아는 것이 힘이다.	나도 할 수 있다.
먹을 만큼 먹어라.	아는 이를 만났다.
네가 뜻한 바를 알겠다.	그가 떠난 지가 오래다.
기간 내에 제출할 것.	일을 제시간에 끝내야 할 텐데.
부재 시 관리실에 맡겨 주세요.	회의 중이오니 조용히 해 주세요.

▶ 의존명사 목록

보편성 의존 명사	분, 이, 것, 데, 바, 따위
주어성 의존 명사	지, 수, 리, 나위
서술성 의존 명사	따름, 뿐, 터, 때문
부사성 의존 명사	대로, 양, 듯, 체, 척, 만큼, 뻔, 만
단위성 의존 명사	마리, 개, 그루, 섬, 자, 원, 켤레

• 띄어쓰기를 주의해야 할 의존 명사

용어	의미	구분	용례
-ㄴ데	장소/경우	의존 명사	우리가 가는 데를 모르겠다.
	그런데	어미	눈이 내리는데 가야만 하나?
-ㄴ바	방법/일	의존 명사	우리는 고민하는 바가 같다.
	-았/었더니	어미	금강산에서 본바 과연 절정이더군.
-ㄴ지	시간의 경과	의존 명사	그가 떠난 지 3년이 됐다.
	막연한 의문	어미	그가 갔는지 모르겠다.
-ㄹ걸	'것을'의 준말	의존 명사	용서할 걸 왜 난리쳤어?
	후회/추측	어미	내가 먼저 말할걸.
중(中)	동안	의존 명사	지금은 회의 중이다.
	가운데	의존 명사	이 중에 진짜 보석이 있다.
	굳어진 말		그는 무의식중에 진심을 말하고 말았다.
간(間)	거리	의존 명사	서울과 부산 간의 거리가 많이 줄었다.
	사이	의존 명사	스승과 제자 간의 인연도 소중하다.
	시간의 경과	접미사	나는 한 달간 유럽 여행을 다녀왔다.
-녘	시간	의존 명사	아침 녘에 등산을 시작했다.
	방향	접미사	북녘 땅이 손앞에 펼쳐져 있다.
들, 등		의존 명사	쌀, 보리, 콩, 조, 기장 등을 오곡이라고 한다.
		접미사	사람들, 학생들, 친구들
-차		의존 명사	영화를 보러 나갔던 차에 음악회까지 봤다.
		접미사	교수님은 이번에 연구차 영국에 가신다.
-ㄴ대로	체언 뒤에 붙음	의존 명사	아는 대로 말해라.
	용언 뒤에 붙음	조사	나대로 살아갈 수 있다.
만	시간의 경과	의존 명사	그녀를 사흘 만에 다시 만났다.
	비교	조사	하나만 알고, 둘은 모른다.
만큼		의존 명사	기쁜 만큼 소리쳐라.
		조사	나만큼 노력해라.
뿐	따름	의존 명사	그저 웃음이 나올 뿐이다.

뿐	한정	조사	우리뿐 아니라 모두의 생각이다.
판	단위	의존 명사	바둑 두 판, 장기를 세 판이나 두었다.
		합성어	노름판, 씨름판, 웃음판

▶ 한자 기원의 의존 명사는 앞말과 띄어 쓴다.

내(內)	이 구역 내에서는 금연해 주십시오.
외(外)	우리 선수단이 예상 외로 선전했다.
초(初)	내년 초에 고용 시장이 활성화될 것이다.
시(時)	외출 시에는 문을 꼭 닫으세요.
말(末)	금년 말도 정신없이 보냈다.
백(白)	아파트 관리소장 백

▶ 한자 기원의 접미사는 붙여 쓴다.

당(當)	1인당 8천 원을 준비해야 해.
여(餘)	백여 년이 지났다.
상(上)	절차상 아무런 문제가 없다.
하(下)	강대국의 지배하에 놓여 있다.

제43항 단위를 나타내는 명사는 띄어 쓴다.

의존 명사	한 개, 차 한 대, 금 서 돈, 소 한 마리, 오십 명, 옷 한 벌, 열 살, 조기 한 손, 연필 한 자루, 버선 한 죽, 집 한 채, 신 두 켤레, 북어 한 쾌, 나무 한 그루, 296억 달러, 10만 톤, 고기 두 근, 돈 두 마지기, 쌀 서 말, 종이 석 장, 물 한 모금, 밤 한 톨, 김 네 톳, 전화 한 통
자립 명사	풀 한 포기, 꽃 한 송이, 맥주 세 병, 흙 한 줌, 국수 한 그릇

다만, 순서를 나타내는 경우나 숫자와 어울리어 쓰이는 경우에는 붙여 쓸 수 있다.

열두시 삼십분 오초, 제삼과 삼학년, 육층, 육급, 육십칠번, 구사단
1446년 10월 9일, 2대대, 16동 502호, 제1실습실, 제3장, 제10조, 제7항
80원, 20개, 7미터, 274번지, 10명, 20병, 2음절, 2시간

▶ 수효를 나타내는 '개년, 개월, 일(간), 시간'등은 띄어 쓴다.

삼 (개)년, 육 개월, 이십 일(간)

제44항 수를 적을 적에는 '만(萬)' 단위로 띄어 쓴다.

삼천이백사십삼조 칠천팔백구십팔억 팔천구백이십칠만 육천삼백오십사

3243조 7898억 8927만 6354
십이억 삼천사백오십육만 칠천팔백구십팔
1십2억 3천4백5십6만 7천8백9십8
12억 3456만 7898

▶ 금액을 적을 때에는 위조와 변조방지를 위해 붙여 쓸 수 있다.

일금: 삼십일만오천육백칠십팔만원정.	돈: 일백칠십육만오천원임.

▶ 수를 나타내는 구성에 주로 쓰이는 '여(餘), 쯤, 가량, 간' 등은 접미사이므로 앞말에 붙여 쓴다.

십여만 명	십만여 명	십 년여 기간
십여 년	두 시간여	삼백오십여 명
내일쯤	일주일가량	이틀간/한 달간

▶ '총'은 모두 합하여 몇임을 나타내는 관형사로 뒷말과 띄어 써야 한다.(단, 접두사로 쓰일 때는 뒷말과 붙여 쓴다.

관형사로 쓰일 때	총 300대
접두사로 쓰일 때	총감독, 총결산, 총인원

제45항 두 말을 이어 주거나 열거할 적에 쓰이는 다음의 말들은 띄어 쓴다.

국장 겸 과장	구경도 할 겸 물건도 살 겸
청군 대 백군 *	삼 대 일
책상, 걸상 등이 있다.	이사장 및 이사들
사과, 배, 귤 등등	사과, 배 등속
부산, 광주 등지	지나친 흡연은 폐암 등을 일으킨다.
천 원 내지 이천 원	열 내지 스물
비가 올 확률은 50% 내지 60%이다.	수박 또는 참외
배추, 상추, 무 따위	사과, 배 및 복숭아

제46항 단음절로 된 단어가 연이어 나타날 적에는 붙여 쓸 수 있다.

좀 더 큰 것/좀더 큰것	좀 더 큰 이 새 차/좀더 큰 이 새차
이 말 저 말/이말 저말	그 때 그 곳/그때 그곳
한 잎 두 잎/한잎 두잎	한 잔 술/한잔 술
이 곳 저 곳/이곳 저곳	네 것 내 것/네것 내것
이 집 저 집/이집 저집	물 한 병/물 한병

▶ 관형사 띄어쓰기(원칙)

관형사 + 명사	띄어 쓰기	전 국민, 전 세계, 전 학년, 전 가족
부사 + 관형사		더 큰 집
관형사 + 관형사		저 새 책
(접두사) + 관형사	붙여 쓰기	범세계적, 범국민적

• 띄어쓰기를 주의하여야 할 관형사

띄어 쓰기	붙여 쓰기
각 가정, 각 개인, 각 학교, 각 부처, 각 지방	각처, 각계각층
본 대학에서는	본교
고 홍길동	고인
귀 회사, 귀 학교, 귀 연구원	귀사
제 문제	제군
동 회사, 동 학급, 동 부서	동년
매 경기, 매 회계 연도	매년, 매회
별 사이, 별 부담 없이	별일
맨 앞	맨손
연 사흘째	연인원
한 치 앞	한배

▶ 부사와 부사가 이어진 구성이라도 그 부사들이 문법적 성질이 아주 다른 경우에는 띄어 써야 한다.

더 못 먹는다.	더 못 가.
늘 더 자.	잘 안 온다.

제3절 보조 용언

제47항 보조 용언은 띄어 씀을 원칙으로 하되, 경우에 따라 붙여 씀도 허용한다.

원칙	허용
불이 꺼져 간다.	불이 꺼져간다.
내 힘으로 막아 낸다.	내 힘으로 막아낸다.
어머니를 도와 드린다.	어머니를 도와드린다.
그릇을 깨뜨려 버렸다.	그릇을 깨뜨려버렸다.
서류를 찢어 버렸다.	서류를 찢어버렸다.

먹어 보았다.	먹어보았다.
비가 올 듯하다.	비가 올듯하다.
되어 가는 듯하다.	되어가는 듯하다.
그 일은 할 만하다.	그 일은 할만하다.
일이 될 법하다.	일이 될법하다.
비가 올 성싶다.	비가 올성싶다.
잘 아는 척한다.	잘 아는척한다.
열어 놓다. 적어 놓다.	열어놓다. 적어놓다.
떠들어 댄다.	떠들어댄다.
알아 둔다. 기억해 둔다.	알아둔다. 기억해둔다.
참아 온다. 견뎌 온다.	참아온다. 견뎌온다.
뛰어 본다. 써 본다. 구해 본다.	뛰어본다. 써본다. 구해본다.
모르는 체한다.	모르는체한다.
놓칠 뻔하였다.	놓칠뻔하였다.

다만, 앞말에 조사가 붙거나 앞말이 합성 용언인 경우, 그리고 중간에 조사가 들어갈 적에는 그 뒤에 오는 보조 용언은 띄어 쓴다.

잘도 놀아만 <u>나는구나!</u>	책을 읽어도 <u>보고</u>……
네가 덤벼들어 <u>보아라.</u>	이런 기회는 다시없을 <u>듯하다.</u>
그가 올 듯도 <u>하다.</u>	잘난 체를 <u>한다.</u>
값을 물어만 <u>보고</u>	믿을 만은 <u>하다.</u>
잡아매 <u>둔다.</u>	밀어내 <u>버렸다.</u>

▶ 본 용언과 보조 용언

본 용언	보조 용언의 도움을 받는 용언 실질적인 뜻이 담김			사랑을 공책에 <u>적어</u> 두었다.
보 조 용 언	보 조 동 사	부정	(-지) 아니하다(않다), 말다, 못하다	소설을 잘 쓰지 못한다.
		사동	(-게) 하다, 만들다	밥을 먹게 하였다.
		피동	(-아/어) 지다, (-게) 되다	놀다가 늦어졌다.
		진행	(-어) 가다/오다, (-고) 있다/계시다	밥을 먹고 있다.
		종결	(-아) 내다/버리다, (-고야) 말다	끝나고야 말았다.
		봉사	(-어) 주다/드리다	감자를 선물해 주 었다.
		시행	(-어) 보다	젊어서는 좀 공부해 보았다.

		강세	(-어) 대다, (-어) 쌓다	혼자서 먹어 대었다.
보조용언	보조동사	보유	(-어) 두다/놓다/가지다	거실에 수족관을 놓아 두었다.
		짐작	(-아/어) 보이다	그녀는 참 예뻐 보인다
		시인	(-기는) 하다	그래, 너를 사랑하기는 했어.
		당위	(-어야) 한다	너는 공부를 하여야 한다.
	보조형용사	희망	(-고) 싶다	나는 합격을 하고 싶다.
		부정	-지) 아니하다(않다)/못하다	다빈은 바쁘지 아니하다.
		추측	(-는가/-ㄴ가/-가) 보다, (-나/-가) 싶다, 듯하다	그는 멋있고 싶은가 보다.
		상태	-어/아) 있다/계시다	어머니는 누워 계신다.
		시인	(-기는) 하다	인도가 멀기는 하다.

- 보조 용언의 특성

> √ 보조 용언은 보조적 연결 어미와 같은 문법 요소에 의해 본용언과 연결된다.
> √ 본용언과 보조 용언 사이에는 딴 말이 끼일 수 없으며, 만일 끼일 수 있다면 본용언과 본용언
>   의 결합이라 보아야 한다.
> √ 본용언과 보조 용언 사이에는 '서'를 쓸 수 없다.
> √ 보조 용언은 자체적인 의미를 지니므로 함부로 탈락시켜서는 안 된다.
> √ 본용언에 사용되던 어미를 보조 용언의 어미 부분으로 옮길 수 있다.
> √ 보조 동사와 보조 형용사의 구분은 동사와 형용사의 구분과 같다.

제4절 고유 명사 및 전문 용어

제48항 성과 이름, 성과 호 등은 붙여 쓰고, 이에 덧붙는 호칭어, 관직명 등은 띄어 쓴다.

김양수(金良洙), 서화담(徐花潭), 이충무공
채영신 씨, 최치원 선생, 박동식 박사, 충무공 이순신 장군, 김 씨, 김 군, 김 양

다만, 성과 이름, 성과 호를 분명히 구분할 필요가 있을 경우에는 띄어 쓸 수 있다.

남궁억/남궁 억	독고준/독고 준
황보지봉(皇甫芝峰)/황보 지봉	선우진/선우 진/선 우진

제49항 성명 이외의 고유 명사는 단어별로 띄어 씀을 원칙으로 하되, 단위별로 띄어 쓸 수 있다.

원칙	허용
대한 중학교	대한중학교
한국 대학교 사범 대학	한국대학교 사범대학
국립 국어원 기획 연수부 기획 운영과	국립국어원 기획연수부 기획운영과

• '용언의 관형사형+명사' 혹은 '명사+조사+명사' 형식으로 된 고유 명사도 붙여 쓸 수 있다.

원칙	허용
즐거운 노래방	즐거운노래방
부부의 날	부부의날

▶ '부설(附設), 부속(附屬), 직속(直屬), 산하(傘下)' 따위는 고유 명사에 속하는 것이
아니므로, 원칙적으로 앞뒤의 말과 띄어 쓴다.

원칙	한국 해양 과학 기술원 부설 극지 연구소
허용	한국해양과학기술원 부설 극지연구소

• 다만, '부속 학교, 부속 초등학교, 부속 중학교, 부속 고등학교, 부속 병원'과 같이 교육 기관
등에 딸린 학교나 병원은 하나의 단위로 다루어 붙여 쓸 수 있다.

원칙	한국 대학교 의과 대학 부속 병원
허용	한국대학교 의과대학 부속병원

제50항 전문 용어는 단어별로 띄어 씀을 원칙으로 하되, 붙여 쓸 수 있다.

원칙	허용
만성 골수성 백혈병	만성골수성백혈병
중거리 탄도 유도탄	중거리탄도유도탄
금동 미륵보살 반가 사유상	금동미륵보살반가사유상
국제 음성 기호	국제음성기호
모음 조화/음운 변화	모음조화/음운변화
무한 책임 사원	무한책임사원
배당 준비 적립금	배당준비적립금
두 팔 들어 가슴 벌리기	두팔들어가슴벌리기
손해 배상 청구	손해배상청구
탄소 동화 작용	탄소동화작용
해양성 기후	해양성기후
상대성 이론	상대성이론
무역 수지	무역수지

· 두 개 이상의 전문 용어가 접속 조사로 이어지는 경우는 전문 용어 단위로 붙여 쓸 수 있다.

원칙	허용
자음 동화와 모음 동화	자음동화와 모음동화

▶ 전문 용어라 하더라도 화합물이나 동식물 분류상 명칭, 책명처럼 어휘특성상 이미 하나의 단어로 굳어진 경우는 띄어 쓸 수 없다.

염화나트륨, 포도나무, 강장동물, 사과나무, 두시언해, 열하일기, 경국대전, 임진왜란, 동학혁명, 된장찌개, 제육볶음, 결초보은, 호가호위, 후춧가루

· 그러나 서양의 고전 또는 현대 책명이나 작품명은 구와 문장 형식인 경우 단어별로 띄어 쓴다.

서양의 고전 작품명	베니스의 상인
서양의 현대 작품명	바람과 함께 사라지다
현대의 책명	고용, 이자 및 화폐의 일반 이론

▶ 관형사형이 체언을 꾸며 주는 구조, 두 개 이상의 체언이 조사로 연결되는 구조의 전문 용어도 붙여 쓸 수 있다.

원칙	허용
따뜻한 구름	따뜻한구름
강조의 허위	강조의허위

제6장 그 밖의 것

제51항 부사의 끝음절이 분명히 '이'로만 나는 것은 '-이'로 적고, '히'로만 나거나 '이'나 '히'로 나는 것은 '-히'로 적는다.

1. '이'로만 나는 것

'ㅅ'받침	가붓이, 깨끗이, 기웃이, 나붓이, 남짓이, 느긋이, 둥긋이, 따뜻이, 반듯이, 버젓이, 번듯이, 산뜻이, 의젓이, 지긋이, 빠듯이, 나긋나긋이, 뜨뜻이
받침 없는 말 'ㅂ'불규칙	가까이, 고이, 날카로이, 대수로이, 번거로이, 가벼이, 기꺼이, 괴로이, 너그러이, 새로이, 쉬이, 외로이, 즐거이
첫음에 받침 있는 말	적이, 헛되이, 많이, 깊이, 깊숙이, 납작이, 실없이, 길이, 높이, 굳이, 같이
겹침 말	간간이, 겹겹이, 곰곰이, 번번이, 일일이, 집집이, 틈틈이, 길길이, 나날이, 낱낱이, 다달이, 샅샅이, 알알이, 짬짬이,
부사 뒤	더욱이, 생긋이, 오뚝이, 일찍이, 히죽이

2. '히'로만 나는 것

극히, 급히, 딱히, 속히, 작히, 족히, 특히, 엄격히, 정확히

3. '이, 히'로 나는 것

연한 받침 있는 말	가만히, 간편히, 나른히, 무단히, 각별히, 소홀히, 쓸쓸히, 정결히, 꼼꼼히, 심히, 열심히, 과감히, 분명히, 상당히, 조용히, 공평히, 능히
격한 받침 있는 말	솔직히, 섭섭히, 급급히, 답답히
받침 없는 말	간소히, 고요히, 도저히, 서서히

제52항 한자어에서 본음으로도 나고 속음으로도 나는 것은 각각 그 소리에 따라 적는다.

본음으로 나는 것	속음으로 나는 것
승낙(承諾)	수락(受諾), 쾌락(快諾), 허락(許諾)
만난(萬難)	곤란(困難), 논란(論難)
안녕(安寧)	의령(宜寧), 회령(會寧)
분노(忿怒)	대로(大怒), 희로애락(喜怒哀樂)
토론(討論)	의논(議論)
오륙십(五六十)	오뉴월, 유월(六月)
목재(木材)	모과(木瓜)
십일(十日)	시방정토(十方淨土), 시왕(十王), 시월(十月)
팔일(八日)	초파일(初八日)
제공(提供), 제기(提起)	보리(菩提), 보리수(菩提樹)
도장(道場)(무예를 닦는 곳)	도량(道場)(도를 얻으려고 수행하는 곳)
공포(公布)	보시(布施), 보싯돈(布施-)
자택(自宅)	본댁(本宅), 시댁(媤宅), 댁내(宅內)
단심(丹心), 단풍(丹楓)	모란(牧丹)
동굴(洞窟), 동네(洞-)	통찰(洞察), 통촉(洞燭)
당분(糖分), 혈당(血糖)	사탕(砂糖), 설탕(雪糖), 탕수육(糖水肉)

제53항 다음과 같은 어미는 예사소리로 적는다.

O	X	O	X
-(으)ㄹ거나	-(으)ㄹ꺼나	-(으)ㄹ사	-(으)ㄹ싸
-(으)ㄹ걸	-(으)ㄹ껄	-(으)ㄹ지니라	-(으)ㄹ찌니라
-(으)ㄹ게	-(으)ㄹ께	-(으)ㄹ지라도	-(으)ㄹ찌라도
-(으)ㄹ세	-(으)ㄹ쎄	-(으)ㄹ지어다	-(으)ㄹ찌어다
-(으)ㄹ세라	-(으)ㄹ쎄라	-(으)ㄹ지언정	-(으)ㄹ찌언정
-(으)ㄹ수록	-(으)ㄹ쑤록	-(으)ㄹ진대	-(으)ㄹ찐대

–(으)ㄹ시	–(으)ㄹ씨	–(으)ㄹ진저	–(으)ㄹ찐저
–(으)ㄹ지	–(으)ㄹ찌	–올시다	–올씨다

다만, 의문을 나타내는 다음 어미들은 된소리로 적는다.

–(으)ㄹ까?,	–(으)ㄹ꼬?,	–(으)ㄹ쏘냐?,
–(스)ㅂ니까?,	–(으)리까?,	–(으)ㄹ쏜가?

제54항 다음과 같은 접미사는 된소리로 적는다.

O	X	O	X
심부름꾼	심부름군	귀때기	귓대기
익살꾼	익살군	볼때기	볼대기
일꾼	일군	거적때기	거적대기
장꾼	장군	판자때기	판잣대기
장난꾼	장난군	뒤꿈치	뒷굼치
지게꾼	지겟군	팔꿈치	팔굼치
춤꾼	춤군	이마빼기	이맛배기
때깔	땟갈	코빼기	콧배기
빛깔	빛갈	객쩍다	객적다
성깔	성갈	겸연쩍다	겸연적다
맛깔	맛갈	멋쩍다	멋적다

▶박이/배기/빼기

용어	구분	예
–박이	'박다' 의미가 남아 있을 때	점박이, 금니박이, 덧니박이, 장승박이, 붙박이, 외눈박이, 차돌박이, 오이소박이
–배기	'박다' 의미가 멀어진 것	나이배기, 공짜배기, 대짜배기, 진짜배기, 뚝배기, 주정배기, 귀퉁배기, 육자배기
–빼기	'빼기'로 소리 나는 것	이마빼기, 악착빼기, 곱빼기, 코빼기, 그루빼기, \대갈빼기, 머리빼기, 밥빼기

제55항 두 가지로 구별하여 적던 다음 말들은 한 가지로 적는다.

O	X
맞추다(입을 맞춘다. 양복을 맞춘다.)	마추다
뻗치다(다리를 뻗친다. 멀리 뻗친다.)	뻐치다

제56항 '–더라, –던'과 '–든지'는 다음과 같이 적는다.

1. 지난 일을 나타내는 어미는 '-더라, -던'으로 적는다.(과거의 의미)

O	X
지난겨울은 몹시 춥더라.	지난겨울은 몹시 춥드라.
달리던 차들도 섰다.	달리든 차들도 섰다.
깊던 물이 얕아졌다.	깊든 물이 얕아졌다.
그렇게 좋던가?	그렇게 좋든가?
그 사람 말 잘하던데!	그 사람 말 잘하든데!
얼마나 놀랐던지 몰라.	얼마나 놀랐든지 몰라.
어렸을 때 놀던 곳	어렸을 때 놀든 곳
선생님은 교실에 계시던걸.	선생님은 교실에 계시든걸.

2. 물건이나 일의 내용을 가리지 아니하는 뜻을 나타내는 조사와 어미는 '(-)든지'로 적는다.(선택의 의미)

O	X
배든지 사과든지 마음대로 먹어라.	배던지 사과던지 마음대로 먹어라.
가든지 오든지 마음대로 해라.	가던지 오던지 마음대로 해라.
많든지 적든지 관계없다.	많던지 적던지 관계없다.
무엇을 하든지 상관하지 마.	무엇을 하던지 상관하지 마.

▶ '데'와 '대'

용어	구분	예
-데	직접 경험한 일	아들내미 잘 생겼데.
-대	간접적으로 들은 일	내일 그 사람 부산에 온대.

제57항 다음 말들은 각각 구별하여 적는다.

용어	의미, 특성	사용 례
가늠	헤아림	이번 성적을 가늠해 보아라.
가름	분할	둘로 가름. 편을 가름. 판가름
갈음	대체, 대신	가족 모임으로 돌잔치를 갈음하였다.
거름	비료, 퇴비	풀을 썩힌 거름. 밑거름
걸음	'걷다'의 파생명사	빠른 걸음. 걸음마
거치다	경유	영월을 거쳐 왔다.
걷히다	'걷다'의 피동형	외상값이 잘 걷힌다.
걷잡다	붙들어 잡다	걷잡을 수 없는 상태
겉잡다	대강 헤아려 어림잡다	겉잡아서 이틀 걸릴 일
그러므로(그러니까)	이유	그는 부지런하다. 그러므로 잘 산다.
그럼으로(써)	수단	그는 열심히 공부한다. 그럼으로(써) 은혜에 보답한다.
낫다	진행, 과정	집안 살림이 전보다 낫다.
낳다	결과	아이를 낳다. 좋은 결과를 낳다.
노름	도박	노름판이 벌어졌다. 노름꾼. 노름빚
놀음	'놀다'의 파생 명사	즐거운 놀음
느리다	속도 부진	진도가 너무 느리다.
늘이다	본디 보다 더 길게 하다	고무줄을 늘인다.
늘리다	'늘다'의 사동사	수출량을 더 늘린다.
다리다	다리미로 문지르다	옷을 다린다. 다리미질
달이다	액체를 진하게 끓이다	약을 달인다. 간장을 달인다.
다치다	상처 입음	부주의로 손을 다쳤다.
닫히다	'닫다'의 피동사	문이 저절로 닫혔다.
닫치다	'닫다'의 강세형	문을 힘껏 닫쳤다.
띠다	두르다, 지니다, 가지다	허리에 띠를 띠다. 임무를 띠다.
띄다	'뜨이다'의 준말	요즘 들어 눈에 띄게 달라졌다.
마치다	종료	벌써 일을 마쳤다. 끝마치다.
맞히다	'맞다'의 사동사	여러 문제를 더 맞혔다. 비를 맞혔다.
맞추다	비교	답안지를 정답과 맞추다.
목거리	목이 붓고 아픈 병	목거리가 덧났다.
목걸이	목에 거는 물건	금 목걸이, 은 목걸이
바치다	드리거나 내놓다	나라를 위해 목숨을 바쳤다. 제물을 바치다.
받치다	올리거나 대다	우산을 받치고 간다. 책받침을 받치다.
받히다	'받다'의 피동사	쇠뿔에 받혔다.
밭치다	'밭다'의 강세형	술을 체에 밭친다.

반드시	꼭, 틀림없이	약속은 반드시 지켜라.
반듯이	똑바로	고개를 반듯이 들어라.
부딪다	마주 댐	몸을 벽에 부딪다.
부딪치다	'부딪다'의 강세형	차와 차가 마주 부딪쳤다.
부딪히다	'부딪다'의 피동사	마차가 화물차에 부딪혔다.
부치다	부족함	힘이 부치는 일이다.
	보냄, 맡김	편지를 부친다.
	경작하다	논밭을 부친다
	만듦	빈대떡을 부친다.
	의탁하다	식목일에 부치는 글
	상정하다	회의에 부치는 안건
	인쇄를 맡기다	인쇄에 부치는 원고
	의탁하다	삼촌 집에 숙식을 부친다.
붙이다	접착, 접촉	우표를 붙인다. 불을 붙인다.
		책상을 벽에 붙였다.
		흥정을 붙인다.
		감시원을 붙인다.
		조건을 붙인다.
		취미를 붙인다.
		별명을 붙인다.
시키다	하게 하다	일을 시킨다.
식히다	'식다'의 사동사	끓인 물을 식힌다.
아름	두 팔을 벌려 안은 둘레	세 아름 되는 둘레
알음	면식	전부터 알음이 있는 사이
앎	지식	앎이 힘이다.
안치다	쌀 등을 솥에 넣다	밥을 안친다.
앉히다	'앉다'의 사동사	윗자리에 앉힌다.
어름	두 물건의 끝이 닿는 데	두 물건의 어름에서 일어난 현상
얼음	'얼다'의 파생 명사	얼음이 얼었다. 얼음 과자. 얼음 물
이따가	잠시 후에	이따가 오너라.
있다가	'있'+'다가'	돈은 있다가도 없다.
저리다	쑤시듯이 아프다	다친 다리가 저린다. 손이 저리다.
절이다	소금에 담그다	김장 배추를 절인다. 생선을 절이다.
제치다	빼다, 우위에 서다	두 사람을 제치고 일등을 했다.
젖히다	나오게 하다	옷을 벗어젖히고 뛰었다.
조리다	바짝 끓이다	생선을 조린다. 통조림. 병조림
졸이다	초조하다	마음을 졸인다.

주리다	기아	여러 날을 주렸다.
줄이다	'줄다'의 사동사	비용을 줄인다.
하노라고	자기 나름대로 한다	하노라고 한 것이 이 모양이다.
하느라고	하는 일로 인하여	공부하느라고 밤을 새웠다.
-느니보다	느니(어미)+보다(조사)	나를 찾아오느니보다 집에 있거라.
-는 이보다	어미+의존명사+만큼(조사)	오는 이가 가는 이보다 많다.
-(으)리만큼	어미+만큼(조사)	나를 미워하리만큼 그에게 잘못한 일이 없다.
-(으)ㄹ 이만큼	어미+의존명사+만큼(조사)	찬성할 이도 반대할 이만큼이나 많을 것이다.
-(으)러	목적	공부하러 간다.
-(으)려	의도, 목적	서울 가려 한다.
-(으)로서	자격	사람으로서 그럴 수는 없다.
-(으)로써	수단, 도구	닭으로써 꿩을 대신했다.
-(으)므로	이유	그가 나를 믿으므로 나도 그를 믿는다.
(-ㅁ, -음)으로(써)	명사형 어미+조사	그는 일함으로(써) 삶의 보람을 느낀다.

구별해서 사용해야 할 우리말

단어	의미	사용 례
가르치다	지식 따위를 알도록 하다.	글씨를 가르치다.
가리키다	손가락 등으로 지적하다.	앉을 자리를 가리키다.
가없다	그지없다. 헤아릴 수 없다.	가없는 은혜
가엾다	불쌍하고 딱하다.	가엾은 처지
가엽다	불쌍하고 딱하다.	지하철 계단에 거지가 가엽다.
가죽	동물의 몸을 감싸고 있는 껍질	호랑이 가죽
거죽	물체의 겉 부분	나무거죽
가진	가지다의 활용형	가진 것이 없다.
갖은	골고루 갖춘. 가지가지의	갖은 양념
각	[관형사] 각각의, 낱낱의	각 직장
	[접두사] 각각의, 낱낱의	각살림. 각상
각각	[부사] 제각기. 따로따로. 몫몫이	각각 따로 자다.
각출	각각 나옴. 각각 내 놓음	수재의연금을 각출하다.
갹출	여러 사람이 돈을 나누어 냄	행사 비용 갹출
간간이	가끔씩. 이따금	간간이 들려오는 기적소리
간간히	입맛 당기게 약간 짠 듯이	음식 맛이 간간하다.
갑절	수량의 두 배	돈이 갑절이나 많다.
곱절	물건의 수량을 되짚어 합친 셈	세 곱절. 네 곱절
값	가격	옷값
가격	돈의 액수	소매가격
삯	요금. 대가	뱃삯. 품삯을 받다.
강다짐	이유 없이 남을 억눌러 꾸짖음	강다짐하다.
우격다짐	억지로 우겨서 남에게 강요함	우격다짐으로 승낙케 하다.
주먹다짐	주먹으로 마구 때리는 것	주먹다짐을 벌이다.
강수량	비, 눈, 우박 등이 지상에 내린 총량	강수량이 많은 지역
강우량	일정한 시간 장소에 내린 비의 양	강우량을 측정하다.
개발	산업, 경제 등을 발전하게 함	유전 개발
계발	슬기나 재능, 사상 따위를 일깨워 줌	자신의 능력 계발
개펄	갯가의 개흙이 깔린 벌판	개펄을 보다.
갯가	바닷물이 드나드는 곳의 주변	갯가에 쌓은 둑
갯벌	조수가 드나드는 모래톱	갯벌체험 학습장

갱신	계약 기간을 연장하는 일	면허 갱신. 여권 갱신
경신	종전의 기록을 깨뜨림	세계 기록 경신
거저	공짜로. 대가 없이	거저 얻다.
그저	변함없이 이제까지. 별다른 이유 없이	전 그저 부지런했죠.
거절	사사로운 관계에서 상대의 뜻을 물리침	그는 나의 청혼을 거절했다.
거부	공식적인 관계에서 상대의 뜻을 물리침	야당의 거부로 부결되었다.
	개인 간의 관계에서 쓰이는 경우	그녀는 나를 완강히 거부했다.
걱정	사소하고 가벼운 고민거리	돈 걱정
근심	고민이 얼굴에 드리운 상태	근심을 덜다.
시름	심각한 고민	술로 시름을 달래다.
건너다	이편으로 가거나 이편으로 오다.	무지개다리를 건너다.
	끼니 따위를 거르다.	두 끼를 건넜다.
	주기 따위를 지나다.	사흘 건너 한 번씩 들르다.
	입, 손, 사람 등을 통하여 전해지다.	소문이 건너 삽시간에 퍼졌다.
건네다	건너게 하다.	소유권을 건네다.
	남에게 말을 붙이다.	인사말을 건네다.
	책임, 돈 따위를 남에게 옮겨 주다.	그에게 돈을 건네주었다.
걷잡다	형세 따위를 붙들어 잡다	걷잡을 수 없이 흐르는 눈물
겉잡다	겉으로 보고 대강 짐작하여 헤아리다	겉잡아도 일주일은 걸릴 일
게시	내걸거나 내붙여 보임	승진 결과를 게시하다.
고시	뭇사람에게 널리 알림	시험 날짜를 고시했다.
공시	공적인 내용을 일반인에게 알림	심의 결과를 공시하다.
겨누다	목적물 방향과 거리를 똑바로 잡다	함부로 총을 겨누지 마.
겨루다	둘 이상 사물의 우열을 따지다	힘을 겨루는 씨름.
결단	결정적인 판단이나 단정	결단을 내리다.
결딴	완전히 망가져 쓸 수 없는 상태	문이 고장 나 결딴났다.
결재	올린 안건을 상관이 살펴보고 승인함	결재를 올렸다.
결제	결정하여 끝냄	결제를 하다.
	대금을 지불하여 청산함	밀린 대금을 결제했다.
고단하다	힘든 일을 하여 기운이 없다.	오래 걸었더니 몸이 고단하다.
고달프다	몸, 마음, 처지가 어려워 기운이 없다.	고달픈 신세
고소	당사자가 수사기관에 신고하는 것	그는 식당주인을 고소했다.
고발	제3자가 수사기관에 신고하는 것	내부 고발
곤욕	심한 모욕 또는 참기 힘든 말	곤욕을 치르다.
곤혹	곤란한 일을 당하여 어찌할 바를 모름	예상 못한 질문에 곤혹을 느꼈다.
골다	잘 때 콧소리를 내다.	코를 골다.

곯다	상하다	곯은 달걀
	적게 먹거나 굶다	배를 곯다.
공포	널리 알림. 법률, 조약 따위를 알림	새로운 법령이 공포되었다.
공표	여러 사람에게 드러내어 알림. 발표	새 학설의 공표
과일	나무, 채소의 열매	계절 과일
과실	열매채소를 제외한 과일 - 농학용어	과실음료
교사	유치원 및 초,중등학교의 선생	가정교사. 영어 교사
교원	포괄적인 선생의 개념	교원 양성소
구두닦기	구두를 닦는 일	구두 닦기 기계
구두닦이	구두를 닦는 일을 업으로 하는 사람	구두닦이를 시작하다.
구별	성질이나 기준에 따라 차이가 남	공과 사의 구별
구분	기준에 따라 전체를 몇 개로 나눔	서정시와 서사시의 구분
국정 감사	국정 전반에 걸친 정례적 조사	국정감사를 실시하다.
국정 조사	특정 사안에 대한 비 정례적 조사	국정조사를 검토하다.
굳다	단단하다	생각이 굳다.
궂다	언짢고 거칠다	궂은 날씨. 궂은 일
국회	헌법이 정한 입법 기관	국회의장. 국회의원
의회	국회를 포함하여 지방의회를 총칭	기초 의회
궁둥이	앉을 때 바닥에 닿는 부분	궁둥이 붙일 데도 없다.
엉덩이	살이 도도록한 궁둥이의 윗부분	그는 엉덩이가 무겁다.
방둥이	길짐승의 엉덩이	방둥이의 뼈
볼기	엉덩이와 같은 뜻으로 쓰이는 말	매로 볼기짝을 때렸다.
둔부	궁둥이와 엉덩이를 아울러 이르는 말	그는 둔부가 매우 발달되었다.
귀퉁이	사물이나 마음의 한 구석이나 부분	가슴 한 귀퉁이가 허전하다.
모퉁이	길이 각이 지게 꺾이거나 구부러진 곳	큰 길의 모퉁이를 돌다.
	어떤 장소의 가장자리나 구석진 곳	가게는 동네 모퉁이에 있다.
규명	사건, 사태의 진상을 따져 밝히는 일	사건 규명
구명	사물의 본질을 연구하여 밝히는 일	원리 구명
그러고	'그리하다'의 준말 '그러다'의 활용형	그러고 보니 점심때다.
그리고	[접속부사] '그리고 나서'는 틀린 말	사과, 복숭아 그리고 수박
그러모으다	흩어져 있는 것을 한 곳에 모아 놓다	낙엽을 그러모으다.
긁어모으다	부정한 방법으로 재산을 모으다	돈을 긁어모으다.
	물건을 긁어서 한데 모으다	낙엽을 긁어모으다.
그슬다	불에 겉만 조금 타게 하다	마른 오징어를 불에 그슬다.
그을다	햇볕이나 연기에 쐬어 검게 되다	연기로 그을다.
그저	변함없이 이제까지. 그냥	비가 그저 내리고 있다.

거저	아무런 노력이나 대가 없이. 빈손으로	돌잔치에 거저 갈수야 없지.
금세	'금시에'의 준말	한 그릇을 금세 먹어치웠다.
금새	물가의 높낮이 정도	끝물이라 금새가 매우 낮다.
금슬	거문고와 비파. '금실'의 원말	금슬이 좋다.
금실	부부간의 사랑	금실 좋은 부부
기일	정해놓은 그날만을 가리킬 때	재판 기일. 시험 기일
기한	미리 한정하여 놓은 시기나 동안	납부 기한. 접수 기한
기특하다	말이나 행동이 놀랍고 신통하며 귀엽다	어린 녀석이 기특하구나.
대견하다	말이나 행동이 마음에 들고 자랑스럽다	혼자서 해내다니 대견하다.
긷다	물을 퍼서 담다	물을 길어 오다.
깁다	해진 데에 조각을 대고 꿰매다	짜깁기
깃들다	아늑하게 서려 들다	건전한 정신이 깃든다.
깃들이다	새나 짐승이 보금자리를 만들어 살다	까마귀가 버드나무에 깃들였다.
	속에 머물러 살다	산에는 사찰이 깃들여 있다.
깍듯이	예의범절을 갖추는 태도가 극진하게	손님을 깍듯이 대접하다.
깎듯이	동사 '깎다'의 활용형	밤을 깎듯이 깎아 봐.
깍쟁이	얄밉게 약빠른 사람. 인색한 사람	서울 깍쟁이
깍정이	밤, 도토리 등의 밑받침	도토리깍정이
깐보다	마음속으로 가늠하다. 속을 떠보다	그녀는 그를 깐보려했다.
깔보다	남을 업신여겨 우습게 보다	남의 능력을 깔보다.
깜작	눈을 잠깐 감았다가 뜨는 모양	눈을 깜작이다.
깜짝	갑자기 놀라는 모양	깜짝 놀라다.
깨치다	깨달아 사물의 이치를 알게되다	한글을 깨치다.
깨우치다	모르는 사리를 깨닫게 하여 준다	동생의 잘못을 깨우쳐 주다.
껍데기	달걀, 조개 등의 겉을 감싼 단단한 물질	달걀 껍데기
	알맹이를 빼내고 겉에 남은 것	이불 껍데기
껍질	무른 물체의 거죽을 싸고 있는 질긴 물질	사과 껍질
꼬리	길짐승의 꽁무니에 길게 내민 것	꼬리가 길다.
꽁지	날짐승의 꽁무니에 붙은 것	두루미 꽁지 같다.
꽁무니	짐승이나 새의 등마루뼈의 끝 부분	꽁무니를 빼다.
	엉덩이를 중심으로 한 몸의 뒷부분	꽁무니뼈
	뒤. 맨 끝	대열의 꽁무니에 있다.
꼼수	쩨쩨한 수단이나 방법	꼼수를 쓰지 마라.
꽁수	연의 가운데 구멍 밑의 부분	
꾸물꾸물	매우 자꾸 느리게 움직이는 모양	꾸물꾸물 기어 다니다.

끄물끄물	날씨가 개지 않고 몹시 흐려지는 모양	하늘이 끄물끄물 흐려지다.
끄르다	매이거나 싸여있는 것을 풀다	보따리를 끄르다. 단추를 -
풀다	묶이거나 얽힌 것을 풀다	허리띠를 풀다.
나가다	안에서 밖으로 가다	마당에 나가서 놀아라.
나아가다	앞으로 향해 가다.	관직에 나아가다.
	일이 점점 되어 가다.	계획대로 나아가다.
노느다	물건을 여러 몫으로 나누다	음식을 노나 먹다.
나누다	둘 또는 그 이상으로 가르다	청군과 백군으로 나누다.
나르다	물건을 다른 데로 옮기다	짐을 나르다.
날다	공중에 떠서 움직이다	하늘을 나는 새
나머지	필요한 만큼 채우고도 남은 것	옷 사고 나머지는 용돈해라.
우수리	돈 따위 끝자리에서 남은 것	물건을 사고 받은 우수리
나비	천 따위의 너비	그 종이는 나비가 넉자다.
너비	폭(도로의 너비)	도로의 너비를 재다.
넓이	면적(운동장의 넓이)	책상 넓이만 한 지도
나쁘다	좋지 않거나 옳지 않다	머리가 나쁘다.
해롭다	이롭지 못하거나 손상을 입히다	담배는 몸에 해롭다.
낟알	곡식의 알	낟알은 익을수록 고개를 숙인다.
낱알	물건의 하나하나. 하나하나의 알	
낫다	병이 없어지다	감기가 낫다.
	더 좋다	이것이 더 낫다.
났다	'나다'의 과거형	불이 났다.
낮다	높이가 작다	기압이 낮다.
낮다	수준이 아래로 되어 있다	보는 눈이 낮다.
낳다	밴 새끼를 내어 놓다	아이를 낳다.
낮잡다	조금 넉넉하게 치다	경비를 낮잡았더니 돈이 남았다.
낮잡다	실제로 지닌 값보다 낮게 치다	그는 낮잡아 볼 사람이 아니다.
내	시내보다는 크고 강보다는 작은 물줄기	내를 건너다.
시내	골짜기나 평지에서 흐르는 작은 내	맑은 시내가 굽이쳐 흐른다.
내력	지금까지 지내온 경로나 경력	살아온 내력. 집안 내력
내역	물품이나 금액 따위의 내용	공사비 내역
내리사랑	손윗사람이 손아랫사람을 사랑함	내리사랑은 있어도 치사랑은 없다.
치사랑	손아랫사람이 손윗사람을 사랑함	
냅다	몹시 세차고 빠르게	냅다 걷어차다.
들입다	막 무리하게 힘을 들여서	목이 타서 물을 들입다 마셨다.
너더분하다	여럿이 뒤섞여 어지럽다	너더분한 얘기

너저분하다	허름하게 널려 있어 지저분하다	옷이 너저분하게 널려 있다.
너머	산이나 고개 등에 가린 물체의 저쪽	산 너머에 사는 순이
넘어	'넘다'의 활용형	산을 넘어 가다.
너비	가로로 건너지른 거리	도로의 너비를 재다.
넓이	평면에 걸쳐 있는 공간이나 범위의 크기	한 평 넓이의 방
넘겨다보다	남의 것을 탐내어 마음을 그리고 돌리다	우승을 넘겨다본다.
넘보다	남을 얕잡아보다. 깔보다	상대를 넘보다.
놀라다	뜻밖의 일로 가슴이 두근거리다	너를 보고 놀랐다.
놀래다	'놀리다'의 사동형	그녀를 놀래 주었다.
누긋하다	메마르지 않고 약간 눅눅하다	비가 와서 땅이 누긋해 졌다.
	추위가 약간 녹다	날씨가 누긋해 졌다.
	성질이 늘어지고 부드럽다	누긋하게 결과를 기다려보자.
느긋하다	마음에 흡족하여 여유가 있고 넉넉하다	그는 성격이 느긋하다.
	먹은 게 소화가 되지 않아 느끼하다	속이 느긋한 기분이다.
누적	포개어 여러 번 쌓임	피로가 누적되다.
축적	경험, 지식 따위를 모아서 쌓음	부의 축적. 경험이 축적되다.
누출	기체, 정보 등이 밖으로 새어 나감	가스가 누출되다. 정보가 -
유출	기체, 정보 등이 밖으로 흘러 나감	폐수가 유출되다. 문화재가 -
느리다	움직임이나 속도가 빠르지 못하고 더디다	그는 행동이 느리다.
늦다	시간적으로 이르지 못하고 뒤처지다	정한 시간보다 늦게 왔다.
늘리다	넓이, 부피를 본디보다 커지게 하다	주차장 규모를 늘리다.
늘이다	본디보다 더 길어지게 하다	고무줄을 늘이다.
다르다	비교되는 두 대상이 같지 아니하다	너와 나는 생각이 다르다.
틀리다	사실이나 셈 따위가 그르거나 잘못되다	답이 틀리다.
다치다	부딪치거나 맞거나 하여 상처를 입다	팔을 다쳤다. 체면이 다쳤다.
닫치다	문이나 뚜껑 따위를 세게 닫다	화가 나서 문을 닫치고 나갔다.
닫히다	'닫다'의 피동사	문이 저절로 닫혔다.
단념	피치 못할 사정으로 마지못해 잊어버림	마침내 독신주의를 단념했다.
체념	실현 가능성이 없어 그만두거나 잊어버림	꿈을 체념한 지 오래다.
단박	그 자리에서	그는 나를 단박 알아보았다.
대번	서슴지 않고 단숨에	산 정상까지 대번에 올라갔다.
단절	관계나 교류가 끊어짐	국교를 단절하다.
두절	교통이나 통신이 끊어짐	통신이 두절되다.
단점	완성도와 상관없이 허물이 되는 것	단점을 보완하다.
결점	완성도에 비추어 부족한 것	그 제품에는 결점이 없다.
약점	능력 부족, 도덕적으로 떳떳하지 못한 점	약점을 드러내 보이다.

단합	'단결, 뭉침'으로 순화	우리 팀은 단합이 잘된다.
담합	서로 의논하여 합의함. '짬짜미'로 순화	담합해서 휘발유 가격을 올렸다.
달리다	붙어 잇다	나무에 감이 주렁주렁 달렸다
	의존하다. 좌우되다	일의 성패는 네게 달렸다.
	모자라다	자금이 달리다. 힘이 달리다.
딸리다	어떤 것이 매이거나 붙다	딸린 식구가 셋이다.
담그다	액체 속에 넣다	강물에 손을 담그다.
	장이나 김치 따위를 만들다	김치를 담그다.
담다	그릇 안에 넣다	컵에 물을 담다.
당기다	끌어서 가까이 오게 하다	잡아당기다. 끌어당기다.
	줄을 팽팽하게 하다	기타 줄을 당기다.
댕기다	불을 옮아 붙게 하다	담배에 불을 댕기다.
땅기다	몹시 단단하고 팽팽하게 되다	상처가 땅기다.
도막	짧고 작은 동강	나무도막, 도막을 내다.
토막	크고 덩어리가 진 도막. 짤막한 내용	생선 토막. 토막 소식
대다	서로 닿게 하다	손을 대디.
	시간을 어기지 않다	기차 시간에 대다.
데다	뜨거운 것이 살갗에 닿아 상하다	팔이 불에 데다.
	몹시 놀라거나 고통으로 진저리가 나다	사람에 데다.
덥다	기온이 높다	날씨가 덥다.
덮다	뚜껑을 씌우다	담요를 덮다.
덩어리	뭉쳐서 크게 이루어진 덩이	고깃덩어리
덩이	작은 덩어리	떡 다섯 덩이
도랑	폭이 좁은 작은 개울	도랑을 건너다.
두렁	논이나 밭의 가장자리로 작게 쌓은 둑	논두렁 밭두렁
도막	짧고 작은 동감	도막도막
토막	크고 덩어리진 동강	생선 토막
	잘라진 동강을 세는 단위	동태를 칼로 세 토막을 냈다.
동네	공간적으로 못 박기 어려운 지역	동네를 한 바퀴 돌다.
마을	거리상으로 서로 약간 떨어진 촌락	고향 마을
돋구다	안경의 도수 따위를 더 높게 하다	안경 도수를 돋구다.
돋우다	심지를 끌어 올리다	호롱불의 심지를 돋우다.
	밑을 괴어 높아지게 하다	벽돌을 돋우다.
돋우다	감정, 기세, 흥미, 입맛 따위를 자극하다	새우젓은 입맛을 돋우게 한다.
되	동사 '되다'의 어간	봄이 되니 꽃이 핀다.

되	어간에 붙는 어미	일을 하되 돈은 못 받는다.
돼	'되어'의 준말	군인이 돼 나라를 지킨다.
되돌아보다	다시 돌아보다	과거를 되돌아보다.
뒤돌아보다	뒤쪽을 돌아보다	흘끔흘끔 뒤돌아보았다.
두껍다	물질의 두께가 크다	책이 두껍다.
두텁다	인정이나 사랑 따위가 깊다	그는 정이 두텁다.
두드리다	여러 번 치거나 때리다	문을 두드리다.
두들기다	함부로 마구 때리다	두들겨 패다.
두렵다	무서워하여 마음이 불안하다	나는 그 여자가 두렵다.
무섭다	마음에 꺼리거나 염려스럽다	하늘이 무섭지 않느냐?
	꺼려지거나 겁나는 데가 있다	나는 뱀이 무섭다.
	성질이나 기세 따위가 몹시 사납다	눈을 부릅뜨고 무섭게 노려본다.
	정도가 매우 심하다	비가 무섭게 내리치다.
드러나다	감추어져 있던 것을 겉으로 보이게 하다	진실은 반드시 드러난다.
드러내다	'드러나다'의 사동형	본색을 드러내다.
들어내다	물건을 밖으로 내 놓다	이삿짐을 들어내다.
드리다	윗사람에게 물건을 주거나 말씀을 여쭈다	어른께 인사를 드리다.
	방마루 따위를 만들다	방을 하나 더 드리다.
들이다	재물이나 힘을 쏟다	돈을 들여 만들다.
	안으로 들어오게 하다	안방으로 불러 들이다.
드새다	길을 가다가 쉴만한 곳에서 밤을 지내다	같이 하룻밤을 드샜다.
드세다	몹시 세다	고집이 드세다.
들르다	지나는 길에 잠깐 거치다	가게에 들르다.
들리다	귀를 소리로 느끼다	소리가 들리다.
등반	험한 산이나 높은 정상에 오르는 일	북한산을 등반하다.
등산	운동, 놀이, 탐험 등 목적으로 산에 오름	북한산으로 등산을 가다.
등살	등에 붙은 살	등살에 소름이 돋다.
등쌀	몹시 귀찮게 굴고 야단을 부리는 것	그의 등쌀에 못 이겨 헤어졌다.
떨다	달려 있거나 붙어 있는 것을 떼어내다	옷에 묻은 먼지를 떨었다.
털다	떨어지게 흔들거나 치거나 하다	먼지가 묻은 옷을 털었다.
뜨이다	눈에 보이다	낯익은 얼굴들이 뜨이다.
띄우다	편지 따위를 부치다	엽서를 띄우다.
	물이나 공중에 뜨게 하다	배를 띄우다
	사이를 뜨게 하다	둘 사이를 띄우다.
띄다	'뜨이다, 띄우다'의 준말	그녀는 눈에 띄는 미인이다.
띠다	띠 따위를 두르다	전대를 허리에 띠다.

띠다	용무 따위를 가지다	막중한 사명을 띠다.
	빛깔을 조금 가지다	노란색을 띠다.
떼다	붙어 있는 것을 떨어지게 하다	옷에서 상표를 떼다.
라야	꼭 그러해야 함을 나타내는 연결어미	너라야 이길 수 있다.
래야	'라고 하여야'의 준말	반찬이래야 김치뿐이다.
마는	불가능, 불만을 나타내는 보조사	배고프다마는 돈이 없다.
만은	보조사 '만'에 보조사 '은'이 붙음	너만은 그러지 마라.
마라	구어체나 직접 인용에 쓰이는 명령형	'먹지 마라'라고 말했다.
말라	문어체나 간접 인용에 쓰이는 명령형	먹지 말라고 했다.
마침내	긍정, 부정	마침내 최후의 날이 다가왔다.
드디어	긍정적, 희망적	드디어 대망의 새해가 밝았다.
막역하다	서로 허물없이 친하게 지내다	막역한 친구가 이민을 갔다.
막연하다	똑똑하지 못하고 어렴풋하다	앞으로 살아갈 길이 막연하다.
맞다	정확성	답이 맞다. 네 말이 맞았다.
옳다	합리성	사람은 옳게 살아야 한다.
맞추다	서로 꼭 맞도록 하다. 서로 마주 대다	호흡을 맞추다. 입을 맞추다.
	정도에 알맞게 하다	간을 맞추다.
	시킬 일, 물건 만드는 일을 부탁하다	옷을 맞추다.
맞히다	물음에 옳은 답을 하다	정답을 맞히다.
매기다	사물의 가치나 차례를 정하다	값을 매기다. 점수를 매기다.
먹이다	'먹다'의 사동형	밥을 먹이다.
매다	풀리자 않게 묶다	넥타이를 매다. 소를 매다.
	논이나 밭 등지의 잡풀을 뽑다	밭을 매다.
메다	물건을 어깨에 지다	총을 메다.
	구멍이 막히다	목구멍이 메다.
매무새	못을 입은 맵시	못매무새가 곱다.
매무시	옷을 입을 때 매만지는 뒷단속	매무시를 다시 하다.
머지않아	'멀지 않아'가 줄어진 꼴	머지않아 봄은 다시 온다.
멀지 않아	'멀다+않다'가 줄어진 꼴	친정이 멀지 않아 좋다.
먹먹하다	소리가 귀에 잘 들리지 아니하다	귀가 먹먹해질 정도의 폭음
멍멍하다	말이 없이 어리둥절하다	정신이 멍멍하다.
모롱이	산모퉁이의 휘어 둘린 곳	고개모롱이가 눈앞에 있었다.
모퉁이	구부러지거나 꺾어져 돌아간 자리	모퉁이를 돌다.
모지다	둥글지 아니하고 모가 나다	모진 돌
모질다	몹시 독하다. 매섭고 사납다	사람이 모질다.
몹쓸	관형사. 악독하고 고약한	이런 몹쓸 놈.

못쓸	'못쓰다'의 관형사형. 쓸모없는	못쓸 물건은 버려라.
못미처	[명사] 완전히 다다르지 못한 장소	역 못미처에
못 미쳐	[동사] 아직 다다르지 못해	역 못 미쳐 멈추다.
무치다	나물에 갖은 양념을 넣어 버무리다	콩나물을 무치다.
묻히다	'묻다'의 피동형	땅에 묻히다.
묵다	오래 되다	묵은 쌀
	머무르거나 밤을 보내다	친구 집에 묵다.
	논이나 밭이 사용되지 않고 남아 있다	동네마다 묵은 땅이 지천이다.
묶다	움직이지 못하게 얽어매다	짐을 묶다.
문화	정신적, 지적인 것	구석기 문화. 귀족문화
문명	물질적, 기술적인 것	고대 문명. 문명 생활
미쁘다	믿음직하다	도무지 미쁘게 보이지 않는다.
이쁘다	예쁘다	두 뺨이 꽈리같이 이쁘다.
바라다	생각대로 되기를 원하다	나의 바람은 합격
바래다	빛이 변하다	햇볕에 옷감이 바래다.
바치다	웃어른에게 정중하게 드리다	제물을 바쳤다. 마음을 바치다.
받치다	잘 소화되지 않고 위로 치밀다	먹은 것이 자꾸 받쳤다.
받히다	'받다'의 피동사	승용차에 받혀 크게 다쳤다.
밭치다	'밭다'를 강조하여 이르는 말	술을 밭쳤다. 채반에 밭치다.
박이다	굳은살, 습관·태도 따위가 깊이 배다	버릇이 몸에 박이다.
박히다	두드러져 꽂히거나 깊이 새겨지다	뇌리에 박히다.
반드시	틀림없이 꼭	약속은 반드시 지켜라.
반듯이	기울거나 굽지 아니하고 바르게	고개를 반듯이 들어라.
반도	바다 쪽으로 길게 내민 땅	한반도
곶	바다 쪽으로 내민 땅의 뾰족한 끄트머리	장기곶
반지	고리가 한 개인 손가락에 끼는 장신구	반지를 끼다.
가락지	고리가 쌍을 이룬 손가락에 끼는 장신구	손에 금가락지를 끼었다.
발자국	발로 밟는 곳에 남아 있는 자국	짐승의 발자국
발자취	발로 밟은 흔적. 걸어온 자취	선인들의 발자취
반증	사실과는 반대되는 증거	반증을 들어 무죄를 증명하다.
방증	증거가 될 방계의 자료. 간접적인 증거	방증 자료
밭뙈기	얼마 안 되는 밭을 얕잡아 이르는 말	손바닥만 한 밭뙈기
밭떼기	일정한 밭의 산물 전체를 흥정하는 것	배추를 밭떼기로 팔다.
배다	배속에 새끼나 알을 가지다	아이를 배다.
	간격이 촘촘하다	나무를 배게 심다.
베다	베개로 고개를 바치다	베개를 베다.

베다	끊거나 자르다	낫으로 풀을 베다.
배부	출판물, 서류, 물건 따위를 나누어 줌	회보를 배부하다.
배포	신문이나 책 따위를 널리 나누어 줌	행인들에게 전단을 배포하다.
벌이다	어떤 일을 사직하거나 펼쳐놓다	마을 회관에서 잔치를 벌였다.
벌리다	'둘 사이를 넓히다'의 뜻	다리를 벌리고 앉지 마세요.
벗겨지다	'벗기다'의 피동형. 인위성이 강함	햇빛에 살갗이 벗겨진다.
벗어지다	인위성이 없음	머리가 벗어지다.
베다	자르거나 가르다	낫으로 벼를 벴다.
베이다	'베다'의 피동형	면도날에 턱이 베였다.
보전	온전하게 보호하여 유지함	환경 보전. 영토 보전
보존	잘 보호하고 간수하여 남김	유물을 보존하다.
봉오리	'꽃봉오리'의 준말	봉오리가 맺히다.
봉우리	'산봉우리'의 준말	산의 제일 높은 봉우리에 오르다.
부끄럽다	주어진 조건이나 상황에 원인이 있음	거짓말 한 내 자신이 부끄럽다.
수줍다	타고난 성격에 원인이 있음	수줍은 듯 얼굴을 붉히다.
부닥치다	부딪히어 바싹 가깝게 되다	난관에 부닥치다.
부딪치다	'부딪다'의 힘줌말. 맞닥뜨리다	그와 부딪쳤다.
부딪히다	'부딪다'의 피동형	그가 차에 부딪혔다.
부리	새나 짐승의 주둥이. 뾰족한 부분	총부리. 발부리
뿌리	식물의 땅 속에 묻힌 부분	뿌리를 캐다.
부수다	여러 조각이 나게 두드려 깨뜨리다	집을 부수다.
부시다	그릇을 깨끗이 씻다	물로 부시었다.
	강한 빛이 마주 쏘아 눈이 어리어리하다	햇빛에 눈이 부시다.
부치다	미치지 못하다	그 일은 힘에 부친다.
	넘기어 맡기다	안건을 회의에 부치다.
	의견을 나타내다	한글날에 부치는 글
붙이다	'붙다'의 사동사	우표를 붙인다. 흥정을 붙인다.
붇다	불어나다	물이 불 듯 재산이 붇었다.
붓다	살가죽이 부풀어 오르다	얼굴이 붓다.
	액체나 자질구레한 물건을 붓다	물을 붓다.
붙다	떨어지지 않게 되다	종이에 아교가 붙다.
	더 늘거나 덧붙다	조건이 붙다.
불거지다	둥글게 솟아오르다. 튀어 오르다	불거진 이마
붉어지다	붉은색으로 되다	붉어진 단풍
불고하다	돌아보지 아니하다	체면을 불고하다.
불구하다	얽매여 거리끼지 아니하다	몸살에도 불구하고 출근하다.

비끼다	비스듬히 비치다	석양이 산마루에 비끼다.
비끼다	비스듬히 놓이거나 늘어지다	남북으로 비낀 은하수
비키다	있던 곳에서 약간 자리를 옮기다	깜짝 놀라 옆으로 비켰다.
	장애물을 피하기 위해 방향을 바꾸다	사람들을 비켜가며 빨리 걸었다.
비스듬하다	한쪽으로 기울어져 잇다	책들이 비스듬하게 꽂혀있다.
비스름하다	거의 비슷하다	형제의 얼굴이 비스름하다.
비추다	빛을 보내어 밝게 하다	불빛이 마루를 비추었다.
	거울 따위에 모습이 나타나게 하다	거울에 얼굴을 비추어 보다
	견주어 보다	양심에 비추어 보다.
	넌지시 깨우쳐 주다	심정을 비추다.
비치다	빛이 나서 환하게 되다	불이 비치다.
	가려진 것을 통해 물체가 드러나다	속옷이 비치다.
빗	머리털을 빗는 데 쓰는 물건	빗으로 머리를 곱게 빗다.
빚	남에게 갚아야 할 돈	빚을 갚다.
빛	어둠을 밝히는 모든 광선	빛을 비추다.
볕	오로지 태양 광선만을 가리킴	볕이 따갑다.
빗다	빗으로 머리를 가지런히 고르다	머리를 빗다.
빚다	술을 담그다	술을 빚다.
	가구를 반죽해 만두, 송편 따위를 만들다	만두를 빚다.
뺏다	'빼앗다'의 준말	돈을 빼앗다.
뺐다	'빼다'의 과거형	이미 발을 뺐다.
사단	사건의 단서 또는 일의 실마리	무분별한 투자가 사단이 되었다.
사달	사고나 탈	결국 사달이 났다.
사뭇	거리낌 없이 마구	선생님 앞에서 사뭇 술을 마셨다.
	아주 딴판으로	예상과는 사뭇 다르다.
자못	생각보다 매우. 퍽	그 일이 자못 어렵다.
삭이다	먹은 음식을 소화시키다. 가라앉히다	울분을 삭이다.
삭히다	'삭다'의 사동형	식혜를 삭히다.
새기다	글씨나 그림을 파다. 간직하다	도장을 새기다. 마음에 새기다.
살지다	[형용사] 몸에 살이 많다	살진 돼지가 많다.
살찌다	[동사] 몸에 살이 많아지다	잘 먹어서 살찌다.
상연	연극 따위를 무대에서 관객에게 보이는 일	연극을 상연하다.
상영	영화를 영사하여 공개하는 일	영화 상영
새다	날이 밝아 오다. 새우다	어느덧 날이 샜다.
	구멍, 틈으로 조금씩 흘러나오다	물이 새다. 비밀이 새다.
세다	힘이 많다. 딱딱하고 뻣뻣하다	기운이 세다. 바람이 세다.

새우다	한숨도 자지 않고 밤을 밝히다	밤을 새우다.
세우다	물건을 일으키다	기둥을 세우다.
	제도, 조직을 만들다	나라를 세우다.
서명	본인이 자필로 이름을 써 넣은 것	서명 목록
기명	이름을 적음	기명하다.
성패	성공과 실패를 아울러 이르는 말	성패를 좌우하다.
승패	승리와 패배를 아울러 이르는 말	승패를 결정하다.
속도	물체가 움직이는 빠르기. 일의 진행	속도 조절
속력	주로 탈 것에만 씀	속력이 빨라지다.
손해배상	위법 행위로 생긴 손해에 대해 복구	손해배상을 청구하다.
손실보상	적법 행위로 생긴 손해에 대해 복구	
숯	나무를 태운 검은 덩어리	
숱	물건의 부피나 분량	머리숱이 많다.
쉬다	음식이 오래 되거나 상하다	김치가 쉬다.
	목청에 탈이 생겨 목소리가 흐려지다	감기로 목이 쉬다.
시다	맛이 초맛 같다	귤이 시다.
	뼈마디가 삐어서 시근시근하다	어금니가 시다.
	하는 짓이 비위에 거슬리다	눈꼴이 시어 못 보겠다.
스러지다	형태가 희미해지면서 없어지다	연기가 스러지다.
쓰러지다	한쪽으로 쏠려 넘어지다	나무가 쓰러지다.
승강이	서로 자기주장을 고집하면서 옥신각신함	서로 옳다고 승강이를 벌였다.
실랑이	남을 못 견디게 굴어 시달리게 하는 것	그는 툭하면 실랑이를 한다.
시각	정하여진 시점	도착 시각
시간	어떤 시각부터 어떤 시각 사이 쉬는 시간	시간 낭비
실재	실제로 존재함	실재 인물을 직접 확인했다.
실제	사실의 경우나 형편	실제 모습. 실제 상황
심려	마음속으로 걱정함	공연히 심려를 끼쳐 죄송합니다.
염려	여러 가지로 마음을 써서 걱정함	기회를 놓칠까 염려하다.
싸우다	완력, 무기, 말로 하는 것 모두 포함	적과 싸우다.
다투다	주로 감정 대립	그는 동생과 자주 다툰다.
싸이다	'싸다'의 피동형	둘러싸이다.
쌓이다	'쌓다'의 피동형	울분이 쌓이다. 눈이 쌓이다.
쏠리다	한쪽으로 치우치거나 몰리다	마음이 쏠리다.
쓸리다	바람에 비스듬히 기울어지다	풀이 바람에 쓸리다.
아니오	'아니다'에 '-오'가 붙은 것	책이 아니오.
아니요	'아니'에 '요'가 붙은 것	아니요, 싫어요.

아둔하다	영리하지 못하고 어리석다	그 애는 좀 아둔한 데가 있다.
어둔하다	말이 둔하다	그는 평소 지나치게 어둔하다.
아름	두 팔을 벌리어 껴않은 둘레의 길이	나무 둘레가 한 아름이다.
알음	사람끼리 서로 아는 일	전부터 알음이 있었다.
알음알음	서로 아는 관계	알음알음 소개받다.
앎	아는 일, 또는 지식	앎이 힘이다.
안	'아니'의 준말	밥을 안 먹는다. 일을 안 한다.
않	'아니하'의 준말	좋지 않다.
안다	팔로 몸을 받치다	품에 안다.
	새가 알을 품다	닭이 알을 안고 있다.
	생각으로서 지니다	슬픔을 안다.
알갱이	열매 등속의 날개나 낱알	밤 알갱이
알맹이	껍질을 벗기고 남은 속	호두 알맹이
알은체	어떤 일에 관심을 가지는 태도를 보임	남의 일에 알은체를 하다.
	사람을 보고 인사하는 표정을 지음	서로 알은체도 안 하다.
아는 체하다	모르면서 아는 듯이 행동하는 것	
애끊다	창자가 끊어질 듯이 마음을 아프게 하다.	애끊는 사연
애끓다	너무 걱정이 되어 속이 끓다	아들 생각하면 애끓는다.
애먼	일의 결과가 다른 데로 돌아가 억울한	애먼 사람에게 누명을 씌우다.
	일의 결과가 다른 데로 돌아가 엉뚱한	애먼 짓 하지 마라.
엄한	규율이나 규칙 적용이 철저하고 바르다	계급 상하구별이 엄한 군대
어느	여럿 가운데 어떤. 막연한 어떤	어느 것도 마음에 안 든다.
여느	보통의 예사로운	여느 때처럼 산다.
	그 밖의 다른	이것 말고 여느 것을 주시오.
어득하다	'아득하다'의 큰말로 끝없이 멀다	어득한 만경 평야
어둑하다	조금 어둡다. 어수룩하다	어둑한 골목길을 걸어갔다.
어르다	귀엽게 다루어 기쁘게 하여 주다	우는 아이를 어르다.
으르다	상대자를 위협하다	을러서 돈을 빼앗다.
어름	두 물건의 끝이 닿은 자리	경계선 어름에서 일이 터졌다.
얼음	물이 얼어 굳어진 것	얼음 조각
얼굴	머리의 앞면 전체	얼굴을 씻다.
낯	머리 앞면 전체를 미분화된 상태	낯을 깨끗이 씻어라.
얼근하다	몇 잔 마신 뒤에 취기를 느끼는 상태	얼근하게 취하다.
거나하다	기분 좋을 만큼 취한 상태	거나하게 취한 얼굴
얽매어	얽어매어	끈으로 얽매어 놓다
얽매여	'얽매어'의 피동형, 얽어매여	일에 얽매여 산다.

얽히다	이리저리 얽어 매이다. 서로 엇갈리다	일에 얽히다. 실이 얽히다.
엉기다	액체 따위가 한데 뭉치어 굳어지다	피가 엉기다.
엉키다	일이나 물건이 서로 얽히다	실이 엉키다.
에다	마음을 아프게 하다	칼로 에는 것처럼 속이 쓰렸다.
에이다	'에다'의 피동형	추워서 살이 에이는 듯 하다.
여위다	몸에 살이 빠지고 수척하게 되다	몸이 여위다.
여의다	죽어서 이별하다	부모님을 여의다.
	시집보내다	딸을 여의다.
	멀리 떠나보내다	일체의 번뇌를 여의다.
예	[명사] 옛적이나 오래 전	예나 지금이나. 예로부터
옛	[관형사] 예전의	옛 자취. 옛 추억. 옛 친구
오돌오돌	깨물기에 좀 단단한 모양	뼈가 오돌오돌 씹힌다.
오들오들	춥거나 무서워서 몸을 떠는 모양	오들오들 떨면서 기다린다.
옆	대상의 오른쪽이나 왼쪽인 근방	옆으로 눕다.
곁	대상을 중심으로 한 근방	환자 곁을 지키다.
오죽	여간. 얼마나	오죽 못났으면 그럴까.
오직	다만. 오로지	오직 하나 뿐이다.
옷거리	옷을 입은 맵시	옷거리가 좋다.
옷걸이	옷을 걸어 두는 도구	코트를 옷걸이에 걸다.
옹기옹기	크기가 같은 물건 여럿이 모인 모양	컵들이 옹기옹기 놓여 있다.
옹기종기	크기가 다른 물건 여럿이 모인 모양	학생들이 옹기종기 앉아 있다.
왠지	'왜인지'의 준말	왠지 불길한 예감이 들었다.
웬	[관형사] 어찌 된. 어떠한	[합성어] 웬일. 웬걸
요지	정치, 교통, 군사 등의 핵심이 되는 곳	교통의 요지
요충지	지세가 자기편에 요긴한 지역	군사적 요충지
용트림	거드름을 피우느라고 짐짓 하는 트림	미꾸라지국 먹고 용트림한다.
용틀임	장식으로 만든 용 그림이나 새김	용틀임이 눈부신 누런 곤룡포
우물	일부러 땅을 파서 지하수가 괴게 한 곳	우물을 파다.
샘	천연적으로 지하수가 솟아나는 곳	샘이 솟다.
원만하다	모난 데가 없이 부드럽고 너그럽다	원만한 성품
	일의 진행이 순조롭다	일을 원만하게 처리하다.
	서로 의가 좋다. 사이가 구순하다	원만한 부부생활
웬만하다	정도나 형편이 표준에 가깝거나 낫다	먹고살기가 웬만하다.
으슥하다	무서운 느낌이 들 만큼 조용하다	으슥한 골목
	매우 조용하다	으슥한 밤거리
이슥하다	밤이 한창 깊다	밤이 이슥하도록 공부하다.

의사	나라위해 주로 무력으로 싸우다 죽은 사람	윤봉길 의사. 안중근 의사
열사	나라위해 주로 맨몸으로 싸우다 죽은 사람	이준 열사. 유관순 열사
지사	나라위해 뜻을 가진 주로 살아있는 사람	지사들이 만주로 몰려들었다.
이따가	조금 뒤에	이따가 말해 줄게.
있다가	존재하다가. 소유하다가	여기 있다가 집에 돌아가라.
이때	이제의 때. 바로 이 시간	이때 그가 도착했다.
입때	지금까지. 이때껏	입때 놀았다.
이제	바로 지금	이제 도착했다.
인제	이제에 이르러	인제 시작한다.
	이제로부터 곧	인제 곧 간다.
인습	이전부터 전해져 내려오는 습관	낡은 인습. 인습에 젖다.
관습	오랫동안 지켜 내려온 질서나 풍습	오랜 관습. 관습을 따르다.
일절	[부사] 아주. 도무지. 전혀	공부를 일절 안 한다.
일체	[명사] 모든 것	가진 것 일체를 내놓다.
	[부사] 모두. 통틀어서	돈을 일체 기부했다.
잃어버리다	지녔던 물건이 자기도 모르게 없어지다	시계를 잃어버리다.
잊어버리다	알았던 것을 기억하지 못하게 되다	약속을 잊어버리다.
입바르다	바른 말을 잘하다	성품이 곧고 입바른 사람
입빠르다	가볍다. 입싸다. 경솔하게 지껄이다	입빠른 그녀가 먼저 욕을 했다.
잇달다	일정한 모양이 있는 사물을 이어서 달다	객차 뒤에 화물칸을 잇달았다.
잇따르다	움직이는 물체가 뒤를 이어 따르다	강력범죄가 잇따라 발생한다.
작다	크지 않다	키가 작다. 크기가 작다.
적다	많지 않다	학생 수가 적다. 분량이 적다.
작렬	포탄 따위가 터져서 쫙 퍼짐	포탄이 작렬하다.
직열	불 따위가 이글이글 뜨겁게 타오름	태양이 작열하였다.
장래	생각을 바탕에 둔 앞날	장래가 보장된 청년
미래	시간적 개념으로서의 앞날	과거보다 미래가 더 중요하다.
장사	기개와 체질이 썩 굳센 사람	그는 기운이 찬하장사다.
	물건을 파는 일	장사가 잘 된다.
장수	상업하는 사람	김 씨는 야채장수이다.
	군사를 거느리는 우두머리	그는 장수의 기개가 있다.
장애	가로막아 기능을 못하게 하는 일	전파 장애
	신체나 정신 능력에 결함이 있는 상태	지체 장애
장해	하고자 하는 일을 막아서 방해하는 것	흡연은 건강에 장해가 된다.
재적	학적, 병적 따위 명부에 이름이 올라있음	재적 인원
제적	학적, 병적 따위에서 이름을 지워버림	제적 처리된 학생

저렇다	'저러하다'가 준말	모양은 저렇지만 성능은 좋다.
저러다	'저리하다'가 준말	지금은 저러지만 곧 바뀔걸.
저리다	살이나 뼈가 눌려 피가 막혀 둔하다	다리가 저리다.
절이다	염분을 먹여 절게 하다	배추를 절이다.
저만치	거리를 두고 떨어져서	저만치 서서 구경해라.
저만큼	저만한 정도로	저만큼 하기도 쉽지 않다.
-쩍다	그런 것을 느끼게 하는 데가 있음	수상쩍다. 미심쩍다. 겸연쩍다.
-적다	다리적다. 괘달머리적다. 딴기적다	맛적다.(맛이 없어 싱겁다)
정돈	지저분한 것을 치우고 가지런히 하는 일	책상 정돈
정리	흐트러진 것을 질서 있게 하거나 없앰	집안 정리
젖히다	몸의 윗부분을 뒤로 기울게 하다	상대를 젖혀 넘어뜨리다.
	안쪽이 겉면으로 드러나게 하다	모자를 뒤로 젖히다.
	속의 것이 겉으로 드러나게 하다	웃통을 벗어젖히다.
제치다	거치적거리지 않게 치우다	상대팀 선수를 제치다.
제키다	살거죽이 조금 다쳐 벗겨지다	손등이 제키다.
조가비	조개의 껍데기	모래밭에 박힌 조가비들
조개	두족류를 제외한 대부분 연체동물 총칭	조개를 잡다.
조그만	'조그마하다'의 관형형	조그만 의자
조금만	[명사] 작은 분량	조금만 먹어라.
조리다	바짝 끓여서 양념이 배이게 하다	생선을 조린다.
졸이다	'졸다'의 사동사. 초조해하다.	찌개를 졸이다. 마음을 졸이다.
좇다	뒤를 따르다. 복종하다. 대세를 따르다	여론을 좇다. 아버지를 좇아가다.
쫓다	있는 자리에서 몰아내다	도둑을 쫓다.
	급한 걸음으로 뒤를 따르다	쫓아가다.
주검	죽은 상태. 시체	주검을 땅에 묻다.
죽음	'죽다'의 명사형	죽음으로 사죄하다.
주어	'주다'의 연결형	그에게 주어 읽게 한다.
주워	'줍다'의 연결형	휴지를 주워 쓰레기통에 버려라.
지양	두 개의 모순 개념의 조화 통일 작용	지양하다.
지향	어떤 목적으로 뜻이 쏠리어 향함	물질 지향의 삶
지	'-하지'의 준말	생각지 않다. 넉넉지 않다.
치	'-하지'의 준말	확실치 않다. 분명치 않다.
지그시	슬그머니 누르거나 당기는 모양	눈을 지그시 감다.
	어려움을 견디는 모양	아픔을 지그시 참다.
지긋이	나이가 비교적 많이	나이를 지긋이 들다.
지나다	어떤 것을 통과하다	숲을 지나다.

지나다	시간이 흐르다	기한이 지나다.
지내다	살아가다	잘 지내다.
	관혼상제를 치르다	제사를 지내다.
질퍽하다	매우 부드럽게 질다	바닥이 질퍽하다.
질펀하다	땅이 넓고 평평하다	들판이 질펀하다.
집	사람이 살거나 일하는 건물	집을 짓다.
짚	벼, 밀 등의 이삭을 걷어낸 줄기	짚으로 새끼를 꼬다.
집다	물건을 집거나 줍다	바닥의 못을 집다.
짚다	신체나 지팡이로 받치다	지팡이를 짚다.
	맥 위에 손가락을 대다	맥을 짚다.
	요량해서 짐작하다	넘겨짚다.
짓다	재료를 들여 만들다	밥을 짓다.
	모양이 나타나도록 만들다	웃는 표정을 짓다.
	확정된 상태로 만들다	결말을 짓다.
짖다	개나 까치가 큰 소리를 내다	개가 크게 짖다.
짙다	빛깔, 화장 등이 진하다	짙은 화장
–째	차례나 등급	첫째. 열 번째
	계속되는 동안	이틀째. 육 개월째
	그대로, 전부	껍질째 먹다.
–채	[의존명사] 상태	신을 벗은 채 걷다.
	[부사] 일정한 정도에 이르지 못한	날이 채 밝기도 전에
체	그럴 듯하게 꾸미는 거짓 태도	아는 체하다.
찢다	잡아당겨 가르다	종이를 찢다.
찧다	무거운 물건으로 내리치다	곡식을 찧다. 엉덩방아를 찧다.
참가	일회적인 행사나 집회에 나감	참가에 의의가 있다.
참여	어떤 일에 끼어들어 관계함	현실 참여
참석	모임이나 회의 자리에 가서 있음	참석 인원
체계	조직되어 통일된 전체	명령체계. 사상체계
체재	생기거나 이루어진 틀	작품의 구성과 체재
체제	사회조직이나 양식, 상태를 이르는 말	냉전 체제. 체제 개편
추기다	가만히 있는 사람을 꾀거나 선동하다	달콤한 말로 추기다.
축이다	축축하게 하다	목을 축이다.
추키다	위로 가뜬하게 올리다	허리춤을 추키다. 값을 추키다.
치키다	위로 끌어 올리다	허리춤을 치키다.
타산지석	남의 잘못, 하찮음을 보고 교훈을 얻음	타산지석을 삼다.
귀감	남의 훌륭한 점을 보고 교훈을 얻음	귀감이 되다.

털어놓다	자발적으로 속에 감춘 것을 말하는 것	그동안의 일을 모두 털어놓았다.
불다	강요에 의해 속에 감춘 것을 말하는 것	경찰에게 죄를 낱낱이 불다.
텃새	이동하지 않고 일정 지역에서 사는 새	참새와 까마귀는 텃새종류다.
텃세	먼저 사람이 나중 사람을 업신여김	텃세가 심하다.
	터를 빌린 세	텃세를 내다.
푸네기	가까운 제살붙이	제 푸네기만 안다.
푼내기	푼돈으로 하는 조그마한 내기	푼내기를 해도 따 본 적이 없다.
풋내기	경험이 없어 서투른 사람	그는 그 방면엔 풋내기다.
푸드덕	날짐승이 날개짓 하는 소리	새가 푸드덕거리며 난다.
푸드득	무른 똥을 눌 때 나는 요란한 소리	화장실에서 푸드득 소리가 나다.
푼푼이	한 푼 씩 한 푼 씩	푼푼이 번 돈
푼푼히	넉넉히	용돈을 푼푼히 주다.
피난	재난을 피함	피난을 가다.
피란	난리를 피함	피란을 가 버린 텅 빈 도시
피다	구름이나 연기 따위가 커지다	먹구름이 검게 피었다.
피우다	'피다'의 사동형	꽃을 피우다. 담배를 피우다.
한갓	단지. 오직. 그것만으로	그는 한갓 학생이다.
한낱	단지 하나뿐인. 하잘것없는	조약은 한낱 종이쪽지이다
한목	한꺼번에 다	한목에 다 쓰다.
한몫	한 사람 앞에 돌아가는 분량이나 역할	한몫을 하다. 한몫 잡다.
한참	시간이 상당히 흐르는 동안	한참 동안 기다리다.
한창	가장 성할 때. 한창 활기가 있을 때	한창 나이다. 꽃이 한창이다.
해지다	닳아서 떨어지다	해진 양말을 깁다.
헤(어)지다	흩어지다	일행과 헤어져 집으로 왔다.
	이별하다	죽음으로 헤어질 때 까지
	살갗이 터져서 갈라지다	입안이 해졌다.
해치다	해를 입히다	탈옥수가 사람을 해치다.
헤치다	속에 것을 드러내려고 겉을 젖히다	옷을 헤치다. 덤불을 헤치다.
	가난이나 고난을 이겨 나가다	세파를 헤쳐 나가다.
햇발	사방으로 뻗친 햇살	햇발이 퍼지다.
햇볕	해의 내리쬐는 뜨거운 기운	햇볕에 그을리다.
햇빛	해의 빛	햇빛을 가리다.
햇살	해가 내 쏘는 광선	눈부신 햇살
혼돈	사물 구별이 확연하지 않고 모호한 상태	가치관의 혼돈
혼동	섞여 하나가 됨	현실과 꿈 사이의 혼동
	뒤섞어 보거나 잘못 판단함	이건지 저건지 혼동된다.

홀몸	형제나 배우자가 없는 사람	결혼하지 않은 홀몸이다.
홑몸	단신. 딸린 사람이 없는 몸	그녀는 홑몸이 아니다.
희나리	덜 마른 장작	희나리에 불을 댕기다.
희아리	약간 상해서 희끗희끗하게 얼룩진 고추	고추밭에 희아리가 생기다.
흔전만전	매우 넉넉하고 흔한 모양	먹을 것이 흔전만전이다.
흥청망청	흥에 겨워 마음대로 즐기는 모양	흥청망청 먹고 마시며 놀다.
	돈이나 물건을 마구 쓰는 모양	돈을 흥청망청 쓰다.

표기에 유의해야 하는 어휘

O	X	O	X
(날씨) 개다	개이다	소맷귀	소매깃
가다랑어	가다랭이	소박이	소배기
가랑이	가랭이	손톱깎이	손톱깎기
가르마	가리마	수그러들다	사그러들다
가자미	가재미	수다쟁이	수다장이
(집에)들러서	들려서	수라간	수랏간
간질이다	간지르다	수릿날	수리날
갈가리(찢기다)	갈갈이(찢기다)	수세미	쑤세미
갈까마귀	갈가마귀	수습	견습
강낭콩	강남콩	술래잡기	술레잡기
강소주	깡소주	숨바꼭질	숨박꼭질
갖은	가진	숟가락	숫가락
거꾸로	꺼꾸로	스라소니	시라소니
거적때기	거적대기	승낙	승락
거추장스럽다	거치장스럽다	시시닥거리다	히히닥거리다
건넌방	건너방	시쳇말	시셋말
건더기	건데기	신출내기	신출나기
걷어붙이다	걷어부치다	실랑이	실강이/실랭이
걸맞은	걸맞는	실낱같은	실날같은
겉치레	겉치례	십상	쉽상
게거품	개거품	싹둑	싹뚝
결벽증	결백증	쑥스럽다	쑥쓰럽다
겸연쩍다	겸연적다	아귀찜	아구찜
경의실	갱의실	아니에요	아니예요
개수	갯수	아등바등	아둥바둥
고들빼기	고들배기	아연실색	아연질색
고랭지	고냉지	아지랑이	아지랭이
고샅	고살	악바리/악착빼기	악발이/악착배기
골칫거리	골치거리	안쓰럽다	안스럽다
곰곰이	곰곰히	안절부절못하다	안절부절하다
곱빼기	곱배기	안팎	안밖
곳간	곡간	알맞은	알맞는
공깃밥	공기밥	알쏭달쏭하다	아리까리하다
괄시하다	괄세하다	알아맞히다	알아맞추다

괘씸하다	괴씸하다	암탉/암평아리	암닭/암병아리
괜스레	괜시리	애고머니	애구머니/애그머니
괴나리봇짐	개나리봇짐	애달프다	애닲다
괴팍하다	괴팍하다	애먼	엄한
구둣솔	구두솔	앳되다	애띠다
구레나룻	구렛나루	야금야금	야곰야곰
구시렁	궁시렁	야멸치다	야멸차다
굴착기	굴삭기	야반도주	야밤도주
굽실거리다	굽신거리다	야트막하다	얕으막하다
굽이굽이	구비구비	으름장	어름장
귀띔	귀띰	어미	에미
귓불	귓볼	어수룩하다	어리숙하다
그을음	그으름	어슴푸레하다	어슴프레하다
그제야	그제서야	어지간히	어지간이
금세	금새	억지	어거지
금실	금슬	억척빼기	억척배기
급랭	급냉	언덕배기	언덕빼기
기삿거리	기사거리	얻다대고	어따대고
기어이	기여이	얼루기/얼룩빼기	얼룩이/얼룩배기
긴가민가	깅가밍가	얼마큼	얼만큼
김치찌개	김치찌게	얽히고설키다	얼키고설키다
깊숙이	깊숙히	엎치락뒤치락	업치락뒤치락
까무러치다	까무라치다	엉겁결	엉겹결
까발리다	까발기다	에구머니	에그머니
까다롭다	까탈스럽다	여느	여늬
깔때기	깔대기	연거푸	연거퍼
깡충깡충	깡총깡총	연말연시	년말연시/연말년시
껍데기	껍떼기	열어젖히다	열어제치다
꼬이다/꾀다/꾐	꼬시다/꼬임	엿장수	엿장사
꼼수	꽁수	예부터/예로부터	옛부터
꽃봉오리	꽃봉우리	오도카니	오두커니
끄나풀	끄나불	오두방정	오도방정
끄물거리다	(날씨가)꾸물거리다	오뚝이	오뚜기/오똑이
끔찍이	끔찍히	오랜만에	오랫만에
끼어들기	끼여들기	오랫동안	오랜동안
나무라다	나무래다	오므리다	오무리다

나지막이	나즈막히	오지랖	오지랍
낙지볶음	낚지복음	올바르다	옳바르다
난쟁이	난장이	옴짝달싹	옴짝달삭/옴싹달싹
남녀	남여	왠지/웬일	웬지/왠일
낯바대기	낯판대기	외눈박이	외눈바기/외눈배기
내로라하다	내노라하다	요컨대	요컨데
냉랭하다	냉냉하다	우렁이	우렁
너그러이	너그러히	우려먹다	울궈먹다
넌지시	넌즈시	우레	우뢰
널브러지다	널부러지다	욱여넣다	우겨넣다
넓적다리	넙적다리	울력성당	위력성당
넙죽	넓죽	움큼	웅큼
노른자위	노란자위	웬만큼	왠만큼
녹록하다	녹녹하다	웬일	왠일
놈팡이	놈팽이	웅크리다	움크리다
뇌졸중	뇌졸증	육개장	육계장
누레지다	누래지다	으레	으례
눈꺼풀	눈거풀	으스대다	으시대다
눈곱	눈꼽	으스스하다	으시시하다
눈살	눈쌀	으슬으슬	으실으실
느지막이	느즈막히	이러고저러고	이러구저러구
늘그막	늙으막	이부자리	이브자리
늴리리	닐리리	이제야	이제서야
닦달하다	닥달하다	잎사귀	잎새
단출하다	단촐하다	자그마치	자그만치
닭볏	닭벼슬	장롱	장농
더욱이	더우기	절체절명	절대절명
덩굴	덩쿨	접질리다/겹질리다	접지르다
도나캐나	도나개나	젓가락	젇가락
도떼기시장	돗데기시장	정나미	정내미/정네미
돌	돐	조그만큼	조그만치
돌멩이	돌맹이	조무래기	조무라기
돌부리	돌뿌리	족집게	쪽집개
동고동락	동거동락	졸리다	졸립다
둘러싸여	둘러쌓여	좀	좀벌레
두둑이	두둑히	주근깨	죽은깨

두릅나무	드릅나무	주책	주착
뒤끝	뒷끝	지루하다	지리하다
뒤처리	뒷처리	지새우다	지세우다/지새다
뒤치다꺼리	뒤치닥거리	직방	즉방
뒷심	뒷힘	집게	집개
들이닥치다	들어닥치다	짓궂다	짖궂다
딸꾹질	딸국질	짜깁기	짜집기
딱따구리	딱다구리	짭짤하다	짭잘하다
딸내미	딸래미	쩨쩨하다	째째하다
떠벌리다	떠벌이다	찌개	찌게
떡볶이	떡볶기	찌들다	찌들리다
떨떠름하다	떨뜨름하다	쩔쩔매다	찔찔매다
똬리	또아리	차돌박이	차돌배기
뚝배기	뚝빼기	차이다	채이다
마구간	마굿간	채로	체로
마바리	마발이	채신머리	체신머리
맛보기	맛배기	책거리	책걸이
먼지떨이	먼지털이	천장/천정부지	천정/천장부지
멋쩍다	멋적다	첫돌	첫돐
메밀국수	모밀국수	체도	채도
명란젓/창난젓	명난젓/창란젓	초승달	초생달
무	무우	초점	촛점
무르팍	무릎팍	초주검	초죽음
물끄러미	멀끄러미	총부리	총뿌리
뭉그적거리다	밍기적거리다	추스르다	추스리다
미루나무	미류나무	치다꺼리	치닥거리
미숫가루	미싯가루	치르다	치루다
미주알고주알	미주알코주알	칠삭둥이	칠삭동이
밑동	밑둥	칠흑	칠흙
바람피우다	바람피다	케케묵다	켸켸묵다
발자국	발자욱	켕기다	캥기다
밤새우다	밤새다	콩트	꽁트
방방곡곡	방방곳곳	퀴퀴하다	퀘퀘하다
번번이	번번히	통째로	통채로
벚나무	벗나무	통틀어	통털어
본토박이	본토배기/본토바기	툇마루	퇴마루

볼때기	볼데기	트림	트름
봉선화/봉숭아	봉숭화	티격태격	티각태각
부리나케	불이나게/불이나케	판때기	판대기
부수다/부서뜨리다	부시다/부숴뜨리다	팔짱	팔장
부추기다	부추키다	포장재	포장제
북받치다	북받히다	푸름	푸르름
빈털터리	빈털털이	풋내기	풋나기
빠개지다	뽀개지다	풍비박산	풍지박산
빠그라지다	빠그러지다	하구려	하구료
빠릿빠릿하다	빠리빠리하다	하늬바람	하니바람
뾰족하다	뾰죽하다	하려고	할려고
사글세	삭월세	하릴없이	할 일 없이
사돈	사둔	하마터면	하마트면
사랑스런	사랑스러운	하여튼	하옇든
사무치다	사모치다	할는지	할른지
사족	사죽	할퀴다	할키다
살코기	살고기	해님	햇님
살쾡이/삵	삵괭이	해코지	해꼬지
삼가다	삼가하다	핼쑥하다	핼쓱하다
상판대기	상판데기/상판때기	허드레	허드래
샅바	삿바	혈혈단신	홀홀단신
새침데기	새침떼기	호두과자	호도과자
생각건대	생각컨대	호래자식/후레자식	호로자식/후래자식
생채기	상채기	호루라기	호르라기
설거지	설겆이	흉측스럽다(-하다)	흉측스럽다(-하다)
설렘	설레임	흐리멍덩하다	흐리멍텅하다
섬뜩하다	섬짓하다,섬찟하다	희끗희끗	히끗히끗
성대모사	성대묘사	희한하다	희안하다
세뇌	쇠뇌	힘겹다	힘겨웁다
소꿉놀이	소꼽놀이		

문장 부호

문장 부호는 글에서 문장의 구조를 드러내거나 글쓴이의 의도를 전달하기 위하여 사용하는 부호이다. 문장 부호의 이름과 사용법은 다음과 같이 정한다.

1. 마침표(.)

(1) 서술, 명령, 청유 등을 나타내는 문장의 끝에 쓴다.

평서문	젊은이는 나라의 기둥입니다.
평서문	가는 말이 고와야 오는 말이 곱다.
명령문	제 손을 꼭 잡으세요.
명령문	너 자신을 알라.
청유문	소금이 쉴 때까지 해 보자.
청유문	집으로 돌아갑시다.

[붙임 1] 직접 인용한 문장의 끝에는 쓰는 것을 원칙으로 하되, 쓰지 않는 것을 허용한다.

원칙	그는 "지금 바로 떠나자."라고 말하며 서둘러 짐을 챙겼다.
허용	그는 "지금 바로 떠나자"라고 말하며 서둘러 짐을 챙겼다.

[붙임 2] 용언의 명사형이나 명사로 끝나는 문장에는 쓰는 것을 원칙으로 하되, 쓰지 않는 것을 허용한다.

원칙	목적을 이루기 위하여 몸과 마음을 다하여 애를 씀.
허용	목적을 이루기 위하여 몸과 마음을 다하여 애를 씀
원칙	결과에 연연하지 않고 끝까지 최선을 다하기.
허용	결과에 연연하지 않고 끝까지 최선을 다하기
원칙	신입 사원 모집을 위한 기업 설명회 개최.
허용	신입 사원 모집을 위한 기업 설명회 개최
원칙	내일 오전까지 보고서를 제출할 것.
허용	내일 오전까지 보고서를 제출할 것

다만, 제목이나 표어에는 쓰지 않음을 원칙으로 한다.

압록강은 흐른다
꺼진 불도 다시 보자
건강한 몸만들기

• 단, 제목이나 표어 등에 꼭 필요하다고 판단될 때, 또는 제목이나 표어, 인용된 문장이 둘 이상 이어질 때에는 마침표를 쓸 수도 있다.

한때 『세계는 넓고 할 일은 많다』라는 책이 인기를 끈 적이 있다.
난폭 운전 눈물 주고 양보 운전 웃음 준다.
오늘은 『바람이 분다. 당신이 좋다.』라는 책을 함께 읽어 볼까요?
기억해요, 아픈 역사. 잊지 마요, 보훈 정신.
아버지는 운전을 하시다가 "졸음이 자꾸 오네. 휴게소에서 잠깐 쉬었다 가야겠다." 라고 말씀하셨다.
행사장은 아침 8시부터 입장이 가능함. 입장 시 초대권을 반드시 제시할 것.
청사 신축 공사는 9월 30일 완료 예정. 준공식은 10월 5일 개최.

(2) 아라비아 숫자만으로 연월일을 표시할 때 쓴다.

1919. 3. 1.	10. 1.~10. 12.

(3) 특정한 의미가 있는 날을 표시할 때 월과 일을 나타내는 아라비아 숫자 사이에 쓴다.

3.1 운동	8.15 광복

[붙임] 이때는 마침표 대신 가운뎃점을 쓸 수 있다.

3 · 1 운동	8 · 15 광복

(4) 장, 절, 항 등을 표시하는 문자나 숫자 다음에 쓴다.

가. 인명	Ⅰ. 서론
ㄱ. 머리말	1. 연구 목적
가-1. 인명	1.1. 연구 목적
1-1. 머리말	

[붙임] '마침표' 대신 '온점'이라는 용어를 쓸 수 있다.

2. 물음표(?)

(1) 의문문이나 의문을 나타내는 어구의 끝에 쓴다.

점심 먹었어?
이번에 가시면 언제 돌아오세요?
제가 부모님 말씀을 따르지 않을 리가 있겠습니까?

남북이 통일되면 얼마나 좋을까?
다섯 살짜리 꼬마가 이 멀고 험한 곳까지 혼자 왔다?
지금?
뭐라고?
네?

• 의문형 종결 어미가 쓰이지 않았거나 전형적인 문장 형식을 갖추지 않았더라도 의문을 나타낸다면 그 끝에 물음표를 쓴다.

휴가를 낸 김에 며칠 푹 쉬고 온다?	무슨 일?

[붙임 1] 한 문장 안에 몇 개의 선택적인 물음이 이어질 때는 맨 끝의 물음에만 쓰고, 각 물음이 독립적일 때는 각 물음의 뒤에 쓴다.

너는 중학생이냐, 고등학생이냐?
너는 이게 마음에 드니, 저게 마음에 드니?
너는 여기에 언제 왔니? 어디서 왔니? 무엇하러 왔니?
숙소는 편하셨어요? 음식은 입에 맞으셨고요?

[붙임 2] 의문의 정도가 약할 때는 물음표 대신 마침표를 쓸 수 있다.

도대체 이 일을 어쩐단 말이냐.
이것이 과연 내가 찾던 행복일까.
내가 널 두고 어디를 가겠느냐./가겠느냐?
구름 없는 하늘에 비 올까./올까?
『논어』에 "배우고 때로 익히면 또한 기쁘지 아니한가?/아니한가."라는 구절이 있다.
그는 미소를 띠면서 "경치가 참 좋네!/좋네."라고 말했다.
이번 시간에는 별자리에 대해 알아볼까요?/알아볼까요.

다만, 제목이나 표어에는 쓰지 않음을 원칙으로 한다.

역사란 무엇인가	아직도 담배를 피우십니까

• 특별한 의도나 효과를 드러내고자 할 때는 예외적으로 물음표를 쓸 수도 있다.

사막의 동물들은 어떻게 살아갈까/살아갈까? (제목)

(2) 특정한 어구의 내용에 대하여 의심, 빈정거림 등을 표시할 때, 또는 적절한 말을 쓰기 어려울 때 소괄호 안에 쓴다.

우리와 의견을 같이할 사람은 최 선생(?) 정도인 것 같다.	
30점이라, 거참 훌륭한(?) 성적이군.	
우리 집 강아지가 가출(?)을 했어요.	
주말 내내 누워서 텔레비전만 보고 있는 당신도 참 대단(?)하네요.	
현관문 열어 놓을 때 닫히지 않게 문 밑에 다는 받침대(?) 같은 거 있잖아. 뭔지 알겠지? 철물점에 가서 그거 좀 사 올래?	

(3) 모르거나 불확실한 내용임을 나타낼 때 쓴다.

최치원(857~?)은 통일 신라 말기에 이름을 떨쳤던 학자이자 문장가이다.
조선 시대의 시인 강백(1690?~1777)의 자는 자청이고, 호는 우곡이다.
노자(?~?)는 중국 춘추 시대의 사상가로 도를 좇아서 살 것을 역설하였다.
순자(기원전 298?~기원전 238?)는 맹자의 성선설에 대하여 성악설을 제창하였다.

3. 느낌표(!)

(1) 감탄문이나 감탄사의 끝에 쓴다.

이거 정말 큰일이 났구나!	꽃이 정말 아름답구나!
어머!	어이쿠!

[붙임] 감탄의 정도가 약할 때는 느낌표 대신 쉼표나 마침표를 쓸 수 있다.

어, 벌써 끝났네.	어머,/어머! 벌써 시간이 이렇게 됐네.
날씨가 참 좋군.	단풍이 참 곱구나./곱구나!

• 제목이나 표어는 감탄문이나 감탄사 형식이라도 느낌표를 쓰지 않는 것이 원칙이다. 다만, 특별한 의도나 효과를 드러내고자 할 때는 예외적으로 느낌표를 쓸 수도 있다.

어제는 『새들도 세상을 뜨는구나』라는 시집을 읽었다.
『사람아, 아, 사람아!』는 중국 격변기 지식인의 모습을 섬세하게 그려 낸 작품이다.

(2) 특별히 강한 느낌을 나타내는 어구, 평서문, 명령문, 청유문에 쓴다.

청춘! 이는 듣기만 하여도 가슴이 설레는 말이다.
이야, 정말 재밌다!
지금 즉시 대답해!
앞만 보고 달리자!
내일부터 정말 열심히 할 거야!

빨리 와!
한번 버텨 보자!

(3) 물음의 말로 놀람이나 항의의 뜻을 나타내는 경우에 쓴다.

이게 누구야!
내가 왜 나빠!
일을 이런 식으로 진행하는 법이 어디에 있단 말입니까!
우리가 얼마 만에 만난 것이냐!
숙제를 이렇게 엉망으로 해 와도 되느냐!

(4) 감정을 넣어 대답하거나 다른 사람을 부를 때 쓴다.

네!
네, 선생님!
흥부야!
언니!
"얘야, 어디에 있니?" "할머니! 여기예요, 여기!"
아가! 어서 이리 좀 와 봐라.
"너 나를 속이려고 했지?" "아니요! 절대로 그렇지 않습니다."

4. 쉼표(,)

(1) 같은 자격의 어구를 열거할 때 그 사이에 쓴다.

근면, 검소, 협동은 우리 겨레의 미덕이다.
충청도의 계룡산, 전라도의 내장산, 강원도의 설악산은 모두 국립 공원이다.
집을 보러 가면 그 집이 내가 원하는 조건에 맞는지, 살기에 편한지, 망가진 곳은 없는지 확인해야 한다.
5보다 작은 자연수는 1, 2, 3, 4이다.
소설 구성의 3 요소는 인물, 사건, 배경이다.
서울의 숭례문, 경주의 석굴암, 익산의 미륵사지 석탑은 모두 국보다.

다만, (가) 쉼표 없이도 열거되는 사항임이 쉽게 드러날 때는 쓰지 않을 수 있다.

아버지 어머니께서 함께 오셨어요.
네 돈 내 돈 다 합쳐 보아야 만 원도 안 되겠다.
우리나라는 봄 여름 가을 겨울의 구분이 뚜렷하다.

(나) 열거할 어구들을 생략할 때 사용하는 줄임표 앞에는 쉼표를 쓰지 않는다.

> 광역시: 광주, 대구, 대전……

> '규현, 재호, 정석, 민수, 혁진, 광선……' 이렇게 고등학교 때 친구들의 이름을 하나하나 떠올리며 생각에 잠겨 있던 중에 갑자기 전화기가 울렸다.

(2) 짝을 지어 구별할 때 쓴다.

> 닭과 지네, 개와 고양이는 상극이다.

> 한국과 일본, 필리핀과 베트남은 각각 동북아시아와 동남아시아에 있는 국가들이다.

(3) 이웃하는 수를 개략적으로 나타낼 때 쓴다.

| 5, 6세기 | 6, 7, 8개 |

(4) 열거의 순서를 나타내는 어구 다음에 쓴다.

> 첫째, 몸이 튼튼해야 한다.

> 마지막으로, 무엇보다 마음이 편해야 한다.

> 다음으로, 애국가 제창이 있겠습니다.

(5) 문장의 연결 관계를 분명히 하고자 할 때 절과 절 사이에 쓴다.

> 콩 심은 데 콩 나고, 팥 심은 데 팥 난다.

> 저는 신뢰와 정직을 생명과 같이 여기고 살아온바, 이번 비리 사건과는 무관하다는 점을 분명히 밝힙니다.

> 떡국은 설날의 대표적인 음식인데, 이걸 먹어야 비로소 나이도 한 살 더 먹는다고 한다.

> 모든 국민은 건강하고 쾌적한 환경에서 생활할 권리를 가지며, 국가와 국민은 환경 보전을 위하여 노력하여야 한다.

(6) 같은 말이 되풀이되는 것을 피하기 위하여 일정한 부분을 줄여서 열거할 때 쓴다.

> 여름에는 바다에서, 겨울에는 산에서 휴가를 즐겼다.

> 빨간색을 선택한 분들은 오른쪽으로, 파란색을 선택한 분들은 왼쪽으로 가 주세요.

> 사람은 평생 음식물을 섭취, 소화, 배설하면서 살아간다.

(7) 부르거나 대답하는 말 뒤에 쓴다.

> 지은아, 이리 좀 와 봐.

> 네, 지금 가겠습니다.

> "너, 나를 속이려고 했지?" "아니요, 절대로 그렇지 않습니다."

(8) 한 문장 안에서 앞말을 '곧', '다시 말해' 등과 같은 어구로 다시 설명할 때 앞말 다음에 쓴다.

책의 서문, 곧 머리말에는 책을 지은 목적이 드러나 있다.

원만한 인간관계는 말과 관련한 예의, 즉 언어 예절을 갖추는 것에서 시작된다.

호준이 어머니, 다시 말해 나의 누님은 올해로 결혼한 지 20년이 된다.

나에게도 작은 소망, 이를테면 나만의 정원을 가졌으면 하는 소망이 있어.

야구 경기에서 가장 중요한 것은 승리를 위해 서로 마음과 힘을 하나로 합하는 것, 곧 협동 정신
이다.

그의 말은 사실이었다. 곧,/곧 오해는 나의 실수였던 것이다

건강에 좋은 음식이 있는 반면,/반면 안 좋은 음식도 있다.

(9) 문장 앞부분에서 조사 없이 쓰인 제시어나 주제어의 뒤에 쓴다.

돈, 돈이 인생의 전부이더냐?

열정, 이것이야말로 젊은이의 가장 소중한 자산이다.

지금 네가 여기 있다는 것, 그것만으로도 나는 충분히 행복해.

저 친구, 저러다가 큰일 한번 내겠어.

그 사실, 넌 알고 있었지?

가족, 나에게 가족보다 더 소중한 것은 없습니다.

금연, 건강의 시작입니다.

(10) 한 문장에 같은 의미의 어구가 반복될 때 앞에 오는 어구 다음에 쓴다.

그의 애국심, 몸을 사리지 않고 국가를 위해 헌신한 정신을 우리는 본받아야 한다.

순애, 내 가장 친한 친구는 오늘 몸이 아파 결석을 했다.

거북선, 우리 민족이 만든 세계 최초의 이 철갑선은 임진왜란 때 왜군을 무찌르는 데에 큰 역할
을 했다.

(11) 도치문에서 도치된 어구들 사이에 쓴다.

이리 오세요, 어머님.

다시 보자, 한강수야.

비가 세차게 내렸다, 오전에도.

반드시 완수하겠습니다, 제게 주어진 임무를.

(12) 바로 다음 말과 직접적인 관계에 있지 않음을 나타낼 때 쓴다.

갑돌이는, 울면서 떠나는 갑순이를 배웅했다.

철원과, 대관령을 중심으로 한 강원도 산간 지대에 예년보다 일찍 첫눈이 내렸습니다.

(13) 문장 중간에 끼어든 어구의 앞뒤에 쓴다.

> 나는, 솔직히 말하면, 그 말이 별로 탐탁지 않아.

> 영호는 미소를 띠고, 속으로는 화가 치밀어 올라 잠시라도 견딜 수 없을 만큼 괴로웠지만, 그들을 맞았다.

[붙임 1] 이때는 쉼표 대신 줄표를 쓸 수 있다.

> 나는 — 솔직히 말하면 — 그 말이 별로 탐탁지 않아.

> 영호는 미소를 띠고 — 속으로는 화가 치밀어 올라 잠시라도 견딜 수 없을 만큼 괴로웠지만 — 그들을 맞았다.

> 치열한 접전 끝에 우리 팀은 — 다시 생각하기도 싫지만 — 결국 지고 말았다.

[붙임 2] 끼어든 어구 안에 다른 쉼표가 들어 있을 때는 쉼표 대신 줄표를 쓴다.

> 이건 내 것이니까 — 아니, 내가 처음 발견한 것이니까 — 절대로 양보할 수 없다.

> 치열한 접전 끝에 우리 팀은 — 다시 생각하기도 싫고, 마을 꺼내기도 싫지만 — 결국 지고 말았다.

(14) 특별한 효과를 위해 끊어 읽는 곳을 나타낼 때 쓴다.

> 내가, 정말 그 일을 오늘 안에 해낼 수 있을까?

> 이 전투는 바로 우리가, 우리만이, 승리로 이끌 수 있다.

> 발 가는 대로, 그는 어느 틈엔가 안전지대에 가서, 자기의 두 손을 내려다보았다.

> 구보는, 자기는, 대체, 얼마를 가져야 행복할 수 있을까 생각해 본다.

(15) 짧게 더듬는 말을 표시할 때 쓴다.

> 선생님, 부, 부정행위라니요? 그런 건 새, 생각조차 하지 않았습니다.

> 내가 그, 그럴 리가 없잖아.

> 제가 정말 하, 합격이라고요?

[붙임] '쉼표' 대신 '반점'이라는 용어를 쓸 수 있다.

5. 가운뎃점(·)

(1) 열거할 어구들을 일정한 기준으로 묶어서 나타낼 때 쓴다.

> 민수 · 영희, 선미 · 준호가 서로 짝이 되어 윷놀이를 하였다.

> 지금의 경상남도 · 경상북도, 전라남도 · 전라북도, 충청남도 · 충청북도 지역을 예부터 삼남이라 일러 왔다.

시의 종류는 내용에 따라 서정시 · 서사시 · 극시, 형식에 따라 자유시 · 정형시 · 산문시로 나눌 수 있다.

(2) 짝을 이루는 어구들 사이에 쓴다.

한(韓) · 이(伊) 양국 간의 무역량이 늘고 있다.
우리는 그 일의 참 · 거짓을 따질 겨를도 없었다.
하천 수질의 조사 · 분석
빨강 · 초록 · 파랑이 빛의 삼원색이다.
곤충의 몸은 머리 · 가슴 · 배로 구분할 수 있다.
김 과장은 회의 자료를 수정 · 보완하여 제출하였다.

다만, 이때는 가운뎃점을 쓰지 않거나 쉼표를 쓸 수도 있다.

한(韓) 이(伊) 양국 간의 무역량이 늘고 있다.
우리는 그 일의 참 거짓을 따질 겨를도 없었다.
하천 수질의 조사, 분석
빨강, 초록, 파랑이 빛의 삼원색이다.
곤충의 몸은 머리, 가슴, 배로/머리 가슴 배로 구분할 수 있다.

(3) 공통 성분을 줄여서 하나의 어구로 묶을 때 쓴다.

상 · 중 · 하위권
금 · 은 · 동메달
통권 제54 · 55 · 56호

[붙임] 이때는 가운뎃점 대신 쉼표를 쓸 수 있다.

상, 중, 하위권
금, 은, 동메달
통권 제54, 55, 56호

6. 쌍점(:)

(1) 표제 다음에 해당 항목을 들거나 설명을 붙일 때 쓴다.

문방사우: 종이, 붓, 먹, 벼루
일시: 2014년 10월 9일 10시
흔하진 않지만 두 자로 된 성씨도 있다.(예: 남궁, 선우, 황보)

올림표(♯): 음의 높이를 반음 올릴 것을 지시한다.

(2) 희곡 등에서 대화 내용을 제시할 때 말하는 이와 말한 내용 사이에 쓴다.

김 과장: 난 못 참겠다.
아들: 아버지, 제발 제 말씀 좀 들어 보세요.

(3) 시와 분, 장과 절 등을 구별할 때 쓴다.

오전 10:20(오전 10시 20분)	요한복음 3:16(3장 16절)
두시언해 6:15(두시언해 제6권 제15장)	「국어기본법」 14:1(제14조 제1항)

(4) 의존명사 '대'가 쓰일 자리에 쓴다.

65:60(65 대 60)	청군:백군(청군 대 백군)

[붙임] 쌍점의 앞은 붙여 쓰고 뒤는 띄어 쓴다. 다만, (3)과 (4)에서는 쌍점의 앞뒤를 붙여 쓴다.

원장: 김갑동

7. 빗금(/)

(1) 대비되는 두 개 이상의 어구를 묶어 나타낼 때 그 사이에 쓴다.

먹이다/먹히다	( )이/가 우리나라의 보물 제1호이다.
남반구/북반구	반짝이다/반짝거리다/반짝반짝하다
금메달/은메달/동메달	물/불/풀/뿔

(2) 기준 단위당 수량을 표시할 때 해당 수량과 기준 단위 사이에 쓴다.

100미터/초	1,000원/개
놀이공원 입장료는 4,000원/명이다.	

(3) 시의 행이 바뀌는 부분임을 나타낼 때 쓴다.

산에 / 산에 / 피는 꽃은 / 저만치 혼자서 피어 있네

다만, 연이 바뀜을 나타낼 때는 두 번 겹쳐 쓴다.

산에는 꽃 피네 / 꽃이 피네 / 갈 봄 여름 없이 / 꽃이 피네 // 산에 / 산에 / 피는 꽃은 / 저만치 혼자서 피어 있네

[붙임] 빗금의 앞뒤는 (1)과 (2)에서는 붙여 쓰며, (3)에서는 띄어 쓰는 것을 원칙으로 하되 붙여 쓰는 것을 허용한다. 단, (1)에서 대비되는 어구가 두 어절 이상인 경우에는 빗금의 앞뒤를 띄어 쓸 수 있다.

문과 대학/이과 대학/예술 대학	문과 대학 / 이과 대학 / 예술 대학

8. 큰따옴표(" ")

(1) 글 가운데에서 직접 대화를 표시할 때 쓴다.

"어머니, 제가 가겠어요."	"아니다. 내가 다녀오마."

(2) 말이나 글을 직접 인용할 때 쓴다.

그는 "지금 바로 떠나자."라고 말하며 서둘러 짐을 챙겼다.
나는 "어, 광훈이 아니냐?" 하는 소리에 깜짝 놀랐다.
밤하늘에 반짝이는 별들을 보면서 "나는 아무 걱정도 없이 가을 속의 별들을 다 헬 듯합니다." 라는 시구를 떠올렸다.
편지의 끝머리에는 이렇게 적혀 있었다. "할머니, 편지에 사진을 동봉했다고 하셨지만 봉투 안에는 아무것도 없었어요."
"낮말은 새가 듣고 밤 말은 쥐가 듣는다."라는 속담이 있다.
푯말에는 "출입 금지 구역"이라고 쓰여 있었다.

9. 작은따옴표(' ')

(1) 인용한 말 안에 있는 인용한 말을 나타낼 때 쓴다.

그는 "여러분! '시작이 반이다.'라는 말 들어 보셨죠?"라고 말하며 강연을 시작했다.

(2) 마음속으로 한 말을 적을 때 쓴다.

나는 '일이 다 틀렸나 보군.' 하고 생각하였다.
'이번에는 꼭 이기고야 말겠어.' 호연이는 마음속으로 몇 번이나 그렇게 다짐하며 주먹을 불끈 쥐었다.

▶ 인용 표시의 띄어쓰기
 • '라고, 라는'은 조사이므로 붙여 쓴다. 이에 반해 '하고, 하는'은 조사가 아니라 '하다'동사의 활용형이다. 따라서 띄어 써야 한다.

10. 소괄호(( ))

(1) 주석이나 보충적인 내용을 덧붙일 때 쓴다.

니체(독일의 철학자)의 말을 빌리면 다음과 같다.
2014. 12. 19.(금)
문인화의 대표적인 소재인 사군자(매화, 난초, 국화, 대나무)는 고결한 선비 정신을 상징한다.
홑화살괄호(< >)와 겹화살괄호(≪ ≫)는 개정안에서 새로 추가된 문장부호이다.
훈민정음은 창제된 해(1443년)와 반포된 해(1446년)가 다르다.

(2) 우리말 표기와 원어 표기를 아울러 보일 때 쓴다.

기호(嗜好), 자세(姿勢)
커피(coffee), 에티켓(étiquette)
대한민국(大韓民國), 크레용(crayon)

(3) 생략할 수 있는 요소임을 나타낼 때 쓴다.

학교에서 동료 교사를 부를 때는 이름 뒤에 '선생(님)'이라는 말을 덧붙인다.
광개토(대)왕은 고구려의 전성기를 이끌었던 임금이다.
종묘(제례)악은 종묘에서 역대 제왕의 제사 때 쓰던 음악이다.

(4) 희곡 등 대화를 적은 글에서 동작이나 분위기, 상태를 드러낼 때 쓴다.

현우: (가쁜 숨을 내쉬며) 왜 이렇게 빨리 뛰어?
"관찰한 것을 쓰는 것이 습관이 되었죠. 그러다 보니, 상상력이 생겼나 봐요." (웃음)

(5) 내용이 들어갈 자리임을 나타낼 때 쓴다.

우리나라의 수도는 ( )이다.
다음 빈칸에 알맞은 조사를 쓰시오. 　민수가 할아버지( ) 꽃을 드렸다.

(6) 항목의 순서나 종류를 나타내는 숫자나 문자 등에 쓴다.

사람의 인격은 (1) 용모, (2) 언어, (3) 행동, (4) 덕성 등으로 표현된다.
(가) 동해, (나) 서해, (다) 남해

• 항목의 순서나 종류를 나타내는 숫자나 문자 등에는 소괄호 말고도 중괄호, 대괄호, 화살괄호, 낫표 등도 활용할 수 있다.

{1}, [2], <3>, ≪4≫, 「5」, 『6』

11. 중괄호({ })

(1) 같은 범주에 속하는 여러 요소를 세로로 묶어서 보일 때 쓴다.

주격 조사 { 이 가 }
국가의 성립 요소 { 영토 국민 주권 }

(2) 열거된 항목 중 어느 하나가 자유롭게 선택될 수 있음을 보일 때 쓴다.

아이들이 모두 학교{에, 로, 까지} 갔어요.
할머니가 해 주신 음식을 맛있게 먹{는/었/겠}다.

12. 대괄호([ ])

(1) 괄호 안에 또 괄호를 쓸 필요가 있을 때 바깥쪽의 괄호로 쓴다.

어린이날이 새로 제정되었을 당시에는 어린이들에게 경어를 쓰라고 하였다.[윤석중 전집(1988), 70쪽 참조]
이번 회의에는 두 명[이혜정(실장), 박철용(과장)]만 빼고 모두 참석했습니다.
이번 시험 기간[5. 13.(화)~5. 16.(금)]에는 도서관을 24시간 개방할 예정이오니 학생 여러분의 많은 이용을 바랍니다.

(2) 고유어에 대응하는 한자어를 함께 보일 때 쓴다. 한자어를 한글로 쓸 때도 동일.

나이[年歲]	할아버지[祖父], 큰아버지[伯父]
낱말[單語]	나이[연세], 낱말[단어]
손발[手足]	

· 고유어나 한자어에 대응하는 외래어나 외국어 표기임을 나타낼 때도 이 규정을 준용하여
대괄호를 쓴다.

낱말[word], 문장[sentence], 책[book], 독일[도이칠란트], 국제 연합[유엔]
자유 무역 협정[FTA] / 에프티에이(FTA)
국제 연합 교육 과학 문화 기구[UNESCO] / 유네스코(UNESCO)

국제 연합[United Nations] / 유엔(United Nations)

(3) 원문에 대한 이해를 돕기 위해 설명이나 논평 등을 덧붙일 때 쓴다.

그것[한글]은 이처럼 정보화 시대에 알맞은 과학적인 문자이다.

신경준의 ≪여암전서≫에 "삼각산은 산이 모두 돌 봉우리인데, 그 으뜸 봉우리를 구름 위에 솟아 있다고 백운(白雲)이라 하며 [이하 생략]"

그런 일은 결코 있을 수 없다.[원문에는 '업다'임.]

13. 겹낫표(『 』)와 겹화살괄호(≪ ≫)

책의 제목이나 신문 이름 등을 나타낼 때 쓴다.

우리나라 최초의 민간 신문은 1896년에 창간된 『독립신문』이다.

『훈민정음』은 1997년에 유네스코 세계 기록 유산으로 지정되었다.

≪한성순보≫는 우리나라 최초의 근대 신문이다.

윤동주의 유고 시집인 ≪하늘과 바람과 별과 시≫에는 31편의 시가 실려 있다.

・책의 제목이나 신문 이름만 쓸 때는 이들 부호를 쓰지 않아도 된다.

고전 소설: 구운몽, 홍길동전, 춘향전, 박씨부인전 등

[붙임] 겹낫표나 겹화살괄호 대신 큰따옴표를 쓸 수 있다.

우리나라 최초의 민간 신문은 1896년에 창간된 "독립신문"이다.

윤동주의 유고 시집인 "하늘과 바람과 별과 시"에는 31편의 시가 실려 있다.

14. 홑낫표(「 」)와 홑화살괄호(< >)

소제목, 그림이나 노래와 같은 예술 작품의 제목, 상호, 법률, 규정 등을 나타낼 때 쓴다.

「국어 기본법 시행령」은 「국어 기본법」에서 위임된 사항과 그 시행에 필요한 사항을 규정함을 목적으로 한다.

이 곡은 베르디가 작곡한 「축배의 노래」이다.

사무실 밖에 「해와 달」이라고 쓴 간판을 달았다.

<한강>은 사진집 ≪아름다운 땅≫에 실린 작품이다.

백남준은 2005년에 <엄마>라는 작품을 선보였다.

현행 <국어의 로마자 표기법>은 2000년에 고시된 것이다.

[붙임] 홑낫표나 홑화살괄호 대신 작은따옴표를 쓸 수 있다.

> 사무실 밖에 '해와 달'이라고 쓴 간판을 달았다.
> '한강'은 사진집 "아름다운 땅"에 실린 작품이다.

15. 줄표(─)

제목 다음에 표시하는 부제의 앞뒤에 쓴다.

> 이번 토론회의 제목은 '역사 바로잡기 ─ 근대의 설정 ─'이다.
> '환경 보호 ─ 숲 가꾸기 ─'라는 제목으로 글짓기를 했다.
> 올해의 권장 도서는 톨스토이의 『인생이란 무엇인가 ─ 삶의 길 ─』이다.

다만, 뒤에 오는 줄표는 생략할 수 있다.

> 이번 토론회의 제목은 '역사 바로잡기 ─ 근대의 설정'이다.
> '환경 보호 ─ 숲 가꾸기'라는 제목으로 글짓기를 했다.
> 김 교수는 '풍성한 언어생활 ─ 표준어와 방언'이라는 주제로 특강을 할 예정이다.

[붙임] 줄표의 앞뒤는 띄어 쓰는 것을 원칙으로 하되, 붙여 쓰는 것을 허용한다.

> 이번 토론회의 제목은 '역사 바로잡기─근대의 설정─'이다.

16. 붙임표(-)

(1) 차례대로 이어지는 내용을 하나로 묶어 열거할 때 각 어구 사이에 쓴다.

> 멀리뛰기는 도움닫기-도약-공중 자세-착지의 순서로 이루어진다.
> 김 과장은 기획-실무-홍보까지 직접 발로 뛰었다.
> 우리말 어순은 주어-목적어-서술어가 기본이고 영어 어순은 주어-서술어-목적어가 기본이다.
> 이 논문은 서론-본론-결론을 통일성 있게 잘 쓴 글이다.

(2) 두 개 이상의 어구가 밀접한 관련이 있음을 나타내고자 할 때 쓴다.

> 드디어 서울-북경의 항로가 열렸다.
> 원-달러 환율
> 남한-북한-일본 삼자 관계

17. 물결표(~)

기간이나 거리 또는 범위를 나타낼 때 쓴다.(물결표는 앞말과 뒷말에 붙여 쓴다.)

9월 15일~9월 25일
김정희(1786~1856)
서울~천안 정도는 출퇴근이 가능하다.
이번 시험의 범위는 3~78쪽입니다.

[붙임] 물결표 대신 붙임표를 쓸 수 있다.

9월 15일-9월 25일
김정희(1786-1856)
서울-천안 정도는 출퇴근이 가능하다.
이번 시험의 범위는 3-78쪽입니다.

18. 드러냄표(˙, ˚)와 밑줄(_)

문장 내용 중에서 주의가 미쳐야 할 곳이나 중요한 부분을 특별히 드러내 보일 때 쓴다.

한글의 본디 이름은 훈민정음이다.
중요한 것은 왜 사느냐가 아니라 어떻게 사느냐이다.
지금 필요한 것은 지식이 아니라 실천입니다.
다음 보기에서 명사가 아닌 것은?

[붙임] 드러냄표나 밑줄 대신 작은따옴표를 쓸 수 있다.

한글의 본디 이름은 '훈민정음'이다.
중요한 것은 '왜 사느냐'가 아니라 '어떻게 사느냐'이다.
지금 필요한 것은 '지식'이 아니라 '실천'입니다.
다음 보기에서 명사가 '아닌' 것은?

19. 숨김표(○, ×)

⑴ 금기어나 공공연히 쓰기 어려운 비속어임을 나타낼 때, 그 글자의 수효만큼 쓴다.

배운 사람 입에서 어찌 ○○○란 말이 나올 수 있느냐?
그 말을 듣는 순간 ×××란 말이 목구멍까지 치밀었다.

(2) 비밀을 유지해야 하거나 밝힐 수 없는 사항임을 나타낼 때 쓴다.

> 1차 시험 합격자는 김○영, 이○준, 박○순 등 모두 3명이다.
> 육군 ○○ 부대 ○○○ 명이 작전에 참가하였다.
> 그 모임의 참석자는 김×× 씨, 정×× 씨 등 5명이었다.

20. 빠짐표(□)

(1) 옛 비문이나 문헌 등에서 글자가 분명하지 않을 때 그 글자의 수효만큼 쓴다.

> 大師爲法主□□賴之大□薦

(2) 글자가 들어가야 할 자리를 나타낼 때 쓴다.

> 훈민정음의 초성 중에서 아음(牙音)은 □□□의 석 자다.

21. 줄임표(……)

(1) 할 말을 줄였을 때 쓴다.

> "어디 나하고 한번……." 하고 민수가 나섰다.

(2) 말이 없음을 나타낼 때 쓴다.

> "빨리 말해!"
> "……."

(3) 문장이나 글의 일부를 생략할 때 쓴다.

> '고유'라는 말은 문자 그대로 본디부터 있었다는 뜻은 아닙니다. …… 같은 역사적 환경에서 공동의 집단생활을 영위해 오는 동안 공동으로 발견된, 사물에 대한 공동의 사고방식을 우리는 한국의 고유 사상이라 부를 수 있다는 것입니다.

(4) 머뭇거림을 보일 때 쓴다.

> "우리는 모두…… 그러니까…… 예외 없이 눈물만…… 흘렸다."
> 저기…… 있잖아…… 나…… 너한테 할 말이 있어.

[붙임 1] 점은 가운데에 찍는 대신 아래쪽에 찍을 수도 있다.

> "어디 나하고 한번......" 하고 민수가 나섰다.
> 저기...... 있잖아...... 나...... 너한테 할 말이 있어.
> "실은...... 저 사람...... 우리 아저씨일지 몰라."

[붙임 2] 점은 여섯 점을 찍는 대신 세 점을 찍을 수도 있다.

> "어디 나하고 한번…." 하고 민수가 나섰다.
> "실은… 저 사람… 우리 아저씨일지 몰라."

[붙임 3] 줄임표는 앞말에 붙여 쓴다. 다만, (3)에서는 줄임표의 앞뒤를 띄어 쓴다.

문장 부호 일람표

부호	이름	용법
.	마침표	· 서술, 명령, 청유 등을 나타내는 문장의 끝에 쓴다. · 연월일을 표시하거나 특정한 의미가 있는 날을 나타낼 때 쓴다.
?	물음표	· 의문문이나 물음을 나타내는 어구의 끝에 쓴다. · 적절한 말을 쓰기 어렵거나 모르는 내용임을 나타낼 때 쓴다.
!	느낌표	· 감탄문이나 강한 느낌을 나타내는 어구의 끝에 쓴다.
,	쉼표	· 어구를 나열하거나 문장의 연결 관계를 나타낼 때 쓴다. · 문장에서 끊어 읽을 부분임을 나타낼 때 쓴다.
·	가운뎃점	· 둘 이상의 어구를 하나로 묶어서 나타낼 때 쓴다.
:	쌍점	· 표제나 주제에 대하여 구체적인 사례나 설명을 붙일 때 쓴다. · 시와 분, 장과 절 등을 구별할 때 쓴다.
/	빗금	· 대비되는 둘 이상의 어구를 묶어서 나타낼 때 쓴다.
" "	큰따옴표	· 대화를 표시하거나 직접 인용한 문장임을 나타낼 때 쓴다.
' '	작은 따옴표	· 인용문 속의 인용문이거나 마음속으로 한 말임을 나타낼 때 쓴다. · 문장 내용 중에서 특정한 부분을 특별히 드러내 보일 때 쓴다.
( )	소괄호	· 주석이나 보충적인 내용을 덧붙일 때 쓴다. · 항목의 순서나 종류를 나타낼 때 쓴다.
{ }	중괄호	· 같은 범주에 속하는 여러 요소들을 묶어서 보일 때 쓴다.
[ ]	대괄호	· 괄호 안에 또 괄호를 쓸 필요가 있을 때 바깥쪽의 괄호로 쓴다. · 원문에 대한 설명이나 논평 등을 덧붙일 때 쓴다.
『』	겹낫표	· 책의 제목이나 신문 이름 등을 나타낼 때 쓴다.
「」	홑낫표	· 소제목, 예술 작품의 제목, 상호, 법률 등을 나타낼 때 쓴다.
≪≫	겹화살괄호	· 책의 제목이나 신문 이름 등을 나타낼 때 쓴다.
< >	홑화살괄호	· 소제목, 예술 작품의 제목, 상호, 법률 등을 나타낼 때 쓴다.
—	줄표	· 제목 다음에 표시하는 부제를 나타낼 때 쓴다. · 문장 중간에 끼어든 어구임을 나타낼 때 쓴다.
-	붙임표	· 이어지거나 밀접한 관련이 있는 어구를 묶어서 나타낼 때 쓴다.
~	물결표	· 기간이나 거리 또는 범위를 나타낼 때 쓴다.
˙	드러냄표	· 문장 내용 중에서 특정한 부분을 특별히 드러내 보일 때 쓴다.
—	밑줄	· 문장 내용 중에서 특정한 부분을 특별히 드러내 보일 때 쓴다.
○,×	숨김표	· 금기어나 비속어 또는 비밀임을 나타낼 때 쓴다.
□	빠짐표	· 글자가 들어갈 자리임을 나타낼 때 쓴다.
……	줄임표	· 할 말을 줄이거나 말이 없음을 나타낼 때 쓴다.

표준어 규정

한국에서 표준어가 처음 정해진 시기는 일제강점기로서 조선어학회가 주도하였다. 그 이전만 하더라도 표준어가 없다 보니 지역 간의 의사소통이 쉽지 않은 상황이었다. 1912년 이극로가 평안북도 창성군의 어느 식당에서 아침밥을 먹을 때, 일행 중 한 사람이 식당 주인에게 고추장을 청하였는데, 주인이 '고추장'을 못 알아듣다가 일행들의 설명을 들은 이후에야 "옳소, 댕가지장 말씀이오"하더니 고추장을 내왔다고 한다. 이 일을 계기로 이극로가 국어 연구에 매진하게 되었다고 한다.

표준어 규정은 '한글맞춤법'과 더불어 1988년 1월 19일 문교부 고시 제88-2호로 고시되었고, 1년간의 홍보, 준비 기간을 거쳐 1989년 3월 1일부터 시행되었으며, 현행 표준어 규정은 문화체육관광부에서 최종 고시한 내용[문화체육관광부고시 제2017-13호]을 따른다.

전문은 1부와 2부로 구성되어 있는데, 제1부 표준어 사정 원칙 "표준어는 교양 있는 사람들이 두루 쓰는 현대 서울말로 정함을 원칙으로 한다",
제2부 표준 발음법 "표준발음법은 표준어의 실제 발음을 따르되, 국어의 전통성과 합리성을 고려하여 정함을 원칙으로 한다"고 규정하고 있다.
언어는 시대흐름을 반영하고 있듯이 늘 새로운 말이 생겨나고 시대에 맞지 않는 말은 사라지게 된다. 이런 시대 흐름을 반영하여 국립국어원에서는 변경되거나 추가된 표준어 내용을 계속 발표하고 있다.

표준어 규정의 변천

표준어 규정(1988) - 문교부 고시 제88-2호
표준어 규정 일부 개정안(2017) - 문화체육관광부 고시 제2017-13호

전문 목차

표준어 규정

제1부 표준어 사정 원칙

제1장 총칙

제1항 표준어는 교양 있는 사람들이 두루 쓰는 현대 서울말로 정함을 원칙으로 한다.

사회적 기준	표준어는 교양 있는 사람들이 쓰는 언어여야 한다.
시대적 기준	표준어는 현대의 언어여야 한다.
지역적 기준	표준어는 서울말이어야 한다.

제2항 외래어는 따로 사정한다.

제2장 발음 변화에 따른 표준어 규정

제1절 자음

제3항 다음 단어들은 거센소리를 가진 형태를 표준어로 삼는다.

표준어	비표준어	비고
끄나풀	끄나불	끄나풀로 폐지를 동여매었다.
나팔꽃	나발꽃	나팔꽃이 예쁘게 피었다.
녘	녁	동녘, 들녘, 새벽녘, 동틀 녘 황혼녘에 강을 바라보았다.
부엌	부억	부엌에서 식사준비를 하다.
살쾡이	삵괭이	살쾡이는 고양이 보다 크다.
칸	간	1. 칸막이, 빈칸, 방 한 칸 2. '초가삼간, 윗간'의 경우에는 '간'임
털어먹다	떨어먹다	재물을 다 없애다

제4항 다음 단어들은 거센소리로 나지 않는 형태를 표준어로 삼는다.

표준어	비표준어	비고
가을갈이	가을카리	들녘에서는 가을갈이가 한창이다.
거시기	거시키	그는 말문이 막히자 거시기 거시기를 연발했다.

분침	푼침	시계를 보니 <u>분침</u>이 정확히 열두시에 머물렀다.

제5항 어원에서 멀어진 형태로 굳어져서 널리 쓰이는 것은, 그것을 표준어로 삼는다.

표준어	비표준어	비고
강낭콩	강남콩	강낭콩의 덩굴이 처마까지 뻗어 올라갔다.
고샅	고샅	겉고샅, 속고샅 초가지붕의 <u>고샅</u>이 삭아 있었다.
사글세	삭월세	'월세'는 표준어임
울력성당	위력성당	떼를 지어서 으르고 협박하는 일 그는 조폭을 동원하여 <u>울력성당</u>으로 일을 해결하려고 했다.

다만, 어원적으로 원형에 더 가까운 형태가 아직 쓰이고 있는 경우에는, 그것을 표준어로 삼는다.

표준어	비표준어	비고
갈비	가리	-구이, -찜, 갈빗대
갓모	갈모	1. 사기 만드는 물레 밑 고리 2. '갈모'는 갓 위에 쓰는, 유지로 만든 우비
굴젓	구젓	생굴로 담근 젓
말곁	말겻	남이 말하는 옆에서 괜히 덩달아 끼어드는 말
물수란	물수랄	끓는 물에 달걀을 깨 넣어서 반쯤 익힌 음식
밀뜨리다	미뜨리다	갑자기 힘 있게 밀어 버리다
적이	저으기	적이나, 적이나하면
휴지	수지	쓸모없는 종이

▶ 어원을 잘못 혼동하기 쉬운 표현

바른 표현	틀린 표현	해설
갖은양념	가진양념	'갖은'은 '골고루 다 갖춘'이라는 뜻의 관형사
고집통이	고집퉁이	성질머리가 있는 사람을 뜻하는 '-퉁이'로 착각
골병	곯병	'곯다'에서 온 말로 착각
깍두기	깎두기	깎아서 만든다는 것으로 착각
노름	놀음	노름과 놀음은 완전히 다른 말이다.
돌부리	돌뿌리	'돌의 뿌리'라고 착각
등쌀	등살	등에 붙은 살로 착각
멀빤지	널판지	널따란 '판'으로 착각
며칠	몇일	'몇 년, 몇 월'과 같이 쓰는 말과 혼동

몹쓸	못쓸	'못쓰다'에서 온 말로 착각
무릅쓰다	무릎쓰다	'무릎'에서 온 말로 착각
반짇고리	반짓고리	'반짇고리'는 '바느질'과 '고리'가 합쳐진 말
십상	쉽상	'쉽다'와 연관이 있을 것으로 착각
안치다	앉히다	'밥 같은 것을 불에 올리다'는 뜻의 독립어
올곧다	옳곧다	'옳고 곧다'에서 온 말로 착각
우레	우뢰	'우레'는 순수한 우리말임
재떨이	재털이	재를 털어내는 것으로 착각
주근깨	죽은깨	'죽어 있는 깨'로 착각
창난	창란	'명란'과 같이 착각, '창난'은 명태의 창자임
통틀어	통털어	통을 털어내는 것으로 착각

제6항 다음 단어들은 의미를 구별함이 없이, 한 가지 형태만을 표준어로 삼는다.

표준어	비표준어	비고
돌	돐	생일, 주기
둘째	두째	'제2, 두 개째'의 뜻
셋째	세째	'제3, 세 개째'의 뜻
넷째	네째	'제4, 네 개째'의 뜻
빌리다	빌다	1. 빌려주다, 빌려 오다 2. '용서를 빌다'는 '빌다'임

다만, '둘째'는 십 단위 이상의 서수사에 쓰일 때에 '두째'로 한다.

표준어	비표준어	비고
열두째		그는 열두째로 합격자 명단에 올라 있었다. 열두 개째의 뜻은 '열둘째'로 씀
스물두째		스물두 개째의 뜻은 '스물둘째'로 씀

제7항 수컷을 이르는 접두사는 '수-'로 통일한다.

표준어	비표준어	비고
수고양이	숫고양이	고양이의 수컷
수꿩	수퀑/숫꿩	'장끼'도 표준어임
수기린	숫기린	
수나사	숫나사	수나사와 암나사의 아기가 잘 맞지 않는다.
수놈	숫놈	짐승의 수컷
수다람쥐	숫다람쥐	
수벌	숫벌/수펄	벌의 수컷

수범	숫범	범의 수컷
수사돈	숫사돈	사위 쪽의 사돈
수소	숫소	'황소'도 표준어임
수여우	숫여우	
수은행나무	숫은행나무	

다만 1. 다음 단어에서는 접두사 다음에서 나는 거센소리를 인정한다. 접두사 '암–'이 결합되는 경우에도 이에 준한다.(9가지)

표준어	비표준어	비고
수캉아지	숫강아지	수캉아지가 마당을 뛰어다니고 있다.
수캐	숫개	
수컷	숫것	암수의 구별 동물에서 새끼를 배지 아니하는 쪽
수키와	숫기와	두 암키와 사이를 엎어 잇는 기와
수탉	숫닭	
수탕나귀	숫당나귀	
수톨쩌귀	숫돌쩌귀	암톨쩌귀에 꽂는, 뾰족한 촉이 달린 돌쩌귀
수퇘지	숫돼지	
수평아리	숫병아리	

다만 2. 다음 단어의 접두사는 '숫–'으로 한다.

표준어	비표준어	비고
숫양	수양	
숫염소	수염소	숫염소가 풀을 뜯고 있다.
숫쥐	수쥐	

제2절 모음

제8항 양성 모음이 음성 모음으로 바뀌어 굳어진 다음 단어는 음성 모음 형태를 표준어로 삼는다.

표준어	비표준어	비 고
깡충깡충	깡총깡총	큰말은 '껑충껑충'임
–둥이	–동이	←童–이. 귀–, 막–, 외–, 쌍–, 검–, 바람–, 흰–
발가숭이	발가송이	센말은 '빨가숭이', 큰말은 '벌거숭이, 뻘거숭이'임 너는 발가숭이 임금님 이야기를 들어봤니?

보퉁이	보통이	물건을 보에 싸서 꾸려 놓은 것
봉죽	봉족	일을 꾸려 나가는 사람을 곁에서 거들어 도와줌
뻗정다리	뻗장다리	←奉足. -꾼, -들다
아서, 아서라	앗아, 앗아라	하지 말라고 금지하는 말
오뚝이	오똑이	부사도 '오뚝이'임 그는 오뚝이처럼 링에서 일어났다.
주추	주초	←柱礎. 주춧돌

다만, 어원 의식이 강하게 작용하는 다음 단어에서는 양성 모음 형태를 그대로 표준어로 삼는다.

표준어	비표준어	비고
부조(扶助)	부주	부조금, 부조술, 부좃돈
사돈(査頓)	사둔	밭사돈, 안사돈
삼촌(三寸)	삼춘	시삼촌, 외삼촌, 처삼촌

제9항 'ㅣ' 역행 동화 현상에 의한 발음은 원칙적으로 표준 발음으로 인정하지 아니하되, 다만 다음 단어들은 그러한 동화가 적용된 형태를 표준어로 삼는다.

표준어	비표준어	비고
-내기	-나기	서울내기, 시골내기, 신출내기, 풋내기
냄비	남비	냄비우동
동댕이치다	동당이치다	들어서 힘껏 내던진다.

[붙임 1] 다음 단어는 'ㅣ' 역행 동화가 일어나지 아니한 형태를 표준어로 삼는다.

표준어	비표준어	비고
아지랑이	아지랭이	아지랑이가 피어올랐다.
아기	애기	어린 젖먹이 아이
아비	애비	지아비
지팡이	지팽이	할아버지께 지팡이를 드렸다.

[붙임 2] 기술자에게는 '-장이', 그 외에는 '-쟁이'가 붙는 형태를 표준어로 삼는다.

표준어	비표준어	비고
미장이	미쟁이	그는 미장이를 평생 업으로 삼았다.
도배장이	도배쟁이	도배하는 일을 직업으로 가진 사람
유기장이	유기쟁이	키버들로 고리짝이나 키 따위를 만들어 파는 사람
난쟁이	난장이	난쟁이가 쏘아 올린 작은 공

멋쟁이	멋장이	그는 멋쟁이다.
점쟁이	점장이	점치는 일을 직업으로 하는 사람
무식쟁이	무식장이	무식한 사람을 낮잡아 이르는 말
소금쟁이	소금장이	소금쟁잇과의 곤충
욕심쟁이	욕심장이	욕심이 많은 사람을 낮잡아 이르는 말
담쟁이덩굴	담장이덩굴	포도과의 낙엽 활엽 덩굴나무
골목쟁이	골목장이	골목에서 좀 더 깊숙이 들어간 좁은 곳
발목쟁이	발목장이	'발'과 '발목'을 속되게 이르는 말 = 발모가지

▶ '-쟁이'가 특정 직업을 낮잡아 부르는 말로 쓰이던 때가 있어 이를 사전이 인정하고 있는데, '글쟁이[작가]'와 '환쟁이[화가]' 등이 그 예다.

제10항 다음 단어는 모음이 단순화한 형태를 표준어로 삼는다.

표준어	비표준어	비고
괴팍하다	괴퍅하다/ 괴팩하다	그는 성격이 괴팍한 사람이다.
-구먼	-구면	'-군'의 본말
미루나무	미류나무	←美柳-
미륵	미력	←彌勒. 미륵보살, 미륵불, 돌미륵
여느	여늬	그는 여느 날처럼 새벽에 집을 나섰다.
온달	왼달	만 한 달
으레	으례	그녀는 선생은 으레 가난하려니 하고 살아왔다.
케케묵다	켸켸묵다	할아버지는 케케묵은 생각을 가지고 계셨다.
허우대	허위대	민소는 허우대만 멀쩡했다.
허우적허우적	허위적허위적	허우적거리다

제11항 다음 단어에서는 모음의 발음 변화를 인정하여, 발음이 바뀌어 굳어진 형태를 표준어로 삼는다.

표준어	비표준어	비고
-구려	-구료	1. 감탄의 뜻 2. 권하는 태도로 시키는 뜻
깍쟁이	깍정이	1. 서울깍쟁이, 알깍쟁이, 찰깍쟁이 2. 도토리, 상수리 등의 받침은 '깍정이'임
나무라다	나무래다	엄마는 아이를 나무라며 눈물을 지었다.
미수	미시	미숫가루

바라다	바래다	'바램[所望]'은 비표준어임.(바람 – 표준어) 엄마는 자식의 성공을 바랐다.
상추	상치	상추쌈
시러베아들	실업의아들	실없는 사람을 낮잡아 이르는 말 그는 시러베아들이라는 말을 듣고 흥분해서 대들었다.
주책	주착	←主着. 주책망나니, 주책없다
지루하다	지리하다	←支離. 따분하고 싫증이 나다.
튀기	트기	1. 종이 다른 두 동물 사이에서 난 새끼 2. 혼혈인을 낮잡아 이르는 말
허드레	허드래	허드렛물, 허드렛일
호루라기	호루루기	아이들에게 호신용 호루라기를 나누어 주었다.

제12항 '웃–' 및 '윗–'은 명사 '위'에 맞추어 '윗–'으로 통일한다.

표준어	비표준어	비고
윗넓이	웃넓이	물체의 윗면의 넓이
윗눈썹	웃눈썹	윗눈시울에 있는 속눈썹
윗니	웃니	윗잇몸에 난 이 = 상치
윗당줄	웃당줄	망건당에 꿴 당줄
윗덧줄	웃덧줄	악보의 오선 위에 덧붙여 그 이상의 음높이를 나타내기 위하여 짧게 긋는 줄
윗도리	웃도리	허리의 윗부분. 위에 입는 옷. 지위가 높은 계급
윗동아리	웃동아리	준말은 '윗동'임
윗막이	웃막이	물건의 위쪽 머리를 막은 부분
윗머리	웃머리	정수리 위쪽 머리
윗목	웃목	어서 윗목에 앉으세요.
윗몸	웃몸	윗몸운동
윗바람	웃바람	1. 물의 상류 쪽에서 불어오는 바람 2. 연을 날릴 때 '서풍'을 이르는 말
윗배	웃배	가슴 아래 배꼽 위에 있는 부분의 배
윗벌	웃벌	한 벌로 된 옷에서 윗도리에 입는 옷
윗변	웃변	수학 용어
윗사랑	웃사랑	위채에 있는 사랑
윗세장	웃세장	지게나 걸채 따위 윗부분에 가로질러 박은 나무
윗수염	웃수염	윗입술의 가장자리 위로 난 수염
윗입술	웃입술	위쪽의 입술
윗잇몸	웃잇몸	위쪽의 잇몸
윗자리	웃자리	윗사람이 앉는 자리. 높은 지위나 순위

윗중방	웃중방	창문 위 또는 벽 위쪽 사이에 가로지르는 인방

다만 1. 된소리나 거센소리 앞에서는 '위-'로 한다.(아래 위 대립이 있는 단어 가운데 된소리
<ㅋㅌㅍㅊ>나 거센소리<ㄲㄸㅃㅉ>로 시작하는 말과 결합하여 발음 변화가 없는 경우에 해당)

표준어	비표준어	비고
위짝	웃짝	김장식이가 엿목판 위짝을 들어 아래짝 속을 들여다보았다.
위쪽	웃쪽	위가 되는 쪽
위채	웃채	여러 패로 된 집에서 위쪽에 있는 채
위층	웃층	그가 우리 집 위층으로 이사를 왔다.
위치마	웃치마	갈퀴의 앞초리 쪽으로 대나무를 가로 대고 철사나 끈 따위로 묶은 코
위턱	웃턱	위턱구름[上層雲]
위팔	웃팔	어깨에서 팔꿈치까지의 부분

다만 2. '아래, 위'의 대립이 없는 단어는 '웃-'으로 발음되는 형태를 표준어로 삼는다.

표준어	비표준어	비고
웃국	윗국	1. 간장이나 술 따위를 담가 익힌 뒤 맨 처음 떠낸 진한 국 2. 뜨물, 구정물, 빗물 따위의 받아 놓은 물에서 찌꺼기가 가라앉고 남은 윗부분의 물
웃기	윗기	떡, 포, 과일 따위를 괸 위에 모양을 내기 위하여 얹은 재료
웃돈	윗돈	그는 결국 웃돈을 얹어 주고 그 집을 샀다.
웃비	윗비	아직 우기는 있으나 좍좍 내리다가 그친 비 -걷다(좍좍 내리던 비가 그치며 잠시 날이 들다)
웃어른	윗어른	나이나 지위, 신분, 항렬 따위가 자기보다 높아 직접 또는 간접으로 모시는 어른
웃옷	윗옷	맨 겉에 입는 옷

제13항 한자 '구(句)'가 붙어서 이루어진 단어는 '귀'로 읽는 것을 인정하지 아니하고, '구'로
통일한다.

표준어	비표준어	비고
구법(句法)	귀법	『문학』 시문(詩文) 따위의 구절을 만들거나 배열하는 방법
구절(句節)	귀절	한 토막의 말이나 글
구점(句點)	귀점	구두점(句讀點), 머무름표(머무름標)
결구(結句)	결귀	문장, 편지 따위의 끝을 맺는 글귀

경구(警句)	경귀	진리나 삶에 대한 느낌이나 사상을 간결하고 날카롭게 표현한 말
경인구(警人句)	경인귀	사람을 놀라게 할 만큼 잘 지은 시구(詩句)
난구(難句)	난귀	이해하기 어려운 문장이나 구절
단구(短句)	단귀	자수(字數)가 적은 글귀
단명구(短命句)	단명귀	글쓴이의 목숨이 짧으리라는 징조가 드러나 보이는 글귀
대구(對句)	대귀	대구법(對句法)
문구(文句)	문귀	글의 구절
성구(成句)	성귀	성구어(成句語)
시구(詩句)	시귀	시의 구절
어구(語句)	어귀	말의 마디나 구절
연구(聯句)	연귀	한 사람이 각각 한 구씩을 지어 이를 합하여 만든 시
인용구(引用句)	인용귀	다른 글에서 끌어다 쓴 구절
절구(絕句)	절귀	한시(漢詩)의 근체시(近體詩) 형식의 하나

다만, 다음 단어는 '귀'로 발음되는 형태를 표준어로 삼는다.

표준어	비표준어	비고
귀글	구글	한시 따위에서 두 마디가 한 덩이씩 되게 지은 글
글귀	글구	글의 구나 절

제3절 준말

제14항 준말이 널리 쓰이고 본말이 잘 쓰이지 않는 경우에는, 준말만을 표준어로 삼는다.

표준어	비표준어	비고
귀찮다	귀치 않다	마음에 들지 아니하고 괴롭거나 성가시다
김	기음	어머니는 김을 매고 계시다.
똬리	또아리	뱀이 똬리를 틀고 나를 노려보았다.
무	무우	무강즙, 무말랭이, 무생채, 가랑무, 갓무, 총각무
미다	무이다	1. 털이 빠져 살이 드러나다 2. 찢어지다
뱀	배암	파충강 뱀과의 동물을 통틀어 이르는 말
뱀장어	배암-장어	뱀장어과의 민물고기
빔	비음	설빔, 생일빔
샘	새암	샘바르다, 샘바리
생쥐	새앙쥐	쥣과의 하나
솔개	소리개	수릿과의 새

온갖	온가지	이런저런 여러 가지의
장사치	장사아치	장사하는 사람을 낮잡아 이르는 말

제15항 준말이 쓰이고 있더라도, 본말이 널리 쓰이고 있으면 본말을 표준어로 삼는다.

표준어	비표준어	비고
경황없다	경없다	몹시 괴롭거나 바쁘거나 하여 다른 일을 생각할 겨를이나 흥미가 전혀 없다
궁상떨다	궁떨다	궁상이 드러나 보이도록 행동하다
귀이개	귀개	귀지를 파내는 기구
낌새	낌	어떤 일을 알아차릴 수 있는 눈치 또는 분위기
낙인찍다	낙하다/ 낙치다	벗어나기 어려운 부정적 평가를 내리다
내왕꾼	냉꾼	절에서 심부름하는 일반 사람
돗자리	돗	왕골이나 골풀의 줄기를 재료로 하여 만든 자리
뒤웅박	뒝박	박을 쪼개지 않고 꼭지에 구멍만 뚫어 속을 파낸 바가지
뒷물대야	뒷대야	사람의 국부나 항문을 씻을 때 쓰는 대야
마구잡이	막잡이	이것저것 생각하지 아니하고 닥치는 대로 마구 하는 짓
맵자하다	맵자다	모양이 제격에 어울리다
모이	모	닭이나 날짐승의 먹이
벽돌	벽	시멘트와 모래를 버무려 틀에 박아 건조한 네모진 건축 재료
부스럼	부럼	정월 보름에 쓰는 '부럼'은 표준어임
살얼음판	살판	얇게 언 얼음판
수두룩하다	수둑하다	매우 많고 흔하다
어음	엄	일정한 금액을 일정한 날짜와 장소에서 치를 것을 약속하거나 제삼자에게 그 지급을 위탁하는 유가 증권
일구다	일다	논밭을 만들기 위하여 땅을 파서 일으키다
죽살이	죽살	1. 생사(삶과 죽음을 아울러 이르는 말) 2. 죽고 사는 것을 다투는 정도의 고생
퇴박맞다	퇴맞다	마음에 들지 아니하여 거절당하거나 물리침을 받다
한통치다	통치다	나누지 아니하고 한곳에 합치다

[붙임] 다음과 같이 명사에 조사가 붙은 경우에도 이 원칙을 적용한다.

표준어	비표준어	비고
아래로	알로	

제16항 준말과 본말이 다 같이 널리 쓰이면서 준말의 효용이 뚜렷이 인정되는 것은, 두 가지

를 다 표준어로 삼는다.

표준어	표준어	비고
거짓부리	거짓불	작은말은 '가짓부리, 가짓불'임
노을	놀	저녁노을
막대기	막대	가늘고 기다란 물건의 토막
망태기	망태	물건을 담아 들거나 어깨에 메고 다닐 수 있게 만든 그릇
머무르다	머물다	모음 어미가 연결될 때에는 준말의 활용형을 인정하지 않음
서두르다	서둘다	일을 빨리 해치우려고 급하게 바삐 움직이다
서투르다	서툴다	그는 영업에는 영 서툴렀다. 그는 주방 일에는 서툴고, 매장 관리에는 익숙했다.
시누이	시뉘/시누	남편의 누나나 여동생
오누이	오뉘/오누	오라비와 누이를 아울러 이르는 말
외우다	외다	외우며, 외워 : 외며, 외어
이기죽거리다	이죽거리다	자꾸 밉살스럽게 지껄이며 짓궂게 빈정거리다
찌꺼기	찌끼	'찌꺽지'는 비표준어임

제4절 단수 표준어

제17항 비슷한 발음의 몇 형태가 쓰일 경우, 그 의미에 아무런 차이가 없고, 그중 하나가 더 널리 쓰이면, 그 한 형태만을 표준어로 삼는다.

표준어	비표준어	비고
거든그리다	거둥그리다	거든하게 거두어 싸다
구어박다	구워박다	사람이 한 군데에서만 지내다
귀고리	귀엣고리	귓불에 다는 장식품
귀띔	귀틤	상대편이 눈치로 알아차릴 수 있도록 미리 슬그머니 일깨워 줌
귀지	귀에지	귓구멍 속에 낀 때
까딱하면	까땍하면	조금이라도 실수하면 또는 자칫하면
꼭두각시	꼭둑각시	꼭두각시인형 놀이는 참 재미있다.
내색	나색	감정이 나타나는 얼굴빛
내숭스럽다	내흉스럽다	겉으로는 순해 보이나 속으로는 엉큼한 데가 있다
냠냠거리다	얌냠거리다	냠냠하다
냠냠이	얌냠이	어린아이의 말로, 먹고 싶은 음식을 이르는 말
너[四]	네	너 돈, 너 말, 너 발, 너 푼

넉[四]	너/네	넉 냥, 넉 되, 넉 섬, 넉 자
다다르다	다닫다	목적한 곳에 이르다
댑싸리	대싸리	명아줏과의 한해살이풀
더부룩하다	더뿌룩하다/ 듬뿌룩하다	1. 풀이나 나무 따위가 거칠게 수북하다 2. 소화가 잘 안되어 배 속이 거북하다
-던	-든	선택, 무관의 뜻을 나타내는 어미는 '-든'임
-던가	-든가	과거의 사실에 대한 물음을 나타내는 종결 어미
-던걸	-든걸	화자가 과거에 경험하여 알게 된 사실이 상대편이 이미 알 고 있는 바나 기대와는 다른 것임을 나타내는 종결 어미
-던고	-든고	과거 사실에 대한 물음을 나타내는 종결 어미
-던데	-든데	뒤 절에서 어떤 일을 설명하거나 묻거나 시키거나 제안 하기 위하여, 그와 상관있는 과거 사실을 회상하여 미리 말할 때에 쓰는 연결 어미
-던지	-든지	막연한 의문이 있는 채로 그것을 뒤 절의 사실과 관련시 키는 데 쓰는 연결 어미
-(으)려고	-(으)ㄹ려고/ -(으)ㄹ라고	그는 밥을 먹으려고 식당을 찾았다.
-(으)려야	-(으)ㄹ려야/ -(으)ㄹ래야	'-으려고 하여야'가 줄어든 말
망가뜨리다	망그뜨리다	부수거나 찌그러지게 하여 못 쓰게 만들다
멸치	며루치/메리치	멸칫과의 바닷물고기
반빗아치	반비아치	1. '반빗' 노릇을 하는 사람. 찬비(饌婢) 2. '반비'는 밥 짓는 일을 맡은 계집종
보습	보십/보섭	쟁기, 극젱이, 가래 따위 농기구의 술바닥에 끼우는, 넓 적한 삽 모양의 쇳조각
본새	뽄새	말하는 본새를 보니 됨됨이를 알 수 있을 것 같다.
봉숭아	봉숭화	'봉선화'도 표준어임
뺨따귀	뺨따귀/ 뺨따구니	'뺨'의 비속어임
빠개다[斫]	빠기다	두 조각으로 가르다
빠기다[誇]	빠개다	뽐내다
사자탈	사지탈	사자의 형상을 본떠 만들어 연희에서 쓰는 탈
상판대기	쌍판대기	'얼굴'을 속되게 이르는 말
서[三]	세/석	서 돈, 서 말, 서 발, 서 푼
석[三]	세	석 냥, 석 되, 석 섬, 석 자
설령(設令)	서령	가령해서 말하여
-습니다	-읍니다	먹습니다, 갔습니다, 없습니다, 있습니다, 좋습니다

시름시름	시늠시늠	병세가 더 심해지지도 않고 나아지지도 않으면서 오래 끄는 모양
씀벅씀벅	썸벅썸벅	1. 눈꺼풀을 움직이며 눈을 감았다 떴다 하는 모양 2. 눈이나 살 속이 찌르듯이 시근시근한 모양
아궁이	아궁지	방이나 솥 따위에 불을 때기 위하여 만든 구멍
아내	안해	혼인하여 남자의 짝이 된 여자
어중간	어지중간	구부러진 물건에서 오목하게 굽은 자리의 안쪽
오금팽이	오금탱이	오금처럼 오목하게 팬 곳을 낮잡아 이르는 말
오래오래	도래도래	시간이 지나는 기간이 매우 길게
-올시다	-올습니다	하십시오할 자리에 쓰여, 어떠한 사실을 평범하게 서술하는 종결 어미
옹골차다	공골차다	매우 옹골지다
우두커니	우두머니	작은말은 '오도카니'임
잠투정	잠투세/잠주정	어린아이가 잠을 자려고 할 때나 잠이 깨었을 때 떼를 쓰며 우는 짓
재봉틀	자봉틀	바느질을 하는 기계
짓무르다	짓물다	발이 짓무르다. 손이 짓무르다
짚북데기	짚북세기	짚이 아무렇게나 엉킨 북데기(= 짚북더기)
쪽	짝	편(便). 이쪽, 그쪽, 저쪽
천장(天障)	천정	천장에서 물이 샜다.
코맹맹이	코맹녕이	코가 막혀서 소리를 제대로 내지 못하는 상태. 또는 그런 사람
흉업다	흉합다	말이나 행동 따위가 불쾌할 정도로 흉하다

제5절 복수 표준어

제18항 다음 단어는 ㄱ을 원칙으로 하고, ㄴ도 허용한다.

ㄱ(원칙)	ㄴ(허용)	비고
네	예	
쇠-	소-	쇠가죽, 쇠고기, 쇠기름, 쇠머리, 쇠뼈
괴다	고이다	물이 괴다, 밑을 괴다
꾀다	꼬이다	물이 꾀다, 어린애를 꾀다, 벌레가 꾀다
쐬다	쏘이다	바람을 쐬다
죄다	조이다	나사를 죄다
쬐다	쪼이다	볕을 쬐다

제19항 어감의 차이를 나타내는 단어 또는 발음이 비슷한 단어들이 다 같이 널리 쓰이는 경우에는, 그 모두를 표준어로 삼는다.

표준어	표준어	비고
거슴츠레하다	게슴츠레하다	졸리거나 술에 취해서 눈이 흐리멍덩하며 거의 감길 듯하다
고까	꼬까	고까신, 고까옷
고린내	코린내	고약한 냄새
교기(驕氣)	갸기	교만한 태도 그녀는 갸기 가득한 표정으로 나를 보았다.
구린내	쿠린내	똥이나 방귀 냄새와 같이 고약한 냄새
꺼림하다	께름하다	마음에 걸려 언짢은 느낌이 있다
나부랭이	너부렁이	1. 종이나 헝겊 따위의 자질구레한 오라기 2. 어떤 부류의 사람이나 물건을 낮잡아 이르는 말

제3장 어휘 선택의 변화에 따른 표준어 규정

제1절 고어

제20항 사어(死語)가 되어 쓰이지 않게 된 단어는 고어로 처리하고, 현재 널리 사용되는 단어를 표준어로 삼는다.

표준어	비표준어	비고
난봉	봉	허랑방탕한 짓
낭떠러지	낭	깎아지른 듯한 언덕
설거지하다	설겆다	나는 설거지를 시작했다.
애달프다	애닲다	마음이 안타깝거나 쓰라리다.
오동나무	머귀나무	현삼과의 낙엽 활엽 교목
자두	오얏(고어)	나는 자두나무를 심었다.

제2절 한자어

제21항 고유어 계열의 단어가 널리 쓰이고 그에 대응되는 한자어 계열의 단어가 용도를 잃게 된 것은, 고유어 계열의 단어만을 표준어로 삼는다.

표준어	비표준어	비고
가루약	말약	어린이들은 가루약을 먹는다.
구들장	방돌	방고래 위에 깔아 방바닥을 만드는 얇고 넓은 돌
길품삯	보행삯	남이 갈 길을 대신 가 주고 받는 삯
까막눈	맹눈	글을 읽을 줄 모르는 무식한 사람의 눈
꼭지미역	총각미역	한줌 안에 들어올 만큼 모아서 잡아맨 미역
나뭇갓	시장갓	나무를 가꾸는 말림갓
늘다리	노닥다리	늙은이를 낮잡아 이르는 말
두껍닫이	두껍창	미닫이를 열 때, 문짝이 옆 벽에 들어가 보이지 않도록 만든 것
떡암죽	병암죽	말린 흰무리를 빻아 묽게 쑨 죽
마른갈이	건갈이	마른논에 물을 넣지 않고 논을 가는 일
마른빨래	건빨래	흙 묻은 옷을 말려서 비벼 깨끗하게 하는 일
메찰떡	반찰떡	찹쌀과 멥쌀을 섞어서 만든 시루떡
박달나무	배달나무	자작나뭇과의 낙엽 활엽 교목
밥소라	식소라	큰 놋그릇
사래논	사래답	묘지기나 마름이 수고의 대가로 부쳐 먹는 논
사래밭	사래전	묘지기나 마름이 수고의 대가로 부쳐 먹는 밭
삯말	삯마	삯을 주고 빌려 쓰는 말
성냥	화곽	마찰에 의하여 불을 일으키는 물건
솟을무늬	솟을문(~紋)	피륙 따위에 조금 도드라지게 놓은 무늬
외지다	벽지다	외따로 떨어져 있어 으슥하고 후미지다
움파	동파	베어 낸 줄기에서 다시 자라 나온 파
잎담배	잎초	썰지 아니하고 잎사귀 그대로 말린 담배
잔돈	잔전	단위가 작은 돈. 쓰고 남은 돈
조당수	조당죽	좁쌀을 물에 불린 다음 갈아서 묽게 쑨 음식
죽데기	피죽	통나무 표면에서 잘라 낸 조각(땔감으로 쓴다) '죽더기'도 비표준어임
지겟다리	목발	지게 동발의 양쪽 다리
짐꾼	부지군(負持-)	짐을 지어 나르는 사람
푼돈	분전/푼전	많지 아니한 몇 푼의 돈
흰말	백말/부루말	'백마'는 표준어임
흰죽	백죽	입쌀로 쑨 죽

제22항 고유어 계열의 단어가 생명력을 잃고 그에 대응되는 한자어 계열의 단어가 널리 쓰이면, 한자어 계열의 단어를 표준어로 삼는다.

표준어	비표준어	비고
개다리소반	개다리밥상	상다리 모양이 개의 다리처럼 휜 막치 소반
겸상	맞상	겸상(兼床)
고봉밥	높은밥	그릇 위로 수북하게 높이 담은 밥
단벌	홑벌	단(單)-벌
마방집	마바리집	말을 두고 삯짐 싣는 일을 업으로 하는 집
민망스럽다/ 면구스럽다	민주스럽다	낯을 들고 대하기에 부끄러운 데가 있다
방고래	구들고래	방 구들장 밑으로, 불길과 연기가 통해 나가는 길
부항단지	뜸단지	부항(附缸) 단지
산누에	멧누에	산누에나방과의 나방의 애벌레
산줄기	멧줄기/멧발	큰 산에서 길게 뻗어 나간 산의 줄기
수삼	무삼	말리지 아니한 인삼
심돋우개	불돋우개	등잔의 심지를 돋우는 쇠꼬챙이
양파	둥근파	양(洋) 파
어질병	어질머리	'어질병이 지랄병 된다.'는 속담은 무슨 뜻이니?
윤달	군달	윤(閏) 달
장력세다	장성세다	겁이 없고 마음이 굳세어 무서움을 타지 아니하다
총각무	알무/알타리무	밭에서 총각무를 뽑아 와.
칫솔	잇솔	이를 닦는 데 쓰는 솔
포수	총댕이	포수(砲手)

제3절 방언

제23항 방언이던 단어가 표준어보다 더 널리 쓰이게 된 것은, 그것을 표준어로 삼는다. 이 경우, 원래의 표준어는 그대로 표준어로 남겨 두는 것을 원칙으로 한다.

표준어	표준어	비고
멍게	우렁쉥이	남해에서는 멍게가 제철이다.
물방개	선두리	물방갯과의 곤충
애순	어린순	나무나 풀에 새로 나는 어린 싹

제24항 방언이던 단어가 널리 쓰이게 됨에 따라 표준어이던 단어가 안 쓰이게 된 것은, 방언이던 단어를 표준어로 삼는다.

표준어	비표준어	비고
귀밑머리	귓머리	이마 한가운데를 중심으로 좌우로 갈라 귀 뒤로 넘겨 땋은 머리
까뭉개다	까무느다	높은 데를 파서 깎아 내리다
막상	마기	어떤 일에 실지로 이르러
빈대떡	빈자떡	빈대떡에는 막걸리가 제격이다.
생인손	생안손	손가락 끝에 종기가 나서 곪는 병(준말=생손)
역겹다	역스럽다	역정이 나거나 속에 거슬리게 싫다
코주부	코보	코가 큰 사람을 놀림조로 이르는 말

제4절 단수 표준어

제25항 의미가 똑같은 형태가 몇 가지 있을 경우, 그중 어느 하나가 압도적으로 널리 쓰이면, 그 단어만을 표준어로 삼는다.

표준어	비표준어	비고
-게끔	-게시리	우리는 트럭이 지나가게끔 길가로 비켜섰다.
겸사겸사	겸지겸지/겸두겸두	한 번에 여러 가지 일을 하려고, 이 일도 하고 저 일도 할 겸 해서
고구마	참감자	고구마는 일본에서 온 말
고치다	낫우다	병을 -
골목쟁이	골목자기	골목에서 좀 더 깊숙이 들어간 좁은 곳
광주리	광우리	어머니는 광주리에 사과를 담아 집을 나서셨다.
괴통	호구	자루를 박는 부분
국물	멀국/말국	국, 찌개 따위의 음식에서 건더기를 제외한 물
군표	군용어음	전지(戰地)나 점령지에서 군대에 필요한 물품을 구입할 때 사용하는 긴급 통화(通貨)
길잡이	길앞잡이	'길라잡이'도 표준어임
까치발	까치다리	선반 따위를 받치는 물건
꼬창모	말뚝모	꼬챙이로 구멍을 뚫으면서 심는 모
나룻배	나루	'나루[津]'는 표준어임
납도리	민도리	모가 나게 만든 도리
농지거리	기롱지거리	다른 의미의 '기롱지거리'는 표준어임
다사스럽다	다사하다	간섭을 잘하다
다오	다구	이리 -

담배꽁초	담배꼬투리/ 담배꽁치/ 담배꽁추	피우다가 남은 작은 담배 도막
담배설대	대설대	담배통과 물부리 사이에 끼워 맞추는 가느다란 대
대장일	성냥일	수공업적인 방법으로 쇠를 달구어 연장 따위를 만드는 일
뒤져내다	뒤어내다	샅샅이 뒤져서 들춰내거나 찾아내다
뒤통수치다	뒤꼭지치다	그는 내 뒤통수치는 일을 저지른다.
등나무	등칡	콩과의 낙엽 덩굴성 식물
등때기	등떠리	'등'의 낮은말
등잔걸이	등경걸이	등잔을 걸어 놓는 기구
떡보	떡충이	떡을 매우 좋아하여 즐겨 먹는 사람을 놀림조로 이르는 말
똑딱단추	딸꼭단추	수단추와 암단추를 눌러 맞추어 채우는 단추
매만지다	우미다	잘 가다듬어 손질하다
먼발치	먼발치기	먼발치에서 그녀의 춤추는 모습을 바라보다.
며느리발톱	뒷발톱	새끼발톱 뒤에 덧달린 작은 발톱
명주붙이	주사니	명주실로 짠 피륙에 속하는 천
목메다	목맺히다	기쁨이나 설움 따위의 감정이 북받쳐 솟아올라 그 기운이 목에 엉기어 막히다
밀짚모자	보릿짚모자	밀짚이나 보릿짚으로 만들어 여름에 쓰는 모자
바가지	열바가지/열박	박을 두 쪽으로 쪼개거나 또는 나무나 플라스틱으로 그와 비슷하게 만들어 물을 푸거나 물건을 담는 데 쓰는 그릇
바람꼭지	바람고다리	튜브의 바람을 넣는 구멍에 붙은, 쇠로 만든 꼭지
반나절	나절가웃	한나절의 반
반두	독대	그물의 한 가지
버젓이	뉘연히	남의 시선을 의식하여 조심하거나 굽히는 데가 없이
본받다	법받다	본보기로 하여 그대로 따라 하다
부각	다시마자반	다시마 조각
부끄러워하다	부끄리다	부끄러운 태도를 나타내다
부스러기	부스럭지	잘게 부스러진 물건
부지깽이	부지팽이	아궁이 따위에 불을 땔 때에, 불을 헤치거나 끌어내거나 거두어 넣거나 하는 데 쓰는 가느스름한 막대기
부항단지	부항항아리	부스럼에서 피고름을 빨아내기 위하여 부항을 붙이는 데 쓰는, 자그마한 단지
붉으락푸르락	푸르락붉으락	몹시 흥분하여 얼굴이 붉게 또는 푸르게 변하는 모양
비켜덩이	옆사리미	김맬 때에 흙덩이를 옆으로 빼내는 일, 또는 그 흙덩이
빙충이	빙충맞이	작은말은 '뱅충이'

빠뜨리다	빠치다	'빠트리다'도 표준어임
뻣뻣하다	왜긋다	물체가 굳고 꿋꿋하다
뽐내다	느물다	의기가 양양하여 우쭐거리다
사로잠그다	사로채우다	자물쇠나 빗장 따위를 반 정도만 걸어 놓다
살풀이	살막이	타고난 살(煞)을 풀기 위하여 하는 굿
상투쟁이	상투꼬부랑이	상투 튼 이를 놀리는 말
새앙손이	생강손이	손가락 모양이 생강처럼 생긴 사람
샛별	새벽별	'금성'을 일상적으로 이르는 말
선머슴	풋머슴	차분하지 못하고 매우 거칠게 덜렁거리는 사내아이
섭섭하다	애운하다	서운하고 아쉽다
속말	속소리	국악 용어 '속소리'는 표준어임
손목시계	팔목시계/ 팔뚝시계	손목에 차는 작은 시계
손수레	손구루마	'구루마'는 일본어임
쇠고랑	고랑쇠	'수갑'을 속되게 이르는 말
수도꼭지	수도고동	수돗물을 나오게 하거나 막는 장치
숙성하다	숙지다	1. 나이에 비하여 지각이나 발육이 빠르다 2. 충분히 이루어지다 3. 효소나 미생물의 작용에 의하여 발효된 것이 잘 익다 4. 지나간 일을 돌이켜 보면서 깊이 반성하다
순대	골집	돼지의 창자 속에 고기붙이, 두부, 숙주나물, 파, 선지, 당면, 표고버섯 따위를 이겨서 양념을 하여 넣고 양쪽 끝을 동여매고 삶아 익힌 음식
술고래	술꾸러기/술부대/ 술보/술푸대	술을 아주 많이 마시는 사람을 비유적으로 이르는 말
식은땀	찬땀	1. 몸이 쇠약하여 덥지 아니하여도 병적으로 나는 땀 2. 몹시 긴장하거나 놀랐을 때 흐르는 땀
신기롭다	신기스럽다	'신기하다'도 표준어임
쌍동밤	쪽밤	한 껍데기에 두 쪽이 들어 있는 밤 쌍동밤을 까서 먹었다.
쏜살같이	쏜살로	쏜 화살과 같이 매우 빠르다. 형용사 쏜살같은 시간/쏜 살같은 급류
아주	영판	보통 정도보다 훨씬 더 넘어선 상태로
안걸이	안낚시	씨름 용어
안다미씌우다	안다미시키다	제가 담당할 책임을 남에게 넘기다
안쓰럽다	안-슬프다	1. 손아랫사람이나 약자에게 도움을 받거나 폐를 끼쳤을 때 마음에 미안하고 딱하다.

안쓰럽다	안-슬프다	2. 손아랫사람이나 약자의 딱한 형편이 마음이 아프고 가엽다.
안절부절못하다	안절부절하다	마음이 초조하고 불안하여 어찌할 바를 모르다
앉은뱅이저울	앉은저울	바닥에 놓은 채 받침판 위에 물건을 올려놓고 위쪽에 있는 저울대에서 저울추로 무게를 다는 저울
알사탕	구슬사탕	알처럼 작고 둥글둥글하게 생긴 사탕
암내	곁땀내	1. 암컷의 몸에서 나는 냄새 2. 체질적으로 겨드랑이에서 나는 고약한 냄새
앞지르다	따라먹다	남보다 빨리 가서 앞을 차지하거나 어떤 동작을 먼저 하다
애벌레	어린벌레	알에서 나온 후 아직 다 자라지 아니한 벌레
얕은꾀	물탄꾀	속이 들여다보이는 꾀
언뜻	펀뜻	지나는 결에 잠깐 나타나는 모양
언제나	노다지	모든 시간 범위에 걸쳐서. 또는 때에 따라 달라짐이 없이 항상
얼룩말	워라말	털빛이 얼룩얼룩한 말
열심히	열심으로	어떤 일에 온 정성을 다하여 골똘하게
입담	말담	말하는 솜씨나 힘
자배기	너벅지	둥글넓적하고 아가리가 넓게 벌어진 질그릇
전봇대	전선대	전선이나 통신선을 늘여 매기 위하여 세운 기둥
주책없다	주책이다	김 영감은 주책없이 말을 늘어놓았다.
쥐락펴락	펴락쥐락	남을 자기 손아귀에 넣고 마음대로 부리는 모양
–지만	–지만서도	←–지마는
짓고땡	지어땡/짓고땡이	화투 노름의 하나
짧은작	짜른작	길이가 짧은 화살
찹쌀	이찹쌀	찰벼를 찧은 쌀
청대콩	푸른콩	콩의 한 품종. 열매의 껍질과 속살이 다 푸르다
칡범	갈범	몸에 칡덩굴 같은 어룽어룽한 줄무늬가 있는 범

제5절 복수 표준어

제26항 한 가지 의미를 나타내는 형태 몇 가지가 널리 쓰이며 표준어 규정에 맞으면, 그 모두를 표준어로 삼는다.

복수 표준어	비고
가는허리/잔허리	잘록 들어간, 허리의 뒷부분
가락엿/가래엿	둥근 모양으로 길고 가늘게 뽑은 엿

가뭄/가물	가뭄/가물 때문에 농민들의 고생이 심하다
가없다/가엽다	가없어/가여워, 가없은/가여운
간질이다/간질이다	살갗을 문지르거나 건드려 간지럽게 하다
감감무소식/감감소식	소식이나 연락이 전혀 없는 상태
강냉이/옥수수	'옥수수'의 열매
개수통/설거지통	'설겆다'는 '설거지하다'로
개숫물/설거지물	음식 그릇을 씻을 때 쓰는 물
갱엿/검은엿	푹 고아 그대로 굳혀 만든, 검붉은 빛깔의 엿
-거리다/-대다	가물-, 출렁-
거무스레하다/거무스름하다	빛깔이 조금 검은 듯하다
거슴츠레하다/게슴츠레하다	졸리거나 술에 취해서 눈이 흐리멍덩하며 거의 감길 듯하다
거위배/횟배	회충으로 인한 배앓이
것/해	내 -, 네 -, 뉘 -
겉창/덧창	창문 겉에 덧달려 있는 문짝
게을러빠지다/게을러터지다	몹시 게으르다
고깃간/푸줏간	'고깃관, 푸줏관, 다림방'은 비표준어임
고린내/코린내/구린내/쿠린내	썩은 풀이나 썩은 달걀 따위에서 나는 냄새와 같이 고약한 냄새
곰곰/곰곰이	여러모로 깊이 생각하는 모양
관계없다/상관없다	서로 아무런 관련이 없다
교정보다/준보다	교정쇄와 원고를 대조하여 오자, 오식, 배열, 색 따위를 바로잡다
구들재/구재	방고래에 앉은 그을음과 재
귀퉁머리/귀퉁배기	'귀퉁이'의 비어임
극성떨다/극성부리다	몹시 드세거나 지나치게 적극적으로 행동하다
기세부리다/기세피우다	남에게 영향을 끼칠 기운이나 태도를 드러내 보이다
기승떨다/기승부리다	1. 억척스럽고 굳세어 좀처럼 굽히려고 하지 않다 2. 기운이나 힘 따위가 성해서 좀처럼 누그러들지 않다
기어이/기어코	어떠한 일이 있더라도 반드시
깃저고리/배내옷/배냇저고리	깃과 섶을 달지 않은, 갓난아이의 옷
까풀/꺼풀	여러 겹으로 된 껍질이나 껍데기의 층
까까중/중대가리	'까까중이'는 비표준어임
깨뜨리다/깨트리다	'깨다'를 강조하여 이르는 말
꼬까/때때/고까	-신, -옷
꼬리별/살별	혜성
꽃도미/붉돔	도밋과의 바닷물고기
꽃향기/꽃향내	꽃에서 나는 향내

꾀다/꼬이다	1. 벌레 따위가 한곳에 많이 모여들어 뒤끓다 2. 사람이 한곳에 많이 모이다 3. 그럴듯한 말이나 행동으로 남을 속이거나 부추겨서 자기 생각대로 끌다
나귀/당나귀	말과 비슷한데 몸은 작고 앞머리의 긴 털이 없으며 귀가 긴 말과의 포유류
나부랭이/너부렁이	1. 종이나 헝겊 따위의 자질구레한 오라기 2. 어떤 부류의 사람이나 물건을 낮잡아 이르는 말
나침반/나침판	항공, 항해 따위에 쓰는 지리적인 방향 지시 계기
날걸/세뿔	윷판의 끝에서 셋째 자리
남녘/남쪽	네 방위의 하나로 나침반의 에스(S) 극
남사스럽다/남우세스럽다	남에게 놀림과 비웃음을 받을 듯하다
내리글씨/세로글씨	글줄을 위에서 아래로 써 내려가는 글씨
넝쿨/덩굴	'덩쿨'은 비표준어임
녘/쪽	동-, 서-
눈대중/눈어림/눈짐작	눈으로 보아 어림잡아 헤아림
눈까풀/눈꺼풀	눈알을 덮는, 위아래로 움직이는 살갗
느리광이/느림보/늘보	느리거나 게으른 사람을 낮잡아 이르는 말
늦모/마냥모	제철보다 늦게 내는 모
다기지다/다기차다	1. 마음이 굳고 야무지다 2. 성격이 야무지고 당차다
다달이/매달	달마다
-다마다/-고말고	상대편의 물음에 대하여 긍정의 뜻을 강조하여 나타낼 때 쓰는 종결 어미
다박나룻/다박수염	다보록하게 난 짧은 수염
닭의장/닭장	닭을 가두어 두는 장
댓돌/툇돌	낙숫물이 떨어지는 곳 안쪽으로 돌려가며 놓은 돌
덧창/겉창	창문 겉에 덧달려 있는 문짝
독장치다/독판치다	1. 어떠한 판을 혼자서 휩쓸다. 2. 다른 사람은 무시하듯 혼자서 고래고래 떠들다
동녘/동쪽	네 방위의 하나. 해가 떠오르는 쪽이다
동자기둥/쪼구미	들보위에 세우는 짧은 기둥
돼지감자/뚱딴지	구구화과에 속한 여러해살이 풀
되우/된통/되게	아주, 몹시
두동무니/두동사니	윷놀이에서, 두 동이 한데 어울려 가는 말
뒷갈망/뒷감당	일의 뒤끝을 맡아서 처리함
뒷말/뒷소리	1. 일이 끝난 뒤에 뒷공론으로 하는 말 2. 뒤에서 응원하는 소리

들락거리다/들랑거리다	자꾸 들어왔다 나갔다 하다
들락날락/들랑날랑	자꾸 들어왔다 나갔다 하는 모양
등물/목물	상체를 굽혀 엎드린 채로 다른 사람의 도움을 받아 허리에서부터 목까지 물로 씻는 일
딴전/딴청	어떤 일을 하는데 그 일과는 전혀 관계없는 일이나 행동
땅콩/호콩	콩과의 한해살이풀
땔감/땔거리	불을 때는 데 쓰는 재료
-뜨리다/-트리다	깨-, 떨어-, 쏟-
뜬것/뜬귀신	떠돌아다니는 못된 귀신
마룻줄/용총줄	돛대에 매어 놓은 줄. '이어줄'은 비표준어임
마파람/앞바람	'남풍'을 이르는 옛 은어
만장판/만장중(滿場中)	1. 회장에 가득 모임. 자리를 채움으로 순화 2. 회장에 가득 모인 사람들
만큼/만치	앞의 내용에 상당한 수량이나 정도임을 나타내는 말
말동무/말벗	더불어 이야기할 만한 친구
매갈이/매조미	벼를 매통에 갈아서 왕겨만 벗기고 속겨는 벗기지 아니한 쌀을 만드는 일
매통/목매	곡물의 껍질을 벗기는 농기구
먹새/먹음새	'먹음먹이'는 비표준어임
멀찌감치/멀찌가니/멀찍-이	사이가 꽤 떨어지게
멱통/산멱/산멱통	살아있는 동물의 목구멍
면치레/외면치레	체면이 서도록 일부러 어떤 행동을 함. 또는 그 행동
모내다/모심다	모내기, 모심기
모쪼록/아무쪼록	될 수 있는 대로
목판되/모되	네모가 반듯하게 된 되
목화씨/면화씨	목화의 씨
무심결/무심중	아무런 생각이 없어 스스로 깨닫지 못하는 사이
물봉숭아/물봉선화	봉선화과의 한해살이풀
물부리/빨부리	1. 담배를 끼워서 빠는 물건 2. 입에 물고 빨도록 종이만 말아 놓은 담배의 한쪽 끝부분
물심부름/물시중	세숫물이나 숭늉 따위를 떠다 줌
물타작/진타작	베어 말릴 사이 없이 물벼 그대로 이삭을 떨어서 낟알을 거둠. 또는 그 타작 방법
민둥산/벌거숭이산	나무가 없는 산
밑층/아래층	여러 층으로 된 것의 아래에 있는 층
바깥벽/밭벽	건물 바깥쪽을 둘러싸고 있는 벽

바른/오른[右]	–손, –쪽, –편
발모가지/발목쟁이	'발목'의 비속어임
버들강아지/버들개지	버드나무의 꽃
벌레/버러지	'벌거지, 벌러지'는 비표준어임
변덕스럽다/변덕맞다	이랬다저랬다 하는, 변하기 쉬운 태도나 성질이 있다
보조개/볼우물	말하거나 웃을 때에 두 볼에 움푹 들어가는 자국
보통내기/여간내기/예사내기	'행내기'는 비표준어임
복사뼈/복숭아뼈	발목 부근에 안팎으로 둥글게 나온 뼈
볼따구니/볼퉁이/볼때기	'볼'의 비속어임
부서트리다/부서뜨리다	단단한 물체를 깨어서 여러 조각이 나게 하다
부스럭거리다/부스럭대다	마른 잎이나 검불, 종이 따위를 밟거나 건드리는 소리가 자꾸 나다
부침개질/부침질/지짐질	'부치개질'은 비표준어임
불똥앉다/등화지다/등화앉다	심지 끝에 등화가 생기다.
불사르다/사르다	불에 태워 없애다
비발/비용(費用)	어떤 일을 하는데 드는 돈
뾰두라지/뾰루지	뾰족하게 부어오른 작은 부스럼
살쾡이/삵	삵피
삽살개/삽사리	개 품종의 하나. 털이 복슬복슬 많이 나 있다
상두꾼/상여꾼	'상도꾼, 향도꾼'은 비표준어임
상씨름/소걸이	씨름판에서 결승을 다투는 씨름
생/새앙/생강	생강과의 여러해살이풀
생뿔/새앙뿔/생강뿔	'쇠뿔'의 형용
생철/양철	1. '서양철'은 비표준어임 2. '生鐵'은 '무쇠'임
서럽다/섧다	'설다'는 비표준어임
서방질/화냥질	자기 남편이 아닌 남자와 정을 통하는 일을 낮잡아 이르는 말
성글다/성기다	1. 물건의 사이가 뜨다 2. 반복되는 횟수나 도수가 뜨다
세간/세간살이	집안 살림에 쓰는 온갖 물건
–(으)세요/–(으)셔요	
소고기/쇠고기	소의 고기
송이/송이버섯	송이과의 버섯
수수깡/수숫대	수수의 줄기
술안주/안주	술을 마실 때에 곁들여 먹는 음식
–스레하다/–스름하다	거무–, 발그–

시늉말/흉내말	소리나 모양, 동작 따위를 흉내 내는 말
시새/세사(細沙)	가늘고 고운 모래
신/신발	땅을 딛고 서거나 걸을 때 발에 신는 물건
신주보/독보(⊠褓)	예전에 신주를 모셔 두는 나무 궤를 덮던 보
심술꾸러기/심술쟁이	심술이 매우 많은 사람을 귀엽게 이르는 말
쌍까풀/쌍꺼풀	겹으로 된 눈꺼풀, 또는 그런 눈
쐬다/쏘이다	얼굴이나 몸에 바람이나 연기, 햇빛 따위를 직접 받다
씁쓰레하다/씁쓰름하다	조금 씁쓸한 듯하다
아귀세다/아귀차다	1. 마음이 굳세어 남에게 잘 꺾이지 아니하다 2. 남을 휘어잡는 힘이나 수완이 있다
아래위/위아래	아래와 위를 아울러 이르는 말
아무튼/어떻든/어쨌든/하여튼/여하튼	의견이나 일의 성질, 형편, 상태 따위가 어떻게 되어 있든
앉음새/앉음앉음	자리에 앉아 있는 모양새
알은척/알은체	어떤 일에 관심을 가지는 듯한 태도를 보임
애갈이/애벌갈이	논이나 밭을 첫 번째 가는 일
애꾸눈이/외눈박이	'외대박이, 외눈퉁이'는 비표준어임
애순/어린순	나무나 풀의 새로 돋아나는 어린싹
양념감/양념거리	양념으로 쓰는 재료
어금버금하다/어금지금하다	1. 서로 엇비슷하여 정도나 수준에 큰 차이가 없다 2. 사이가 어그러지고 버그러진 데가 있다
어기여차/어여차	여럿이 힘을 합할 때 일제히 내는 소리
어림잡다/어림치다	대강 짐작으로 헤아려 보다
어이없다/어처구니없다	일이 너무 뜻밖이어서 기가 막히는 듯하다
어저께/어제	오늘의 바로 하루 전날
언덕바지/언덕배기	언덕의 꼭대기. 또는 언덕의 몹시 비탈진 곳
얼렁뚱땅/엄벙뗑	어떤 상황을 얼김에 슬쩍 넘기는 모양
여왕벌/장수벌	알을 낳는 능력이 있는 암벌
여쭈다/여쭙다	웃어른에게 말씀을 올리다
여태/입때	'여직'은 비표준어임
여태껏/이제껏/입때껏	'여직껏'은 비표준어임
역성들다/역성하다	'편역들다'는 비표준어임
연달다/잇달다	1. 움직이는 물체가 다른 물체의 뒤를 이어 따르다 2. 어떤 사건이나 행동 따위가 이어 발생하다
엿가락/엿가래	가래엿의 낱개
엿기름/엿길금	보리에 물을 부어 싹이 트게 한 다음에 말린 것
엿반대기/엿자박	둥글넓적하게 반대기처럼 만든 엿
오사리잡놈/오색잡놈	'오합잡놈'은 비표준어임

옥수수/강냉이	-떡, -묵, -밥, -튀김
왕골기직/왕골자리	왕골을 굵게 쪼개어 만든 자리
외겹실/외올실/홑실	'홑겹실, 올실'은 비표준어임
외손잡이/한손잡이	두 손 가운데 어느 한쪽 손만 능하게 쓰는 사람
욕심꾸러기/욕심쟁이	욕심이 많은 사람을 낮잡아 이르는 말
우레/천둥	우렛소리/천둥소리
우지/울보	걸핏하면 우는 아이
을러대다/을러메다	위협적인 언동으로 을러서 남을 억누르다
의심스럽다/의심쩍다	확실히 알 수 없어서 믿지 못할 만한 데가 있다
-이에요/-이어요	
이틀거리/당고금	학질의 하나
일일이/하나하나	일마다 모두. 하나씩 하나씩
일찌감치/일찌거니	조금 이르다고 할 정도로 얼른
입찬말/입찬소리	자기의 지위나 능력을 믿고 지나치게 장담하는 말
자리옷/잠옷	잠잘 때 입는 옷
자물쇠/자물통	여닫게 되어 있는 물건을 잠그는 장치
장가가다/장가들다	'서방가다'는 비표준어임
재롱떨다/재롱부리다	어린아이나 애완동물이 귀여운 짓을 하다
제가끔/제각기	저마다 따로따로
좀처럼/좀체	'좀체로, 좀해선, 좀해'는 비표준어임
줄꾼/줄잡이	1. 가래질을 할 때, 줄을 잡아당기는 사람 2. 줄모를 심을 때, 줄을 대 주는 일꾼
중신/중매	결혼이 이루어지도록 중간에서 소개하는 일
짚단/짚뭇	볏짚을 묶은 단
쪽/편	오른-, 왼-
차차/차츰	어떤 사물의 상태가 시간의 흐름에 따라 일정한 방향으로 조금씩 진행하는 모양
책씻이/책거리	책 한 권을 떼고 한턱내는 일
척/체	모르는 -, 잘난 -
천연덕스럽다/천연스럽다	1. 생긴 그대로 조금도 거짓이나 꾸밈이 없고 자연스러운 느낌이 있다 2. 시치미를 뚝 떼어 겉으로는 아무렇지 않은 체하는 태도가 있다
철따구니/철딱서니/철딱지	'철때기'는 비표준어임
추어올리다/추어주다	'추켜올리다'는 비표준어임
축가다/축나다	1. 일정한 수나 양에서 모자람이 생기다 2. 몸이나 얼굴 따위에서 살이 빠지다
침놓다/침주다	병을 다스리려고 침을 몸의 혈에 찌르다

토담/흙담	흙으로 쌓아 만든 담
통꼭지/통젖	통에 붙은 손잡이
파자쟁이/해자쟁이	한자의 자획을 나누거나 합하여 길흉을 점치는 사람
편지투/편지틀	편지에서 쓰는 글투
품새/품세	태권도에서 공격과 방어의 기본 기술을 연결한 연속 동작
한턱내다/한턱하다	남에게 푸짐하게 한번 음식을 대접하다
해웃값/해웃돈	'해우차'는 비표준어임
헛갈리다/헷갈리다	정신이 혼란스럽게 되다
혼자되다/홀로되다	부부 가운데 한쪽이 죽어 홀로 남다
흠가다/흠나다/흠지다	흠이 생기다

제6절 2011년에 새로 추가된 표준어 목록

1. 현재 표준어와 같은 뜻으로 추가로 표준어로 인정한 것(11개)

추가된 표준어	현재 표준어	비고
간지럽히다	간질이다	살갗을 문지르거나 건드려 간지럽게 하다
남사스럽다	남우세스럽다	남에게 놀림과 비웃음을 받을 듯하다
등물	목물	상체를 굽혀 엎드린 채로 다른 사람의 도움을 받아 허리에서부터 목까지 물로 씻는 일
맨날	만날	매일같이 계속하여서
못자리	묏자리	볍씨를 뿌리어 모를 기르는 곳
복숭아뼈	복사뼈	발목 부근에 안팎으로 둥글게 나온 뼈
세간살이	세간	집안 살림에 쓰는 온갖 물건
쌉싸름하다	쌉싸래하다	조금 쓴 맛이 있는 듯하다
토란대	고운대	토란의 줄기
허접쓰레기	허섭스레기	좋은 것이 빠지고 난 뒤에 남은 허름한 물건
흙담	토담	흙으로 쌓아 만든 담

2. 현재 표준어와 별도의 표준어로 추가로 인정한 것(25개)

추가된 표준어	현재 표준어	비고
-길래	-기에	'기에'의 구어적 표현 원인, 근거를 나타내는 연결 어미
개발새발	괴발개발	개의 발과 새의 발 고양이 발과 개의 발
나래	날개	'날개'의 문학적 표현으로 부드러운 어감 날아다니는데 쓰는 기관

내음	냄새	향기롭거나 나쁘지 않은 기운 온갖 기운. 특이한 성질이나 낌새
눈초리	눈꼬리	눈의 귀 쪽으로 째진 부분 바라볼 때 눈에 나타나는 표정
떨구다	떨어뜨리다	시선을 아래로 향하다.
뜨락	뜰	추상적 공간을 비유하는 뜻 집 안의 빈터
먹거리	먹을거리	먹는 음식을 통틀어 이름 먹을 수 있거나 먹을 만한 음식
메꾸다	메우다	시간을 적당히 또는 그럭저럭 보내다 부족하거나 모자라는 것을 채우다
손주	손자	손자와 손녀를 아울러 이르는 말 아들의 아들. 또는 딸의 아들
어리숙하다	어수룩하다	어리석음의 뜻이 강하다. 순박함/순진함의 뜻이 강하다
연신	연방	반복성을 강조한다. 연속성을 강조한다.
횡하니	휭허케	곧장 빠르게 가는 모양 '휭하니'의 예스러운 표현
걸리적거리다	거치적거리다	자음 또는 모음의 차이로 인한 어감 및 뜻 차이 존재
끄적거리다	끄적거리다	〃
두리뭉실하다	두루뭉술하다	〃
맨숭맨숭/맹숭맹숭	맨송맨송	〃
바동바동	바동바동	〃
새초롬하다	새치름하다	〃
아웅다웅	아옹다옹	〃
오손도손	오순도순	〃
찌뿌둥하다	찌뿌듯하다	〃
추근거리다	치근거리다	〃

3. 두 가지 표기를 모두 표준어로 인정한 것(3개)

추가된 표준어	현재 표준어	비고
택견	태껸	우리나라 고유의 전통 무예 가운데 하나
품새	품세	태권도에서, 공격과 방어의 기본 기술을 연결한 연속 동작
짜장면	자장면	중국요리의 하나

부록 2014년에 새로 추가된 표준어 목록

1. 현재 표준어와 같은 뜻으로 추가로 표준어로 인정한 것(5개)

추가된 표준어	현재 표준어	비고
구안와사	구안괘사	얼굴 신경 마비 증상
굽신	굽실	굽신거리다, 굽신대다, 굽신굽신(하다)
눈두덩이	눈두덩	눈언저리의 두두룩한 곳
삐지다	삐치다	성나거나 못마땅해서 마음이 토라지다
초장초	작장초	괭이밥과의 여러해살이풀

2. 현재의 표준어와 어감이 차이가 나 별도의 표준어로 인정한 것(8개)

추가된 표준어	현재 표준어	비고(뜻 차이)
개기다	개개다	지시를 따르지 않고 버티거나 반항하다 성가시게 달라붙어 손해를 끼치다
꼬시다	꾀다	'꾀다'의 속된 표현 속이거나 부추겨서 자기 생각대로 끌다
놀잇감	장난감	놀이 또는 교육에 활용되는 물건이나 재료 아이들이 가지고 노는 여러 가지 물건
딴지	딴죽	일에 훼방을 놓거나 어기대는 것 동의나 약속한 일에 대해 딴전을 부림
사그라들다	사그라지다	삭아서 없어져 가다 삭아서 없어지다
섬찟	섬뜩	소름이 끼치도록 무시무시하고 끔찍한 느낌 소름이 끼치도록 무섭고 끔찍한 느낌
속앓이	속병	속이 아픈 병/속으로 걱정하거나 괴로워 함 몸속의 병/위장병/화가 나거나 속이 상함
허접하다	허접스럽다	허름하고 잡스럽다 허름하고 잡스러운 느낌이 있다

▶ '섬찟'이 표준어로 인정됨에 따라, '섬찟하다, 섬찟섬찟, 섬찟섬찟하다' 등도 표준어로 함께 인정됨

부록 2016년에 새로 추가된 표준어 목록

1. 현재 표준어와 같은 뜻으로 추가로 표준어로 인정한 것(4개)

추가된 표준어	현재 표준어	비고
마실	마을	이웃에 놀러 다니는 일 여러 집이 모여 사는 곳
이쁘다	예쁘다	이쁘장스럽다, 이쁘장스레, 이쁘장하다, 이쁘디이쁘다, 모두 표준어로 인정함
눈두덩이	눈두덩	눈언저리의 두둑한 곳
찰지다	차지다	사전에서 '차지다'의 원말로 풀이함
-고 프다	-고 싶다	사전에서 '-고 싶다'가 줄어든 말로 표현함

2. 현재의 표준어와 어감이 차이가 나 별도의 표준어로 인정한 것(5개)

추가된 표준어	현재 표준어	비고(뜻 차이)
꼬리연	가오리연	긴 꼬리를 단 연 가오리 모양으로 만들어 꼬리를 길게 단 연
의론	의논	어떤 사안에 대하여 각자의 의견을 제기함 어떤 일에 대하여 서로 의견을 주고받음
이크	이키	'이키'보다 큰 느낌 '이끼'보다 큰 느낌
잎새	잎사귀	나무의 잎사귀. 주로 문학적 표현에 쓰인다. 낱낱의 잎. 주로 넓적한 잎을 이른다.
푸르르다	푸르다	'푸르다'를 강조할 때 이르는 말 맑은 가을 하늘이나 깊은 바다, 풀의 빛깔과 같이 밝고 선명하다.

부록 2017년에 새로 추가된 표준어 목록

1. 현재 표준어와 같은 뜻으로 추가로 표준어로 인정한 것(4개)

추가된 표준어	현재 표준어	비고
실뭉치	실몽당이	실을 한데 뭉치거나 감은 덩이 실을 풀기 좋게 공 모양으로 감은 뭉치
걸판지다	거방지다	매우 푸짐하다 몸집이 크다. 하는 짓이 점잖고 무게가 있다.
까탈스럽다	까다롭다	성격, 취향 따위가 원만하지 않다. 조건 따위가 복잡하거나 엄격하여 다루기에 순탄하지 않다.
겉울음	건울음	마음에도 없이 겉으로만 우는 울음 건성울음

2. 현재의 표준어와 어감이 차이가 나 별도의 표준어로 인정한 것(2개)

추가된 표준어	현재 표준어	비고(뜻 차이)
주책이다	주책없다	일정하게 자리 잡힌 주장이나 판단력이 있다. 줏대가 없이 이랬다저랬다 하여 몹시 실없다.
엘랑	에는	'-에는'과 같은 뜻 격조사 '에'에 보조사 '는'이 결합한 말

제2부 표준 발음법

제1장 총칙

제1항 표준 발음법은 표준어의 실제 발음을 따르되, 국어의 전통성과 합리성을 고려하여 정함을 원칙으로 한다.

제2장 자음과 모음

제2항 표준어의 자음은 다음 19개로 한다.

자음 (19)	ㄱ ㄲ ㄴ ㄷ ㄸ ㄹ ㅁ ㅂ ㅃ ㅅ ㅆ ㅇ ㅈ ㅉ ㅊ ㅋ ㅌ ㅍ ㅎ

▶ 자음체계

조음방법		조음위치	양순음 (입술)	치조음 (잇몸)	경구개음 (센입천장)	연구개음 (여린입천장)	후두음 (목청)
안울림소리	파열음	예사소리	ㅂ	ㄷ		ㄱ	
		된소리	ㅃ	ㄸ		ㄲ	
		거센소리	ㅍ	ㅌ		ㅋ	
	파찰음	예사소리			ㅈ		
		된소리			ㅉ		
		거센소리			ㅊ		
	마찰음	예사소리	ㅅ				ㅎ
		된소리	ㅆ				
울림소리	비음		ㄴ			ㅇ	
	유음		ㄹ				

제3항 표준어의 모음은 다음 21개로 한다.

모음 (21)	ㅏ ㅐ ㅑ ㅒ ㅓ ㅔ ㅕ ㅖ ㅗ ㅘ ㅙ ㅚ ㅛ ㅜ ㅝ ㅞ ㅟ ㅠ ㅡ ㅢ ㅣ

제4항 'ㅏ ㅐ ㅓ ㅔ ㅗ ㅚ ㅜ ㅟ ㅡ ㅣ'는 단모음(單母音)으로 발음한다.

[붙임] 'ㅚ, ㅟ'는 이중 모음으로 발음할 수 있다.

▶ 모음체계(단모음)

혀의 높이 \ 혀의 앞뒤 입술모양	전설모음		후설모음	
	평순모음	원순모음	평순모음	원순모음
고모음	ㅣ	ㅟ	ㅡ	ㅜ
중모음	ㅔ	ㅚ	ㅓ	ㅗ
저모음	ㅐ		ㅏ	

제5항 'ㅑ ㅒ ㅕ ㅖ ㅘ ㅙ ㅛ ㅝ ㅞ ㅠ ㅢ'는 이중 모음으로 발음한다.

반모음 j(y)로 시작하는 모음	ㅑ ㅕ ㅑ ㅛ ㅒ ㅖ ㅛ
반모음 w(ㅗ/ㅜ)로 시작하는 모음	ㅘ ㅙ ㅚ ㅝ ㅞ ㅟ
단모음 'ㅡ' 반모음 j(y)로 종결	ㅢ

• 'ㅢ'는 이중모음으로서의 지위가 불안정한 모음이다. 따라서 단음으로 발음하는 것을 인정한다.(다만 3, 4 참조)

다만 1. 용언의 활용형에 나타나는 '져, 쪄, 쳐'는 [저, 쩌, 처]로 발음한다.

가지어→가져[가저]	다치어→다쳐[다처]
찌이어→쪄[쩌]	돋치어→돋쳐[돋처]
굳히어→굳혀[구처]	잊히어→잊혀[이처]
붙이어→붙여[부처]	

다만 2. '예, 례' 이외의 'ㅖ'는 [ㅔ]로도 발음한다.

계집[계:집/게:집]	메별[메별/메별](袂別)
계시다[계:시다/게:시다]	개폐[개폐/개페](開閉)
시계[시계/시게](時計)	혜택[혜:택/헤:택](惠澤)
연계[연계/연게](連繫)	지혜[지혜/지헤](智慧)
통계[통:계/통:게]	은혜[은혜/은헤]
계산[계:산/게:산]	밀폐[밀폐/밀페]
폐단[폐:단/페:단]	혜성[혜:성/헤:성]

다만 3. 자음을 첫소리로 가지고 있는 음절의 'ㅢ'는 [ㅣ]로 발음한다.

늴리리	닁큼	무늬	띄어쓰기
씌어	틔어	희어	희망

다만 4. 단어의 첫음절 이외의 '의'는 [ㅣ]로, 조사 '의'는 [ㅔ]로 발음함도 허용한다.

주의[주의/주이]	우리의[우리의/우리에]
협의[혀븨/혀비]	강의의[강:의의/강:이에]
의의[의:의/의:이]	문의[무:늬/무:니]

제3장 음의 길이

제6항 모음의 장단을 구별하여 발음하되, 단어의 첫음절에서만 긴소리가 나타나는 것을 원칙으로 한다.

(1)	눈보라[눈:보라], 많다[만:타], 말씨[말:씨], 멀리[멀:리], 밤나무[밤:나무], 벌리다[벌:리다]
(2)	첫눈[천눈], 수많이[수:마니], 참말[참말], 눈멀다[눈멀다], 쌍동밤[쌍동밤], 떠벌리다[떠벌리다]

• 소리의 길이에 따라 뜻의 차이가 나는 말

짧은 소리	긴 소리	짧은 소리	긴 소리
밤(夜)	밤:(栗)	눈(眼)	눈:(雪)
발(足)	발:(簾)	벌(罰)	벌:(蜂)
굴(생굴)	굴:(窟)	거리(길거리)	거:리(距離)
솔(松)	솔:(솔로 털다)	무력(無力)	무:력(武力)
말다(券)	말:다(중지하다)	업다(負)	없:다(無)
말(馬)	말:(言)	묻다(埋)	묻:다(問)

다만, 합성어의 경우에는 둘째 음절 이하에서도 분명한 긴소리를 인정한다.

반신반의[반:신바:늬/반:신바:니]	재삼재사[재:삼재:사]

[붙임] 용언의 단음절 어간에 어미 '-아/-어'가 결합되어 한 음절로 축약되는 경우에도 긴소리로 발음한다.

보아→봐[봐:]	기어→겨[겨:]	되어→돼[돼:]
두어→둬[둬:]	하여→해[해:]	

다만, '오아→와, 지어→져, 찌어→쩌, 치어→쳐' 등은 긴소리로 발음하지 않는다.

제7항 긴소리를 가진 음절이라도, 다음과 같은 경우에는 짧게 발음한다.
1. 단음절인 용언 어간에 모음으로 시작된 어미가 결합되는 경우

감다[감ː따] — 감으니[가므니]	신다[신ː따] — 신어[시너]
밟다[밥ː따] — 밟으면[발브면]	알다[알ː다] — 알아[아라]
넘다[넘ː따] - 넘으면[너므면]	안다[안ː따] – 안아[아나]

다만, 다음과 같은 경우에는 예외적이다.

끌다[끌ː다] — 끌어[끄ː러]	썰다[썰ː다] — 썰어[써ː러]
떫다[떨ː따] — 떫은[떨ː븐]	없다[업ː따] — 없으니[업ː쓰니]
벌다[벌ː다] — 벌어[버ː러]	

2. 용언 어간에 피동, 사동의 접미사가 결합되는 경우

감다[감ː따] — 감기다[감기다]	밟다[밥ː따] — 밟히다[발피다]
꼬다[꼬ː다] — 꼬이다[꼬이다]	

다만, 다음과 같은 경우에는 예외적이다.

끌리다[끌ː리다]	벌리다[벌ː리다]
없애다[업ː쌔다]	웃기다[욷ː끼다]

[붙임] 다음과 같은 복합어에서는 본디의 길이에 관계없이 짧게 발음한다.

밀–물	썰–물
쏜–살–같이	작은–아버지

4장 받침의 발음

제8항 받침소리로는 'ㄱ, ㄴ, ㄷ, ㄹ, ㅁ, ㅂ, ㅇ'의 7개 자음만 발음한다.

제9항 받침 'ㄲ, ㅋ', 'ㅅ, ㅆ, ㅈ, ㅊ, ㅌ', 'ㅍ'은 어말 또는 자음 앞에서 각각 대표음 [ㄱ, ㄷ, ㅂ]으로 발음한다.

ㄲ, ㅋ → ㄱ	닦다[닥따], 키읔[키윽], 키읔과[키윽꽈]
ㅅ, ㅆ, ㅈ, ㅊ, ㅌ → ㄷ	옷[옫], 웃다[욷ː따], 있다[읻따], 젖[젇], 빚다[빋따], 꽃[꼳], 쫓다[쫃따], 솥[솓], 뱉다[밷ː따]
ㅍ → ㅂ	앞[압], 덮다[덥따]

제10항 겹받침 'ㄳ', 'ㄵ', 'ㄼ, ㄽ, ㄾ', 'ㅄ'은 어말 또는 자음 앞에서 각각 [ㄱ, ㄴ, ㄹ, ㅂ]으로 발음한다.(앞소리가 나는 겹받침)

ㄳ → ㄱ	넋[넉], 넋과[넉꽈]
ㄵ → ㄴ	앉다[안따]
ㄼ, ㄳ, ㄾ → ㄹ	여덟[여덜], 넓다[널따], 외곬[외골], 핥다[할따]
ㅄ → ㅂ	값[갑], 없다[업따]

다만, '밟-'은 자음 앞에서 [밥]으로 발음하고, '넓-'은 다음과 같은 경우에 [넙]으로 발음한다.(예외)

밟 → 밥	밟다[밥따], 밟소[밥쏘], 밟지[밥찌], 밟는[밥:는→밤:는], 밟게[밥께], 밟고[밥:꼬]
넓 → 넙	넓적하다[넙쩌카다], 넓죽하다[넙쭈카다], 넓둥글다[넙뚱글다]

제11항 겹받침 'ㄺ, ㄻ, ㄿ'은 어말 또는 자음 앞에서 각각 [ㄱ, ㅁ, ㅂ]으로 발음한다. (뒷소리가 나는 겹받침)

ㄺ → ㄱ	닭[닥], 흙과[흑꽈], 맑다[막따], 맑지[막찌], 맑습니다[막씀니다], 늙다[늑따], 늙지[늑찌], 늙습니다[늑씀니다], 읽다[익다]
ㄻ → ㅁ	삶[삼:], 젊다[점:따]
ㄿ → ㅂ	읊고[읍꼬], 읊다[읍따]

다만, 용언의 어간 말음 'ㄺ'은 'ㄱ' 앞에서 [ㄹ]로 발음한다.(예외)

맑게[말께]	얽게[얼게]	묽게[물께]	늙게[늘께]
맑고[말꼬]	얽고[얼꼬]	묽고[물꼬]	늙고[늘꼬]
맑거나[말꺼나]	얽거나[얼꺼나]	묽거나[물꺼나]	늙거나[늘꺼나]

제12항 받침 'ㅎ'의 발음은 다음과 같다.

1. 'ㅎ(ㄶ, ㅀ)' 뒤에 'ㄱ, ㄷ, ㅈ'이 결합되는 경우에는, 뒤 음절 첫소리와 합쳐서 [ㅋ, ㅌ, ㅊ]으로 발음한다.

ㅎ +ㄱ → ㅋ	놓고[노코], 많고[만:코]
ㅎ +ㄷ → ㅌ	좋던[조:턴], 않던[안턴]
ㅎ +ㅈ → ㅊ	쌓지[싸치], 닳지[달치]

[붙임 1] 받침 'ㄱ(ㄺ), ㄷ, ㅂ(ㄼ), ㅈ(ㄵ)'이 뒤 음절 첫소리 'ㅎ'과 결합되는 경우에도, 역시 두 음을 합쳐서 [ㅋ, ㅌ, ㅍ, ㅊ]으로 발음한다.

ㄱ, ㄺ +ㅎ → ㅋ	각하[가카], 먹히다[머키다], 밝히다[발키다]
ㄷ +ㅎ → ㅌ	맏형[마텽]

ㅂ, ㄼ + ㅎ → ㅍ	좁히다[조피다], 넓히다[널피다]
ㅈ, ㄵ + ㅎ → ㅊ	꽂히다[꼬치다], 앉히다[안치다]

[붙임 2] 규정에 따라 'ㄷ'으로 발음되는 'ㅅ, ㅈ, ㅊ, ㅌ'의 경우에도 이에 준한다.

옷 한 벌[오탄벌]	낮 한때[나탄때]
꽃 한 송이[꼬탄송이]	숱하다[수타다]
몇 할[며탈]	밥 한 사발[바판사발]
온갖 힘[온가팀]	국 한 대접[구칸대접]

2. 'ㅎ(ㄶ, ㅀ)' 뒤에 'ㅅ'이 결합되는 경우에는, 'ㅅ'을 [ㅆ]으로 발음한다.

닿소[다쏘]	많소[만쏘]
싫소[실쏘]	않소[안쏘]
끊습니다[끈씀니다]	끊사오니[끈싸오니]

3. 'ㅎ' 뒤에 'ㄴ'이 결합되는 경우에는, [ㄴ]으로 발음한다.

놓는[논는]	쌓네[싼네]

[붙임] 'ㄶ, ㅀ' 뒤에 'ㄴ'이 결합되는 경우에는, 'ㅎ'을 발음하지 않는다.(제20항 참조)

않네[안네]	않는[안는]
뚫네[뚤네→뚤레]	뚫는[뚤는→뚤른]

4. 'ㅎ(ㄶ, ㅀ)' 뒤에 모음으로 시작된 어미나 접미사가 결합되는 경우에는, 'ㅎ'을 발음하지 않는다.

낳은[나은]	놓아[노아]	쌓이다[싸이다]
많아[마나]	않은[아는]	닳아[다라]
싫어도[시러도]	옳은[오른]	싫을[실을]

제13항 홑받침이나 쌍받침이 모음으로 시작된 조사나 어미, 접미사와 결합되는 경우에는, 제 음가대로 뒤 음절 첫소리로 옮겨 발음한다.

깎아[까까]	옷이[오시]	있어[이써]
낮이[나지]	꽂아[꼬자]	꽃을[꼬츨]
쫓아[쪼차]	밭에[바테]	앞으로[아프로]
덮이다[더피다]		

제14항 겹받침이 모음으로 시작된 조사나 어미, 접미사와 결합되는 경우에는, 뒤엣것만을

뒤 음절 첫소리로 옮겨 발음한다.(이 경우, 'ㅅ'은 된소리로 발음함.)

넋이[넉씨]	앉아[안자]	닭을[달글]
젊어[절머]	곬이[골씨]	핥아[할타]
읊어[을퍼]	값을[갑쓸]	없어[업:써]

제15항 받침 뒤에 모음 'ㅏ, ㅓ, ㅗ, ㅜ, ㅟ'들로 시작되는 실질 형태소가 연결되는 경우에는, 대표음으로 바꾸어서 뒤 음절 첫소리로 옮겨 발음한다.

밭 아래[바다래]	늪 앞[느밥]	젖어미[저더미]
맛없다[마덥따]	겉옷[거돋]	헛웃음[허두슴]
꽃 위[꼬뒤]		

다만, '맛있다, 멋있다'는 [마싣따], [머싣따]로도 발음할 수 있다.

[붙임] 겹받침의 경우에는, 그중 하나만을 옮겨 발음한다.

넋 없다[너겁따]	닭 앞에[다가페]
값어치[가버치]	값있는[가빈는]

제16항 한글 자모의 이름은 그 받침소리를 연음하되, 'ㄷ, ㅈ, ㅊ, ㅋ, ㅌ, ㅍ, ㅎ'의 경우에는 특별히 다음과 같이 발음한다.

디귿이[디그시]	디귿을[디그슬]	디귿에[디그세]
지읒이[지으시]	지읒을[지으슬]	지읒에[지으세]
치읓이[치으시]	치읓을[치으슬]	치읓에[치으세]
키읔이[키으기]	키읔을[키으글]	키읔에[키으게]
티읕이[티으시]	티읕을[티으슬]	티읕에[티으세]
피읖이[피으비]	피읖을[피으블]	피읖에[피으베]
히읗이[히으시]	히읗을[히으슬]	히읗에[히으세]

제5장 음의 동화

제17항 받침 'ㄷ, ㅌ(ㄾ)'이 조사나 접미사의 모음 'ㅣ'와 결합되는 경우에는, [ㅈ, ㅊ]으로 바꾸어서 뒤 음절 첫소리로 옮겨 발음한다.

ㄷ + ㅣ → ㅈ	곧이듣다[고지듣따], 굳이[구지], 미닫이[미:다지], 땀받이[땀바지]
ㅌ, ㄾ + ㅣ → ㅊ	밭이[바치], 벼훑이[벼훌치]

190

[붙임] 'ㄷ' 뒤에 접미사 '히'가 결합되어 '티'를 이루는 것은 [치]로 발음한다.

굳히다[구치다]	닫히다[다치다]	묻히다[무치다]

제18항 받침 'ㄱ(ㄲ, ㅋ, ㄳ, ㄺ), ㄷ(ㅅ, ㅆ, ㅈ, ㅊ, ㅌ, ㅎ), ㅂ(ㅍ, ㄼ, ㄿ, ㅄ)'은 'ㄴ, ㅁ' 앞에서 [ㅇ, ㄴ, ㅁ]으로 발음한다.

ㄱ (ㄲ, ㅋ, ㄳ, ㄺ)	먹는[멍는], 국물[궁물], 깎는[깡는], 키읔만[키응만], 몫몫이[몽목씨], 긁는[긍는], 흙만[흥만], 속는[송는]
ㄷ (ㅅ, ㅆ, ㅈ, ㅊ, ㅌ, ㅎ)	닫는[단는], 짓는[진:는], 옷맵시[온맵씨], 있는[인는], 맞는[만는], 젖멍울[전멍울], 쫓는[쫀는], 놓는[논는], 꽃망울[꼰망울], 붙는[분는], 밭머리[반머리]
ㅂ (ㅍ, ㄼ, ㄿ, ㅄ)	잡는[잠는], 밥물[밤물], 앞마당[암마당], 밟는[밤:는], 읊는[음는], 없는[엄:는]

· 동화작용

역행동화	동화 주체가 뒤에 있으면서 앞자음을 바꾸는 현상	밥물→밤물
순행동화	동화 주체가 앞에 있으면서 뒷자음을 바꾸는 현상	종로→종노
상호동화	두 소리가 서로 영향을 끼쳐 제3의 소리로 바뀌는 현상	섭리→섬니

[붙임] 두 단어를 이어서 한 마디로 발음하는 경우에도 이와 같다.

책 넣는다[챙넌는다]	흙 말리다[흥말리다]	옷 맞추다[온맏추다]
밥 먹는다[밤멍는다]	값 매기다[감매기다]	

제19항 받침 'ㅁ, ㅇ' 뒤에 연결되는 'ㄹ'은 [ㄴ]으로 발음한다.(비음동화)

담력[담:녁]	침략[침:냑]	강릉[강능]
항로[항:노]	대통령[대:통녕]	능력[능:녁]
남루[남:누]	종로[종:노]	

[붙임] 받침 'ㄱ, ㅂ' 뒤에 연결되는 'ㄹ'도 [ㄴ]으로 발음한다.

막론[막논→망논]	석류[석뉴→성뉴]	협력[협녁→혐녁]
법리[법니→범니]	국력[국녁→궁녁]	압력[압녁→암녁]
급류[급뉴→금뉴]	섭리[섭니→섬니]	백로[백노→뱅노]

제20항 'ㄴ'은 'ㄹ'의 앞이나 뒤에서 [ㄹ]로 발음한다.

순행(ㄹ+ㄴ=ㄹㄹ)	칼날[칼랄], 물난리[물랄리], 줄넘기[줄럼끼], 핥는지[할른지]
역행(ㄴ+ㄹ=ㄹㄹ)	난로[날:로], 신라[실라], 광한루[광:할루], 대관령[대:괄령]

[붙임] 첫소리 'ㄴ'이 'ㅀ', 'ㄾ' 뒤에 연결되는 경우에도 이에 준한다.

닳는[달른]	뚫는[뚤른]	핥네[할레]

다만, 다음과 같은 단어들은 'ㄹ'을 [ㄴ]으로 발음한다.(유음화의 예외)

의견란[의ː견난]	임진란[임ː진난]	생산량[생산냥]
결단력[결딴녁]	공권력[공꿘녁]	동원령[동ː원녕]
상견례[상견녜]	횡단로[횡단노]	이원론[이ː원논]
입원료[이붠뇨]	구근류[구근뉴]	

제21항 위에서 지적한 이외의 자음 동화는 인정하지 않는다.

감기[감ː기](×[강ː기])	옷감[옫깜](×[옥깜])
있고[읻꼬](×[익꼬])	꽃길[꼳낄](×[꼭낄])
젖먹이[전머기](×[점머기])	문법[문뻡](×[뭄뻡])
꽃밭[꼳빧](×[꼽빧])	

제22항 다음과 같은 용언의 어미는 [어]로 발음함을 원칙으로 하되, [여]로 발음함도 허용한다.

되어[되어/되여]	피어[피어/피여]

[붙임] '이오, 아니오'도 이에 준하여 [이요, 아니요]로 발음함을 허용한다.

이오[이오/이요], [이여]도 허용함	아니오[아니오/아니요], [아니여]도 허용

제6장 경음화

제23항 받침 'ㄱ(ㄲ, ㅋ, ㄳ, ㄺ), ㄷ(ㅅ, ㅆ, ㅈ, ㅊ, ㅌ), ㅂ(ㅍ, ㄼ, ㄿ, ㅄ)' 뒤에 연결되는 'ㄱ, ㄷ, ㅂ, ㅅ, ㅈ'은 된소리로 발음한다.

ㄱ (ㄲ, ㅋ, ㄳ, ㄺ)	국밥[국빱], 깎다[깍따], 넋받이[넉빠지], 삯돈[삭똔], 닭장[닥짱], 칡범[칙뻠]
ㄷ (ㅅ, ㅆ, ㅈ, ㅊ, ㅌ)	뻗대다[뻗때다], 옷고름[옫꼬름], 있던[읻떤], 꽂고[꼳꼬], 꽃다발[꼳따발], 낯설다[낟썰다], 밭갈이[받까리], 솥전[솓쩐]
ㅂ (ㅍ, ㄼ, ㄿ, ㅄ)	곱돌[곱똘], 덮개[덥깨], 옆집[엽찝], 넓죽하다[넙쭈카다], 읊조리다[읍쪼리다], 값지다[갑찌다]

제24항 어간 받침 'ㄴ(ㄵ), ㅁ(ㄻ)' 뒤에 결합되는 어미의 첫소리 'ㄱ, ㄷ, ㅅ, ㅈ'은 된소리로 발음한다.

ㄴ (ㄵ)	신고[신ː꼬], 껴안다[껴안따], 앉고[안꼬], 얹다[언따]
ㅁ (ㄻ)	삼고[삼ː꼬], 더듬지[더듬찌], 닮고[담ː꼬], 젊지[점ː찌]

다만, 피동, 사동의 접미사 '-기-'는 된소리로 발음하지 않는다.

안기다	감기다	굶기다	옮기다

제25항 어간 받침 'ㄼ, ㄾ' 뒤에 결합되는 어미의 첫소리 'ㄱ, ㄷ, ㅅ, ㅈ'은 된소리로 발음한다.

넓게[널께]	핥다[할따]	훑소[홀쏘]	떫지[떨ː찌]

제26항 한자어에서, 'ㄹ' 받침 뒤에 연결되는 'ㄷ, ㅅ, ㅈ'은 된소리로 발음한다.

갈등[갈뜽]	발동[발똥]	절도[절또]	말살[말쌀]
불소[불쏘](弗素)	일시[일씨]	갈증[갈쯩]	물질[물찔]
발전[발쩐]	몰상식[몰쌍식]	불세출[불쎄출]	

다만, 같은 한자가 겹쳐진 단어의 경우에는 된소리로 발음하지 않는다.

허허실실[허허실실](虛虛實實)	절절-하다[절절하다](切切-)

제27항 관형사형 '-(으)ㄹ' 뒤에 연결되는 'ㄱ, ㄷ, ㅂ, ㅅ, ㅈ'은 된소리로 발음한다.

할 것을[할꺼슬]	갈 데가[갈떼가]	할 바를[할빠를]
할 수는[할쑤는]	할 적에[할쩌게]	갈 곳[갈꼳]
할 도리[할또리]	만날 사람[만날싸람]	

다만, 끊어서 말할 적에는 예사소리로 발음한다.

할걸[할껄]	할밖에[할빠께]	할세라[할쎄라]
할수록[할쑤록]	할지라도[할찌라도]	할지언정[할찌언정]
할진대[할찐대]		

[붙임] '-(으)ㄹ'로 시작되는 어미의 경우에도 이에 준한다.

제28항 표기상으로는 사이시옷이 없더라도, 관형격 기능을 지니는 사이시옷이 있어야 할 (휴지가 성립되는) 합성어의 경우에는, 뒤 단어의 첫소리 'ㄱ, ㄷ, ㅂ, ㅅ, ㅈ'을 된소리로 발음한다.

ㄱ	문-고리[문꼬리], 길-가[길까], 바람-결[바람껼], 강-가[강까]
ㄷ	눈-동자[눈똥자], 물-동이[물똥이], 그믐-달[그믐딸], 초승-달[초승딸]

ㅂ	신-바람[신빠람], 발-바닥[발빠닥], 아침-밥[아침빱], 등-불[등뿔]
ㅅ	산-새[산쌔], 굴-속[굴:쏙], 창-살[창쌀]
ㅈ	손-재주[손째주], 술-잔[술짠], 잠-자리[잠짜리], 강-줄기[강쭐기]

제7장 음의 첨가

제29항 합성어 및 파생어에서, 앞 단어나 접두사의 끝이 자음이고 뒤 단어나 접미사의 첫음절이 '이, 야, 여, 요, 유'인 경우에는, 'ㄴ' 음을 첨가하여 [니, 냐, 녀, 뇨, 뉴]로 발음한다.

이	솜-이불[솜:니불], 홑-이불[혼니불], 막-일[망닐], 삯-일[상닐], 맨-입[맨닙], 꽃-잎[꼰닙]
야	내복-약[내:봉냑]
여	한-여름[한녀름], 남존-여비[남존녀비], 신-여성[신녀성], 색-연필[생년필], 직행-열차[지캥녈차], 늑막-염[능망념], 콩-엿[콩녇]
요	담-요[담:뇨], 눈-요기[눈뇨기], 영업-용[영엄뇽]
유	식용-유[시굥뉴], 백분-율[백뿐뉼], 밤-윷[밤:뉻]

다만, 다음과 같은 말들은 'ㄴ' 음을 첨가하여 발음하되, 표기대로 발음할 수 있다.

이죽-이죽[이중니죽/이주기죽]	야금-야금[야금냐금/야그먀금]
검열[검:녈/거:멸]	욜랑-욜랑[욜랑뇰랑/욜랑욜랑]
금융[금늉/그뮹]	

[붙임 1] 'ㄹ' 받침 뒤에 첨가되는 'ㄴ' 음은 [ㄹ]로 발음한다.

들-일[들:릴]	솔-잎[솔립]	설-익다[설릭따]
물-약[물략]	불-여우[불려우]	서울-역[서울력]
물-엿[물렫]	휘발-유[휘발류]	유들-유들[유들류들]

[붙임 2] 두 단어를 이어서 한 마디로 발음하는 경우에도 이에 준한다.

한 일[한닐]	옷 입다[온닙따]	서른여섯[서른녀섣]
3 연대[삼년대]	먹은 엿[머근녇]	할 일[할릴]
잘 입다[잘립따]	스물여섯[스물려섣]	1 연대[일련대]
먹을 엿[머글렫]		

다만, 다음과 같은 단어에서는 'ㄴ(ㄹ)' 음을 첨가하여 발음하지 않는다.

| 6·25[유기오] | 3·1절[사밀쩔] | 송별-연[송:벼련] | 등-용문[등용문] |

제30항 사이시옷이 붙은 단어는 다음과 같이 발음한다.

1. 'ㄱ, ㄷ, ㅂ, ㅅ, ㅈ'으로 시작하는 단어 앞에 사이시옷이 올 때는 이들 자음만을 된소리로 발음하는 것을 원칙으로 하되, 사이시옷을 [ㄷ]으로 발음하는 것도 허용한다.

냇가[내ː까/낻ː까]	샛길[새ː낄/샏ː낄]	빨랫돌[빨래똘/빨랟똘]
콧등[코뜽/콛뜽]	깃발[기빨/긷빨]	대팻밥[대ː패빱/대ː팯빱]
햇살[해쌀/핻쌀]	뱃속[배쏙/밷쏙]	뱃전[배쩐/밷쩐]
고갯짓[고개찓/고갣찓]		

2. 사이시옷 뒤에 'ㄴ, ㅁ'이 결합되는 경우에는 [ㄴ]으로 발음한다.

콧날[콛날→콘날]	아랫니[아랟니→아랜니]
툇마루[퇻ː마루→퇸ː마루]	뱃머리[밷머리→밴머리]

3. 사이시옷 뒤에 '이' 음이 결합되는 경우에는 [ㄴㄴ]으로 발음한다.

베갯잇[베갣닏→베갠닏]	깻잎[깯닙→깬닙]
나뭇잎[나묻닙→나문닙]	도리깻열[도리깯녈→도리깬녈]
뒷윷[뒫ː늁→뒨ː늁]	

외래어 표기법

 이 법은 외국어 단어·인명·지명 등을 한글로 옮기는 데 적용되는 표기 규칙으로, 이에 대한
논의는 한글이 창제될 적부터 있어왔는데, 한자음의 혼란을 바로잡기 위해 1448년 간행된
《동국정운》은 일종의 외래어 표기법이라 할 수 있으며, 개화기에 유길준이 지은《서유견문》
이나,《고종실록》등에도 외래어의 한글표기에 대한 기록이 남아 있다고 한다.

 오늘날 '외래어 표기법'의 원류는 1933년 조선어학회에서 제시한 〈한글 마춤법 통일안〉이
다. 이 원칙의 제6장에 외래어 표기 원칙이 짤막하게 실렸으며, 골자는 '표음주의를 취하되
새로운 문자나 부호를 만들지 않는다'였다. 그리고 이를 바탕으로 1941년 〈외래어 표기법 통
일안〉이 출간되었다. 이후 1948년 〈들온말 적는 법〉, 1958년 〈로마자의 한글화 표기법〉 등의
개정을 거쳐, 1986년 문교부 고시 제85-11호〈외래어 표기법〉로 공포되었으며, 현재는 2017년
문화관광부에서 고시한 규정[문화체육관광부고시 제2017-14호]을 따른다.

 국립국어원은 매주 정기적으로 '외래어 심의 실무소위'를 개최하여 수~목요일경 새롭게 심
의 통과된 외래어를 공포하고 있다.

외래어 표기법의 변천

외래어 표기법 통일안(1940)
외래어 표기법 공포(1986) - 문교부 고시 제85-11호
외래어 표기법 일부 개정안 - 문화체육관광부 고시 제2014-43호
외래어 표기법 일부 개정안 - 문화체육관광부 고시 제2017-14호

전문 목차

외래어 표기법

제1장 표기의 기본 원칙

제1항 외래어는 국어의 현용 24 자모만으로 적는다.

· 장모음을 표기하기 위하여 자모 아닌 글자나 기호를 도입하거나 새로운 표기를 만들지 않는다. 다만, 24자모로 만들어진 형태인 'ㅐ, ㅔ, ㅝ, ㅞ'등은 사용이 가능하다.

원터치	웨이터	패션	테이프

제2항 외래어의 1 음운은 원칙적으로 1 기호로 적는다.

[v]소리는 항상 'ㅂ'으로 표기	빅토리아호, 글러브
[f]소리는 항상 'ㅍ'으로 표기	파이팅, 프라이팬, 판타지
[⊠]소리는 항상 '시'로 표기	플래시, 브러시, 스쿼시
[ㅈ, ㅊ, ㅉ]소리 다음은 항상 단모음으로 표기	비전, 레이저
[θ]소리는 항상 'ㅅ'으로만 표기	스리런, 생큐

제3항 받침에는 'ㄱ, ㄴ, ㄹ, ㅁ, ㅂ, ㅅ, ㅇ'만을 쓴다.

k, g, t = ㅅ	market 마켓, good morning 굿모닝, hot line 핫라인

제4항 파열음 표기에는 된소리(ㅃ, ㄸ, ㄲ)를 쓰지 않는 것을 원칙으로 한다.

cafe 카페	Paris 파리	conte 콩트
cognac 코냑	Mozart 모차르트	center 센터

제5항 이미 굳어진 외래어는 관용을 존중하되, 그 범위와 용례는 따로 정한다.

카메라	라디오	시보레	앙코르
이데올로기	뷔페	큐브	블라우스
라이트	리듬	뉴스	시스템
타입/타이프	레이다/레이더	로브스터/랍스타	컷/커트

틀리기 쉬운 외래어 표기

바른표기	틀린표기	바른표기	틀린표기	바른표기	틀린표기
가운	까운	부르주아	부르조아	잼	쨈
가스레인지	개스렌지	뷔페	부페	주니어	쥬니어
가톨릭	카톨릭	블라인드	브라인드	주스	쥬스
그래프	그라프	블록	블럭	초콜릿	초콜렛
글라스	그라스	비스킷	비스켓	칭기즈칸	징기스칸
글로브	글러브	비즈니스	비즈네스	카디건	가디건
깁스	기브스	비틀스	비틀즈	카바레	캬바레
나일론	나이론	사인	싸인	카세트	카셋트
난센스	넌센스	상파울루	상파울로	카탈로그	카다로그
내레이터	나레이터	새시	샷시	카펫	카페트
냅킨	내프킨	새미	세무	칼럼	컬럼
네트워크	네트웍	샌들	샌달	캐럴	캐롤
녹다운	넉다운	샐비어	사루비아	캐리커처	캐리커쳐
논스톱	넌스톱	선글라스	썬그라스	캐비닛	캐비넷
논픽션	넌픽션	세트	셋. 셋트	캐시밀론	카시미론
뉘앙스	뉴앙스	센터	센타	캐피털	캐피탈
달마티안	달마시안	센티미터	센치미터	캘린더	카렌다
더그아웃	덕아웃	셔터	샷다	커닝	컨닝
데이터	데이타	소나타	쏘나타	커버	카바
디렉터리	디렉토리	소시지	소세지	커튼	커텐
디스켓	디스켙	소파	쇼파	컨소시엄	콘소시엄
디지털	디지탈	수프	스프	컨테이너	콘테이너
딜레마	딜레머	슈퍼마켓	수퍼마켓	컬러	칼라
라벨	레벨	스위치	스윗치	컬렉션	콜렉션
라스베이거스	라스베가스	스케줄	스케쥴	케이크	케잌
라이선스	라이센스	스태프	스텝. 스탭	콘텐츠	컨텐츠
라이온스클럽	라이언스클럽	스테인리스	스텐리스	콤플렉스	컴플렉스
라이터	라이타	스트로	스트로우	클리닉	크리닉
랑데부	랑데뷰	스페셜	스페샬	탤런트	탈렌트
러닝셔츠	런닝셔츠	스포이트	스포이드	터미널	터미날
레이더	레이다	슬래브	슬라브	테이프	테잎
렌터카	렌트카	시추에이션	시츄에이션	템스강	템즈강
로봇	로보트	심벌	심볼	토털	토탈

199

로열	로얄	심포지엄	심포지움	티베트	티벳
루스벨트	루즈벨트	아마추어	아마튜어	파이팅	화이팅
룩셈부르크	룩셈부르그	아웃렛	아울렛	판다	팬더
리더십	리더쉽	아이섀도	아이섀도우	패널	판넬
리모컨	리모콘	아코디언	어코디언	팬터마임	판토마임
리포트	레포트	악센트	액센트	팸플릿	팜플렛
마네킹	마네킨	알레르기	알러지	페트병	펫트병
마니아	매니아	알코올	알콜	푸껫섬	푸켓섬
마사지	맛사지	앙케트	앙케이트	프라이팬	후라이팬
매머드	맘모스	앙코르	앵콜. 앙콜	프러포즈	프로포즈
메이크업	메이컵	애드리브	애드립	프런트	프론트
메커니즘	매커니즘	액세서리	악세사리	플라멩코	플라밍고
멜론	메론	앰뷸런스	앰블란스	플라스틱	프라스틱
모터	모타	어댑터	아답터	플라자	프라자
몽마르트르	몽마르뜨	엔도르핀	엔돌핀	플랑크톤	프랑크톤
밀크셰이크	밀크쉐이크	옐로	옐로우	플래시	후레쉬
바비큐	바베큐	오디세이	오딧세이	플래카드	플랑카드
배터리	밧데리	오리지널	오리지날	플루트	플룻
밸런타인데이	발렌타인데이	워크숍	워크샵	피에로	삐에로
버저	부자	윈드서핑	윈드써핑	하이라이트	하일라이트
보닛	본네트	인스턴트	인스탄트	할리우드	헐리우드
보디	바디	자이언트	자이안트	히스테리	히스터리
보부아르	보봐르	재킷	자켓		

제2장 표기 일람표

외래어는 표 1~19에 따라 표기한다.

표1   국제 음성 기호와 한글 대조표

자음			반모음		모음	
국제 음성 기호	한글		국제 음성 기호	한글	국제 음성 기호	한글
	모음 앞	자음 앞 또는 어말				
p	ㅍ	ㅂ, 프	j	이*	i	이
b	ㅂ	브	ɥ	위	y	위
t	ㅌ	ㅅ, 트	w	오, 우*	e	에
d	ㄷ	드			ø	외
k	ㅋ	ㄱ, 크			ɛ	에
g	ㄱ	그			ɛ̃	앵
f	ㅍ	프			œ	외
v	ㅂ	브			œ̃	욍
θ	ㅅ	스			æ	애
ð	ㄷ	드			a	아
s	ㅅ	스			ɑ	아
z	ㅈ	즈			ã	앙
ʃ	시	슈, 시			ʌ	어
ʒ	ㅈ	지			ɔ	오
ʦ	ㅊ	츠			ɔ̃	옹
ʣ	ㅈ	즈			o	오
ʧ	ㅊ	치			u	우
ʤ	ㅈ	지			ə**	어
m	ㅁ	ㅁ			ɚ	어
n	ㄴ	ㄴ				
ɲ	니*	뉴				
ŋ	ㅇ	ㅇ				
l	ㄹ, ㄹㄹ	ㄹ				
r	ㄹ	르				
h	ㅎ	흐				
ç	ㅎ	히				
x	ㅎ	흐				

* [j], [w]의 '이'와 '오, 우', 그리고 [ɲ]의 '니'는 모음과 결합할 때 제3장 표기 세칙에 따른다.
** 독일어의 경우에는 '에', 프랑스어의 경우에는 '으'로 적는다.

표 2　에스파냐어 자모와 한글 대조표

	자모	한글		보기
		모음 앞	자음 앞·어말	
자음	b	ㅂ	브	biz 비스, blandon 블란돈, braceo 브라세오
	c	ㅋ, ㅅ	ㄱ, 크	colcren 콜크렌, Cecilia 세실리아, coccion 콕시온, bistec 비스텍, dictado 딕타도
	ch	ㅊ	–	chicharra 치차라
	d	ㄷ	드	felicidad 펠리시다드
	f	ㅍ	프	fuga 푸가, fran 프란
	g	ㄱ, ㅎ	그	ganga 강가, geologia 헤올로히아, yungla 융글라
	h	–	–	hipo 이포, quehacer 케아세르
	j	ㅎ	–	jueves 후에베스, reloj 렐로
	k	ㅋ	크	kapok 카포크
	l	ㄹ, ㄹㄹ	ㄹ	lacrar 라크라르, Lulio 룰리오, ocal 오칼
	ll	이*	–	llama 야마, lluvia 유비아
	m	ㅁ	ㅁ	membrete 멤브레테
	n	ㄴ	ㄴ	noche 노체, flan 플란
	ñ	니*	–	ñoñez 뇨네스, mañana 마냐나
	p	ㅍ	ㅂ, 프	pepsina 펩시나, plantón 플란톤
	q	ㅋ	–	quisquilla 키스키야
	r	ㄹ	르	rascador 라스카도르
	s	ㅅ	스	sastreria 사스트레리아
	t	ㅌ	트	tetraetro 테트라에트로
	v	ㅂ	–	viudedad 비우데다드
	x	ㅅ, ㄱㅅ	ㄱ스	xenón 세논, laxante 락산테, yuxta 육스타
반모음	z	ㅅ	스	zagal 사갈, liquidez 리키데스
	w	오·우*	–	walkirias 왈키리아스
모음	y	이*	–	yungla 융글라
	a	아		braceo 브라세오
	e	에		reloj 렐로
	i	이		Lulio 룰리오
	o	오		ocal 오칼
	u	우		viudedad 비우데다드

*ll, y, ñ, w의 '이, 니, 오, 우'는 다른 모음과 결합할 때 합쳐서 1음절로 적는다.

표 3

이탈리아어 자모와 한글 대조표

자모	한글		보기
	모음 앞	자음 앞·어말	
b	ㅂ	브	Bologna 볼로냐, bravo 브라보
c	ㅋ, ㅊ	크	Como 코모, Sicilia 시칠리아, Boccaccio 보카치오, credo 크레도
ch	ㅋ	–	Pinocchio 피노키오, cherubino 케루비노
d	ㄷ	드	Dante 단테, drizza 드리차
f	ㅍ	프	Firenze 피렌체, freddo 프레도
g	ㄱ, ㅈ	그	Galileo 갈릴레오, Genova 제노바, gloria 글로리아
h	–	–	hanno 안노, oh 오
l	ㄹ, ㄹㄹ	ㄹ	Milano 밀라노, largo 라르고, palco 팔코
m	ㅁ	ㅁ	Macchiavelli 마키아벨리, mamma 맘마, Campanella 캄파넬라
n	ㄴ	ㄴ	Nero 네로, Anna 안나, divertimento 디베르티멘토
p	ㅍ	프	Pisa 피사, prima 프리마
q	ㅋ	–	quando 콴도, queto 퀘토
r	ㄹ	르	Roma 로마, Marconi 마르코니
s	ㅅ	스	Sorrento 소렌토, asma 아스마, sasso 사소
t	ㅌ	트	Torino 토리노, tranne 트란네
v	ㅂ	브	Vivace 비바체, manovra 마노브라
z	ㅊ	–	nozze 노체, mancanza 만칸차
a	아		abituro 아비투로, capra 카프라
e	에		erta 에르타, padrone 파드로네
i	이		infamia 인파미아, manica 마니카
o	오		oblio 오블리오, poetica 포에티카
u	우		uva 우바, spuma 스푸마

자음 (rows b~z), 모음 (rows a~u)

표 4   일본어의 가나와 한글 대조표

가나	한글	
	어두	어중·어말
アイウエオ	아이우에오	아이우에오
カキクケコ	가기구게고	카키쿠케코
サシスセソ	사시스세소	사시스세소
タチツテト	다지쓰데도	타치쓰테토
ナニヌネノ	나니누네노	나니누네노
ハヒフヘホ	하히후헤호	하히후헤호
マミムメモ	마미무메모	마미무메모
ヤイユエヨ	야이유에요	야이유에요
ラリルレロ	라리루레로	라리루레로
ワ(ヰ)ウ(ヱ)ヲ	와(이)우(에)오	와(이)우(에)오
ン		ㄴ
ガギグゲゴ	가기구게고	가기구게고
ザジズゼゾ	자지즈제조	자지즈제조
ダヂヅデド	다지즈데도	다지즈데도
バビブベボ	바비부베보	바비부베보
パピプペポ	파피푸페포	파피푸페포
キャキュキョ	갸규교	캬큐쿄
ギャギュギョ	갸규교	갸규교
シャシュショ	샤슈쇼	샤슈쇼
ジャジュジョ	자주조	자주조
チャチュチョ	자주조	차추초
ニャニュニョ	냐뉴뇨	냐뉴뇨
ヒャヒュヒョ	햐휴효	햐휴효
ビャビュビョ	뱌뷰뵤	뱌뷰뵤
ピャピュピョ	퍄퓨표	퍄퓨표
ミャミュミョ	먀뮤묘	먀뮤묘
リャリュリョ	랴류료	랴류료

표 5   중국어의 발음 부호와 한글 대조표

성모(聲母)

음의 분류	한어병음자모	주음부호	한글
중重순脣성聲	b	ㄅ	ㅂ
	p	ㄆ	ㅍ
	m	ㄇ	ㅁ
순치성	f	ㄈ	ㅍ
설舌첨尖성聲	d	ㄉ	ㄷ
	t	ㄊ	ㅌ
	n	ㄋ	ㄴ
	l	ㄌ	ㄹ
설舌근根성聲	g	ㄍ	ㄱ
	k	ㄎ	ㅋ
	h	ㄏ	ㅎ
설舌면面성聲	j	ㄐ	ㅈ
	q	ㄑ	ㅊ
	x	ㄒ	ㅅ
교翹설舌첨尖성聲	zh [zhi]	ㄓ	ㅈ [즈]
	ch [chi]	ㄔ	ㅊ [츠]

운모(韻母)

음의 분류	한어병음자모	주음부호	한글
단單운韻	a	ㄚ	아
	o	ㄛ	오
	e	ㄜ	어
	ê	ㄝ	에
	yi (i)	ㄧ	이
	wu (u)	ㄨ	우
	yu (u)	ㄩ	위
복複운韻	ai	ㄞ	아이
	ei	ㄟ	에이
	ao	ㄠ	아오
	ou	ㄡ	어우
부附성聲운韻	an	ㄢ	안
	en	ㄣ	언
	ang	ㄤ	앙
	eng	ㄥ	엉
권설운	er (r)	ㄦ	얼

음의 분류		한어병음자모	주음부호	한글
결합운모結合韻母	합구류合口類	yan (ian)	ㄧㄢ	옌
		yin (in)	ㄧㄣ	인
		yang (iang)	ㄧㄤ	양
		ying (ing)	ㄧㄥ	잉
		wa (ua)	ㄨㄚ	와
		wo (uo)	ㄨㄛ	워
		wai (uai)	ㄨㄞ	와이
		wei (ui)	ㄨㄟ	웨이 (우이)
		wan (uan)	ㄨㄢ	완
		wen (un)	ㄨㄣ	원(운)
		wang (uang)	ㄨㄤ	왕
		weng (ong)	ㄨㄥ	원(웅)
	촬구류撮口類	yue (ue)	ㄩㄝ	웨
		yuan (uan)	ㄩㄢ	위안
		yun (un)	ㄩㄣ	윈
		yong (iong)	ㄩㄥ	융

	sh [shi]	ㄕ	ㅅ [스]		ya (ia)	ㄧㄚ	야
	r [ri]	ㄖ	ㄹ [르]		yo	ㄧㄛ	요
설舌치齒성聲	z [zi]	ㄗ	ㅉ [쯔]	제치류齊齒類	ye (ie)	ㄧㄝ	예
	c [ci]	ㄘ	ㅊ [츠]		yai	ㄧㄞ	야이
	s [si]	ㄙ	ㅆ [쓰]		yao (iao)	ㄧㄠ	야오
					you (iou, iu)	ㄧㄡ	유

[ ]는 단독 발음될 경우의 표기임. ( )는 자음이 선행할 경우의 표기임.

* 순치성(脣齒聲), 권설운(捲舌韻)

표 6

폴란드어 자모와 한글 대조표

자모	한글		보기
	모음 앞	자음 앞· 어말	
자음			
b	ㅂ	ㅂ, 브, 프	burak 부라크, szybko 십코, dobrze 도브제, chleb 흘레프
c	ㅊ	츠	cel 첼, Balicki 발리츠키, noc 노츠
ć	—	치	dać다치
d	ㄷ	드, 트	dach 다흐, zdrowy 즈드로비, słodki 스워트키, pod 포트
f	ㅍ	프	fasola 파솔라, befsztyk 베프슈티크
g	ㄱ	ㄱ, 그, 크	góra 구라, grad 그라트, targ 타르크
h	ㅎ	흐	herbata 헤르바타, Hrubieszów 흐루비에슈프
k	ㅋ	ㄱ, 크	kino 키노, daktyl 닥틸, król 크룰, bank 반크
l	ㄹ, ㄹㄹ	ㄹ	lis 리스, kolano 콜라노, motyl 모틸
m	ㅁ	ㅁ, 므	most 모스트, zimno 짐노, sam 삼
n	ㄴ	ㄴ	nerka 네르카, dokument 도쿠멘트, dywan 디반
ń	—	ㄴ	Gdańsk 그단스크, Poznań포즈난
p	ㅍ	ㅂ, 프	para 파라, Słupsk 스웁스크, chłop 흐워프
r	ㄹ	르	rower 로베르, garnek 가르네크, sznur 슈누르
s	ㅅ	스	serce 세르체, srebro 스레브로, pas 파스
ś	—	시	ślepy 실레피, dziś지시
t	ㅌ	트	tam 탐, matka 마트카, but 부트
w	ㅂ	ㅂ, 프	Warszawa 바르샤바, piwnica 피브니차, krew 크레프
z	ㅈ	즈, 스	zamek 자메크, zbrodnia 즈브로드니아, wywóz 비부스
ź	—	지, 시	gwoździk 그보지지크, więź비엥시
ż	ㅈ, 시*	주, 슈, 시	żyto 지토, różny 루주니, łyżka 위슈카, straż스트라시
ch	ㅎ	흐	chory 호리, kuchnia 쿠흐니아, dach 다흐
dz	ㅈ	즈, 츠	dziura 지우라, dzwon 즈본, mosiądz 모시옹츠
dź	—	치	niedźwiedź니에치비에치
dż, drz	ㅈ	치	drzewo 제보, łódź워치
cz	ㅊ	치	czysty 치스티, beczka 베치카, klucz 클루치
sz	시*	슈, 시	szary 샤리, musztarda 무슈타르다, kapelusz 카펠루시
rz	ㅈ, 시*	주, 슈, 시	rzeka 제카, Przemyśl 프셰미실, kołnierz 코우니에시

반모음	j	이*	jasny 야스니, kraj 크라이
	ł	우	łono 워노, głowa 그워바, bułka 부우카, kanał 카나우
모음	a	아	trawa 트라바
	ą	옹	trąba 트롱바, mąka 몽카, kąt 콩트, tą 통
	e	에	zero 제로
	ę	엥, 에	kępa 켐파, węgorz 벵고시, Częstochowa 쳉스토호바, proszę 프로셰
	i	이	zima 지마
	o	오	udo 우도
	ó	우	próba 프루바
	u	우	kula 쿨라
	y	이	daktyl 닥틸

*ż, sz, rz의 '시'와 j의 '이'는 뒤따르는 모음과 결합할 때 합쳐서 1 음절로 적는다.

표 7 　　　　　　　　　체코어 자모와 한글 대조표

| 자모 | 한글 | | 보기 |
	모음 앞	자음 앞·어말	
b	ㅂ	ㅂ, 브, 프	barva 바르바, obchod 옵호트, dobrý 도브리, jeřab 예르자프
c	ㅊ	츠	cigareta 치가레타, nemocnice 네모츠니체, nemoc 네모츠
č	ㅊ	치	čapek 차페크, kulečnik 쿨레치니크, míč 미치
d	ㄷ	드, 트	dech 데흐, divadlo 디바들로, led 레트
ďʼ	디*	디, 티	ďábel 댜벨, loďka 로티카, hruď 흐루티
f	ㅍ	프	fík 피크, knoflík 크노플리크
g	ㄱ	ㄱ, 그, 크	gramofon 그라모폰
h	ㅎ	흐	hadr 하드르, hmyz 흐미스, bůh 부흐
ch	ㅎ	흐	choditi 호디티, chlapec 흘라페츠, prach 프라흐
k	ㅋ	ㄱ, 크	kachna 카흐나, nikdy 니크디, padák 파다크
l	ㄹ, ㄹㄹ	ㄹ	lev 레프, šplhati 슈플하티, postel 포스텔
m	ㅁ	ㅁ, 므	most 모스트, mrak 므라크, podzim 포드짐
n	ㄴ	ㄴ	noha 노하, podmínka 포드민카
ň	니*	ㄴ	němý 네미, sáňky 산키, Plzeň 플젠
p	ㅍ	ㅂ, 프	Praha 프라하, koroptev 코롭테프, strop 스트로프
qu	크ㅂ	—	quasi 크바시
r	ㄹ	르	ruka 루카, harmonika 하르모니카, mír 미르
ř	르ㅈ	르주, 르슈, 르시	řeka 르제카, námořník 나모르주니크, hořký 호르슈키, kouř 코우르시
s	ㅅ	스	sedlo 세들로, máslo 마슬로, nos 노스
š	시*	슈, 시	šaty 샤티, Šternberk 슈테른베르크, koš 코시
t	ㅌ	트	tam 탐, matka 마트카, bolest 볼레스트
ťʼ	티*	티	tělo 텔로, štěstí 슈테스티, oběťʼ 오베티
v	ㅂ	브, 프	vysoký 비소키, knihovna 크니호브나, kov 코프
w	ㅂ	브, 프	
x**	ㄱㅅ, ㅈ	ㄱㅅ	xerox 제록스, saxofón 삭소폰
z	ㅈ	즈, 스	zámek 자메크, pozdní 포즈드니, bez 베스
ž	ㅈ	주, 슈, 시	Žižka 지슈카, Žvěřina 주베르지나, Brož 브로시

자음

	j	이*	aro 야로, pokoj 포코이
	a, á	아	balík 발리크, komár 코마르
	e, é	에	dech 데흐, léto 레토
모 음	ě	예	sěst 셰스트, věk 베크
	i, í	이	kino 키노, míra 미라
	o, ó	오	obec 오베츠, nervózni 네르보즈니
	u, ú, ů	우	buben 부벤, úrok 우로크, dům 둠
	y, ý	이	jazyk 야지크, líný 리니

* ď, ň, š, ť, j의 '디, 니, 시, 티, 이'는 뒤따르는 모음과 결합할 때 합쳐서 1 음절로 적는다.
** x는 개별 용례에 따라 한글 표기를 정한다.

표 8

세르보크로아트어 자모와 한글 대조표

자모	한글		보기
	모음 앞	자음 앞·어말	
자음			
b	ㅂ	브	bog 보그, drobnjak 드로브냐크, pogreb 포그레브
c	ㅊ	츠	cigara 치가라, novac 노바츠
č	ㅊ	치	čelik 첼리크, točka 토치카, kolač콜라치
ć, tj	ㅊ	치	naći 나치, sestrić세스트리치
d	ㄷ	드	desno 데스노, drvo 드르보, medved 메드베드
dž	ㅈ	지	džep 제프, narudžba 나루지바
đ, dj	ㅈ	지	Đurađ 주라지
f	ㅍ	프	fasada 파사다, kifla 키플라, šaraf 샤라프
g	ㄱ	그	gost 고스트, dugme 두그메, krug 크루그
h	ㅎ	흐	hitan 히탄, šah 샤흐
k	ㅋ	ㄱ, 크	korist 코리스트, krug 크루그, jastuk 야스투크
l	ㄹ, ㄹㄹ	ㄹ	levo 레보, balkon 발콘, šal 샬
lj	리*, ㄹ리*	ㄹ	ljeto 레토, pasulj 파술
m	ㅁ	ㅁ, 므	malo 말로, mnogo 므노고, osam 오삼
n	ㄴ	ㄴ	nos 노스, banka 반카, loman 로만
nj	니*	ㄴ	Njegoš녜고시, svibanj 스비반
p	ㅍ	ㅂ, 프	peta 페타, opština 옵슈티나, lep 레프
r	ㄹ	르	riba 리바, torba 토르바, mir 미르
s	ㅅ	스	sedam 세담, poslě 포슬레, glas 글라스
š	시*	슈, 시	šal 샬, vlasništvo 블라스니슈트보, broš브로시
t	ㅌ	트	telo 텔로, ostrvo 오스트르보, put 푸트
v	ㅂ	브	vatra 바트라, olovka 올로브카, proliv 프롤리브
z	ㅈ	즈	zavoj 자보이, pozno 포즈노, obraz 오브라즈
ž	ㅈ	주	žena 제나, izložba 이즐로주바, muž무주
모음			
j	이*		pojas 포야스, zavoj 자보이, odjelo 오델로
a	아		bakar 바카르
e	에		cev 체브
i	이		dim 딤
o	오		molim 몰림
u	우		zubar 주바르

*lj, nj, š, j의 '리, 니, 시, 이'는 뒤따르는 모음과 결합할 때 합쳐서 1 음절로 적는다.

표 9

루마니아어 자모와 한글 대조표

자모	한글		보기
	모음 앞	자음 앞·어말	
자음			
b	ㅂ	브	bibliotecă비블리오테커, alb 알브
c	ㅋ, ㅊ	ㄱ, 크	Cîntec 큰테크, Cine 치네, facturǎ팍투러
d	ㄷ	드	Moldova 몰도바, Brad 브라드
f	ㅍ	프	Focşani 폭샤니, Cartof 카르토프
g	ㄱ, ㅈ	그	Galaţi 갈라치, Gigel 지젤, hering 헤린그
h	ㅎ	흐	haţeg 하체그, duh 두흐
j	ㅈ	지	Jiu 지우, Cluj 클루지
k	ㅋ	—	kilogram 킬로그람
l	ㄹ, ㄹㄹ	ㄹ	bibliotecă비블리오테커, hotel 호텔
m	ㅁ	ㅁ	Maramureş마라무레슈, Avram 아브람
n	ㄴ	ㄴ, 느	Nucet 누체트, Bran 브란, pumn 품느
p	ㅍ	ㅂ, 프	pianist 피아니스트, septembrie 셉템브리에, cap 카프
r	ㄹ	르	radio 라디오, dor 도르
s	ㅅ	스	Sibiu 시비우, pas 파스
ş	시*	슈	şag 샤그, Mureş무레슈
t	ㅌ	트	telefonist 텔레포니스트, bilet 빌레트
ţ	ㅊ	츠	ţigarǎ치가러, braţ브라츠
v	ㅂ	브	Victoria 빅토리아, Braşov 브라쇼브
x**	ㄱㅅ, 그ㅈ	크ㅅ, ㄱㅅ	taxi 탁시, examen 에그자멘
z	ㅈ	즈	ziar 지아르, autobuz 아우토부즈
ch	ㅋ	—	Cheia 케이아
gh	ㄱ	—	Gheorghe 게오르게
모음			
a	아		Arad 아라드
ǎ	어		Bacǎu 바커우
e	에		Elena 엘레나
i	이		pianist 피아니스트
î, â	으		Cîmpina 큼피나, România 로므니아
o	오		Oradea 오라데아
u	우		Nucet 누체트

* ş의 '시'는 뒤따르는 모음과 결합할 때 합쳐서 1 음절로 적는다.
** x는 개별 용례에 따라 한글 표기를 정한다.

표 10

헝가리어 자모와 한글 대조표

자모	한글		보기
	모음 앞	자음 앞·어말	
b	ㅂ	브	bab 버브, ablak 어블러크
c	ㅊ	츠	citrom 치트롬, nyolcvan 뇰츠번, arc 어르츠
cs	ㅊ	치	csavar 처버르, kulcs 쿨치
d	ㄷ	드	daru 더루, medve 메드베, gond 곤드
dzs	ㅈ	지	dzsem 젬
f	ㅍ	프	elfog 엘포그
g	ㄱ	그	gumi 구미, nyugta 뉴그터, csomag 초머그
gy	ㅈ	지	gyár 자르, hagyma 허지머, nagy 너지
h	ㅎ	흐	hal 헐, juh 유흐
k	ㅋ	ㄱ, 크	béka 베커, keksz 켁스, szék 세크
l	ㄹ, ㄹㄹ	ㄹ	len 렌, meleg 멜레그, dél 델
m	ㅁ	ㅁ	málna 말너, bomba 봄버, álom 알롬
n	ㄴ	ㄴ	néma 네머, bunda 분더, pihen 피헨
ny	니*	니	nyak 녀크, hányszor 하니소르, irány 이라니
p	ㅍ	ㅂ, 프	árpa 아르퍼, csipke 칩케, hónap 호너프
r	ㄹ	르	róka 로커, barna 버르너, ár 아르
s	시*	슈, 시	sál 샬, puska 푸슈카, aratás 어러타시
sz	ㅅ	스	alszik 얼시크, asztal 어스털, húsz 후스
t	ㅌ	트	ajto 어이토, borotva 보로트버, csont 촌트
ty	ㅊ	치	atya 어처
v	ㅂ	브	vesz 베스, évszázad 에브사저드, enyv 에니브
z	ㅈ	즈	zab 저브, kezd 케즈드, blúz 블루즈
zs	ㅈ	주	zsák 자크, tőzsde 퇴주데, rozs 로주

자음

반 모음	j	이*	ajak 어여크, fej 페이, január 여누아르
	ly	이*	lyuk 유크, mélység 메이셰그, király 키라이
모 음	a	어	lakat 러커트
	á	아	máj 마이
	e	에	mert 메르트
	é	에	mész 메스
	i	이	isten 이슈텐
	í	이	sí 시
	o	오	torna 토르너
	ó	오	róka 로커
	ö	외	sör 쇠르
	ő	외	nő 뇌
	u	우	bunda 분더
	ú	우	hús 후시
	ü	위	füst 퓌슈트
	ű	위	fű 퓌

* ny, s, j, ly의 '니, 시, 이, 이'는 뒤따르는 모음과 결합할 때 합쳐서 1 음절로 적는다.

표 11

스웨덴어 자모와 한글 대조표

자모	한글		보기
	모음 앞	자음 앞·어말	
b	ㅂ	ㅂ, 브	bal 발, snabbt 스납트, Jacob 야코브
c	ㅋ, ㅅ	ㄱ	Carlsson 칼손, Celsius 셀시우스, Ericson 에릭손
ch	시*	ㅋ	charm 샤름, och 오크
d	ㄷ	드	dag 다그, dricka 드리카, Halmstad 할름스타드
dj	이*	—	Djurgården 유르고르덴, adjö아예
ds	—	스	Sundsvall 순스발
f	ㅍ	프	Falun 팔룬, luft 루프트
g	이*	ㄱ	Gustav 구스타브, helgon 헬곤
			Göteborg 예테보리, Geijer 예이예르, Gislaved 이슬라베드
		이(lg, rg)	älg 엘리, Strindberg 스트린드베리, Borg 보리
		ㅇ(n 앞)	Magnus 망누스, Ragnar 랑나르, Agnes 앙네스
		ㄱ(무성음 앞)	högst 획스트
		그	Grönberg 그뢴베리, Ludvig 루드비그
gj	이*	—	Gjerstad 예르스타드, Gjörwell 예르벨
h	ㅎ	적지 않음	Hälsingborg 헬싱보리, hyra 휘라, Dahl 달
hj	이*	—	Hjälmaren 옐마렌, Hjalmar 얄마르, Hjort 요르트
j	이*	—	Jansson 얀손, Jönköping 옌셰핑, Johansson 요한손, börja 뵈리아, järil 피에릴, mjuk 미우크, mjöl 미엘
k	ㅋ, 시*	ㄱ, ㅋ	Karl 칼, Kock 코크, Kungsholm 쿵스홀름, Kerstin 셰르스틴, Norrköping 노르셰핑, Lysekil 뤼세실, oktober 옥토베르, Fredrik 프레드리크, kniv 크니브
ck	ㅋ	ㄱ, ㅋ	vacker 바케르, Stockholm 스톡홀름, bock 보크
kj	시*	—	Kjell 셸, Kjula 슐라
l	ㄹ, ㄹㄹ	ㄹ	Linköping 린셰핑, tala 탈라, tal 탈
lj	이*, ㄹ리	ㄹ리	Ljusnan 유스난, Södertälje 쇠데르텔리에, detalj 데탈리
m	ㅁ	ㅁ	Malmö말뫼, samtal 삼탈, hummer 훔메르

자음				
자음	n	ㄴ	ㄴ	Norrköping 노르셰핑, Vänern 베네른, land 란드
			적지 않음 (m 다음)	Karlshamn 칼스함
	ng	ㅇ	ㅇ	Borlänge 볼렝에, kung 쿵, lång 롱
	nk	ㅇㅋ	ㅇ, ㅇㅋ	anka 앙카, Sankt 상트, bank 방크
	p	ㅍ	ㅂ, ㅍ	Piteå피테오, knappt 크납트, Uppsala 웁살라, kamp 캄프
	qv	ㅋㅂ	—	Malmqvist 말름크비스트, Lindqvist 린드크비스트
	r	ㄹ	ㄹ	röd 뢰드, Wilander 빌란데르, Björk 비에르크
	rl	ㄹㄹ	ㄹ	Erlander 엘란데르, Karlgren 칼그렌, Jarl 얄
	s	ㅅ	ㅅ	sommar 솜마르, Storvik 스토르비크, dans 단스
	sch	시*	슈	Schack 샤크, Schein 셰인, revansch 레반슈
	sj	시*	—	Nässjö네셰, sjukhem 슈크헴, Sjöberg 셰베리
	sk	스ㅋ, 시*	—	Skoglund 스코글룬드, Skellefteå셸레프테오, Skövde 셰브데, Skeppsholmen 셉스홀멘
	skj	시*	—	Hammarskjöld 함마르셸드, Skjöldebrand 셸데브란드
	stj	시*	—	Stjärneborg 셰르네보리, Oxenstjerna 옥센셰르나
	t	ㅌ	ㅅ, ㅌ	Göta 예타, Botkyrka 봇쉬르카, Trelleborg 트렐레보리, båt 보트
	th	ㅌ	ㅌ	Luther 루테르, Thunberg 툰베리
	ti	시*	—	lektion 렉숀, station 스타숀
	tj	시*	—	tjeck 셰크, Tjåkkå쇼코, tjäna 셰나, tjugo 슈고
	v, w	ㅂ	ㅂ	Sverige 스베리예, Wasa 바사, Swedenborg 스베덴보리, Eslöv 에슬뢰브
	x	ㄱㅅ	ㄱㅅ	Axel 악셀, Alexander 알렉산데르, sex 섹스
	z	ㅅ	—	Zachris 사크리스, zon 손, Lorenzo 로렌소

모음	a	아	Kalix 칼릭스, Falun 팔룬, Alvesta 알베스타
	e	에	Enköping 엔셰핑, Svealand 스베알란드
	ä	에	Mälaren 멜라렌, Vänern 베네른, Trollhättan 트롤헤탄
	i	이	Idre 이드레, Kiruna 키루나
	å	오	Åmål 오몰, Västerås 베스테로스, Småland 스몰란드
	o	오	Boden 보덴, Stockholm 스톡홀름, Örebro 외레브로
	ö	외, 에	Östersund 외스테르순드, Björn 비에른, Linköping 린셰핑
	u	우	Umeå 우메오, Luleå 룰레오, Lund 룬드
	y	위	Ystad 위스타드, Nynäshamn 뉘네스함, Visby 비스뷔

* dj, g, gj, hj, j, lj의 '이'와 ch, k, kj, sch, sj, sk, skj, stj, tj, tj의 '시'가 뒤따르는 모음과 결합
할 때에는 합쳐서 한 음절로 적는다. 다만 j는 표기 세칙 제4항, 제11항을 따른다.

표 12

노르웨이어 자모와 한글 대조표

자모	한글		보기
	모음 앞	자음 앞·어말	
b	ㅂ	ㅂ, 브	Bodø 보되, Ibsen 입센, dobb 도브
c	ㅋ, ㅅ	ㅋ	Jacob 야코브, Vincent 빈센트
ch	ㅋ	ㅋ	Joachim 요아킴, Christian 크리스티안
d	ㄷ		Bodø 보되, Norden 노르덴
	적지 않음 (장모음 뒤)		spade 스파에
		적지 않음 (ld, nd의 d)	Arnold 아르놀, Harald 하랄, Roald 로알, Aasmund 오스문, Vigeland 비겔란, Svendsen 스벤센
		적지 않음 (장모음+rd)	fjord 피오르, Sigurd 시구르, gård 고르, nord 노르, Halvard 할바르, Edvard 에드바르
		드 (단모음+rd)	ferd 페르드, Rikard 리카르드
		적지 않음 (장모음 뒤)	glad 글라, Sjaastad 쇼스타
		드	dreng 드렝, bad 바드
f	ㅍ	ㅍ	Hammerfest 함메르페스트, biff 비프
g	ㄱ		gå 고, gave 가베
	이*		gigla 이글라, gyllen 윌렌
		적지 않음 (이중 모음 뒤와 ig, lig)	haug 헤우, deig 데이, Solveig 솔베이, farlig 팔리
		ㅇ (n 앞)	Agnes 앙네스, Magnus 망누스
		ㄱ(무성음 앞)	sagtang 삭탕
		그	grov 그로브, berg 베르그, helg 헬그
gj	이*	—	Gjeld 옐, gjenta 옌타
h	ㅎ		Johan 요한, Holm 홀름
		적지 않음	Hjalmar 얄마르, Hvalter 발테르, Krohg 크로그
j	이*	—	Jonas 요나스, Bjørn 비에른, fjord 피오르, Skodje 스코디에, Evje 에비에, Tjeldstø 티엘스퇴
k	ㅋ, 시*	ㄱ, ㅋ	Rikard 리카르드, Kirsten 시르스텐, Kyndig 쉰디, Køyra 셰위라, lukt 룩트, Erik 에리크
kj	시*	—	Kjerschow 셰르쇼브, Kjerulf 셰룰프, Mikkjel 미셸

자음	l	ㄹ, ㄹㄹ	ㄹ	Larvik 라르비크, Ålesund 올레순, sol 솔
	m	ㅁ	ㅁ	Moss 모스, Trivandrum 트리반드룸
	n	ㄴ	ㄴ	Namsos 남소스, konto 콘토
	ng	ㅇ	ㅇ	Lange 랑에, Elling 엘링, tvang 트방
	nk	ㅇㅋ	ㅇ, ㅇㅋ	ankel 앙켈, punkt 풍트, bank 방크
	p	ㅍ	ㅂ, ㅍ	pels 펠스, september 셉템베르, sopp 소프
	qu	ㅋㅂ	—	Quisling 크비슬링
	r	ㄹ	르	Ringvassøy 링바쇠위, Lillehammer 릴레함메르
	rl	ㄹㄹ	르	Øverland 외벨란
	s	ㅅ	스	Namsos 남소스, Svalbard 스발바르
	sch	시*	슈	Schæferhund 셰페르훈, Frisch 프리슈
	sj	시*	—	Sjaastad 쇼스타, Sjoa 쇼아
	sk	스ㅋ, 시*	스크	skatt 스카트, Skienselv 시엔스엘브, skram 스크람, Ekofisk 에코피스크
	skj	시*	—	Skjeggedalsfoss 셰게달스포스, Skjåk 쇼크
	t	ㅌ	ㅅ, ㅌ	metal 메탈, husets 후셋스, slet 슬레트, lukt 룩트
	t		적지 않음 (어말 관사 et)	huset 후세, møtet 뫼테, taket 타케
	th	ㅌ	ㅌ	Dorthe 도르테, Matthias 마티아스, Hjorth 요르트
	tj	시*	—	tjern 셰른, tjue 슈에
	v, w	ㅂ	브	varm 바름, Kjerschow 셰르쇼브

모음	a	아	Hamar 하마르, Alta 알타
	aa, å	오	Aall 올, Aasmund 오스문, Kåre 코레, Vesterålen 베스테롤렌, Vestvågøy 베스트보괴위, Ålesund 올레순
	au	에우	haug 헤우, lauk 레우크, grauk 그레우크
	æ	에	være 베레, Svolvær 스볼베르
	e	에	esel 에셀, fare 파레
	eg	에이, 에그	regn 레인, tegn 테인, negl 네일, deg 데그, egg 에그
	ø	외, 에	øken 뢰켄, Gjøvik 예비크, Bjørn 비에른
	i	이	Larvik 라르비크, Narvik 나르비크
	ie	이	Grieg 그리그, Nielsen 닐센, Lie 리
	o	오	Lonin 로닌, bok 보크, bord 보르, fjorten 피오르텐
	øg	외위	døgn 되윈, løgn 뢰윈
	øy	외위	høy 회위, røyk 뢰위크, nøytral 뇌위트랄
	u	우	Ålesund 올레순, Porsgrunn 포르스그룬
	y	위	Stjernøy 스티에르뇌위, Vestvågøy 베스트보괴위

* g, gj, j, lj의 '이'와 k, kj, sch, sj, sk, skj, tj의 '시'가 뒤따르는 모음과 결합할 때에는 합쳐서 한 음절로 적는다. 다만, j는 표기 세칙 제5항, 제12항을 따른다.

표 13

덴마크어 자모와 한글 대조표

자모	한글		보기
	모음 앞	자음 앞·어말	
b	ㅂ	ㅂ, 브	Bornholm 보른홀름, Jacobsen 야콥센, Holstebro 홀스테브로
c	ㅋ, ㅅ	ㅋ	cafeteria 카페테리아, centrum 센트룸, crosset 크로세트
ch	시*	ㅋ	Charlotte 샤를로테, Brochmand 브로크만, Grønbech 그뢴베크
d	ㄷ		Odense 오덴세, dansk 단스크, vendisk 벤디스크
		적지 않음 (ds, dt, ld, nd, rd)	plads 플라스, Grundtvig 그룬트비, kridt 크리트, Lolland 롤란, Öresund 외레순, hård 호르
		드 (ndr)	andre 안드레, vandre 반드레
		드	dreng 드렝
f	ㅍ	ㅍ	Falster 팔스테르, flod 플로드, ruf 루프
g	ㄱ		give 기베, general 게네랄, gevær 게베르, hugge 후게
		적지 않음 (어미 ig)	herlig 헤를리, Grundtvig 그룬트비
		(u와 l 사이)	fugl 풀, kugle 쿨레
		(borg, berg)	Nyborg 뉘보르, Frederiksberg 프레데릭스베르
		그	magt 마그트, dug 두그
h	ㅎ	적지 않음	Helsingør 헬싱외르, Dahl 달
hj	이*	—	hjem 옘, hjort 요르트, Hjøring 예링
j	이*	—	Jensen 옌센, Esbjerg 에스비에르, Skjern 스키에른
k	ㅋ	ㄱ, ㅋ	København 쾨벤하운, køre 쾨레, Skære 스케레, Frederikshavn 프레데릭스하운, Holbæk 홀베크
l	ㄹ, ㄹㄹ	ㄹ	Lolland 롤란, Falster 팔스테르
m	ㅁ	ㅁ	Møn 묀, Bornholm 보른홀름
n	ㄴ	ㄴ	Rønne 뢰네, Fyn 퓐
ng	ㅇ	ㅇ	Helsingør 헬싱외르, Hjøring 예링
nk	ㅇㅋ	ㅇㅋ	ankel 앙켈, Munk 뭉크
p	ㅍ	ㅂ, 프	hoppe 호페, september 셉템베르, spring 스프링, hop 호프
qu	크ㅂ	—	Taanquist 톤크비스트

221

	r	ㄹ	르	Rønne 뢰네, Helsingør 헬싱외르
	s, sc	ㅅ	스	Sorø 소뢰, Roskilde 로스킬레, Århus 오르후스, scene 세네
	sch	시*	슈	Schæfer 셰페르
	sj	시*	—	Sjælland 셸란, sjal 샬, sjus 슈스
	t	ㅌ	ㅅ, 트	Tønder 퇴네르, stå스토, vittig 비티, nattkappe 낫카페, træde 트레데, streng 스트렝, hat 하트, krudt 크루트
	th	ㅌ	트	Thorshavn 토르스하운, Thisted 티스테드
		ㅂ		Vejle 바일레, dvale 드발레, pulver 풀베르, rive 리베, lyve 뤼베, løve 뢰베
		우 (단모음 뒤)		doven 도우엔, hoven 호우엔, oven 오우엔, sove 소우에
	v		적지 않음 (lv)	halv 할, gulv 굴
			우 (av, æv, øv, ov, ev)	gravsten 그라우스텐, København 쾨벤하운, Thorshavn 토르스하운, jævn 예운, Støvle 스퇴울레, lov 로우, rov 로우, Hjelmslev 옐름슬레우
			브	arv 아르브
	x	ㄱㅅ	ㄱ스	Blixen 블릭센, sex 섹스
	z	ㅅ	—	zebra 세브라
모음	a	아		Falster 팔스테르, Randers 라네르스
	æ	에		Næstved 네스트베드, træ 트레, fæ 페, mæt 메트
	aa, å	오		Kierkegaard 키르케고르, Århus 오르후스, lås 로스
	e	에		Horsens 호르센스, Brande 브라네
	eg	아이		negl 나일, segl 사일, regn 라인
	ej	아이		Vejle 바일레, Sejerø 사이에뢰
	ø	외		Rønne 뢰네, Ringkøbing 링쾨빙, Sorø 소뢰
	øg	오이		nøgle 노일레, øgle 오일레, løgn 로인, døgn 도인
	øj	오이		Højer 호이에르, øje 오이에
	i	이		Ribe 리베, Viborg 비보르
	ie	이		Niels 닐스, Nielsen 닐센, Nielson 닐손
	o	오		Odense 오덴세, Svendborg 스벤보르
	u	우		Århus 오르후스, Toflund 토플룬
	y	위		Fyn 퓐, Thy 튀

* hj, j의 '이'와 sch, sj의 '시'가 뒤따르는 모음과 결합할 때에는 합쳐서 한 음절로 적는다.
다만, j는 표기 세칙 제5항을 따른다.

표 14

말레이인도네시아어 자모와 한글 대조표

	자모	한글		보기
		모음 앞	자음 앞·어말	
자음	b	ㅂ	ㅂ, 브	Bali 발리, Abdul 압둘, Najib 나집, Bromo 브로모
	c	ㅊ	츠	Ceto 체토, Aceh 아체, Mac 마츠
	d	ㄷ	ㅅ, 드	Denpasar 덴파사르, Ahmad 아맛, Idris 이드리스
	f	ㅍ	ㅂ	Fuji 푸지, Arifin 아리핀, Jusuf 유숩
	g	ㄱ	ㄱ, 그	gamelan 가믈란, gudeg 구득, Nugroho 누그로호
	h	ㅎ	—	Halmahera 할마헤라, Johor 조호르, Ipoh 이포
	j	ㅈ	즈	Jambi 잠비, Majapahit 마자파힛, mikraj 미크라즈
	k	ㅋ	ㄱ, 크	Kalimantan 칼리만탄, batik 바틱, Krakatau 크라카타우
	kh	ㅎ	ㄱ, 크	khas 하스, akhbar 악바르, Fakhrudin 파크루딘
	l	ㄹ, ㄹㄹ	ㄹ	Lombok 롬복, Palembang 팔렘방, Bangsal 방살
	m	ㅁ	ㅁ	Maluku 말루쿠, bemo 베모, Iram 이람
	n	ㄴ	ㄴ	Nias 니아스, Sukarno 수카르노, Prambanan 프람바난
	ng	응	ㅇ	Ngarai 응아라이, bonang 보낭, Bandung 반둥
	p	ㅍ	ㅂ, 프	Padang 파당, Yap 얍, Suprana 수프라나
	q	ㅋ	ㄱ	furqan 푸르칸, Taufiq 타우픽
	r	ㄹ	르	ringgit 링깃, Rendra 렌드라, asar 아사르
	s	ㅅ	스	Sabah 사바, Brastagi 브라스타기, Gemas 게마스
	t	ㅌ	ㅅ, 트	Timor 티모르, Jakarta 자카르타, Rahmat 라맛, Trisno 트리스노
	v	ㅂ	—	Valina 발리나, Eva 에바, Lovina 로비나
	x	ㅅ	—	xenon 세논
	z	ㅈ	즈	zakat 자캇, Azlan 아즐란, Haz 하즈

반모음	w	오, 우	Wamena 와메나, Badawi 바다위
	y	이	Yudhoyono 유도요노, Surabaya 수라바야
모음	a	아	Ambon 암본, sate 사테, Pancasila 판차실라
	e	에, 으	Ende 엔데, Ampenan 암페난, Pane 파네, empat 음팟, besar 브사르, gendang 근당
	i	이	Ibrahim 이브라힘, Biak 비악, trimurti 트리무르티
	o	오	Odalan 오달란, Barong 바롱, komodo 코모도
	u	우	Ubud 우붓, kulit 쿨릿, Dampu 담푸
	ai	아이	ain 아인, Rais 라이스, Jelai 즐라이
	au	아우	aula 아울라, Maumere 마우메레, Riau 리아우
	oi	오이	Amboina 암보이나, boikot 보이콧

표 15

타이어 자모와 한글 대조표

로마자	타이어 자모	한글		보기
		모음 앞	자음 앞·어말	
b	บ	ㅂ	ㅂ	baht 밧, Chonburi 촌부리, Kulab 꿀랍
c	จ	ㅉ	—	Caolaw 짜올라우
ch	ฉ ช ฌ	ㅊ	ㅅ	Chiang Mai 치앙마이, buach 부앗
d	ฎ ด	ㄷ	ㅅ	Dindaeng 딘댕, Rad Burana 랏부라나, Samed 사멧
f	ฝ ฟ	ㅍ	—	Maefaluang 매팔루앙
h	ห ฮ	ㅎ	—	He 헤, Lahu 라후, Mae Hong Son 매홍손
k	ก	ㄲ	ㄱ	Kaew 깨우, malako 말라꼬, Rak Mueang 락므앙, phrik 프릭
kh	ข ฃ ค ฅ ฆ	ㅋ	ㄱ	Khaosan 카오산, lakhon 라콘,
l	ล ฬ	ㄹ, ㄹㄹ	ㄴ	lamyai 람야이, Thalang 탈랑, Sichol 시촌
m	ม	ㅁ	ㅁ	Maikhao 마이카오, mamuang 마무앙, khanom 카놈, Silom 실롬
n	ณ น	ㄴ	ㄴ	Nan 난, Ranong 라농, Arun 아룬, Huahin 후아힌
ng	ง	응	ㅇ	nga 응아, Mongkut 몽꿋, Chang 창
p	ป	ㅃ	ㅂ	Pimai 삐마이, Paknam 빡남, Nakhaprathip 나카쁘라팁
ph	ผ พ ภ	ㅍ	ㅂ	Phuket 푸껫, Phicit 피찟, Saithiph 사이팁
r	ร	ㄹ	ㄴ	ranat 라낫, thurian 투리안

자음

225

	s	ซ ศ ษ ส	ㅅ	ㅅ	Siam 시암, Lisu 리수, Saket 사껫
	t	ฏ ต	ㄸ	ㅅ	Tak 딱, Satun 사뚠, natsin 낫신, Phuket 푸껫
	th	ฐ ฑ ฒ ถ ท ธ	ㅌ	ㅅ	Tham Boya 탐보야, Thon Buri 톤부리, thurian 투리안, song thaew 송태우, Pathumthani 빠툼타니, Chaiyawath 차이야왓
반 모 음	y	ญ ย	이		lamyai 람야이, Ayutthaya 아유타야
	w	ว	오, 우		Wan Songkran 완송끄란, Malaiwong 말라이웡, song thaew 송태우
모 음	a	–ะ –า	아		Akha 아카, kapi 까삐, lang sad 랑삿, Phanga 팡아
	e	เ–ะ เ–	에		Erawan 에라완, Akhane 아카네, Panare 빠나레
	i	–ิ –ี	이		Sire 시레, linci 린찌, Krabi 끄라비, Lumphini 룸피니
	o	โ–ะ โ– เ–าะ –อ	오		khon 콘, Loi 로이, namdokmai 남독마이, Huaito 후아이또
	u	–ุ –ู	우		thurian 투리안, Chonburi 촌부리, Satun 사뚠
	ae	แ–ะ แ–	애		kaeng daeng 깽댕, Maew 매우, Bangsaen 방샌, Kaibae 까이배
	oe	เ–อะ เ–อ	으		Mai Mueangdoem 마이 므앙듬
	ue	–ึ –ื	으		kaeng cued 깽쭈, Maeraphueng 매라픙, Buengkum 븡꿈

표 16

베트남어 자모와 한글 대조표

	자모	한글		보기
		모음앞	자음 앞·어말	
자음	b	ㅂ	—	Bao 바오, bo 보
	c, k, q	ㄲ	ㄱ	cao 까오, khac 칵, kiêt 끼엣, lăk 락, quan 꽌
	ch	ㅉ	ㄱ	cha 짜, bach 박
	d, gi	ㅈ	—	duc 죽, Dương 즈엉, gia 자, giây 저이
	đ	ㄷ	—	đan 단, Đinh 딘
	g, gh	ㄱ	—	gai 가이, go 고, ghe 개, ghi 기
	h	ㅎ	—	hai 하이, hoa 호아
	kh	ㅋ	—	Khai 카이, khi 키
	l	ㄹ, ㄹㄹ	—	lâu 러우, long 롱, My Lai 밀라이
	m	ㅁ	ㅁ	minh 민, măm 맘, tôm 똠
	n	ㄴ	ㄴ	Nam 남, non 논, bun 분
	ng, ngh	응	ㅇ	ngo 응오, ang 앙, đông 동, nghi 응이, nghê 응에
	nh	니	ㄴ	nhât 녓, nhơn 년, minh 민, anh 아인
	p	ㅃ	ㅂ	put 뿟, chap 짭
	ph	ㅍ	—	Pham 팜, phơ 퍼
	r	ㄹ	—	rang 랑, rôi 로이
	s	ㅅ	—	sang 상, so 소
	t	ㄸ	ㅅ	tam 땀, têt 뗏, hat 핫
	th	ㅌ	—	thao 타오, thu 투
	tr	ㅉ	—	Trân 쩐, tre 째
	v	ㅂ	—	vai 바이, vu 부
	x	ㅆ	—	xanh 싸인, xeo 쌔오

모음	a	아	an 안, nam 남
	ă	아	ăn 안, Đăng 당, măc 막
	â	어	ân 언, cân 껀, lâu 러우
	e	애	em 앰, cheo 째오
	ê	에	êm 엠, chê쩨, Huê후에
	i	이	in 인, dai 자이
	y	이	yên 옌, quy 꾸이
	o	오	ong 옹, bo 보
	ô	오	ôm 옴, đông 동
	ơ	어	ơn 언, sơn 선, mơi 머이
	u	우	um 움, cung 꿍
	ư	으	ưn 은, tư뜨
	ia	이어	kia 끼어, ria 리어
	iê	이에	chiêng 찌엥, diêm 지엠
	ua	우어	lua 루어, mua 무어
	uô	우오	buôn 부온, quôc 꾸옥
	ưa	으어	cưa 끄어, mưa 므어, sưa 스어
	ươ	으어	rươu 르어우, phương 프엉

228

표 17

포르투갈어 자모와 한글 대조표

자모	한글		보기
	모음 앞	자음 앞·어말	
b	ㅂ	브	bossa nova 보사노바, Abreu 아브레우
c	ㅋ, ㅅ	ㄱ	Cabral 카브랄, Francisco 프란시스쿠, aspecto 아스펙투
ç	ㅅ	—	saraça 사라사, Eça 에사
ch	시*	—	Chaves 샤베스, Espichel 이스피셸
d	ㄷ, ㅈ	드	escudo 이스쿠두, Bernardim 베르나르딩, Dias 지아스(브)
f	ㅍ	프	fado 파두, Figo 피구
g	ㄱ, ㅈ	그	Saramago 사라마구, Jorge 조르즈, Portalegre 포르탈레그르, Guerra 게하
h	—	—	Henrique 엔히크, hostia 오스티아
j	ㅈ	—	Aljezur 알제주르, panja 판자
l	ㄹ, ㄹㄹ	ㄹ, 우	Lisboa 리스보아, Manuel 마누엘, Melo 멜루, Salvador 사우바도르(브)
lh	ㄹ리*	—	Coelho 코엘류, Batalha 바탈랴
m	ㅁ	ㅁ, ㅇ	Moniz 모니스, Humberto 움베르투, Camocim 카모싱
n	ㄴ	ㄴ, ㅇ	Natal 나탈, António 안토니우, Angola 앙골라, Rondon 혼동
nh	니*	—	Marinha 마리냐, Matosinhos 마토지뉴스
p	ㅍ	프	Pedroso 페드로주, Lopes 로페스, Prado 프라두
q	ㅋ	—	Aquilino 아킬리누, Junqueiro 중케이루
r	ㄹ, ㅎ	르	Freire 프레이르, Rodrigues 호드리게스, Cardoso 카르도주
s	ㅅ, ㅈ	스, 즈	Salazar 살라자르, Barroso 바호주, Egas 에가스, mesmo 메즈무
t	ㅌ, ㅊ	트	Tavira 타비라, Garrett 가헤트, Aracati 아라카치(브)
v	ㅂ	—	Vicente 비센트, Oliveira 올리베이라
x	시*, ㅈ	스	Xira 시라, exame 이자므, exportar 이스포르타르
z	ㅈ	스	fazenda 파젠다, Diaz 디아스

(첫 번째 열 세로: 자음)

모음	a	아	Almeida 알메이다, Egas 에가스
	e	에, 이, 으	Elvas 엘바스, escudo 이스쿠두, Mangualde 망구알드, Belmonte 베우몬치(브)
	i	이	Amalia 아말리아, Vitorino 비토리누
	o	오, 우	Odemira 오데미라, Melo 멜루, Passos 파수스
	u	우	Manuel 마누엘, Guterres 구테흐스
	ai	아이	Sampaio 삼파이우, Cascais 카스카이스
	au	아우	Bauru 바우루, São Paulo 상파울루
	ãe	앙이	Guimarães 기마랑이스, Magalhães 마갈량이스
	ão	앙	Durão 두랑, Fundão 푼당
	ei	에이	Ribeiro 히베이루, Oliveira 올리베이라
	eu	에우	Abreu 아브레우, Eusebio 에우제비우
	iu	이우	Aeminium 아에미니웅, Ituiutaba 이투이우타바
	oi	오이	Coimbra 코임브라, Goiás 고이아스
	ou	오	Lousã로장, Mogadouro 모가도루
	õe	옹이	Camões 카몽이스, Pilões 필롱이스
	ui	우이	Luis 루이스, Cuiabá쿠이아바

* ch의 '시', lh의 '리', nh의 '니', x의 '시'가 뒤따르는 모음과 결합할 때에는 합쳐서 한 음절로 적는다.
* k, w, y는 외래어나 외래어에서 파생된 포르투갈식 어휘 또는 국제적으로 통용되는 약자나 기호의 표기에서 사용되는 것으로 포르투갈어 알파벳에 속하지 않으므로 해당 외래어 발음에 가깝게 표기한다.
* (브)는 브라질 포르투갈어에 적용되는 표기이다.

표 18   네덜란드어 자모와 한글 대조표

자모	한글		보기
	모음 앞	자음 앞·어말	
b	ㅂ	ㅂ, 브, 프	Borst 보르스트, Bram 브람, Jacob 야코프
c	ㅋ	ㄱ, ㅋ	Campen 캄펀, Nicolaas 니콜라스, topic 토픽, scrupel 스크뤼펄
	ㅅ		cyaan 시안, Ceelen 세일런
ch	ㅎ	흐	Volcher 폴허르, Utrecht 위트레흐트
d	ㄷ	ㅅ, 드, 트	Delft 델프트, Edgar 엣하르, Hendrik 헨드릭, Helmond 헬몬트
f	ㅍ	프	Flevoland 플레볼란트, Graaf 흐라프
g	ㅎ	흐	Goes 후스, Limburg 림뷔르흐
h	ㅎ	—	Heineken 헤이네컨, Hendrik 헨드릭
j	이*	—	Jongkind 용킨트, Jan 얀, Jeroen 예룬
k	ㅋ	ㄱ, 크	Kok 콕, Alkmaar 알크마르, Zierikzee 지릭제이
kw(qu)	크ㅂ	—	kwaliteit 크발리테이트, kwellen 크벨런, kwitantie 크비탄시
l	ㄹ, ㄹㄹ	ㄹ	Lasso 라소, Friesland 프리슬란트, sabel 사벌
m	ㅁ	ㅁ	Meerssen 메이르선, Zalm 잘름
n	ㄴ	ㄴ	Nijmegen 네이메헌, Jansen 얀선
ng	ㅇ	ㅇ	Inge 잉어, Groningen 흐로닝언
p	ㅍ	ㅂ, 프	Peper 페퍼르, Kapteyn 캅테인, Koopmans 코프만스
r	ㄹ	르	Rotterdam 로테르담, Asser 아서르
s	ㅅ	스	Spinoza 스피노자, Hals 할스
sch	스ㅎ	스	Schiphol 스히폴, Escher 에스허르, typisch 티피스
sj	시*	시	sjaal 샬, huisje 하위셔, ramsj 람시, fetisj 페티시
t	ㅌ	ㅅ, 트	Tinbergen 틴베르헌, Gerrit 헤릿, Petrus 페트뤼스
ts	ㅊ	츠	Aartsen 아르천, Beets 베이츠
v	ㅂ, ㅍ	브	Veltman 펠트만, Einthoven 에인트호번, Weltevree 벨테브레이
w	ㅂ	—	Wim 빔
y	이	이	cyaan 시안, Lyonnet 리오넷, typisch 티피스, Verwey 페르베이
z	ㅈ	—	Zeeman 제이만, Huizinga 하위징아

자음

231

모음	a	아	Asser 아서르, Frans 프란스
	e	에, 어	Egmont 에흐몬트, Frederik 프레데릭, Heineken 헤이네컨, Lubbers 뤼버르스, Campen 캄펀
	i	이	Nicolaas 니콜라스, Tobias 토비아스
	ie	이	Pieter 피터르, Vries 프리스
	o	오	Onnes 오너스, Vondel 폰덜
	oe	우	Boer 부르, Boerhaave 부르하버
	u	위	Utrecht 위트레흐트, Petrus 페트뤼스
	eu	외	Europort 외로포르트, Deurne 되르너
	uw	위	ruw 뤼, duwen 뒤언, Euwen 에위언
이중모음	ou(w), au(w)	아우	Bouts 바우츠, Bouwman 바우만, Paul 파울, Lauwersmeer 라우에르스메이르
	ei, ij	에이	Heike 헤이커, Bolkestein 볼케스테인, Ijssel 에이설
	ui(uy)	아위	Huizinga 하위징아, Zuid-Holland 자위트홀란트, Buys 바위스
	aai	아이	draaien 드라이언, fraai 프라이, zaait 자이트, Maaikes 마이커스
	ooi	오이	Booisman 보이스만, Hooites 호이터스
	oei	우이	Boeijinga 부잉아, moeite 무이터
	eeuw	에이우	Leeuwenhoek 레이우엔훅, Meeuwes 메이우어스
	ieuw	이우	Lieuwma 리우마, Rieuwers 리우어르스

* j의 '이', sj의 '시'가 뒤따르는 모음과 결합할 때에는 합쳐서 한 음절로 적는다.

표 19　　　　　　　　　러시아어 자모와 한글 대조표

로마자	러시아어자모	한글			보기
		모음 앞	자음 앞	어말	
자음 b	б	ㅂ	ㅂ, 브	프	Bolotov(Болотов) 볼로토프, Bobrov(Бобров) 보브로프, Kurbskii(Курбский) 쿠릅스키, Gleb(Глеб) 글레프
ch	ч	ㅊ		치	Goncharov(Гончаров) 곤차로프, Manechka(Манечка) 마네치카, Yakubovich(Якубович) 야쿠보비치
d	д	ㄷ	ㅅ, 드	트	Dmitrii(Дмитрий) 드미트리, Benediktov(Бенедиктов) 베네딕토프, Nakhodka(Находка) 나홋카, Voskhod(Восход) 보스호트
f	ф	ㅍ	ㅂ, 프	프	Fyodor(Фёдор) 표도르, Yefremov(Ефремов) 예프레모프, Iosif(Иосиф) 이오시프
g	г	ㄱ	ㄱ, 그	크	Gogol'(Гоголь) 고골, Musorgskii(Мусоргский) 무소륵스키, Bogdan(Богдан) 보그단, Andarbag(Андарбаг) 안다르바크
kh	x	ㅎ	흐		Khabarovsk(Хабаровск) 하바롭스크, Akhmatova(Ахматова) 아흐마토바, Oistrakh(Ойстрах) 오이스트라흐
k	к	ㅋ	ㄱ, 크	크	Kalmyk(Калмык) 칼미크, Aksakov(Аксаков) 악사코프, Kvas(Квас) 크바스, Vladivostok(Владивосток) 블라디보스토크
l	л	ㄹ, ㄹㄹ	ㄹ		Lenin(Ленин) 레닌, Nikolai(Николай) 니콜라이, Krylov(Крылов) 크릴로프, Pavel(Павел) 파벨
m	м	ㅁ	ㅁ, 므	ㅁ	Mikhaiil(Михаийл) 미하일, Maksim(Максим) 막심, Mtsensk(Мценск) 므첸스크
n	н	ㄴ	ㄴ		Nadya(Надя) 나댜, Stefan(Стефан) 스테판

233

자음					
p	п	ㅍ	ㅂ, <u>ㅍ</u>	ㅍ	Pyotr(Пётр) 표트르, Rostopchina(Ростопчина) 로스톱치나, Pskov(Псков) 프스코프, Maikop(Майкоп) 마이코프
r	р	ㄹ	르		Rybinsk(Рыбинск) 리빈스크, Lermontov(Лермонтов) 레르몬토프, Artyom(Артём) 아르툠
s	с	ㅅ	스		Vasilii(Василий) 바실리, Stefan(Стефан) 스테판, Boris(Борис) 보리스
sh	ш	시*	시		Shelgunov(Шелгунов) 셸구노프, Shishkov(Шишков) 시시코프
shch	щ	시*	시		Shcherbakov(Щербаков) 셰르바코프, Shchirets(Щирец) 시레츠, borshch(борщ) 보르시
t	т	ㅌ	ㅅ, <u>ㅌ</u>	ㅌ	Tat'yana(Татьяна) 타티야나, Khvatkov(Хватков) 흐밧코프, Tver'(Тверь) 트베리, Buryat(Бурят) 부랴트
tch	тч	ㅊ	—		Gatchina(Гатчина) 가치나, Tyutchev(Тютчев) 튜체프
ts	ц, тс	ㅊ	츠		Kapitsa(Капица) 카피차, Tsvetaeva(Цветаева) 츠베타예바, Bryatsk(Брятск) 브랴츠크, Yakutsk(Якутск) 야쿠츠크
v	в	ㅂ	ㅂ, <u>ㅂ</u>	ㅍ	Verevkin(Веревкин) 베렙킨, Dostoevskii(Достоевский) 도스토옙스키, Vladivostok(Владивосток) 블라디보스토크, Markov(Марков) 마르코프
z	з	ㅈ	ㅈ, <u>ㅅ</u>	ㅅ	Zaichev(Зайчев) 자이체프, Kuznetsov(Кузнецов) 쿠즈네초프, Agryz(Агрыз) 아그리스
zh	ж	ㅈ	ㅈ, <u>시</u>	시	Zhadovskaya(Жадовская) 자돕스카야, Zhdanov(Жданов) 즈다노프, Luzhkov(Лужков) 루시코프, Kebezh(Кебеж) 케베시
j/i	й	이	이		Yurii(Юрий) 유리, Andrei(Андрей) 안드레이, Belyi(Белый) 벨리

모음	a	а	아	Aksakov(Аксаков) 악사코프, Abakan(Абакан) 아바칸
	e	е / э	에, 예	Petrov(Петров) 페트로프, Evgenii(Евгений) 예브게니, Alekseev(Алексеев) 알렉세예프, Ertel'(Эртель) 예르텔
	i	и	이	Ivanov(Иванов) 이바노프, Iosif(Иосиф) 이오시프
	o	о	오	Khomyakov(Хомяков) 호먀코프, Oka(Ока) 오카
	u	у	우	Ushakov(Ушаков) 우샤코프, Sarapul(Сарапул) 사라풀
	y	ы	이	Saltykov(Салтыков) 살티코프, Kyra(Кыра) 키라, Belyi(Белый) 벨리
	ya	я	야	Yasinskii(Ясинский) 야신스키, Adygeya(Адыгея) 아디게야
	yo	ё	요	Solov'yov(Соловьёв) 솔로비요프, Artyom(Артём) 아르툠
	yu	ю	유	Yurii(Юрий) 유리, Yurga(Юрга) 유르가

* sh(ш), shch(щ)의 '시'가 뒤따르는 모음과 결합할 때에는 합쳐서 한 음절로 적는다.

제3장 표기 세칙

제1절 영어의 표기

표 1에 따라 적되, 다음 사항에 유의하여 적는다.

제1항 무성 파열음([p], [t], [k])
1. 짧은 모음 다음의 어말 무성 파열음([p], [t], [k])은 받침으로 적는다.

gap[gæp] 갭	cat[kæt] 캣	book[buk] 북

▶ 예외) 관습적으로 굳은 경우에는 그대로 인정해 주기로 했다.

bat 배트	hit 히트	net 네트
set 세트	pot 포트	

2. 짧은 모음과 유음·비음([l], [r], [m], [n]) 이외의 자음 사이에 오는 무성 파열음([p], [t], [k])은 받침으로 적는다.

apt[æpt] 앱트	act[ækt] 액트	setback[setbæk] 셋백

3. 위 경우 이외의 어말과 자음 앞의 [p], [t], [k]는 '으'를 붙여 적는다.

stamp[stæmp] 스탬프	cape[keip] 케이프
nest[nest] 네스트	part[pɑːt] 파트
desk[desk] 데스크	make[meik] 메이크
apple[æpl] 애플	chipmunk[ʧipmʌŋk] 치프멍크

제2항 유성 파열음([b], [d], [g])
어말과 모든 자음 앞에 오는 유성 파열음은 '으'를 붙여 적는다.

bulb[bʌlb] 벌브	land[lænd] 랜드
zigzag[zigzæg] 지그재그	lobster[ɔbstə] 로브스터
kidnap[kidnæp] 키드냅	signal[signəl] 시그널
gag[gæg] 개그	herb[həːrb] 허브

제3항 마찰음([s], [z], [f], [v], [θ], [ð], [ʃ], [ʒ])
1. 어말 또는 자음 앞의 [s], [z], [f], [v], [θ], [ð]는 '으'를 붙여 적는다.

mask[mɑːsk] 마스크	jazz[dʒæz] 재즈	graph[græf] 그래프
olive[ɔliv] 올리브	thrill[θril] 스릴	bathe[beið] 베이드

2. 어말의 [ʃ]는 '시'로 적고, 자음 앞의 [ʃ]는 '슈'로, 모음 앞의 [ʃ]는 뒤따르는 모음에 따라 '샤', '섀', '셔', '셰', '쇼', '슈', '시'로 적는다.

flash[flæʃ] 플래시	shrub[ʃrʌb] 슈러브	shark[ʃɑːk] 샤크
shank[ʃæŋk] 섕크	fashion[fæʃən] 패션	sheriff[ʃerif] 셰리프
shopping[ʃɔpiŋ] 쇼핑	shim[ʃim] 심	

3. 어말 또는 자음 앞의 [ʒ]는 '지'로 적고, 모음 앞의 [ʒ]는 'ㅈ'으로 적는다.

mirage[mirɑːʒ] 미라지	vision[viʒən] 비전

제4항 파찰음([ts], [dz], [tʃ], [dʒ])

1. 어말 또는 자음 앞의 [ts], [dz]는 '츠', '즈'로 적고, [tʃ], [dʒ]는 '치', '지'로 적는다.

Keats[kiːts] 키츠	odds[ɔdz] 오즈
switch[switʃ] 스위치	bridge[bridʒ] 브리지
Pittsburgh[pitsbəːg] 피츠버그	hitchhike[hitʃhaik] 히치하이크

2. 모음 앞의 [tʃ], [dʒ]는 'ㅊ', 'ㅈ'으로 적는다.

chart[tʃɑːt] 차트	virgin[vəːdʒin] 버진

▶ 'ㅈ, ㅊ'같은 경구개음은 그 뒤에서 이중모음과 단모음이 잘 구분되지 않는다. 따라서 이중모음이 결합한 형태를 사용해서는 안 된다.('쟈, 져, 죠, 쥬, 챠, 쳐, 쵸, 츄'는 '자, 저, 조, 주, 차, 처, 초, 추'로 적는다.)

주스, 주니어, 레저, 찬스, 크리스천, 추리닝, 벤처

제5항 비음([m], [n], [ŋ])

1. 어말 또는 자음 앞의 비음은 모두 받침으로 적는다.

steam[stiːm] 스팀	corn[kɔːn] 콘	ring[riŋ] 링
lamp[læmp] 램프	ink[iŋk] 잉크	

2. 모음과 모음 사이의 [ŋ]은 앞 음절의 받침 'ㅇ'으로 적는다.

hanging[hæŋiŋ] 행잉	longing[lɔŋiŋ] 롱잉

제6항 유음([l])

1. 어말 또는 자음 앞의 [l]은 받침으로 적는다.

hotel[houtel] 호텔	pulp[pʌlp] 펄프

2. 어중의 [l]이 모음 앞에 오거나, 모음이 따르지 않는 비음([m], [n]) 앞에 올 때에는 'ㄹㄹ'로 적는다. 다만, 비음([m], [n]) 뒤의 [l]은 모음 앞에 오더라도 'ㄹ'로 적는다.

slide[slaid] 슬라이드	film[film] 필름	helm[helm] 헬름
swoln[swouln] 스월른	Hamlet[hæmlit] 햄릿	Henley[henli] 헨리
Hamlet[hæmlit] 햄릿	Henley[henli] 헨리	

제7항 장모음

장모음의 장음은 따로 표기하지 않는다.

team[tiːm] 팀	route[ruːt] 루트

▶ 장모음은 겹쳐 쓰지 않는다.

오사카, 뉴욕

· 예외의 경우

알코올, 아밀라아제, 알마아타

제8항 중모음([ai], [au], [ei], [ɔi], [ou], [auə])

중모음은 각 단모음의 음가를 살려서 적되, [ou]는 '오'로, [auə]는 '아워'로 적는다.

time[taim] 타임	house[haus] 하우스	skate[skeit] 스케이트
oil[ɔil] 오일	boat[bout] 보트	tower[tauə] 타워

▶ 주의해야 할 발음

윈도, 코트, 옐로, 보너스, 레인보, 섀도, 솔뮤직, 슬로비디오, 샤워, 파워, 아이젠하워

제9항 반모음([w], [j])

1. [w]는 뒤따르는 모음에 따라 [wə], [wɔ], [wou]는 '워', [wɑ]는 '와', [wæ]는 '왜', [we]는 '웨', [wi]는 '위', [wu]는 '우'로 적는다.

word[wəːd] 워드	want[wɔnt] 원트	woe[wou] 워
wander[wɑndə] 완더	wag[wæg] 왜그	west[west] 웨스트
witch[witʃ] 위치	wool[wul] 울	

2. 자음 뒤에 [w]가 올 때에는 두 음절로 갈라 적되, [gw], [hw], [kw]는 한 음절로 붙여 적는다.

swing[swiŋ] 스윙	twist[twist] 트위스트	penguin[peŋgwin] 펭귄
whistle[hwisl] 휘슬	quarter[kwɔːtə] 쿼터	

3. 반모음 [j]는 뒤따르는 모음과 합쳐 '야', '얘', '여', '예', '요', '유', '이'로 적는다. 다만, [d], [l], [n] 다음에 [jə]가 올 때에는 각각 '디어', '리어', '니어'로 적는다.

[j] + 모음	yard[jɑːd] 야드	yank[jæŋk] 얭크	yearn[jəːn] 연
	yellow[jelou] 옐로	yawn[jɔːn] 욘	you[juː] 유
	year[jiə] 이어		
[d], [l], [n] + [jə]	Indian[indjən] 인디언	battalion[bətæljən] 버탤리언	
	union[juːnjən] 유니언		

제10항 복합어

1. 따로 설 수 있는 말의 합성으로 이루어진 복합어는 그것을 구성하고 있는 말이 단독으로 쓰일 때의 표기대로 적는다.

cuplike[kʌplaik] 컵라이크	bookend[bukend] 북엔드
headlight[hedlait] 헤드라이트	touchwood[tʌʧwud] 터치우드
sit-in[sitin] 싯인	bookmaker[bukmeikə] 북메이커
flashgun[flæʃgʌn] 플래시건	topknot[tɔpnɔt] 톱놋
outlet[áutlet, -lit] 아웃렛	lemonade[lèmənéid] 레모네이드
makeup[mei'kə͵p] 메이크업	log-in [lɔːgin] 로그인

2. 원어에서 띄어 쓴 말은 띄어 쓴 대로 한글 표기를 하되, 붙여 쓸 수도 있다.

Los Alamos[lɔsæləmous] 로스 앨러모스/로스앨러모스
top class[tɔpklæs] 톱 클래스/톱클래스

제2절 독일어의 표기

1을 따르고 제1절(영어의 표기 세칙)을 준용한다. 다만, 독일어의 독특한 것은 그 특징을 살려서 다음과 같이 적는다.

제1항 [r]

1. 자음 앞의 [r]는 '으'를 붙여 적는다.

Hormon[hɔrmoːn] 호르몬	Hermes[hɛrmɛs] 헤르메스

2. 어말의 [r]와 '-er[ə r]'는 '어'로 적는다.

| Herr[hɛr] 헤어 | Rasur[razuːr] 라주어 | Tür[tyːr] 튀어 |
| Ohr[oːr] 오어 | Vater[faːt ə r] 파터 | Schiller[ʃil ə r] 실러 |

3. 복합어 및 파생어의 선행 요소가 [r]로 끝나는 경우는 2의 규정을 준용한다.

verarbeiten[fɛrarbait ə n] 페어아르바이텐	außerhalb[ausərhalp] 아우서할프
zerknirschen[tsɛrknirʃ ə n] 체어크니르셴	Urkunde[uːrkundə] 우어쿤데
Fürsorge[fyːrzorgə] 퓌어조르게	Vaterland[faːtərlant] 파터란트
Vorbild[foːrbilt] 포어빌트	

제2항 어말의 파열음은 '으'를 붙여 적는 것을 원칙으로 한다.

| Rostock[rɔstɔk] 로스토크 | Stadt[ʃtat] 슈타트 |

제3항 철자 'berg', 'burg'는 '베르크', '부르크'로 통일해서 적는다.

| Heidelberg[haidəlbɛrk, –bɛrç] 하이델베르크 | Hamburg[hamburk, –burç] 함부르크 |

제4항 [ʃ]

1. 어말 또는 자음 앞에서는 '슈'로 적는다.

| Mensch[menʃ] 멘슈 | Mischling[miʃliŋ] 미슐링 |

2. [y], [ø] 앞에서는 'ㅅ'으로 적는다.

| Schüler[ʃyːlər] 쉴러 | schön[ʃøːn] 쇤 |

3. 그 밖의 모음 앞에서는 뒤따르는 모음에 따라 '샤, 쇼, 슈' 등으로 적는다.

| Schatz[ʃats] 샤츠 | schon[ʃoːn] 숀 | Schule[ʃuːlə] 슐레 | Schelle[ʃɛlə] 셸레 |

제5항 [ɔy]로 발음되는 äu, eu는 '오이'로 적는다.

| läuten[lɔyt ə n] 로이텐 | Fräulein[frɔylain] 프로일라인 |
| Europa[ɔyroːpa] 오이로파 | Freundin[frɔyndin] 프로인딘 |

제3절 프랑스어의 표기

표 1에 따르고 제1절(영어의 표기 세칙)을 준용한다. 다만, 프랑스어의 독특한 것은 그 특징을

살려서 다음과 같이 적는다.

제1항 파열음([p], [t], [k]; [b], [d], [g])

1. 어말에서는 '으'를 붙여서 적는다.

soupe[sup] 수프	tête[tɛt] 테트	avec[avɛk] 아베크
baobab[baɔbab] 바오바브	ronde[rɔ̃ːd] 롱드	bague[bag] 바그

2. 구강 모음과 무성 자음 사이에 오는 무성 파열음('구강 모음+무성 파열음+무성 파열음 또는 무성 마찰음'의 경우)은 받침으로 적는다.

septembre[sɛptɑ̃ːbr] 셉탕브르	apte[apt] 압트
octobre[ɔktɔbr] 옥토브르	action[aksjɔ̃] 악시옹

제2항 마찰음([ʃ], [ʒ])

1. 어말과 자음 앞의 [ʃ], [ʒ]는 '슈', '주'로 적는다.

manche[mɑ̃ːʃ] 망슈	piège[pjɛːʒ] 피에주
acheter[aʃte] 아슈테	dégeler[deʒle] 데줄레

2. [ʃ]가 [ə], [w] 앞에 올 때에는 뒤따르는 모음과 합쳐 '슈'로 적는다.

chemise[ʃəmiːz] 슈미즈	chevalier[ʃəvalje] 슈발리에
choix[ʃwa] 슈아	chouette[ʃwɛt] 슈에트

3. [ʃ]가 [y], [œ], [ø] 및 [j], [ɥ] 앞에 올 때에는 'ㅅ'으로 적는다.

chute[ʃyt] 쉬트	chuchoter[ʃyʃɔte] 쉬쇼테	pêcheur[pɛʃœːr] 페쇠르
shunt[ʃœːt] 쇵트	fâcheux[faʃø] 파쇠	chien[ʃjɛ̃] 시앵
chuinter[ʃɥɛ̃te] 쉬앵테		

제3항 비자음([ɲ])

1. 어말과 자음 앞의 [ɲ]는 '뉴'로 적는다.

campagne[kɑ̃paɲ] 캉파뉴	dignement[diɲmɑ̃] 디뉴망

2. [ɲ]가 '아, 에, 오, 우' 앞에 올 때에는 뒤따르는 모음과 합쳐 각각 '냐, 녜, 뇨, 뉴'로 적는다.

saignant[sɛɲɑ̃] 세냥	peigner[peɲe] 페녜	agneau[aɲo] 아뇨	mignon[miɲɔ̃] 미뇽

3. [ɲ]가 [ə], [w] 앞에 올 때에는 뒤따르는 소리와 합쳐 '뉴'로 적는다.

| baignoire[bɛɲwaːr] 베뉴아르 | lorgnement[lɔrɲəmɑ̃] 로르뉴망 |

4. 그 밖의 [ɲ]는 'ㄴ'으로 적는다.

magnifique[maɲifik] 마니피크	guignier[giɲje] 기니에
gagneur[gaɲœːr] 가뇌르	montagneux[mɔ̃taɲø] 몽타뇌
peignures[pɛɲyːr] 페뉘르	

제4항 반모음([j])

1. 어말에 올 때에는 '유'로 적는다.

| Marseille[marsɛj] 마르세유 | taille[tɑːj] 타유 |

2. 모음 사이의 [j]는 뒤따르는 모음과 합쳐 '예, 얭, 야, 양, 요, 용, 유, 이' 등으로 적는다. 다만, 뒷 모음이 [ø], [œ]일 때에는 '이'로 적는다.

payer[peje] 페예	billet[bijɛ] 비예	moyen[mwajɛ̃] 무아얭
pleiade[plejad] 플레야드	ayant[ɛjɑ̃] 에양	noyau[nwajo] 누아요
crayon[krɛjɔ̃] 크레용	voyou[vwaju] 부아유	cueillir[kœjiːr] 쾨이르
ïeul[ajœl] 아이욀	aïeux[ajø] 아이외	

3. 그 밖의 [j]는 '이'로 적는다.

| hier[jɛːr] 이에르 | Montesquieu[mɔ̃tɛskjø] 몽테스키외 |
| champion[ʃɑpjɔ̃] 샹피옹 | diable[djɑːbl] 디아블 |

제5항 반모음([w])

[w]는 '우'로 적는다.

| alouette[alwɛt] 알루에트 | douane[dwan] 두안 |
| quoi[kwa] 쿠아 | toi[twa] 투아 |

제4절 에스파냐어의 표기

표 2에 따라 적되, 다음과 같은 특징을 살려서 적는다.

제1항 gu, qu

gu, qu는 i, e 앞에서는 각각 'ㄱ, ㅋ'으로 적고, o 앞에서는 '구, 쿠'로 적는다. 다만, a 앞에서는

242

그 a와 합쳐 '과, 콰'로 적는다.

guerra 게라	queso 케소	Guipuzcoa 기푸스코아
quisquilla 키스키야	antiguo 안티구오	Quórum 쿠오룸
Nicaragua 니카라과	Quarai 콰라이	

제2항 같은 자음이 겹치는 경우에는 겹치지 않은 경우와 같이 적는다. 다만, -cc-는 'ㄱㅅ'으로 적는다.

| carrera 카레라 | carretera 카레테라 | accion 악시온 |

제3항 c, g

c와 g 다음에 모음 e와 i가 올 때에는 c는 'ㅅ'으로, g는 'ㅎ'으로 적고, 그 외는 'ㅋ'과 'ㄱ'으로 적는다.

| Cecilia 세실리아 | cifra 시프라 | georgico 헤오르히코 |
| giganta 히간타 | coquito 코키토 | gato 가토 |

제4항 x

x가 모음 앞에 오되 어두일 때에는 'ㅅ'으로 적고, 어중일 때에는 'ㄱㅅ'으로 적는다.

| xilofono 실로포노 | laxante 락산테 |

제5항 l

어말 또는 자음 앞의 l은 받침 'ㄹ'로 적고, 어중의 l이 모음 앞에 올 때에는 'ㄹㄹ'로 적는다.

| ocal 오칼 | colcren 콜크렌 |
| blandon 블란돈 | Cecilia 세실리아 |

제6항 nc, ng

c와 g 앞에 오는 n은 받침 'ㅇ'으로 적는다.

| blanco 블랑코 | yungla 융글라 |

제5절 이탈리아어의 표기

표 3에 따르고, 다음과 같은 특징은 살려서 적는다.

제1항 gl

i 앞에서는 'ㄹㄹ'로 적고, 그 밖의 경우에는 '글ㄹ'로 적는다.

i 앞	paglia 팔리아	그 외	gloria 글로리아
	egli 엘리		glossa 글로사

제2항 gn

뒤따르는 모음과 합쳐 '냐', '녜', '뇨', '뉴', '니'로 적는다.

montagna 몬타냐	gneiss 녜이스	gnocco 뇨코
gnu 뉴	ogni 오니	

제3항 sc

sce는 '셰'로, sci는 '시'로 적고, 그 밖의 경우에는 '스ㅋ'으로 적는다.

crescendo 크레셴도	scivolo 시볼로	Tosca 토스카	scudo 스쿠도

제4항 같은 자음이 겹쳤을 때에는 겹치지 않은 경우와 같이 적는다. 다만, -mm-, -nn-의 경우는 'ㅁㅁ', 'ㄴㄴ'으로 적는다.

Puccini 푸치니	buffa 부파	allegretto 알레그레토	carro 카로
rosso 로소	Abruzzo 아브루초	gomma 곰마	bisnonno 비스논노

제5항 c, g

1. c와 g는 e, i 앞에서 각각 'ㅊ', 'ㅈ'으로 적는다.

cenere 체네레	genere 제네레	cima 치마	gita 지타

2. c와 g 다음에 ia, io, iu가 올 때에는 각각 '차, 초, 추', '자, 조, 주'로 적는다.

caccia 카차	micio 미초	ciuffo 추포
giardino 자르디노	giorno 조르노	giubba 주바

제6항 qu

qu는 뒤따르는 모음과 합쳐 '콰, 퀘, 퀴' 등으로 적는다. 다만, o 앞에서는 '쿠'로 적는다.

soqquadro 소콰드로	quello 퀠로	quieto 퀴에토	quota 쿠오타

제7항 l, ll

어말 또는 자음 앞의 l, ll은 받침으로 적고, 어중의 l, ll이 모음 앞에 올 때에는 'ㄹㄹ'로 적는다.

sol 솔	polca 폴카
Carlo 카를로	quello 퀠로

제6절 일본어의 표기

표 4에 따르고, 다음 상황에 유의하여 적는다.

제1항 촉음(促音) [ッ]는 'ㅅ'으로 통일해서 적는다.

サッポロ 삿포로	トットリ 돗토리	ヨッカイチ 욧카이치

제2항 장모음

장모음은 따로 표기하지 않는다.

キュウシュウ(九州) 규슈	ニイガタ(新潟) 니가타
トウキョウ(東京) 도쿄	オオサカ(大阪) 오사카

제7절 중국어의 표기

표 5에 따르고, 다음 사항에 유의하여 적는다.

제1항 성조는 구별하여 적지 아니한다.

제2항 'ㅈ, ㅉ, ㅊ'으로 표기되는 자음(ㄐ, ㄓ, ㄗ, ㄑ, ㄔ, ㄘ) 뒤의 'ㅑ, ㅖ, ㅛ, ㅠ' 음은 'ㅏ, ㅔ, ㅗ, ㅜ'로 적는다.

ㄐㅣㄚ 쟈→자	ㄐㅣㄝ 졔→제

제8절 폴란드어의 표기

표 6에 따르고, 다음과 같은 특징을 살려서 적는다.

제1항 k, p

어말과 유성 자음 앞에서는 '으'를 붙여 적고, 무성 자음 앞에서는 받침으로 적는다.

zamek 자메크	mokry 모크리	Słupsk 스웁스크

제2항 b, d, g

1. 어말에 올 때에는 '프', '트', '크'로 적는다.

od 오트

2. 유성 자음 앞에서는 '브', '드', '그'로 적는다.

zbrodnia 즈브로드니아

3. 무성 자음 앞에서 b, g는 받침으로 적고, d는 '트'로 적는다.

Grabski 그랍스키	odpis 오트피스

제3항 w, z, ź, dz, ż, rz, sz

1. w, z, ź, dz가 무성 자음 앞이나 어말에 올 때에는 '프, 스, 시, 츠'로 적는다.

zabawka 자바프카	obraz 오브라스

2. ż와 rz는 모음 앞에 올 때에는 'ㅈ'으로 적되, 앞의 자음이 무성 자음일 때에는 '시'로 적는다. 유성 자음 앞에 올 때에는 '주', 무성 자음 앞에 올 때에는 '슈', 어말에 올 때에는 '시'로 적는다.

Rzeszów 제슈프	Przemyśl 프셰미실	grzmot 그주모트
łóżko 우슈코	pęcherz 펭헤시	

3. sz는 자음 앞에서는 '슈', 어말에서는 '시'로 적는다.

koszt 코슈트	kosz 코시

제4항 ł

1. ł는 뒤따르는 모음과 결합할 때 합쳐서 적는다. (ło는 '워'로 적는다.) 다만, 자음 뒤에 올 때에는 두 음절로 갈라 적는다.

łono 워노	głowa 그워바

2. ół는 '우'로 적는다.

제5항 l

어중의 l이 모음 앞에 올 때에는 'ㄹㄹ'로 적는다.

olej 올레이

제6항 m

어두의 m이 l, r 앞에 올 때에는 '으'를 붙여 적는다.

mleko 믈레코	mrówka 므루프카

제7항 ę

ę은 '엥'으로 적는다. 다만, 어말의 ę는 '에'로 적는다.

ręka 렝카	proszę프로셰

제8항 'ㅈ', 'ㅊ'으로 표기되는 자음(c, z) 뒤의 이중 모음은 단모음으로 적는다.

제9절 체코어의 표기

표 7에 따르고, 다음과 같은 특징을 살려서 적는다.

제1항 k, p

어말과 유성 자음 앞에서는 '으'를 붙여 적고, 무성 자음 앞에서는 받침으로 적는다.

mozek 모제크	koroptev 코롭테프

제2항 b, d, ď, g

1. 어말에 올 때에는 '프', '트', '티', '크'로 적는다.

led 레트

2. 유성 자음 앞에서는 '브', '드', '디', '그'로 적는다.

ledvina 레드비나

3. 무성 자음 앞에서 b, g는 받침으로 적고, d, ď는 '트', '티'로 적는다.

obchod 옵호트	odpadky 오트파트키

제3항 v, w, z, ř, ž, š

1. v, w, z가 무성 자음 앞이나 어말에 올 때에는 '프, 프, 스'로 적는다.

hmyz 흐미스

2. ř, ž가 유성 자음 앞에 올 때에는 '르주', '주', 무성 자음 앞에 올 때에는 '르슈', '슈', 어말에 올 때에는 '르시', '시'로 적는다.

námořník 나모르주니크	hořký호르슈키	kouř코우르시

3. š는 자음 앞에서는 '슈', 어말에서는 '시'로 적는다.

puška 푸슈카	myš 미시

제4항 l, lj

어중의 l, lj가 모음 앞에 올 때에는 'ㄹㄹ', 'ㄹ리'로 적는다.

kolo 콜로

제5항 m

m이 r 앞에 올 때에는 '으'를 붙여 적는다.

humr 후므르

제6항 자음에 'ě'가 결합되는 경우에는 '예' 대신에 '에'로 적는다. 다만, 자음이 'ㅅ'인 경우에는 '셰'로 적는다.

věk 베크	sěst 셰스트

제10절 세르보크로아트어의 표기

표 8에 따르고, 다음과 같은 특징을 살려서 적는다.

제1항 k, p

k, p는 어말과 유성 자음 앞에서는 '으'를 붙여 적고, 무성 자음 앞에서는 받침으로 적는다.

jastuk 야스투크	opština 옵슈티나

제2항 l, lj

어중의 l, lj가 모음 앞에 올 때에는 'ㄹㄹ', 'ㄹ리'로 적는다.

kula 쿨라	Ljubljana 류블랴나

제3항 m

어두의 m이 l, r, n 앞에 오거나 어중의 m이 r 앞에 올 때에는 '으'를 붙여 적는다.

mlad 믈라드	mnogo 므노고	smrt 스므르트

제4항 š

š는 자음 앞에서는 '슈', 어말에서는 '시'로 적는다.

šljivovica 슐리보비차	Niš 니시

제5항 자음에 je가 결합되는 경우에는 '예' 대신에 '에'로 적는다. 다만, 자음이 'ㅅ'인 경우에는 '셰'로 적는다.

bjedro 베드로	sjedlo 셰들로

제11절 루마니아어의 표기

표 9에 따르고, 다음과 특징을 살려서 적는다.

제1항 c, p
어말과 유성 자음 앞에서는 '으'를 붙여 적고, 무성 자음 앞에서는 받침으로 적는다.

cap 카프	Cîntec 큰테크
factură 팍투러	septembrie 셉템브리에

제2항 c, g
c, g는 e, i 앞에서는 각각 'ㅊ', 'ㅈ'으로, 그 밖의 모음 앞에서는 'ㅋ', 'ㄱ'으로 적는다.

cap 카프	centru 첸트루	Galaţi 갈라치	Gigel 지젤

제3항 l
어중의 l이 모음 앞에 올 때에는 'ㄹㄹ'로 적는다.

clei 클레이

제4항 n
n이 어말에서 m 뒤에 올 때는 '으'를 붙여 적는다.

lemn 렘느	pumn 품느

제5항 e
e는 '에'로 적되, 인칭 대명사 및 동사 este, era 등의 어두 모음 e는 '예'로 적는다.

Emil 에밀	eu 예우	el 옐
este 예스테	era 예라	

제12절 헝가리어의 표기

표 10에 따르고, 다음과 같은 특징을 살려서 적는다.

제1항 k, p
어말과 유성 자음 앞에서는 '으'를 붙여 적고, 무성 자음 앞에서는 받침으로 적는다.

ablak 어블러크	csipke 칩케

제2항 bb, cc, dd, ff, gg, ggy, kk, ll, lly, nn, nny, pp, rr, ss, ssz, tt, tty는 b, c, d, f, g, gy, k, l, ly, n, ny, p, r, s, sz, t, ty와 같이 적는다. 다만, 어중의 nn, nny와 모음 앞의 ll은 'ㄴㄴ', 'ㄴ니', 'ㄹㄹ'로 적는다.

között 쾨죄트	dinnye 딘네	nulla 눌러

제3항 l
어중의 l이 모음 앞에 올 때에는 'ㄹㄹ'로 적는다.

olaj 올러이

제4항 s
s는 자음 앞에서는 '슈', 어말에서는 '시'로 적는다.

Pest 페슈트	lapos 러포시

제5항 자음에 ye가 결합되는 경우에는 '예' 대신에 '에'로 적는다. 다만, 자음이 'ㅅ'인 경우에는 '셰'로 적는다.

nyer 네르	selyem 셰옘

제13절 스웨덴어의 표기

표 11에 따르고, 다음과 같은 특징을 살려서 적는다.

제1항
1. b, g가 무성 자음 앞에 올 때에는 받침 'ㅂ, ㄱ'으로 적는다.

snabbt 스납트	högst 획스트

2. k, ck, p, t는 무성 자음 앞에서 받침 'ㄱ, ㄱ, ㅂ, ㅅ'으로 적는다.

oktober 옥토베르	Stockholm 스톡홀름	Uppsala 웁살라	Botkyrka 봇쉬르카

제2항 c는 'ㅋ'으로 적되, e, i, ä, y, ö앞에서는 'ㅅ'으로 적는다.

campa 캄파	Celsius 셀시우스

제3항 g

1. 모음 앞의 g는 'ㄱ'으로 적되, e, i, ä, y, ö앞에서는 '이'로 적고 뒤따르는 모음과 합쳐 적는다.

Gustav 구스타브	Göteborg 예테보리

2. lg, rg의 g는 '이'로 적는다.

älg 엘리	Borg 보리

3. n 앞의 g는 'ㅇ'으로 적는다.

Magnus 망누스

4. 무성 자음 앞의 g는 받침 'ㄱ'으로 적는다.

högst 획스트

5. 그 밖의 자음 앞과 어말에서는 '그'로 적는다.

Ludvig 루드비그	Greta 그레타

제4항 j는 자음과 모음 사이에 올 때에 앞의 자음과 합쳐서 적는다.

fjäril 피에릴	mjuk 미우크	kedja 셰디아	Björn 비에른

제5항 k는 'ㅋ'으로 적되, e, i, ä, y, ö앞에서는 '시'로 적고 뒤따르는 모음과 합쳐 적는다.

Kungsholm 쿵스홀름	Norrköping 노르셰핑

제6항 어말 또는 자음 앞의 l은 받침 'ㄹ'로 적고, 어중의 l이 모음 앞에 올 때에는 'ㄹㄹ'로 적는다.

folk 폴크	tal 탈	tala 탈라

제7항 어두의 lj는 '이'로 적되 뒤따르는 모음과 합쳐 적고, 어중의 lj는 'ㄹ리'로 적는다.

Ljusnan 유스난	Södertälje 쇠데르텔리에

제8항 n은 어말에서 m 다음에 올 때 적지 않는다.

Karlshamn 칼스함	namn 남

제9항 nk는 자음 t 앞에서는 'ㅇ'으로, 그 밖의 경우에는 'ㅇ크'로 적는다.

anka 앙카	Sankt 상트	punkt 풍트	bank 방크

제10항 sk는 '스ㅋ'으로 적되 e, i, ä, y, ö앞에서는 '시'로 적고, 뒤따르는 모음과 합쳐 적는다.

Skoglund 스코글룬드	skuldra 스쿨드라	skål 스콜
skörd 셰르드	skydda 쉬다	

제11항 ö는 '외'로 적되 g, j, k, kj, lj, skj 다음에서는 '에'로 적고, 앞의 '이' 또는 '시'와 합쳐서 적는다. 다만, jö앞에 그 밖의 자음이 올 때에는 j는 앞의 자음과 합쳐 적고, ö는 '에'로 적는다.

Örebro 외레브로	Göta 예타	Jönköping 옌셰핑
Björn 비에른	Björling 비엘링	mjöl 미엘

제12항 같은 자음이 겹치는 경우에는 겹치지 않은 경우와 같이 적는다. 단, mm, nn은 모음 앞에서 'ㅁㅁ', 'ㄴㄴ'으로 적는다.

Kattegatt 카테가트	Norrköping 노르셰핑	Uppsala 웁살라
Bromma 브롬마	Dannemora 단네모라	

14절 노르웨이어의 표기

표 12에 따르고, 다음과 같은 특징을 살려서 적는다.

제1항

1. b, g가 무성 자음 앞에 올 때에는 받침 'ㅂ, ㄱ'으로 적는다.

Ibsen 입센	sagtang 삭탕

2. k, p, t는 무성 자음 앞에서 받침 'ㄱ, ㅂ, ㅅ'으로 적는다.

lukt 룩트	september 셉템베르	husets 후셋스

제2항 c는 'ㅋ'으로 적되, e, i, y, æ, ø 앞에서는 'ㅅ'으로 적는다.

Jacob 야코브	Vincent 빈센트

제3항 d

1. 모음 앞의 d는 'ㄷ'으로 적되, 장모음 뒤에서는 적지 않는다.

Bodø 보되	Norden 노르덴	(장모음 뒤) spade 스파에

2. ld, nd의 d는 적지 않는다.

Harald 하랄	Aasmund 오스문

3. 장모음+rd의 d는 적지 않는다.

fjord 피오르	Halvard 할바르	nord 노르

4. 단모음+rd의 d는 어말에서는 '드'로 적는다.

ferd 페르드	mord 모르드

5. 장모음+d의 d는 적지 않는다.

glad 글라	Sjaastad 쇼스타

6. 그 밖의 경우에는 '드'로 적는다.

dreng 드렝	bad 바드

※ 모음의 장단에 대해서는 노르웨이어의 발음을 보여 주는 사전을 참조하여야 한다.

제4항 g

1. 모음 앞의 g는 'ㄱ'으로 적되 e, i, y, æ, ø 앞에서는 '이'로 적고 뒤따르는 모음과 합쳐 적는다.

god 고드	gyllen 윌렌

2. g는 이중 모음 뒤와 ig, lig에서는 적지 않는다.

haug 헤우	deig 데이	Solveig 솔베이
fattig 파티	farlig 팔리	

3. n 앞의 g는 'ㅇ'으로 적는다.

Agnes 앙네스	Magnus 망누스

4. 무성 자음 앞의 g는 받침 'ㄱ'으로 적는다.

sagtang 삭탕

5. 그 밖의 자음 앞과 어말에서는 'ㄱ'로 적는다.

berg 베르그	helg 헬그	Grieg 그리그

제5항 j는 자음과 모음 사이에 올 때에 앞의 자음과 합쳐서 적는다.

Bjørn 비에른	fjord 피오르	Skodje 스코디에
Evje 에비에	Tjeldstø 티엘스퇴	

제6항 k는 'ㅋ'으로 적되 e, i, y, æ, ø 앞에서는 '시'로 적고, 뒤따르는 모음과 합쳐 적는다.

Rikard 리카르드	Kirsten 시르스텐

제7항 어말 또는 자음 앞의 l은 받침 'ㄹ'로 적고, 어중의 l이 모음 앞에 올 때에는 'ㄹㄹ'로 적는다.

sol 솔	Quisling 크비슬링

제8항 nk는 자음 t 앞에서는 'ㅇ'으로, 그 밖의 경우에는 'ㅇㅋ'로 적는다.

punkt 풍트	bank 방크

제9항 sk는 '스ㅋ'로 적되, e, i, y, æ, ø 앞에서는 '시'로 적고 뒤따르는 모음과 합쳐 적는다.

skatt 스카트	Skienselv 시엔스엘브

제10항 t

1. 어말 관사 et의 t는 적지 않는다.

huset 후세	møtet 뫼테	taket 타케

2. 다만, 어말 관사 et에 s가 첨가되면 받침 'ㅅ'으로 적는다.

husets 후셋스

제11항 eg

1. eg는 n, l 앞에서 '에이'로 적는다.

regn 레인	tegn 테인	negl 네일

2. 그 밖의 경우에는 '에그'로 적는다.

deg 데그	egg 에그

제12항 ø는 '외'로 적되, g, j, k, kj, lj, skj 다음에서는 '에'로 적고 앞의 '이' 또는 '시'와 합쳐서 적는다. 다만, jø 앞에 그 밖의 자음이 올 때에는 j는 앞의 자음과 합쳐 적고 ø는 '에'로 적는다.

Bodø 보되	Gjøvik 예비크	Bjørn 비에른

제13항 같은 자음이 겹치는 경우에는 겹치지 않은 경우와 같이 적는다. 단, mm, nn은 모음 앞에서 'ㅁㅁ', 'ㄴㄴ'으로 적는다.

Moss 모스	Mikkjel 미셸
Matthias 마티아스	Hammerfest 함메르페스트

제15절 덴마크어의 표기

표 13에 따르고, 다음과 같은 특징은 살려서 적는다.

제1항

1. b는 무성 자음 앞에서 받침 'ㅂ'으로 적는다.

Jacobsen 야콥센	Jakobsen 야콥센

2. k, p, t는 무성 자음 앞에서 받침 'ㄱ, ㅂ, ㅅ'으로 적는다.

insekt 인섹트	september 셉템베르	nattkappe 낫카페

제2항 c는 'ㅋ'으로 적되, e, i, y, æ, ø 앞에서는 'ㅅ'으로 적는다.

campere 캄페레	centrum 센트룸

제3항 d

1. ds, dt, ld, nd, rd의 d는 적지 않는다.

plads 플라스	kridt 크리트	fødte 푀테	vold 볼
Kolding 콜링	Öresund 외레순	Jylland 윌란	hård 호르
bord 보르	nord 노르		

2. 다만, ndr의 d는 '드'로 적는다.

andre 안드레	vandre 반드레

3. 그 밖의 경우에는 '드'로 적는다.

dreng 드렝

제4항 g

1. 어미 ig의 g는 적지 않는다.

vældig 벨디	mandig 만디	herlig 헤를리
lykkelig 뤼켈리	Grundtvig 그룬트비	

2. u와 l 사이의 g는 적지 않는다.

fugl 풀	kugle 쿨레

3. borg, berg의 g는 적지 않는다.

Nyborg 뉘보르	Esberg 에스베르	Frederiksberg 프레데릭스베르

4. 그 밖의 자음 앞과 어말에서는 '그'로 적는다.

magt 마그트	dug 두그

제5항 j는 자음과 모음 사이에 올 때에 앞의 자음과 합쳐서 적는다.

Esbjerg 에스비에르	Skjern 스키에른
Kjellerup 키엘레루프	Fjellerup 피엘레루프

제6항 어말 또는 자음 앞의 l은 받침 'ㄹ'로 적고, 어중의 l이 모음 앞에 올 때에는 'ㄹㄹ'로 적는다.

Holstebro 홀스테브로	Lolland 롤란

제7항 v

1. 모음 앞의 v는 'ㅂ'으로 적되, 단모음 뒤에서는 '우'로 적는다.

Vejle 바일레	dvale 드발레	pulver 풀베르	rive 리베
lyve 뤼베	løve 뢰베	doven 도우엔	hoven 호우엔
oven 오우엔	sove 소우에		

2. lv의 v는 묵음일 때 적지 않는다.

halv 할	gulv 굴

3. av, æv, øv, ov, ev에서는 '우'로 적는다.

gravsten 그라우스텐	havn 하운	København 쾨벤하운
Thorshavn 토르스하운	jævn 예운	Støvle 스퇴울레
lov 로우	rov 로우	Hjelmslev 옐름슬레우

4. 그 밖의 경우에는 '브'로 적는다.

arv 아르브

※ 묵음과 모음의 장단에 대해서는 덴마크어의 발음을 보여 주는 사전을 참조하여야 한다.

제8항 같은 자음이 겹치는 경우에는 겹치지 않은 경우와 같이 적는다.

lykkelig 뤼켈리	hoppe 호페	Hjørring 예링
blomme 블로메	Rønne 뢰네	

제16절 말레이인도네시아어의 표기

표 14에 따르고, 다음과 같은 특징을 살려서 적는다.

제1항 유음이나 비음 앞에 오는 파열음은 '으'를 붙여 적는다.

Prambanan 프람바난	Trisno 트리스노	Ibrahim 이브라힘
Fakhrudin 파크루딘	Tasikmalaya 타시크말라야	Supratman 수프라트만

제2항 sy는 뒤따르는 모음과 합쳐서 '샤, 셰, 시, 쇼, 슈' 등으로 적는다. 구철자 sh는 sy와 마찬가지로 적는다.

Syarwan 샤르완	Syed 솃
Paramesywara 파라메시와라	Shah 샤

제3항 인도네시아어의 구철자 dj와 tj는 신철자 j, c와 마찬가지로 적는다.

Djakarta 자카르타	Banda Atjeh 반다아체
Jakarta 자카르타	Banda Aceh 반다아체

제4항 인도네시아어의 구철자 j와 sj는 신철자 y, sy와 마찬가지로 적는다.

Jusuf 유숩	Sjarifuddin 샤리푸딘
Yusuf 유숩	Syarifuddin 샤리푸딘

제5항 인도네시아어의 구철자 bh와 dh는 신철자 b, d와 마찬가지로 적는다.

Bhinneka 비네카	Yudhoyono 유도요노
Binneka 비네카	Yudoyono 유도요노

제6항 인도네시아어의 구철자 ch는 신철자 kh와 마찬가지로 적는다.

Chairil 하이릴	Bacharuddin 바하루딘
Khairil 하이릴	Bakharuddin 바하루딘

제7항 말레이시아어의 구철자 ch는 신철자 c와 마찬가지로 적는다.

Changi 창이	Kuching 쿠칭
Cangi 창이	Kucing 쿠칭

제8항 말레이시아어 철자법에 따라 표기한 gh, th는 각각 g, t와 마찬가지로 적는다.

Ghazali 가잘리	Gazali 가잘리
baligh 발릭	balig 발릭
Mahatir 마하티르 (인도네시아어 철자법)	Mahathir 마하티르 (말레이시아어 철자법)

제9항 어중의 l이 모음 앞에 올 때에는 'ㄹㄹ'로 적는다.

Palembang 팔렘방	Malik 말릭

제10항 같은 자음이 겹쳐 나올 때에는 한 번만 적는다.

Hasanuddin 하사누딘	Mohammad 모하맛
Mappanre 마판레	Bukittinggi 부키팅기

제11항 반모음 w는 뒤의 모음과 합쳐 '와', '웨' 등으로 적는다. 자음 뒤에 w가 올 때에는 두 음절로 갈라 적되, 앞에 자음 k가 있으면 '콰', '퀘' 등으로 한 음절로 붙여 적는다.

Megawati 메가와티	Anwar 안와르
kwartir 콰르티르	kweni 퀘니

제12항 반모음 y는 뒤의 모음과 합쳐 '야', '예' 등으로 적으며 앞에 자음이 있을 경우에는 그 자

음까지 합쳐 적는다. 다만 g나 k가 y 앞에 올 때에는 합쳐 적지 않고 뒤 모음과만 합쳐 적는다.

| Yadnya 야드냐 | tanya 타냐 |
| Satya 사탸 | Yogyakarta 욕야카르타 |

제13항 e는 [e]와 [ə] 두 가지로 소리 나므로 발음을 확인하여 [e]는 '에'로 [ə]는 '으'로 적는다. 다만, ye의 e가 [ə]일 때에는 ye를 '여'로 적는다.

| Ampenan 암페난 | sate 사테 | Cirebon 치르본 |
| kecapi 크차피 | Yeh Sani 예사니 | Nyepi 녀피 |

제14항 같은 모음이 겹쳐 나올 때에는 한 번만 적는다.

| Pandaan 판단 | saat 삿 |

제15항 인도네시아어의 구철자 중모음 표기 oe, ie는 신철자 u, i와 마찬가지로 '우, 이'로 적는다.

| Bandoeng 반둥 | Habibie 하비비 |
| Bandung 반둥 | Habibi 하비비 |

제17절 타이어의 표기

표 15에 따르고, 다음과 같은 특징을 살려서 적는다.

제1항 유음 앞에 오는 파열음은 '으'를 붙여 적는다.

| Nakhaprathip 나카쁘라팁 | Krung Thep 끄룽텝 |
| Phraya 프라야 | Songkhram 송크람 |

제2항 모음 사이에서 l은 'ㄹㄹ'로, ll은 'ㄴㄹ'로 적는다.

| thale 탈레 | malako 말라꼬 |
| Sillapaacha 신라빠차 | Kallasin 깐라신 |

제3항 같은 자음이 겹쳐 있을 때에는 겹치지 않은 경우와 같이 적는다. -pph-, -tth- 등 같은 계열의 자음이 겹쳐 나올 때에도 겹치지 않은 경우와 같이 적는다. 다만, -mm-, -nn-의 경우에는 'ㅁㅁ', 'ㄴㄴ'으로 적는다.

| Suwit Khunkitti 수윗 쿤끼띠 | Pattani 빠따니 |
| Ayutthaya 아유타야 | Thappharangsi 타파랑시 |

Thammamongkhon 탐마몽콘	Lanna Thai 란나타이

제4항 관용적 로마자 표기에서 c 대신 쓰이는 j는 c와 마찬가지로 적는다.

Janthaphimpha 짠타핌파	Jit Phumisak 찟 푸미삭

제5항 sr와 thr는 모음 앞에서 s와 마찬가지로 'ㅅ'으로 적는다.

Intharasuksri 인타라숙시	Sri Chang 시창	Bangthrai 방사이

제6항 반모음 y는 모음 사이, 또는 어두에 있을 때에는 뒤의 모음과 합쳐 '야, 예' 등으로 적으며, 자음과 모음 사이에 있을 때에는 앞의 자음과는 갈라 적고 뒤의 모음과는 합쳐 적는다.

khaoniyao 카오니야오	yai 야이
Adunyadet 아둔야뎃	lamyai 람야이

제7항 반모음 w는 뒤의 모음과 합쳐 '와', '웨' 등으로 적는다. 자음 뒤에 w가 올 때에는 두 음절로 갈라 적되, 앞에 자음 k, kh가 있으면 '꽈', '콰', '꿰', '퀘' 등으로 한 음절로 붙여 적는다.

Suebwongli 습윙리	Sukhumwit 수쿰윗
Huaikhwang 후아이쾅	Maenamkhwe 매남퀘

제8항 관용적 로마자 표기에서 사용되는 or는 '오'로 적고, oo는 '우'로, ee는 '이'로 적는다.

Korn 꼰	Somboon 솜분	Meechai 미차이

제18절 베트남어의 표기

표 16에 따르고, 다음과 같은 특징을 살려서 적는다.

제1항 nh는 이어지는 모음과 합쳐서 한 음절로 적는다. 어말이나 자음 앞에서는 받침 'ㄴ'으로 적되, 그 앞의 모음이 a인 경우에는 a와 합쳐 '아인'으로 적는다.

Nha Trang 냐짱	HôChi Minh 호찌민
Thanh Hoa 타인호아	Đông Khanh 동카인

제2항 qu는 이어지는 모음이 a일 경우에는 합쳐서 '꽈'로 적는다.

Quang 꽝	hat quan ho 핫꽌호
Quôc 꾸옥	Quyên 꾸옌

제3항 y는 뒤따르는 모음과 합쳐서 한 음절로 적는다.

yên 옌	Nguyên 응우옌

제4항 어중의 l이 모음 앞에 올 때에는 'ㄹㄹ'로 적는다.

klông put 끌롱뿟	Pleiku 쁠래이꾸	Ha Long 할롱	My Lai 밀라이

다만, 인명의 성과 이름은 별개의 단어로 보아 이 규칙을 적용하지 않는다.

Thê Lu 테르	Chê Lan Viên 쩨란비엔

제19절 포르투갈어의 표기

표 17에 따르고, 다음과 같은 특징을 살려서 적는다. 다만 '브라질 포르투갈어에서'라는 단서가 붙은 조항은 브라질 지명·인명의 표기에만 적용한다.

제1항 c, g

c, g는 a, o, u 앞에서는 각각 'ㅋ, ㄱ'으로 적고, e, i 앞에서는 'ㅅ, ㅈ'으로 적는다.

Cabral 카브랄	Camocim 카모싱
Egas 에가스	Gil 질

제2항 gu, qu

gu, qu는 a, o, u 앞에서는 각각 '구, 쿠'로 적고, e, i 앞에서는 'ㄱ, ㅋ'으로 적는다.

Iguaçú 이구아수	Araquari 아라쿠아리
Guerra 게하	Aquilino 아킬리누

제3항 d, t

d, t는 'ㄷ, ㅌ'으로 적는다. 다만, 브라질 포르투갈어에서 i 앞이나 어말 e 및 어말 -es 앞에서는 'ㅈ, ㅊ'으로 적는다.

Amado 아마두	Costa 코스타
Diamantina 디아만티나	Diamantina 지아만치나 (브)
Alegrete 알레그레트	Alegrete 알레그레치 (브)
Montes 몬트스	Montes 몬치스 (브)

제4항 어말의 -che는 '시'로 적는다.

261

| Angoche 앙고시 | Peniche 페니시 |

제5항 l

1. 어중의 l이 모음 앞에 오거나 모음이 따르지 않는 비음 앞에 오는 경우에는 'ㄹㄹ'로 적는다. 다만, 비음 뒤의 l은 모음 앞에 오더라도 'ㄹ'로 적는다.

| Carlos 카를루스 | Amalia 아말리아 |

2. 어말 또는 자음 앞의 l은 받침 'ㄹ'로 적는다. 다만, 브라질 포르투갈어에서 자음 앞이나 어말에 오는 경우에는 '우'로 적되, 어말에 -ul이 오는 경우에는 '울'로 적는다.

제6항 m, n은 각각 'ㅁ, ㄴ'으로 적고, 어말에서는 모두 받침 'ㅇ'으로 적는다. 어말 -ns의 n도 받침 'ㅇ'으로 적는다.

| Manuel 마누엘 | Moniz 모니스 | Campos 캄푸스 | Vincente 빈센트 |
| Santarém 산타렝 | Rondon 혼동 | Lins 링스 | Rubens 후벵스 |

제7항 ng, nc, nq 연쇄에서 'g, c, q'가 'ㄱ'이나 'ㅋ'으로 표기되면 'n'은 받침 'ㅇ'으로 적는다.

Angola 앙골라	Angelo 안젤루
Branco 브랑쿠	Francisco 프란시스쿠
Conquista 콩키스타	Junqueiro 중케이루

제8항 r는 어두나 n, l, s 뒤에 오는 경우에는 'ㅎ'으로 적고, 그 밖의 경우에는 'ㄹ, 르'로 적는다.

| Ribeiro 히베이루 | Henrique 엔히크 |
| Bandeira 반데이라 | Salazar 살라자르 |

제9항 s

1. 어두나 모음 앞에서는 'ㅅ'으로 적고, 모음 사이에서는 'ㅈ'으로 적는다.

| Salazar 살라자르 | Afonso 아폰수 |
| Barroso 바호주 | Gervasio 제르바지우 |

2. 무성 자음 앞이나 어말에서는 '스'로 적고, 유성 자음 앞에서는 '즈'로 적는다.

| Fresco 프레스쿠 | Soares 소아르스 |
| mesmo 메즈무 | comunismo 코무니즈무 |

제10항 sc, sç, xc

262

sc와 xc는 e, i 앞에서 'ㅅ'으로 적는다. sç는 항상 'ㅅ'으로 적는다.

Nascimento 나시멘투	piscina 피시나
excelente 이셀렌트	cresça 크레사

제11항 x는 '시'로 적되, 어두 e와 모음 사이에 오는 경우에는 'ㅈ'으로 적는다.

Teixeira 테이셰이라	lixo 리슈	exame 이자므	exemplo 이젬플루

제12항 같은 자음이 겹치는 경우에는 겹치지 않은 경우와 같이 적는다. 다만, rr는 'ㅎ, 흐'로, ss는 'ㅅ, 스'로 적는다.

Garrett 가헤트	Barroso 바호주	Mattoso 마토주	Toress 토레스

제13항 o는 '오'로 적되, 어말이나 -os의 o는 '우'로 적는다.

Nobre 노브르	António 안토니우	Melo 멜루
Saramago 사라마구	Passos 파수스	Lagos 라구스

제14항 e는 '에'로 적되, 어두 무강세 음절에서는 '이'로 적는다. 어말에서는 '으'로 적되, 브라질 포르투갈어에서는 '이'로 적는다.

Montemayor 몬테마요르	Estremoz 이스트레모스	Chifre 시프르
Chifre 시프리 (브)	de 드	de 지 (브)

제15항 -es

1. p, b, m, f, v 다음에 오는 어말 -es는 '-에스'로 적는다.

Lopes 로페스	Gomes 고메스	Neves 네베스	Chaves 샤베스

2. 그 밖의 어말 -es는 '-으스'로 적는다. 다만, 브라질 포르투갈어에서는 '-이스'로 적는다.

Soares 소아르스	Pires 피르스
Dorneles 도르넬리스 (브)	Correntes 코헨치스 (브)

※ 포르투갈어 강세 규칙은 다음과 같다.

① 자음 l, r, z, 모음 i, u, 비음 im, um, ã, ão, ões로 끝나는 단어는 마지막 음절에 강세가 온다.

② á, é, ê, ó, ô, í, ú등과 같이 단어에 강세 표시가 있는 경우는 그곳에 강세가 온다.

③ 그 밖의 경우에는 끝에서 두 번째 음절에 강세가 온다.

제20절 네덜란드어의 표기

표 18에 따르고, 다음과 같은 특징을 살려서 적는다.

제1항 무성 파열음 p, t, k는 자음 앞이나 어말에 올 경우에는 각각 받침 'ㅂ, ㅅ, ㄱ'으로 적는다. 다만, 앞 모음이 이중 모음이거나 장모음(같은 모음을 겹쳐 적는 경우)인 경우와 앞이나 뒤의 자음이 유음이나 비음인 경우에는 '프, 트, 크'로 적는다.

Wit 빗	Gennip 헤닙
Kapteyn 캅테인	september 셉템버르
Petrus 페트뤼스	Arcadelt 아르카덜트
Hoop 호프	Eijkman 에이크만

제2항 유성 파열음 b, d가 어말에 올 경우에는 각각 '프, 트'로 적고, 어중에 올 경우에는 앞이나 뒤의 자음이 유음이나 비음인 경우와 앞 모음이 이중 모음이거나 장모음(같은 모음을 겹쳐 적는 경우)인 경우에는 '브, 드'로 적는다. 그 외에는 모두 받침 'ㅂ, ㅅ'으로 적는다.

Bram 브람	Hendrik 헨드릭	Jakob 야코프
Edgar 엣하르	Zeeland 제일란트	Koenraad 쿤라트

제3항 v가 어두에 올 경우에는 'ㅍ, 프'로 적고, 그 외에는 모두 'ㅂ, 브'로 적는다.

Veltman 펠트만	Vries 프리스
Grave 흐라버	Weltevree 벨테브레이

제4항 c는 차용어에 쓰이므로 해당 언어의 발음에 따라 'ㅋ'이나 'ㅅ'으로 적는다.

Nicolaas 니콜라스	Hendricus 헨드리퀴스
cyaan 시안	Franciscus 프란시스퀴스

제5항 g, ch는 'ㅎ'으로 적되, 차용어의 경우에는 해당 언어의 발음에 따라 적는다.

gulden 휠던	Haag 하흐	Hooch 호흐
Volcher 폴허르	Eugene 외젠	Michael 미카엘

제6항 -tie는 '시'로 적는다.

natie 나시	politie 폴리시

제7항 어중의 l이 모음 앞에 오거나 모음이 따르지 않는 비음 앞에 올 때에는 'ㄹㄹ'로 적는다.

다만, 비음 뒤의 l은 모음 앞에 오더라도 'ㄹ'로 적는다.

| Tiele 틸러 | Zalm 잘름 | Berlage 베를라허 | Venlo 펜로 |

제8항 nk

k 앞에 오는 n은 받침 'ㅇ'으로 적는다.

| Frank 프랑크 | Hiddink 히딩크 |
| Benk 벵크 | Wolfswinkel 볼프스빙컬 |

제9항 같은 자음이 겹치는 경우에는 겹치지 않은 경우와 같이 적는다.

| Hobbema 호베마 | Ballot 발롯 | Emmen 에먼 | Gennip 헤닙 |

제10항 e는 '에'로 적는다. 다만, 이 음절 이상에서 마지막 음절에 오는 e와 어말의 e는 모두 '어'로 적는다.

| Dennis 데니스 | Breda 브레다 | Stevin 스테빈 |
| Peter 페터르 | Heineken 헤이네컨 | Campen 캄펀 |

제11항 같은 모음이 겹치는 경우에는 겹치지 않은 경우와 같이 적는다. 다만 ee는 '에이'로 적는다.

| Hooch 호흐 | mondriaan 몬드리안 |
| Kees 케이스 | Meerssen 메이르선 |

제12항 -ig는 '어흐'로 적는다.

| tachtig 타흐터흐 | hartig 하르터흐 |

제13항 -berg는 '베르흐'로 적는다.

| Duisenberg 다위센베르흐 | Mengelberg 멩엘베르흐 |

제14항 over-는 '오버르'로 적는다.

| Overijssel 오버레이설 | overkomst 오버르콤스트 |

제15항 모음 è, é, ê, ë는 '에'로 적고, ï는 '이'로 적는다.

| carré 카레 | casuïst 카수이스트 | drieëntwintig 드리엔트빈터흐 |

제21절 러시아어의 표기

표 19에 따르고, 다음과 같은 특징을 살려서 적는다.

제1항 p(п), t(т), k(к), b(б), d(д), g(г), f(ф), v(в)
파열음과 마찰음 f(ф)·v(в)는 무성 자음 앞에서는 앞 음절의 받침으로 적고, 유성 자음 앞에서는 '으'를 붙여 적는다.

Sadko(Садко) 삿코	Agryz(Агрыз) 아그리스
Akbaur(Акбаур) 아크바우르	Rostopchina(Ростопчина) 로스톱치나
Akmeizm(Акмеизм) 아크메이즘	Rubtsovsk(Рубцовск) 룹촙스크
Bryatsk(Брятск) 브랴츠크	Lopatka(Лопатка) 로팟카
Yefremov(Ефремов) 예프레모프	Dostoevskii(Достоевский) 도스토옙스키

제2항 z(з), zh(ж)
z(з)와 zh(ж)는 유성 자음 앞에서는 '즈'로 적고 무성 자음 앞에서는 각각 '스, 시'로 적는다.

Nazran'(Назрань) 나즈란
Nizhnii Tagil(Нижний Тагил) 니즈니타길
Ostrogozhsk(Острогожск) 오스트로고시스크
Luzhkov(Лужков) 루시코프

제3항 지명의 –grad(град)와 –gorod(город)는 관용을 살려 각각 '–그라드', '–고로드'로 표기한다.

Volgograd(Волгоград) 볼고그라드
Kaliningrad(Калининград) 칼리닌그라드
Slavgorod(Славгород) 슬라브고로드

제4항 자음 앞의 –ds(дс)–는 '츠'로 적는다.

Petrozavodsk(Петрозаводск) 페트로자보츠크
Vernadskii(Вернадский) 베르나츠키

제5항 어말 또는 자음 앞의 l(л)은 받침 'ㄹ'로 적고, 어중의 l이 모음 앞에 올 때에는 'ㄹㄹ'로 적는다.

Pavel(Павел) 파벨	Nikolaevich(Николаевич) 니콜라예비치
Zemlya(Земля) 제믈랴	Tsimlyansk(Цимлянск) 치믈랸스크

제6항 l'(ль), m(м)이 어두 자음 앞에 오는 경우에는 각각 '리', '므'로 적는다.

L'bovna(Льбовна) 리보브나	Mtsensk(Мценск) 므첸스크

제7항 같은 자음이 겹치는 경우에는 겹치지 않은 경우와 같이 적는다. 다만, mm(мм), nn(нн)은 모음 앞에서 'ㅁㅁ', 'ㄴㄴ'으로 적는다.

Gippius(Гиппиус) 기피우스	Avvakum(Аввакум) 아바쿰
Odessa(Одесса) 오데사	Akkol'(Акколь) 아콜
Sollogub(Соллогуб) 솔로구프	Anna(Анна) 안나
Gamma(Гамма) 감마	

제8항 e(е, э)는 자음 뒤에서는 '에'로 적고, 그 외의 경우에는 '예'로 적는다.

Aleksei(Алексей) 알렉세이	Egvekinot(Егвекинот) 예그베키노트

제9항 연음 부호 '(ь)

연음 부호 '(ь)은 '이'로 적는다. 다만 l', m', n'(ль, мь, нь)이 자음 앞이나 어말에 오는 경우에는 적지 않는다.

L'bovna(Льбовна) 리보브나	Igor'(Игорь) 이고리
Il'ya(Илья) 일리야	D'yakovo(Дьяково) 디야코보
Ol'ga(Ольга) 올가	Perm'(Пермь) 페름
Ryazan'(Рязань) 랴잔	Gogol'(Гоголь) 고골

제10항 dz(дз), dzh(дж)는 각각 z, zh와 같이 적는다.

Tetradze(Тетрадзе) 테트라제	Tadzhikistan(Таджикистан) 타지키스탄

제4장 인명, 지명 표기의 원칙

1절 표기 원칙

제1항 외국의 인명, 지명의 표기는 제1장, 제2장, 제3장의 규정을 따르는 것을 원칙으로 한다.

제2항 제3장에 포함되어 있지 않은 언어권의 인명, 지명은 원지음을 따르는 것을 원칙으로 한다.

Ankara 앙카라	Gandhi 간디

제3항 원지음이 아닌 제3국의 발음으로 통용되고 있는 것은 관용을 따른다.

Hague 헤이그	Caesar 시저

제4항 고유 명사의 번역명이 통용되는 경우 관용을 따른다.

Pacific Ocean 태평양	Black Sea 흑해

제2절 동양의 인명, 지명 표기

제1항 중국 인명은 과거인과 현대인을 구분하여 과거인은 종전의 한자음대로 표기하고, 현대인은 원칙적으로 중국어 표기법에 따라 표기하되, 필요한 경우 한자를 병기한다.

孔子 공자	登小平 등소평	胡錦濤 후진타오

제2항 중국의 역사 지명으로서 현재 쓰이지 않는 것은 우리 한자음대로 하고, 현재 지명과 동일한 것은 중국어 표기법에 따라 표기하되, 필요한 경우 한자를 병기한다.

長安 장안	北京 베이징	靑島 칭다오

제3항 일본의 인명과 지명은 과거와 현대의 구분 없이 일본어 표기법에 따라 표기하는 것을 원칙으로 하되, 필요한 경우 한자를 병기한다.

豊臣秀吉 토요토미 히데요시	伊藤博文 이토 히로부미

제4항 중국 및 일본의 지명 가운데 한국 한자음으로 읽는 관용이 있는 것은 이를 허용한다.

東京 도쿄, 동경	京都 교토, 경도	上海 상하이, 상해
臺灣 타이완, 대만	黃河 황허, 황하	

제3절 바다, 섬, 강, 산 등의 표기 세칙

제1항 바다는 '해(海)'로 통일한다.

홍해	발트해	아라비아해	카리브해

제2항 우리나라를 제외하고 섬은 모두 '섬'으로 통일한다.

타이완섬	코르시카섬
발리섬	(우리나라: 제주도, 울릉도)

제3항 한자 사용 지역(일본, 중국)의 지명이 하나의 한자로 되어 있을 경우, '강', '산', '호', '섬' 등은 겹쳐 적는다.

온타케산(御岳)	주장강(珠江)	도시마섬(利島)
하야카와강(早川)	위산산(玉山)	화베이평야(華北)

제4항 지명이 산맥, 산, 강 등의 뜻이 들어 있는 것은 '산맥', '산', '강' 등을 겹쳐 적는다.

Rio Grande 리오그란데강	Monte Rosa 몬테로사산
Mont Blanc 몽블랑산	Sierra Madre 시에라마드레산맥
Tibet 티베트고원	Mississippi 미시시피강

부칙

(시행일) 이 규정은 공포한 날부터 시행한다. 다만, 제4장 제3절 개정규정은 2017년 6월 1일부터 시행한다.

로마자 표기법

 1959년부터 1984년 사이에는 문교부 한글 로마자 표기법(MOE, Mode of Education, 1959-SK 뫼 모에)이라는 이름으로 사용되다가 1984년에 1988년 서울 올림픽 준비의 일환으로 매큔-라이샤워식(MR))으로 일시 변경되었다. 하지만 90년대 이후로 컴퓨터 등에 반달표와 어깻점이 쓰기가 어렵고 한국인이 이해하기 어렵다는 불만이 나와 여러 차례 회의를 거쳐 2000년 7월 7일에 문화관광부가 '국어의 로마자 표기법'이라는 이름으로 개정·고시하였다.

 국어의 로마자 표기법은 제1조에서 "한국어를 로마자로 표기하는 방법에 대한 대한민국 표준으로, 표준 발음법에 맞추어 쓰는 것을 원칙으로 한다"고 큰 틀을 제시하고 있다. 하지만, 현재 대한민국 정부가 고시한 국어의 로마자 표기법[문화체육관광부 고시 제2014-0042호]이 존재하는데도, 여러 가지 논란으로 인해 한국어의 로마자 표기는 상당히 혼란스러운 편이다.

로마자 표기법의 변천

 로마자 표기법 제정 공포(1959) – 문교부
 한글의 로마자 표기법 개정 공포(1984) – 문교부 고시 제84-1호
 국어의 로마자 표기법 고시(2000) – 문화관광부 고시 제2000-8호
 국어의 로마자 표기법 일부 개정안(2014) – 문화체육관광부 고시 제2014-42호

전문 목차

국어의 로마자 표기법

제1장 표기의 기본 원칙

제1항 국어의 로마자 표기는 국어의 표준 발음법에 따라 적는 것을 원칙으로 한다.

제2항 로마자 이외의 부호는 되도록 사용하지 않는다.

제2장 표기 일람

제1항 모음은 다음 각 호와 같이 적는다.

1. 단모음

ㅏ	ㅓ	ㅗ	ㅜ	ㅡ	ㅣ	ㅐ	ㅔ	ㅚ	ㅟ
a	eo	o	u	eu	i	ae	e	oe	wi

2. 이중 모음

ㅑ	ㅕ	ㅛ	ㅠ	ㅒ	ㅖ	ㅘ	ㅙ	ㅝ	ㅞ	ㅢ
ya	yeo	yo	yu	yae	ye	wa	wae	wo	we	ui

[붙임 1] 'ㅢ'는 'ㅣ'로 소리 나더라도 ui로 적는다.

광희문 Gwanghuimun

[붙임 2] 장모음의 표기는 따로 하지 않는다.

제2항 자음은 다음 각 호와 같이 적는다.

1. 파열음

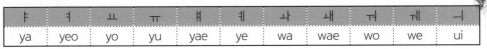

ㄱ	ㄲ	ㅋ	ㄷ	ㄸ	ㅌ	ㅂ	ㅃ	ㅍ
g, k	kk	k	d, t	tt	t	b, p	pp	p

2. 파찰음

ㅈ	ㅉ	ㅊ
j	jj	ch

3. 마찰음

ㅅ	ㅆ	ㅎ
s	ss	h

4. 비음

ㄴ	ㅁ	ㅇ
n	m	ng

5. 유음

ㄹ
r, l

• 자음 표기법 정리표

	ㄱ	ㄲ	ㅋ	ㄷ	ㄸ	ㅌ	ㅂ	ㅃ	ㅍ
파열음	g,k	kk	k	d,t	tt	t	b,p	pp	p
파찰음	ㅈ	ㅉ	ㅊ						
	j	jj	ch						
마찰음	ㅅ	ㅆ	ㅎ						
	s	ss	h						
비음	ㄴ	ㅁ	ㅇ						
	n	m	ng						
유음	ㄹ								
	r,l								

[붙임 1] 'ㄱ, ㄷ, ㅂ'은 모음 앞에서는 'g, d, b'로, 자음 앞이나 어말에서는 'k, t, p'로 적는다.([ ] 안의 발음에 따라 표기함.)

모음 앞	g, d, b	구미 Gumi	백암 Baegam
		영동 Yeongdong	
자음 앞, 어말	k, t, p	옥천 Okcheon	월곶[월곧] Wolgot
		합덕 Hapdeok	벚꽃[번꼳] beotkkot
		호법 Hobeop	한밭[한받] Hanbat

[붙임 2] 'ㄹ'은 모음 앞에서는 'r'로, 자음 앞이나 어말에서는 'l'로 적는다. 단, 'ㄹㄹ'은 'll'로 적는다.

모음 앞	r	구리 Guri	설악 Seorak
자음 앞, 어말	l	칠곡 Chilgok	임실 Imsil
ㄹㄹ	ll	울릉 Ulleung	대관령[대괄령] Daegwallyeong

제3장 표기상의 유의점

제1항 음운 변화가 일어날 때에는 변화의 결과에 따라 다음 각호와 같이 적는다.

1. 자음 사이에서 동화 작용이 일어나는 경우

백마[뱅마] Baengma	왕십리[왕심니] Wangsimni	신문로[신문노] Sinmunno
별내[별래] Byeollae	종로[종노] Jongno	신라[실라] Silla

2. 'ㄴ, ㄹ'이 덧나는 경우

학여울[항녀울] Hangnyeoul	알약[알략] allyak

3. 구개음화가 되는 경우

해돋이[해도지] haedoji	굳히다[구치다] guchida	같이[가치] gachi

4. 'ㄱ, ㄷ, ㅂ, ㅈ'이 'ㅎ'과 합하여 거센소리로 소리 나는 경우

좋고[조코] joko	잡혀[자펴] japyeo	놓다[노타] nota	낳지[나치] nachi

다만, 체언에서 'ㄱ, ㄷ, ㅂ' 뒤에 'ㅎ'이 따를 때에는 'ㅎ'을 밝혀 적는다.

묵호(Mukho)	집현전(Jiphyeonjeon)

[붙임] 된소리되기는 표기에 반영하지 않는다.

압구정 Apgujeong	합정 Hapjeong
낙동강 Nakdonggang	팔당 Paldang
죽변 Jukbyeon	샛별 saetbyeol
낙성대 Nakseongdae	울산 Ulsan

제2항 발음상 혼동의 우려가 있을 때에는 음절 사이에 붙임표(-)를 쓸 수 있다.

중앙 Jung-ang	세운 Se-un	반구대 Ban-gudae	해운대 Hae-undae

제3항 고유 명사는 첫 글자를 대문자로 적는다.

부산 Busan	세종 Sejong

제4항 인명은 성과 이름의 순서로 띄어 쓴다. 이름은 붙여 쓰는 것을 원칙으로 하되 음절 사이에 붙임표(-)를 쓰는 것을 허용한다.(( ) 안의 표기를 허용함.)

| 민용하 Min Yongha (Min Yong-ha) | 송나리 Song Nari (Song Na-ri) |

(1) 이름에서 일어나는 음운 변화는 표기에 반영하지 않는다.

| 한복남 Han Boknam (Han Bok-nam) | 홍빛나 Hong Bitna (Hong Bit-na) |

(2) 성의 표기는 따로 정한다.

제5항 '도, 시, 군, 구, 읍, 면, 리, 동'의 행정 구역 단위와 '가'는 각각 'do, si, gun, gu, eup, myeon, ri, dong, ga'로 적고, 그 앞에는 붙임표(-)를 넣는다. 붙임표(-) 앞뒤에서 일어나는 음운 변화는 표기에 반영 하지 않는다.

제주도 Jeju-do	의정부시 Uijeongbu-si
도봉구 Dobong-gu	양주군 Yangju-gun
삼죽면 Samjuk-myeon	신창읍 Sinchang-eup
당산동 Dangsan-dong	인왕리 Inwang-ri
봉천 1동 Bongcheon 1(il)-dong	퇴계로 3가 Toegyero 3(sam)-ga

▶ 도로명 주소를 로마자로 표기할 때에도 도로 구분 단위(대로, 로, 길)와 지명을 붙임표('-')로 구분하며, 고유 명사이므로첫 글자를 대문자로 적는다.

도로 구분 단위	대로(大路) daero	세종대로(世宗大路) Sejong-daero
	로(路) ro	종로(鐘路) Jong-ro
	길 gil	흥천사길(興天寺길) Heungcheonsa-gil

[붙임] '시, 군, 읍'의 행정 구역 단위는 생략할 수 있다.

| 청주시 Cheongju | 함평군 Hampyeong | 순창읍 Sunchang |

제6항 자연 지물명, 문화재명, 인공 축조물명은 붙임표(-) 없이 붙여 쓴다.

남산 Namsan	속리산 Songnisan
금강 Geumgang	독도 Dokdo
경복궁 Gyeongbokgung	무량수전 Muryangsujeon
연화교 Yeonhwagyo	극락전 Geungnakjeon
안압지 Anapji	남한산성 Namhansanseong
화랑대 Hwarangdae	불국사 Bulguksa
현충사 Hyeonchungsa	독립문 Dongnimmun
오죽헌 Ojukheon	촉석루 Chokseongnu
종묘 Jongmyo	다보탑 Dabotap

제7항 인명, 회사명, 단체명 등은 그동안 써 온 표기를 쓸 수 있다.

제8항 학술 연구 논문 등 특수 분야에서 한글 복원을 전제로 표기할 경우에는 한글 표기를 대상으로 적는다. 이 때 글자 대응은 제2장을 따르되 'ㄱ, ㄷ, ㅂ, ㄹ'은 'g, d, b, l'로만 적는다. 음가 없는 'ㅇ'은 붙임표(-)로 표기하되 어두에서는 생략하는 것을 원칙으로 한다. 기타 분절의 필요가 있을 때에도 붙임표(-)를 쓴다.

집 jib	짚 jip	밖 bakk	값 gabs
붓꽃 buskkoch	먹는 meogneun	독립 doglib	문리 munli
물엿 mul-yeos	굳이 gud-i	좋다 johda	가곡 gagog
조랑말 jolangmal		없었습니다 eobs-eoss-seubnida	

부칙 <제2000-8호, 2000. 7. 7.>
① (시행일) 이 규정은 고시한 날부터 시행한다.
② (표지판 등에 대한 경과조치) 이 표기법 시행당시 종전의 표기법에 의하여 설치된 표지판(도로, 광고물, 문화재 등의 안내판)은 2005. 12. 31.까지 이 표기법을 따라야 한다.
③ (출판물 등에 대한 경과조치) 이 표기법 시행당시 종전의 표기법에 의하여 발간된 교과서 등 출판물은 2002. 2. 28.까지 이 표기법을 따라야 한다.

행정용어 개선 순화자료

용어	순화어
가각(街角)	(길)모퉁이
가건물(假建物)	임시 건물
가검물	검사물
가격투찰	가격제시
가급적(可及的)	되도록, 될 수 있으면
가드닝(gardening)	정원 가꾸기
가드레일	보호난간
가라	가짜
가산(加算)	더하기, 보탬
가설무대	임시무대
가이드라인(guideline)	지침, 방침
가이드북	안내서, 지침서, 길잡이
가접수	임시접수
가주소(假住所)	거짓 주소, 임시 주소
가처분(假處分)	임시처분
각서	다짐서, 약정서
간선도로	주요도로
간접노무비(間接勞務費)	간접인건비
간지나다	멋지다
갈라쇼	뒤풀이공연
갈수기(渴水期)	가뭄 때, 물이 적은 시기
감안하다	고려하다
개문냉방(開門冷房)	문 연 채 냉방
개산계약	어림셈계약
개산급	어림셈지급
개소(開所)하다	열다
개찰구(改札口)	표 내는 곳
개토(開土)	흙갈이, 땅파기
갤러리(gallery)	전시실
갱의실(更衣室)	갈아입는 방, 탈의실
거래선(去來先)	거래처
거래실례가격	시장거래가격
거버넌스(governance)	통치, 관리, 정책, 행정, 통치방식

거양하다	올리다
게첨(揭添)	게시: 내붙임, 부착: 걸음, 내걸음
견습(見習)	수습
경적	추산
견출지(見出紙)	찾음표
결손가정	한부모가정, 조손가정, 청소년가장
경정(更正)	변경
계도(啓導)	예고, 일깨움
계도(啓導)	알림, 일깨움, 홍보
계류의안(繫留議案)	검토안건
계류중	처리중
고수부지(高水敷地)	둔치
고지(告知)	알림, 통지
고참	선임자
곤색	감색, 감청색
골든타임(golden time)	황금시간
공기	공사기간
공람(供覽)	돌려봄
공사공정예정표	공사일정표
공사현장대리인	공사현장책임자
공상자	빈상자
공수표	부도수표
공실(空室)	빈방
공유재산	지방자치단체 재산
공항 하이웨이	공항고속도로
과년도(過年度)	지난해
과오지급	잘못지급
관거(管渠)	관도랑
관급자재	관공급자재
관용차	공무차량
관유물(官有物)	공공기관의 물건
관재업무	재산관리업무
관정(管井)	대롱우물
관할	담당
교부하다	내어주다
교환차금	교환차액

구경(口徑)	지름
구배	기울기, 물매, 비탈 오르막
구비서류	갖춤서류
국지	일부지역
권면금액	표기금액
귀속(歸屬)	갖음/갖습니다, 있음/있습니다
그라우팅	메우기
그루빙	미끄럼방지홈
그린벨트(green belt)	개발제한구역
그린푸드존 (GREEN FOOD ZONE)	어린이 식품 안전 구역
글로벌	국제적, 세계적
글로벌 네트워크	국제적 연결망
글로벌 스탠다드	국제기준(표준), 세계적 표준
글로벌화	세계화, 국제화
금년(今年)/금일	올해, 오늘
금번	이번
기강(紀綱)	근무자세, 근무태도
기결수	수형자
기동차	기관차
기라성	빛나는 별
기성금	중간정산금
기속	얽매임
기스	흠, 흠집, 상처
기여하는	이바지하는
기일을 엄수하여	날짜를 지켜
기장하다	장부에 적다
기재하다(記載)	적다, 쓰다
기채지	채권발행처
기 통보한	이미 통보한
(기한이) 도래(到來)하다	(기한이) 이르다, 오다, 닥치다
(기한이) 미도래(未到來)하다	오지 않다
기합	벌주기, 혼내기
나대지	빈 집터
납기(納期)	내는 날, 내는 기간, 기한
납득	이해
납부(納付)하다	내다

내구연한(耐久年限)	사용 가능 기간
내비게이션	길안내도우미, 길도우미, 길안내기
내역/내역서	내용, 명세/명세서
내용년수	사용연한
내조/외조	(배우자의) 도움
네고하다(negotiation)	협상하다
네이밍	이름/이름짓기
네트워크/네트워킹	관계망, 연결망, 연계망
네티즌	누리꾼
노가다	(공사판) 노동자, 막일꾼, 흙일꾼
노미네이트	후보지명
노약자(老弱者)석	배려석
노유자	노약자
노점상(露店商)	거리가게
노하우	비법, 기술, 비결, 방법, 요령
녹색 어머니회	녹색 학부모회
누락	빠짐
누수(漏水)	새는 물
뉴스레터	소식지
뉴타운	새도시, 신도시
니즈(needs)	수요, 요구, 필요, 바람
님비	지역이기주의
다대기	다진 양념
다운로드(download)	내려받기
다이	대, 받침
단차(段差)	높낮이
당년/당월/당일	그해(올해)/그달(이달)/그날(오늘)
대결(代決)	대리결재
대금	값
대부계약 대부료	임대료
대인(大人)	어른
대절	전세
대조공부(對照公簿)	장부확인
대체수지	대체수입지출
대하(貸下)	빌려줌
대합실	맞이방, 기다리는 곳

더치페이	각자내기
도과(徒過)	넘김, 지남
도말	삭제
도슨트(docent)	전문안내원
도장공사	칠공사
독거노인(獨居老人)	홀몸노인(홀로 사는 노인), 홀몸어르신
동 건은	이 건은
동년(同年)	같은 해
동봉	함께 보냄
동 사업의 일환으로	이러한 사업의 하나로
동절기(冬節期)	겨울철
드론	무인기
득하다	받다
등재(登載)	목록에 있음/있는
디지털 포렌식	전자법의학, 전자법의학수사
땡땡이무늬	물방울무늬
라이선스	사용권, 면허, 면허장, 허가, 허가장
랜드마크	상징물, 대표건물, 마루지, 표시물
러시아워(rush hour)	혼잡 시간(대)
레시피	조리법
렌트푸어(rent poor)	임차빈곤층, 임차취약(계)층, 세입빈곤층
로그인	접속
로드맵(road map)	단계별 계획, 단계별 이행안, 청사진
로드쇼	투자설명회
로컬푸드	지역음식, 향토음식
로하스	친환경살이
론칭/론칭쇼	개시, 출시/신제품발표회
롤모델	본보기상
루머	소문, 뜬소문, 풍문
루미나리아/루미나리에	불빛축제, 불빛잔치, 불빛조명시설
루트(route)	경로
리더십	통솔력, 지도력, 영향력
리메이크	재구성, 원작재구성
리모델링	구조변경, 새단장
리스	임대
리스크(risk)	위험, 손실, 손해

리어카	손수레
리콜	결함보상, 결함보상제
리폼	개량, 수선
리플	댓글, 답글
리플릿	광고쪽지
마블링	결지방
마스터플랜(master plan)	종합계획, 기본설계
마이너스	적자, 손해, 음성, 빼기
마이스터	장인, 예술가
마일리지	이용실적(점수), 참여실적(점수)
마호병	보온병
만전(萬全)을 기하다	빈틈없이 하다, 철저히 하다
매너리즘	타성
매뉴얼(manual)	설명서, 안내서, 길잡이
매립	메움
매설(埋設)	땅속설치
매점(買占)	사재기
매표소(買票所)	표 사는 곳, 표 파는 곳
맹지(盲地)	길 없는 땅
멀티탭	모둠꽂이
메가트렌드	대세
메쉬	그물망
메신저	쪽지창
메이커	제작자, 제조업체
메카	중심, 중심지
멘토/멘토링	(담당)지도자, 길잡이, 조언자/상담
면밀히	자세히
명도	내어줌, 비워줌, 넘겨줌
명일	내일
모니터링	점검, 감시, 감독, 실태조사, 검색
모델/모델하우스	본보기/본보기집
모럴해저드	도덕적해이
모멘텀	전환국면
모찌	찹쌀떡
모티켓	통신예절
모포	담요

몽리(蒙利)면적	수혜지역
무버블 패널(movable panel)	이동식 칸막이
무빙스토어	이동가게
무빙워크	자동길
무위하다(無違하다)	틀림없다/틀림없이, 어김없다/어김없이
무인(拇印)	손도장
물양장/물량장	소형선부두
물품수불부	물품출납부
미망인	고 ○○○(씨)의 부인
미션	임무
미싱	재봉틀
미연에 방지하다	미리 막다
밀웜(mealworm)	먹이용 애벌레
바리케이드	차단시설물
바우처	상품권, 이용권
바이럴(viral)	입소문
바잉 파워(buying power)	구매력
바코드	막대표시, 줄표시
발레파킹	대리주차
배너(banner)/배너광고	띠광고(온라인), 알림막(오프라인), 현수막
배리어 프리(barrier free)	무장애, 장벽없는
배선하다, 배선, 배선실	배식하다, 배식, 공동주방, 간이주방
배포하다	나누어주다
백미러	후사경, 뒷거울
백호	굴착기
버스쉘터(Bus shelter)	버스 쉼터
벌채(伐採)하다	나무를 베다
법면(法面)	비탈면
벤치마킹	본따르기, 견주기
벨트	지대
별단예금	별도예금
별첨(別添)	붙임
병행하여	함께, 동시에(병행하여)
보이스피싱	사기전화
보직(補職)	담당업무, 맡은 일
보타닉 공원(botanic park)	생태 공원

복명서	결과보고서
복싱데이(Boxing Day)	자선의 날
복토(覆土)	흙덮기, 흙을 덮음(동사형활용)
볼라드(bollard)	길말뚝
볼런티어(volunteer)	자원봉사자
부지	대지, 터
부합(附合)하다	맞다, 들어맞다
북카페(bookstore café)/북클럽	책찻집/독서모임
불요	필요 없음
불우 이웃	어려운 이웃
불철주야	밤낮없이
불출	내줌
브랜드파워	상표경쟁력
브레인스토밍	난상토론, 발상모으기
브로마이드	사진
브로셔/브로슈어	안내서, 소책자
브리핑/브리프	요약보고, 요약서
블라인드 채용	정보가림채용
블랙컨슈머	악덕소비자
비산(飛散) 먼지	날림 먼지
비상콜	비상 호출
비즈링	홍보연결음, 통화연결음, 홍보용통화연결음
비트박스	입소리손장단
비품	비소모품
사면(斜面)	비탈(면)
사물함	개인보관함
사이버머니	전자화폐
사이트맵	누리집 지도
사토	모래흙
산화경방	산불조심
상기(上記)의/상기한 바와 같이	위의, 위/위와 같이
상당액(相當額)	해당금액
상신(上申)	올림, 보고
상이한	(서로) 다른
상정하다	회의에 부치다, (안건을) 올리다
상존	늘 있음

상회하다	웃돌다
샘플링	표본추출, 표본(화)
생계비	생활비
생애	일생, 평생
서밋	(정상) 회담
서포터즈	응원단, 후원자
선유장	소형선 정박장
선팅	빛가림
선하지	전선통과토지
설계경기	설계공모
세대	가구, 집
세면	세수
세미나	발표회, 토론회, 연구회
세션	분과, 부분, 부문
센서스	조사, 총조사
셋팅	상차림
셔틀 버스(Shuttle bus)	순환 버스
셧다운제	게임일몰제, 심야차단제
소관	맡은
소라색	하늘색
소요	필요
소인(小人)	어린이
소외계층	취약계층
소정양식(所定樣式)	정한 서식, 규정서식
소호	무점포사업
솔라스테이션	햇빛충전소
송달/송부하다	보내다
쇼호스트	방송판매자, 상품안내자
수납	돈 내는 곳, 계산 창구
수당	별급
수령	받음
수리(受理)	처리
수목(樹木)	나무
수범사례	모범사례, 잘된 사례
수배(手配)	찾아오다, 찾아보다, 찾아냄
수수하다	주고받다

수신처	받는 곳
수여하다	주다
수인	여러 명
수취/수취인	수령, 받음/받는이
수탁자(受託者)	(계약) 대상자
스마트워크	원격근무
스캔들	추문, 뒷소문
스케줄링	일정짜기, 일정잡기
스크리닝	선별, 훑어보기, 점검
스크린	화면
스크린도어	안전문
스킨십	피부교감
스타트업	창업(초기)기업, 새싹기업
스토리텔링(storytelling)	이야기(엮기)
스트리트마켓	거리가게
스팸메일	쓰레기편지
스페이스	공간
스펙	공인자격
스포츠클럽	운동모임, 동호회
스폰서	후원자, 광고주, 광고의뢰자
슬로건(Slogan)	구호, 표어, 강령
승강장	타는 곳
승률비용	유사원가비용
시건장치(施鍵裝置)	잠금장치
시너지효과	상승효과, 상생효과
시달(示達)	알림, 전달
시담	가격협상
시말서(始末書)	경위서
시민고객	시민, 시민님
시방서(示方書)	지침서, 세부지침서
시운전(試運轉)	시험운전
시찰(視察)	현장방문, 두루 살핌, 돌아봄
식대(食代)	밥값
식비(食費)	밥값
식재(植栽)	나무 심기, 나무 가꾸기
실례가격	시장가격

실버비지니스	경로산업
싱크홀	땅꺼짐, 함몰구멍
아우라	기품
아웃리치	현장지원(활동)
아웃소싱	외부용역, 외주, 위탁
아이스브레이킹	어색함 풀기, 서먹함 깨기(풀기)
아이콘	상징, 상징물, 그림단추
아젠다	의제, 협의사항, 예정표
아카이브(archive)	자료곳간, 자료보관소, 자료전산화
아트페스티벌	예술축제
아티스트	예술가
압입	밀어넣기
애매(曖昧)하다	모호하다
액션미팅	활성화모임
액션플랜	실행계획
액티브에이징(active aging)	활기찬 노년
앵커시설(anchor)	종합지원시설
양도양수	주고받기
언론플레이	여론몰이
엄단(嚴斷), 엄단하다	무겁게 벌함, 무겁게 벌하다
업로드(upload)	올리기, 올려싣기
에스앤에스(SNS)	누리소통망(서비스)
에어라이트(airlight)	풍선광고
에이매치	국가간경기
에코 그린 투어리즘(eco green tourism)	친환경여행
엑기스	농축액, 진액
엔딩크레딧	끝자막, 맺음자막
엠오유(MOU)	업무협약, 양해각서
연면적(延面積)	총면적
염두(念頭)에 두어	생각하여, 고려하여
영접迎接)	맞이함, 맞음, 맞다, 맞이
영조물	공공시설물, 건축물, 시설물
오프닝	개관, 개통, 개막
오픈소스	1.공개소스 2.공개자료
올인	다걸기
옴부즈맨	민원도우미

와사비	고추냉이
와이파이	근거리무선망
와일드카드	예외규정
와쿠(와꾸)	틀
왕림(枉臨)	방문, (참석)동사로 쓸 때는 "오시다"
요망(要望)	바람
요정비품	수리필요품
요지	이쑤시개
용이한/용이하다	쉬운/쉽다
용지대	토지사용료
우수관로(雨水管路)	빗물관
우수받이	빗물받이
우수트랜치	빗물도랑
우측보행(右側步行)	오른쪽 걷기
운휴하다(運休)	운행을 쉬다
워크북	익힘책
워크숍(Workshop)	공동수련, 공동연수
워킹맘	직장인 엄마
워킹홀리데이	관광취업
워터파크	물놀이공원
원스톱 서비스	통합서비스, 일괄서비스
월류	물 넘침, 무넘이
웨어러블 디바이스	착용형기기
웹사이트/웹서핑	누리집/누리검색
웹진	누리잡지
웹하드	누리저장소
위크	주간, 주
윈윈(win-win)	상생
유관기관/유관단체	관계기관/관계단체
유모차	유아차, 아기차
유보하다	미루어두다
유비쿼터스	두루누리
유어행위금지	낚시금지
유인물	인쇄물
은닉된 재산	숨긴 재산
은폐(隱蔽)	감춤/감추는, 숨김/숨기는(고), 덮음/덮는

음용수(飮用水)	마실 물, 먹는 물
음용하다(飮用)	마시다
의거(依據)하다	따르다
이격(離隔)	어긋남, 벌림
이니셔티브	발의(권), 주도(권), 선제권, 구상
이메일	전자우편
이면(裏面)/이면도로	뒤쪽, 안쪽/뒷길
이벤트(Event)	(기획)행사
이슈	논쟁거리, 논점, 쟁점
이식	옮겨심기
이조	조선
이첩하다	넘기다
익년도(翌年度)	이듬해
익월(翌月)	다음달
익일(翌日)	그 다음날
인계(引繼)하다	넘겨주다
인근 역	이웃 역
인력시장(人力市場)	일자리마당
인상	올림
인센티브(incentive)	성과급, 보상, 유인책, 특전
인수(引受)하다	넘겨받다
인우(隣佑)	지인
인큐베이팅	육성, 보육
인터넷빌링제도	전자결제제도
인프라((Infrastructure)	기반(시설)
인플루언서	영향력자
일람표	명세표
일위대가	품셈단가
일체	일절
일환(一環)으로	하나로
입구	들머리
입장	태도
잔고	잔액
잔반(殘飯)	음식 찌꺼기, 남은 음식
잔업(殘業)	시간 외 일
잔존기간/잔임기간	남은 기간/남은 임기

잔품	남은 물품
잡상인	이동상인
장본인	주인공
장애우	장애인
저류조	물저장시설
적기/적시	알맞은 시기, 제철/제때
적발(摘發)	찾아냄
적요(摘要)	내용
적의조치(適宜措置)	알맞게 처리
적치(敵治)	쌓아둠
전년대비	지난해보다
전말(顚末)	과정, 경위
전수	모두, 전체
전언통신문(傳言通信文)	알림글
절개지	잘린 땅
절사	끊어버림. 잘라버림
절수(節水)	물 절약, 물 아낌
절취선(切取線)	자르는 선
접속도로	연결도로
정류장 ID	정류장 (고유) 번호
정상인	비장애인
정수(停水)처분	급수정지처분
정주(定住)	거주
제고/제고하고/제고하다	높이기/높이고/높이다
제로베이스	백지상태, 원점
제로플랜	없애기 계획
제반(諸般)	모든(사항), 여러
제방	둑
제세공과금	각종공과금
제연경계벽	연기차단벽
제척	제외, 뺌
젠더	성(인지, 평등)
조견표	환산표
조림	숲 가꾸기
조립말비계	조립발판
조서	확인서, 조사서

조속히	즉시, 빨리
조선족	중국 동포
존(Zone)	구역
주거복지센터	주거복지종합(민원)시설, 주거복지지원처
주얼리(jewelry)	귀금속
증빙서류	증거서류
지관	지하관
지급미필금	미지급금
지라시/찌라시	선전지
지분	몫
지입차	개인소유회사차
지장물	장애물
직접노무비(直接勞務費)	직접인건비
직진후 직좌신호	직진신호 후 동시신호
질서 저해 행위자	질서를 어지럽히는 사람
집수정	물 저장고
집진시설(集塵施設)	먼지제거장치(시설)
징구(徵求)(하다)	걷기(걷다), 청구(하다), 요청(하다), 거두기
차기	다음(번)
차면시설	가리개, 가림시설
차수벽	물막이벽
차입금	빌린 돈
차출(差出)하다	뽑다, 뽑아내다
차폐(遮蔽)	가림
차후(此後)	지금부터, 앞으로
착석(着席)하다	(자리에) 앉다
창출(創出)하다	새로 마련하다, 새로 만들다
채널	경로
채주	지급대상자
척사(擲柶) 대회	윷놀이 대회
천명하다	밝히다
천정	천장
첨두시(尖頭時)	가장 붐빌 때
첨부(添附)	붙임
첨부서류	붙임서류
청소부	환경미화원

체념	단념, 포기
체비지	비용충당용 토지
체크리스트(checklist)	점검표
촌지	돈봉투
추계	어림셈
추월	앞지르기
추후 통보함	다음에 알려드림
축제	잔치, 축전
출납폐쇄	출납마감
취합하다(聚合)	모으다
치하(致賀)	칭찬, 격려
카 셰어링	차량공유
카시트	(아이)안전의자
카운트다운	초읽기
캐스팅보드	결정권, 결정표
캐시백	적립금(환급)
캠퍼스타운	대학촌, 대학거점도시
캡쳐	(장면)갈무리
커뮤니티 맵(community map)	마을지도
커팅(cutting)	자르기
커플룩	짝꿍차림
컨트롤 타워	지휘부, (조정)관리기구, 관리조직, 전담
케어(care)	돌봄, 관리
캐릭터	특징물
코드	부호, 성향
코디네이터(코디)	조정자
코사지(코르사주)	맵시꽃
코워킹	협업, 공동작업
코칭(코치)	지도
콘셉트	개념
콘택트 포인트(contact point)	연락처
콘텐츠	꾸림정보
콘퍼런스(conference)	(학술)대회, (학술)회의
콜센터	전화상담실
쿨비즈	시원차림
클러스터	연합지구, (산학)협력지구

키오스크(kiosk)	무인안내기
키플레이어	핵심인물, 핵심인사
킥오프 회의	첫 회의
킬러콘텐츠(킬링콘텐츠)	돌풍콘텐츠, 핵심콘텐츠
타(他)	다른
타이틀곡	주제곡
타임캡슐	기억상자
태스크포스	전략팀, 기획팀
턴키(turn key)계약	한목 계약, 일괄 계약
테마파크	주제공원
테스트베드	시험장, 시험(무)대, 가늠터
템플릿(template)	서식
토류벽/토류판	흙막이벽/흙막이판
토사(土砂)	흙모래
톨게이트	요금소
톱다운	하향식
통로암거(通路暗去)	도로 밑 통로, 지하통로
투기하는(投棄하는)	내버리는
투잡	겹벌이
튜닝	개조
트렌드	유행, 경향, 흐름, 동향
트리팟 (트리포트)	화분
팀빌딩	팀단합
팁	도움말, 봉사료
파고라	그늘막
파빌리온	전시관, 가설건물
파출부/가정부	가사도우미
파킹(parking)	주차, 주차장
파트너십	동반관계
팝업창	알림창
패널	토론자
패러다임	틀, 체계
패밀리사이트	관련 누리집
패스트푸드	즉석음식
패용/패용하다	달기/달다
패키지상품	꾸러미상품, 기획상품

팩토리	공방
팸투어	(초청) 홍보여행, 사전답사여행
퍼실리테이터(facilitator)	도우미
펀더멘탈	(경제)기초여건
페스티벌(festival)	잔치, 축제
페이백	보상 환급
편무계약	일방채무계약
편부(偏父),편모(偏母)	한부모
평잔	평균잔액
포럼	공개토론회
포스트잇	붙임쪽지
포토존	촬영구역, 사진 찍는 곳, 찍터
포트폴리오	실적자료집
포트홀	도로파임, 노면구멍
폭원(幅員)	너비
폴딩도어	접이문
표제회의	이번 회의
푸드트럭	음식차, 음식트럭, 먹거리트럭
–풀(Pool)/인재풀/전문가풀	–후보군/인재후보군/전문가후보군
프라이비트뱅킹	맞춤은행
프랜차이즈	가맹점
프레스 투어(press tour)	기자단 현장방문
프레임(frame)	틀
프로모터	행사 기획자(사)
프로세스	과정, 절차
프로슈머	참여형소비자
프로젝트(project)	사업, 과제, 기획
프로필	약력, 인물소개
플래너	기획자, 설계사
플래시몹	번개모임
플랫폼	기반, 장
플리마켓 (프리마켓)	벼룩시장
플리바기닝	자백감형제, 자백감형제도
피켓	팻말, 손팻말
필히(必–)	반드시, 꼭
하사(下賜)	사용폐기권고

하우스푸어	내집빈곤층
하우징 페어	주택(산업) 박람회
하이라이트	백미, 압권
하이파이브	손뼉맞장구
하이패스	자동결제
하절기(夏節期)	여름철
하중(荷重)	짐무게, 부담
하회하다	밑돌다
학부형(學父兄)	학부모
할리우드액션	눈속임짓
할증료	웃돈
핫라인	(비상)직통전화, (비상)직통회선
핫이슈	주요쟁점
향후	앞으로
해촉(解囑)	위촉 해제, 위촉을 끝냄(해촉)
해커톤	끝장/마라톤(찾기, 토론, 대회)
해태	게으름, 태만
핸드레일	안전손잡이
행락철(行樂철)	나들이철
행려병자	무연고 병자, 떠돌이 병자
행선지(行先地)	목적지, 가는 곳
허브	중심, 중심지, 거점
헤드랜턴	이마 등
헬스케어	건강관리
현출	두드러짐
형틀	거푸집
호스피스	임종봉사자
호우(豪雨)	큰비
호출(呼出)하다	부르다
호혜의 원칙	상호혜택의 원칙
혹서기(酷暑期)	무더위 때
홈스테이	가정체험, 가정집 묵기
홈페이지	누리집, 둥지
화훼	꽃
확행(確行)	반드시 하기
환가(換價)	가치 환산, 값어치, 환산가액

환부금	반환금
환승역	갈아타는 곳
환아(患兒)	아픈 아이, 아픈 어린이
환지	교환토지, 보상토지
회람(回覽)	돌려 보기
횡풍(橫風)주의	옆바람주의
휴테크	여가활용기술(방법)
힐링(healing)	치유

이 책을 쓰는데 참고한 자료들

〈우리말 필살기〉 공규택, 추수밭, 2010

〈우리가 정말 알아야 할 우리말 바로쓰기〉 이수열, 현암사, 2011

〈바른 국어생활〉 국립국어원, 2013

〈한글 맞춤법과 어법〉 서덕주, 형설, 2013

〈한눈에 알아보는 공공언어 바로 쓰기〉 국립국어원, 2014

〈한국어 어문 규범〉 서상춘/손춘섬, 도서출판 역락, 2014

〈국어 어휘 어법 사전〉 김종욱, 미문사, 2014

〈바르고 쉬운 공공언어〉 국립국어원, 2016

〈한국어 어문규범 연구〉 양순임, 태학사, 2016

〈한국 어문 규범〉 조형일, (주)박이정, 2017

〈한글 맞춤법 해설〉 국립국어원, 2018

〈표준어규정 해설〉 국립국어원, 2018

〈문장부호 해설〉 국립국어원, 2018

〈한 권으로 정리하는 마무리〉 이선재, 커넥츠 공단기, 2018

〈바른 국어생활〉 국립국어원, 2019

한국어 어문 규정 편람

지 은 이 최돈우

1판 1쇄 발행 2019년 07월 01일

저작권자 최돈우

발 행 처 하움출판사
발 행 인 문현광
편   집 홍새솔
주   소 전라북도 군산시 축동안3길 20, 2층 하움출판사
I S B N 979-11-6440-043-0

홈페이지 http://haum.kr/
이 메 일 haum1000@naver.com

좋은 책을 만들겠습니다.
하움출판사는 독자 여러분의 의견에 항상 귀 기울이고 있습니다.

이 도서의 국립중앙도서관 출판예정도서목록(CIP)은 서지정보유통지원시스템 홈페이지(http://seoji.nl.go.kr)와
국가자료종합목록 구축시스템(http://kolis-net.nl.go.kr)에서 이용하실 수 있습니다. (CIP제어번호 : CIP2019024328)

· 값은 표지에 있습니다.
· 파본은 구입처에서 교환해 드립니다.
· 이 책은 저작권법에 따라 보호받는 저작물이므로 무단전제와 무단복제를 금지하며,
이 책 내용의 전부 또는 일부를 이용하려면 반드시 저작권자와 하움출판사의 서면동의를 받아야합니다.